花娇（完结篇）上册

吱吱 著

图书在版编目（CIP）数据

花娇：完结篇 / 吱吱著 . — 重庆：重庆出版社，2022.1
 ISBN 978-7-229-15984-9

Ⅰ.①花… Ⅱ.①吱… Ⅲ.①长篇小说－中国－当代
Ⅳ.① I247.5

中国版本图书馆 CIP 数据核字 (2021) 第 165779 号

花娇（完结篇）
HUAJIAO(WANJIE PIAN)
吱 吱 著

丛书策划：李　子
责任编辑：李　子　　陈劲杉
责任校对：郑　葱
封面设计：意书坊
版式设计：侯　建

重庆出版集团　出版
重庆出版社
重庆市南岸区南滨路 162 号 1 幢　邮政编码：400061　http://www.cqph.com
重庆一诺印务有限公司印刷
重庆出版集团图书发行有限公司发行
E—MAIL:fxchu@cqph.com　邮购电话：023—61520646
全国新华书店经销

开本：720 mm×1000 mm　1/16　印张：42.75　字数：873 千
2022 年 1 月第 1 版　2022 年 1 月第 1 次印刷
ISBN 978-7-229-15984-9
定价：89.80 元

如有印装质量问题，请向本集团图书发行公司调换：023—61520678

版权所有　侵权必究

目录

第五十二章 失言 /001

第五十三章 暗涌 /014

第五十四章 突至 /027

第五十五章 吵架 /040

第五十六章 争锋 /053

第五十七章 赔礼 /067

第五十八章 不和 /080

第五十九章 遗言 /093

目录

第六十章 发怒 /106

第六十一章 醒来 /120

第六十二章 半信 /134

第六十三章 后悔 /147

第六十四章 噩耗 /172

第六十五章 苛刻 /185

第六十六章 心急 /199

第六十七章 挖坑 /212

第五十二章　失言

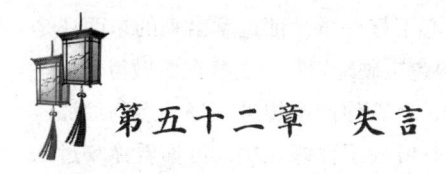

裴府耕园的书房里，裴宴和沈善言相对无言。

半晌，沈善言才长长地叹了一口气，道："是我太自以为是了。说起来，我们两口子还挺像的，都是那种没有脑子的人。我连自己家的事都理不清楚，还来劝你。遐光，你就看在你二师兄的面子上，别和我一般计较了吧！"

裴宴的脸色微霁，道："沈先生能想清楚就好。我不是不想管京城的事——建功立业，谁不想呢？可有些事，不是我想就行的。我既然做了裴家的宗主，自然要对裴氏家族负责，不能因为我一个人的喜好，把整个家族都拉下水。这一点，您是最清楚的。要不然，当初您也不会选择来临安了。"

沈善言点头，神色有些恍惚，轻声道："你阿爹……有眼光有谋略也有胆识，从前是我小瞧了他……我一直以为毅公才是你们家最有智慧的，现在看来，最有智慧的却是你阿爹……这也是你们裴家的福气！"

"福气！"裴宴喃喃地道，眼眶突然就湿润了，喉咙像被堵住似的，半点声响也发不出来。

还是阿茗的出现打破了书房的静谧："三老爷，郁家的少东家和小姐过来拜访您！"

裴宴现在不想见客，可他也知道郁棠和郁远这个时候来找他是为了什么。弓是他拉的，他不能就这样放手不管！

"请他们进来吧！"裴宴说着，却没有办法立刻收敛心中的悲伤。

倒是沈善言，闻言奇道："郁家的少东家和小姐？不会是郁惠礼家的侄子和姑娘吧？"

"是！"裴宴觉得心累，一个多的字都不想说。

沈善言见状寻思着他要不要回避一下，阿茗已带着郁远和郁棠走了进来。

兄长高妹妹一个头，都是肤白大眼，秀丽精致的眉眼，一个穿着身靛蓝素面杭绸直裰，一个穿了件水绿色素面杭绸褙子，举手投足间落落大方，很容易让人产生好感。

"沈先生也在这里！"两人给裴宴行过礼之后，又和沈善言打着招呼。

001

沈善言微微颔首，有点奇怪两人来找裴宴做什么，见裴宴没有要他回避的意思，也就继续坐在那里没有动。

郁远将几个匣子捧给裴宴看。

裴宴原本就不高兴，此时见自己苦口婆心了好一番，郁远拿出来的东西还是没有达到自己的要求，就有点迁怒于郁远，脸色生硬地道："这些东西做得不行。油漆也就罢了，漆好漆坏占了很大的一部分，就算你家想进些好一点的油漆，只怕也找不到门路。可这雕工呢？之前我可是叮嘱了你好几次，可你看你拿过来的物件，不过是比从前强了一箦片而已。要是你们只有这样的水平，肯定是出不了头的。"

郁远一下子脸色煞白，像被捅了一刀似的。

郁棠于心不忍。她明明也看出了这些问题，却没有及时指出来，指望着裴宴能指点郁远一二的。没想到裴宴说话这么尖锐，几句话就让她大堂兄气势全失。

郁棠忙补救般地道："耳听为虚，眼见为实。说来说去，还是我们见识太少了。三老爷，不知道您能不能想办法帮我们找个样子过来，让我们看了开开眼界。"

裴宴考虑了一会儿，觉得郁棠的话有道理。不过，御上的东西哪是那么容易找得到的，但裴宴却恰好有。

他道："那你们就等一会儿好了，我让人去拿个圆盒，是用来装墨锭的，从前我无意间得到的，先给你们拿回去看看好了。"

裴宴这是要帮郁家做生意？裴宴不是最不耐烦这些庶务的吗？郁家什么时候这么讨裴宴喜欢了？沈善言有些目瞪口呆。郁棠颇为意外地看了裴宴一眼。不知道为什么，裴宴虽看上去和往常并没有什么不同，郁棠却隐隐觉得裴宴心里非常不高兴，而且像有股怨气堵在他胸口徘徊不去，让他越来越暴躁似的。但沈先生在这里，郁棠没有多问，和郁远拿到那个剔红漆的缠枝花小圆盒就要起身告辞。

裴宴望着郁棠眉宇间的担忧，心中闪过一丝踌躇。郁小姐向来在他这里有优待，不是被他留下来喝杯茶，就是吃个点心什么的。这次她跟着郁远进府，却遇到了他心情不好的时候，连个好脸色都没有给她，就直接赶了她走人。也不知道这小姑娘回去之后会不会多想，甚至是哭鼻子……

裴宴略一思索，就喊住了往外走的郁棠，道："我这里还抽空画了几张图样，你先拿回去看看。过几天我再让人送几张过去。"

因为裴宴常常改变主意，郁棠并没有多想，她见裴宴的脸色好像好了一些，也扬起嘴角浅浅地笑了笑，想着沈善言在场，还屈膝给他行了个福礼，这才上前去接了裴宴在书案上找出来的几张画稿，低头告辞走了。

裴宴见她笑了起来，心中微安，想着小姑娘不笑的时候总带着几分愁，笑的时候倒挺好看的，像春天骤放的花朵，颇有些姹紫嫣红的感觉。难怪当初那个李竣一见她就跟失了魂似的。不过，现在的李家估计自身难保，日子要开始不好过了。

他暗中有些幸灾乐祸地哼了一声，又想到郁小姐那小心眼来：不仅让李家失去了一门好亲事，还借着他的手把李家给连根拔起，甚至连顾小姐也不放过。

想到这里，裴宴揉了揉太阳穴。他能想到的都想到了，他能防范的也都防范了，但愿浴佛节那天郁小姐没有机会惹出什么幺蛾子让他去收拾残局！

裴宴轻轻地叹了口气，转身和沈善言继续说起京中的形势来："这次都督院派了谁做御史？真的只是单纯地来查高邮河道的账目吗？"

沈善言没有吭声，表情明显有些震惊。

裴宴讶然，不知道他怎么了，又问了一遍。

沈善言这才"哦"了一声，回过神来，道："派谁来还没有定。京中传言是冲着高邮的河道去的，可派出来的却是浙江道的人，一时谁也说不清楚。只能等人到了，看他们是歇在苏州还是杭州了。"

裴宴没有说话。沈善言有沈善言的路子，他有他的路子。如果这次司礼监也有人过来，恐怕就不仅仅是个贪墨案的事了。

他没有说话，沈善言却忍不住，他道："你……怎么一回事？怎么管起郁家那个小小的漆器铺子来？就是郁惠礼，也不过是因为手足之情会在他兄长不在家里的时候去看看……"裴宴却事事躬亲，做着大掌柜的事。这不是他认识的裴遐光！

裴宴听了直觉就有点不高兴，道："漆器铺子也挺有意思。我最近得了好几件剔红漆的东西，想看看是怎么做的。"

沈善言有些怀疑。虽说有很多像裴宴这样的世家子弟喜欢一些杂项，以会星象懂舆图、会算术为荣，甚至写书立传，可毕竟不是正道，裴宴不像是这种人。

但他还没来得及细想，因为裴宴已道："要是司礼监有人出京，会派谁出来？"

沈善言的心中一惊，哪里还顾得上去想这些细枝末节，忙道："你听说会有司礼监的人随行？"

裴宴点头，自己都很意外。说郁家的事就说郁家的事，他为何要把这个消息告诉沈善言？他原本是准备用这件事做底牌的！裴宴的眉头皱了起来。

郁棠和郁远离开了裴府之后，郁棠就一直猜测裴宴为什么不高兴。她觉得裴宴的情绪肯定与沈善言有关。她已经不是第一次遇到沈善言来拜访裴宴了。沈善言一个避居临安的文人，除了上次沈太太的事，又有什么事能让他和裴宴纠缠不清呢？郁棠歪着脑袋想了良久。

郁远却捧着手中的小圆盒，就像捧着个聚宝盆似的，脸上一时流露出担忧的表情，一时流露出欣喜的表情，让郁棠担心不已，怀疑郁远会不会因为太高兴，一下子疯癫了。

郁棠还试着问郁远："小侄儿的名字定下来了吗？"

本着贱名好养活的说法，郁远的长子叫了大宝。听她大伯母的意思，如果再生一个就叫二宝，随后的就叫三宝、四宝……

郁远立刻警觉地回头望着她，道："二叔父又想到了什么好听的名字吗？"

郁文之前就表示，想让大宝根据他的辈分、生辰、五行之类的，取个名字叫顺义。大家都觉得这个名字像仆从的名字，但郁文是家里最有学问的，又怕这名字确实对大宝的运道好，就是郁博，也没有立刻反驳。

郁棠相信他阿兄的脑子没问题了。

两人回到铺子里，夏平贵正眼巴巴地等着他们回来，听说郁远手里捧着的那个剔红漆的小圆盒是裴宴给他们做样品的，他立刻战战兢兢地走了过来，摸都不敢摸一下，就着郁远的手打量起这个雕着竹叶的小圆盒来。

郁棠不懂这些，心里又惦记着刚才裴宴的情绪，听夏平贵和郁远嘀咕了半个时辰就有些不耐烦了，她道："阿兄，要不我先回去了吧？等你们看出点什么来了，我再和你去趟裴府好了。"

郁远见郁棠有些精神不济，心疼她跟着自己奔波，立刻道："那你先回去吧！好好歇着。要去裴府也是明天的事了。"

郁棠就带着双桃走了。又因为前头铺面上有好几个男子在看漆器，她就和双桃走了后门。不承想她和双桃刚刚迈过后门高高的青石门槛，就看见了裴宴的马车。

郁棠好生奇怪。她和裴宴刚刚分开，他怎么会突然出现在她们家铺子的后门？难道是有什么要紧事找她？

郁棠刚准备上前问问，赶车的赵振已经认出她来，忙回身撩了车帘，和车里的人说了几句，裴宴就撩帘跳下了马车。

"您怎么过来了？"郁棠问。

裴宴已经换了一身衣服，青色的杭绸直裰，白玉簪子，清俊得如一幅水墨画。

郁棠眨了眨眼睛。觉得自己之所以能这么容忍裴宴，一方面是受裴宴恩惠良多，一方面是因为裴宴长得实在是英俊。她认识的人里面，还没有谁长得比裴宴更英俊的。

裴宴看到她好像有点意外，闻言四处张望了片刻，不答反问："这是你们家铺子的后门？"

郁棠点头。

裴宴就指了指不远处的一个如意门，道："裴家银楼的侧门。"

居然还有这样的事！郁棠在心里暗暗啧了两声，道："没想到会在这里遇到三老爷。您既然忙着，那我就先回去了。"

谁知道裴宴想了想却道："既然碰到了，那我就进铺子里看看好了。"说着，抬脚就往铺子里去，一面走，还一面道："少东家在铺子里吗？我拿过来的那个装墨锭的盒子是京城最有名的文玩铺子里的东西，不过我没有去看过，也不知道他们家是经常有这个卖还是偶尔有这个卖，我觉得应该差人去打听打听。知己知彼，才能百战不殆嘛！"

郁棠却好奇他为什么会突然跑到裴家的银楼来，还有空到他们家的铺子里去看看。她不由道："银楼那边没什么事吗？"

"能有什么事！"裴宴不以为然地答道，"我准备让佟大掌柜把我们家里的银楼也都管起来。北京那边的铺子接了军饷的生意，我觉得不太妥当，还是家里的老人用起来放心些。"

接了军饷的生意不是很好吗？郁棠脑子飞快地转着。是因为裴家现在已经没有人在朝廷里做官了，所以接这样的生意会碍着别人发财吗？

她是很相信裴宴的判断的，连连点头道："如果有佟大掌柜掌舵，肯定令人放心。不过，佟大掌柜年纪也不小了，你们裴家应该有好几个银楼吧？他老人家会不会照顾不过来？"

裴宴道："我让陈其和他一起。他是家里的老人了，有些事由他出面比较好，至于账目这些要花精力的事，有陈其。"

这样的安排也挺好。郁棠想着，跟在裴宴的身后进了铺子。

夏平贵和郁远正捧着裴宴那个装墨锭的盒子站在铺子天井的老槐树下说着话，听见动静抬头，两人立刻迎上前来。

"三老爷，您老人家怎么来了？"夏平贵恭敬地道。

裴宴很随意地摆了摆手，道："你们研究得怎么样了？"

夏平贵忙道："我刚才和少东家看了又看，觉得我们雕出来的东西还是层次不够分明，所以才会让人看着线条不明晰……"他两眼发光，滔滔不绝地说着自己的感受和发现，看裴宴的目光像看师长似的，不，比看郁棠大伯父的目光还要敬重，能感觉到他急于得到裴宴承认的焦虑。

郁棠觉得牙疼。怎么一个两个的都会在裴宴面前失去平常心态。

裴宴在听完夏平贵的话之后却对夏平贵非常赞赏，很直接地对郁远道："他的雕工虽然一般，可眼光却不错，你就照着他说的做好了。应该就是他说的原因，你们家雕的东西层次都不太分明。"

郁远小鸡啄米似的点头，生怕漏掉了裴宴的哪一句话。

好在裴宴在郁家的铺子没有待多长的时候就要走了，郁远和郁棠送他，依旧走的是后门。

赵振拿了脚踏凳出来。裴宴一只脚都踩到了脚踏上，却突然回头对郁棠道："你们家那个功德箱做得怎么样了？我母亲四月初四就会住进昭明寺。到时候令堂也会去参加讲经会吗？要不你和令堂一起提前在昭明寺住下好了。四月初八人肯定很多，能不能上山还是个问题。去得晚了，怕是连个歇脚的地方都没有。"

他已经得到了消息，顾家的人会提前两天到，他得把郁棠塞到他母亲那里，免得她针对顾曦，又做出什么事来，得他来收拾残局——那几天他很忙，他可不想为了这个小丫头片子分心！

郁棠想着梦中昭明寺办法会的时候，临安的富贵人家都得提前预订厢房，不然可真会像裴宴说的，连个站的地方都没有。裴家是临安最显赫的家族，跟着他们家的女眷，肯定能订个好地方。她姆妈身体不好，如果能托裴家的福订个清静的地方，那她姆妈就不用那么辛苦了。

"好啊！"郁棠立刻就答应了，"我在这里先多谢三老爷了。我明天就去府上给老安人磕头谢恩。"

还算小丫头懂事。裴宴满意地颔首，觉得这小丫头虽然有时候挺淘气，挺让人操心，但也有听话的时候。

裴宴打道回府。郁棠也回了青竹巷。她和母亲商量着参加浴佛节的事。

陈氏因为身体不好，好多年都没有逛过人山人海的香会或是灯市了，听了自然喜出望外，道："你阿嫂还在坐月子，你大伯母肯定是要在家里照顾你阿嫂的。到时候多半只有我们一家人过去。你明天去给老安人谢恩，记得多带点黄豆糕过去。你上次不是说老安人把黄豆糕留在了屋里，其他的点心都送了些给别人吗？我寻思着老安人应该是喜欢吃黄豆糕。"

郁棠没有在意，由着姆妈安排这一切，回屋摆弄起衣饰来。在大众场合，顾曦通常都打扮得素雅大方，她可不能输给了顾曦。

忙到亥时，她才把要去昭明寺的衣饰选好，第二天早上起来往裴家去的时候，她还打了好几个哈欠。

裴老安人是早上裴宴来给她请安的时候才知道郁家的女眷会和她一起去昭明寺，她还故作沉吟地道："会不会不方便？我们家人多，住进去要占大半的院子，二丫头婆家那边也说要和我们一起进寺。"

裴宴压根没有多想，道："您说的是杨家吗？他的父母和弟妹不都在他父亲的任上吗，能来几个女眷？郁家人更少，我寻思着最多也就是她们母女加两个仆妇，随意也能挤出间厢房来。再不济，就让宋家让地方！要不是看在您的面子上，我连家门都不会让他们进，他们就知点足吧！"

话都说到这个地步了，裴老安人还有什么话说。她笑眯眯地应"好"，寻思着是不是把宋家的人安排到靠东边的小院里。那边挨着大雄宝殿，昭明寺的师父们做法事的时候就在那里，每天天还没有亮就会念经不说，还常做些水陆道场……

至于郁家，如果真像儿子说的，只有郁棠母女过来，那就和他们家的女眷住在一起好了。

裴老安人打定了主意，郁棠来时大家说得就都很高兴了。她们不仅定了一起住，按裴老安人的意思，到时候她们还跟着裴家的骡车一起去昭明寺。

郁棠回来告诉陈氏之后，陈氏告诉了郁文，郁文想了想道："要不然我们家也买头骡子吧，你们出去的时候给你们拉车。"临安山多，不出远门根本用不上骡车。

陈氏不同意："干吗要和人比？养头骡子比人吃得还好，还得专门买个小厮照料。有这钱，还不如给我们家阿棠多攒点嫁妆。"

郁文嘿嘿地笑，只得作罢。

陈氏开始挑选首饰。很快就到了四月初四。

郁棠和陈氏寅时就起来，陈氏把送给裴家众女眷的点心又重新清点了一遍，对陈婆子和双桃耳提面命了一番，这才心怀忐忑地和郁棠去了裴府。

裴老安人已经起了床，听说陈氏来了，就让人把她们带了过去，问她们吃过早膳没有。

陈氏立刻站起来说话，神色有些无措。

裴老安人和气地笑了笑，觉得这样的陈氏还挺好的，至少不自作聪明，不主动挑事。

"杨家的女眷昨天就过来了，是借居在杨家的一位表小姐，带了两个丫鬟、两个婆子。"她笑着道，"等她们过来，我们就可以启程了。"

陈氏笑着应"是"。

郁棠不知道杨家还有位表小姐。

等大家上了骡车，非要和郁棠挤在一辆车上的五小姐告诉郁棠："是杨公子继母那边的亲戚，姓徐，比郁姐姐还大一岁。我们也是第一次见到。不过，徐姐姐还挺幽默的。她一来就送了二姐姐一块羊脂玉的玉佩，可漂亮了。"

郁棠莞尔一笑，心里却想着刚才见到的徐小姐：中等身材，穿着紫绿色的缂丝比甲，耳朵上戴了莲子米大小的红宝石，通身的富贵，打赏仆妇出手就是二两银锞子，十分气派不说，鹅蛋脸，柳叶眉，大大的杏眼忽闪忽闪的，看着就是个活泼机敏的人，也不知道去了寺里会不会循规蹈矩地不生事。

浩浩荡荡的一群人赶在午膳之前到达了昭明寺。结果他们在寺门口碰到了宋家的马车。相比裴家的车队，他们的人更多。

有随车的婆子代他们家的大太太过来给裴老安人问安，说是在外面有所不便，等到了寺里再亲自过来给裴老安人磕头。

陈大娘掀了骡车的帘子和宋家的婆子说着话，后面的骡车上，陈氏悄悄地撩开了一道帘缝朝外张望。等她回过头来的时候，她不由对郁棠道："宋家的马车真是豪华！"

郁棠有些意外。她母亲虽然只是个穷秀才的女儿，却从小跟着她外祖父读书，对钱财并不是十分看重，怎么今天突然有了这样的感慨？

郁棠也好奇地撩了一道帘缝朝外望。

宋家的马车真的是太豪华了：崭新的青绸夹棉的帘子，马车的四角包着镏金祥云纹的包角，挂着薄如纸的牛皮宫灯，缀着长长的璎珞。拉车的马更是清一色的枣红马，护送随从则全穿着鹦哥绿的绸布短褐，三十几辆马车一字排开，把路都给堵上了。

不仅如此，郁棠还发现其中两辆马车格外与众不同，其中一辆不过是比其他的马车高大宽敞一些，另一辆马车却在车门帘和窗帘上都绣着白色仙鹤祥云纹的图样，图样上还钉着各色的宝石，在阳光下闪闪发光。

再看裴家，全是低调的靛蓝色，除了骡车的车架看着比较结实，与他们临安普通人家的车驾也没有什么不同。

宋家果然是财大气粗！宋家的家风也更倾向于享乐，难怪梦中的宋家会败落。

郁棠想着，关了车窗，对母亲道："等会儿在厢房安顿下来后，得去问问计大娘什么时候去给老安人请安才好。"

裴老安人看着年轻，实际上已经不年轻了，这一路劳顿，万一宋家的人立刻就来拜访裴老安人，她们是不是等裴老安人休息好了再过去问安。

陈氏点头，笑着吩咐陈婆子："到时候你带点儿点心过去。"

陈婆子也看到了宋家的煊赫，心中生怯，道："还是让双桃过去吧！双桃跟着小姐常在裴府走动，懂规矩。我要是出了错，可不得丢小姐的脸！"

陈氏想想也有道理，吩咐完了双桃，忍不住打趣陈婆子："还有你怕的时候？！"

陈婆子嘿嘿地笑，道："我这不是少见识吗？"

五小姐在旁边捂着嘴笑。

不一会儿，骡车就在院落里停了下来。

陈婆子先下了骡车，四处张望了半响，这才对下了骡车的陈氏、郁棠等人悄声道："宋家让裴家先走——我看见宋家的马车还在山门口等着呢！"可见裴宴说宋家有事求着裴家，因而对裴家诸多礼让是有道理的。

郁棠笑了笑。

二太太身边的金婆子快步走了过来，给陈氏和郁棠行过礼后笑道："二太太让我来接了五小姐过去，让五小姐待在房里别乱跑。福安彭家的人也跟着宋家一道过来了。彭家的小子多，老安人怕有那不懂事的冲撞了小姐太太们，就算是他们家来赔礼道歉，可人也已经受了惊吓，不划算。"

陈氏吓了一大跳。老安人言下之意，是指责彭家的人没规矩？她连声应了。

五小姐也只能依依不舍地和郁棠告辞。等到郁家的人进了厢房，陈婆子几个开始布置厢房，陈氏则拉了郁棠的手道："那个彭家，是不是很霸道？"

郁棠想到梦中李家对彭家的卑躬屈膝，就把彭家的来头告诉了陈氏，并道："总之，这家人能不接触就尽量不要接触了。"

陈氏颔首，一时又觉得跟着裴家来昭明寺听讲经会不知道是对是错。

只是没等到她们去找计大娘，计大娘却先过来了，她身后跟着几个小丫鬟，手里或捧着果盘或捧着匣子。她笑着拉了陈氏的手："太太不要见怪。那宋家和彭家的大太太一起去给老安人问安，老安人怕你们等得急了，特意吩咐我拿些瓜果点心来给太太和小姐打发时间。今天大家就各自歇了，明天用了早膳大家再坐在一块儿说说话，正好听昭明寺的师父说说这几天都有些什么安排。看能不能提前和南少林寺那边的高僧见上一面，给几位小姐祈祈福。"

陈氏听了喜出望外。她觉得郁棠的婚事一直都不怎么顺利，如果能得到高僧的祈福，郁棠肯定会很快时来运转的。

"替我谢谢老安人。"陈氏说得诚心实意，"我还识得几个字，讲经会也还没有开始，我趁着这机会给老安人抄两页佛经好了。"

这是陈氏的心意，计大娘无权置喙，她道："难得您有心，我去跟老安人说一声。"又问郁棠："不是说会送两个匣子过来装经书的吗？那匣子什么时候能送到？"

郁棠不好意思地道："要先给三老爷看看才成！"

计大娘笑道："原来如此。我就说，怎么你们家的匣子还没有到呢！这事落在了我们三老爷手里，恐怕还有折腾的时候。不过，我们三老爷的眼光也是真好，但凡他能看上眼的，别人就没有不说好的。"

"正是这个道理。"郁棠笑道，"这事我们也就急都急不来了。"

陈氏这才知道裴老安人在郁家的铺子里订了两个匣子。送走了计大娘，她仔细地问起这件事来。郁棠又拣了要紧的和母亲说了说，陈婆子那边也就打扫得差不多了。母女俩梳洗了一番，吃过庙里送来的斋饭，睡了个午觉。

她们再醒过来的时候，一明两暗带个退步的厢房都已经布置好了。陈氏住了东边，郁棠住了西边，陈婆子和双桃住了后面的退步。墙上挂着的是郁棠熟悉的中堂，桌上摆着的是她们从家里带过来的茶盏，就连长案上花觚里插的花，也是应季的火红色石榴。

陈婆子还笑着指了那石榴花道："刚刚二太太让人送过来的。"

陈氏直笑，拉了郁棠的手道："难怪你能在裴家一住就是那么多日子，裴家待客真是让人宾至如归。"

郁棠抿了嘴笑。她和母亲用过晚膳之后，就一起在厢房后面的小院子里散步。

她们遇到了同来这儿散步的杨家女眷。

杨家来的据说是杨公子的三婶娘，大家称她为三太太。三十出头的模样，五官端正，相貌秀丽，衣饰朴素却气质不凡。徐小姐虚扶着三太太，言辞间说不出的恭敬。

陈氏和郁棠不免要和她们寒暄几句。

徐小姐一直低眉顺目的，和郁棠第一天见到的时候截然不同。郁棠不由打量了徐小姐几眼。徐小姐则抽空朝着郁棠使了个飞眼。这姑娘，可真活泼！不知道杨家三太太有什么与众不同的，能镇住这位徐小姐？

郁棠仔细观察着杨三太太。

杨三太太说话不紧不慢的，还有些幽默风趣，陈氏说什么她都能接得住不说，还挺能照顾陈氏的情绪，一直围绕着陈氏感兴趣的话题在说。

郁棠也打起了精神，听着两位长辈说话。

寺里的小沙弥们来点灯。大家就各自回了厢房。

郁棠和母亲一起泡脚的时候寻思着要不要提醒母亲几句，又觉得裴家的情况复杂，有时候未知未觉反而是好事，遂改变了主意，只和母亲说些近日里乡邻和家里发生的趣事。

母女俩说说笑笑，擦了脚准备去睡觉，双桃抱着两个匣子走了进来，道："阿茗送过来的，说是给裴老安人的。您看，这怎么办？"

裴老安人等着匣子装经书，双桃这是在请郁棠示下，是连夜送过去，还是另做安排。

郁棠略一思忖，道："既然是阿茗送过来的，可见这两个匣子三老爷也觉得可以用，他却派人送到我们这里，显然是要让我们拿去给裴老安人的。今天太晚了，明天我们去给老安人问安的时候带过去好了。"然后让双桃把两个匣子拿给她看看。

两个匣子一个是青竹图样，一个是梅花图样，都线条明快，层次分明，看着富丽堂皇，繁花似锦，在灯光笼罩下更是炫目不已。郁棠被惊艳到了。

陈氏惊讶之余上前细细地摩挲着两个匣子，愕然地问："这真是我们家做出来的？"

双桃不知道，迟疑道："阿茗说是我们家做的。"

"真好！真好！"陈氏赞着，眼眶微湿。就是她这不懂行的人都看得出这两个匣子做得有多好。

"阿茗还在外面吗？"陈氏问，"人家半夜三更地跑过来，阿棠，你赏几个银锞子给别人。"

这次来参加昭明寺讲经会，郁文照着郁棠从裴府得的银锞子也打了一小袋子。

郁棠想想，她还真没有赏过阿茗。

"那你就拿几个银锞子给他。"她对双桃道，"就说是太太给的。"

双桃应声而去。

陈氏嗔怪她："这是给你做脸呢，你推什么？"

郁棠呵呵地笑，道："我已经这样说了，您就别管了。"然后转移话题，说起了匣子的事。

陈氏这才知道原来家里能做出这样的匣子来都是裴宴的功劳。

她反复地叮嘱郁棠："那你就对老安人孝敬一些。人家也不图你什么，而且也图不到你什么，不过是想你能讨老安人的喜欢，博老安人一笑而已。"

郁棠不住地应"好"。好不容易才催着陈氏去歇了，双桃却又端了碗冰糖燕窝进来。

郁棠奇道："这又是谁送的？"

那燕窝是用祭红瓷的炖盅装的,而祭红瓷向来是贡品,不可能是陈婆子炖的,况且她们也没有带燕窝过来。

双桃笑嘻嘻地道:"是阿茗刚又送过来的。说是三老爷知道您和太太还没有歇下,特意让他送过来的。"

裴宴有这么好心?

郁棠望着手中的冰糖燕窝心里打鼓,道:"三老爷只是让阿茗送了燕窝过来,没有说别的?"

双桃仔细想了想,道:"没说别的。"

郁棠小声嘀咕:"怎么突然想到送了吃食过来?"

她尝了一口,还挺甜的,遂道:"母亲的那碗你送过去了没有?"

双桃忙道:"送过去了。太太已经换了衣裳,是陈婆子出来接的。"

郁棠听着就三两口地把燕窝喝了,把空碗递给了双桃。双桃放了碗,端了水过来给郁棠漱口,陈婆子端个空碗进来了,道:"太太说,总不能白白受了三老爷的礼,让还碗的时候把我们带的花生酥送两匣子过去。"

这次来昭明寺,陈氏做了很多的点心准备送礼。

郁棠觉得可行,任由双桃和陈婆子折腾去,自己沾着枕头就睡着了,一觉到了大天亮。

双桃忙进来服侍她梳洗,嘴里念叨着:"昨天我去还碗的时候三老爷那边还灯火通明的。说是宋家和彭家这次除了女眷,宋家大老爷和四老爷,彭家的大老爷、三老爷、五老爷、六老爷、七老爷、大少爷和二少爷都过来了,三老爷在和他们说话呢!听说明天还有什么湖州武家也有两位老爷,两位少爷,几位太太和少奶奶过来。昭明寺的知客师父头都大了,连夜商量着厢房怎么安排。还好我们跟着裴府的人先住了进来,要不然真的会连个站的地方都没有了。"

她还唠叨道:"裴家从前也主办过庙会、讲经会的,这次来的人最多。裴老安人从南少林寺请过来的高僧肯定很厉害。小姐,要是那位高僧愿意给您和裴家的几位小姐祈福,您说,我们要不要准备什么谢礼啊?我们准备什么谢礼好?这件事要不要请教请教计大娘?"

在双桃看来,计大娘和佟大掌柜是亲家,那和他们郁家也算是有交情的人家了。

郁棠胡乱地点了点头,嘴里说着"这件事得问问姆妈",心里却琢磨起这次来参加讲经会的这几户人家,都是当初来拍舆图的人家。算算日子,船也应该快要造好了,要说这几家的出现和海上贸易没有什么关系,她一千个一万个不相信。

山雨欲来风满楼啊!郁棠深深地吸了一口气,心里总觉得有几分不安。

陈氏梳妆好就过来了女儿这边,见郁棠也收拾得差不多了,就让陈婆子去端了早膳过来,自己则坐在了屋中间圆桌旁的绣墩上和女儿商量起送高僧的谢礼,表扬郁文道:"还好你阿爹非让我带了两方好砚过来了。要不然,就我做的那些点心，怎么拿得出手？这山上又不比山下，拿了银子也买不到东西。可见这家里还是得有个能拿主意的人。"然后话题又转移到了她的婚事上："你也别总听你阿爹的，把我的话全都当耳旁风。要是下次吴太太给你安排相看，你得好好地相看一番才行。这人不接触哪知道是什么性子，说不定这就是你的缘分呢……"

郁棠貌似恭敬，却左耳朵听了右耳朵就出去了。她知道母亲的心结，可她总觉得，婚姻大事有时候得靠点缘分的，如果缘分到了，就算你兜兜转转的，这个人也是你的。没有缘分，就像梦中似的，定了亲事也会突然失去。

直到陈婆子端了早膳过来，这才打断了陈氏的话。

陈氏也知道自己这样不好，可她一看到女儿对自己的婚事一副无动于衷的模样就心急得不行。不过，这次来昭明寺听讲经会，可是个好主意。听说很多体面的乡绅之家的当家太太都来了，说不定女儿的机缘就在这次的讲经会上呢？

这么一想，陈氏又打起了精神，和女儿一起用了早膳，带上了昨天晚上阿茗送过来的两个匣子，正准备去裴老安人那里，有小沙弥跑了进来，道："郁太太，有位姓吴的太太，说和您家是乡邻，有事要见您。"

陈氏和郁棠愕然，忙请了人进来。

来人是吴太太身边的一位贴身婆子，她神色窘然地道："我们家太太听说这里要开讲经会，让我提前来这边订个厢房的。谁知道我提前了三天，天还没有亮就赶到了寺里，寺里的知客师父却说，厢房已经没了……我之前听了一耳朵的，说是您会随着裴家的女眷提前住进来，就厚着脸皮来找您了，看您能不能想办法帮我们家太太订间房。"

这件事陈氏可做不了主，她道："我也是借了裴家的东风。"但吴家帮他们家良多，她也不好意思就这样拒绝，又道，"要不这样，你们也先试着尽量地找一找，我也帮着你们问一问，看能不能大家一起想办法，给你们家太太订个厢房。"

那婆子感激不尽地走了。

陈氏摇了摇头，道："卫太太那天也说要带着家里的女眷过来的，瞧这样子，肯定是订不着厢房了。"

郁棠没有吭声。

陈氏也知道这件事不好办，而且也不是一时能办好、办到的，也就压下了心中的感慨，先和郁棠去了裴老安人那里。

计大娘在门口当值，见到郁棠母女就朝着她们使了一个眼色，然后转身低声交代了身后的一个小丫鬟几句，把郁棠母女迎到了旁边的茶房。

郁棠母女发现杨三太太和徐小姐已坐在茶房里喝茶了。

杨三太太和徐小姐站起身来和郁棠母女见了礼，杨三太太更是指了指茶几上的糕点对陈氏道："北京那边的点心，我也好些年没吃过了。您尝尝，看合不合您的胃口。"

陈氏道了谢，挨着杨三太太坐下。

计大娘苦笑着解释道："宋家和彭家的几位太太是带着几位少爷过来的，只好委屈您和三太太在这里先喝杯茶了。"听那口气，并不怎么欢迎宋家和彭家的人。

陈氏忙道："我和三太太都带着小姑娘，老安人这样安排，考虑得既周到又体贴。正好，我还可以和三太太说说话儿。"

杨三太太也点头，笑着对计大娘道："老安人那边来了那么多的客人，肯定很忙。我们也不是什么外人，您就不用管我们了，我和郁太太说说话。说起来，我还是小的时候随我阿爹来过一次临安，这是第二次，听说郁太太的点心做得好，正想向郁太太讨教一番呢！"

她给裴家和计大娘台阶下，计大娘自然感激不尽，对她的印象很好，不仅说了很多恭维杨三太太的话，还亲自给杨三太太和陈氏等人倒了一杯茶，留了小丫鬟在这里服侍，这才出了茶房。

杨三太太就真的和陈氏交流起做点心的小技巧来。听杨三太太说话可以看得出来，她出身很好，到过很多地方，对南北的点心侃侃而谈，颇有心得。陈氏也有意向杨三太太讨教，两人说得热火朝天，笑声不断。

郁棠还好一点，被陈氏逼着做过点心，还能听得懂。

徐小姐估计是从来没有做过这些事，像听天书一样，刚开始的时候还能耐着性子端坐着，时间一长，就开始动来动去，像个小孩子似的。

郁棠抿了嘴笑。

徐小姐不以为意，还找了机会凑到她耳边道："我们要不要去上个官房？"

郁棠差点没能忍住笑出声来。徐小姐就不高兴地瞪了她一眼。郁棠觉得自己不应该笑话徐小姐，忙答应了陪她去官房。徐小姐立刻两眼发亮，小心翼翼地向杨三太太请假。

杨三太太似笑非笑地看了徐小姐一眼，答是答应了，但叫了身边的婆子陪徐小姐和郁棠一起去官房，并对那婆子道："你眼头亮点，别碰到不该碰到的人。"

那婆子忙躬身应"是"。

徐小姐拉着郁棠就出了茶房。

她站在屋檐下就长长地透了一口气，小声地对郁棠道："你可真坐得住，我就不行，让我这样坐半天，我要去掉半条命。"她说完，问那婆子："知道裴家二小姐在干什么吗？要是能把她找出来玩一会儿就好了。"最后这一句，她是对郁棠说的。

那婆子应该是十分清楚徐小姐的脾气，没等郁棠回答已道："裴二小姐被老安人叫去见宋家和彭家的长辈去了。她能出来的时候，表小姐应该也要去见老安人了。"

徐小姐很是失望。

郁棠就问她:"那我们还要去官房吗?"

徐小姐犹豫道:"这边的官房应该很臭吧?"

那婆子答道:"要不表小姐随我去后面的院子走走?后面的院子种了很多的桂花树,可惜不是秋天,不然肯定桂花飘香,很是好看。"

徐小姐兴致阑珊,道:"算了,我还是和郁妹妹去那边的香樟树下坐一会儿吧。"

郁棠这才发现裴老安人住的院子北边的正房和东边的厢房间有棵合抱粗的香樟树,树下有一张长竹凳。

那婆子笑道:"那表小姐和郁小姐等我一会儿,我让人去拿几个棉垫子过来。虽说开了春,可这竹凳坐着还是有点凉。"

徐小姐忙催她去拿,随后请了郁棠过去:"我们站在这里太打眼了,不如到那里去等着。"

一副非常有经验的样子。

郁棠莞尔,只是刚和徐小姐在香樟树下站定,就看见裴二太太气冲冲地从裴老安人的厅堂走了出来,后面还跟着神色焦虑的陈大娘。

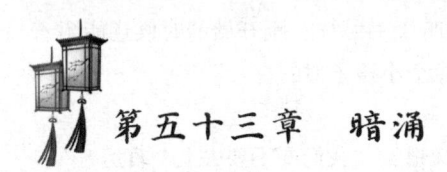

第五十三章 暗涌

大家大族人丁兴旺,事情也多,从小就教育子弟七情六欲不上面。二太太也是大家出身,陈大娘更是从小就服侍裴老安人。按理,两人都不应该情绪这样外露的。

郁棠和徐小姐面面相觑。然后她们就看见陈大娘快步上前,拉住了二太太的手臂,低声和二太太说了几句话。二太太怒容更盛了,低声回应了陈大娘几句。陈大娘就机警地朝着四周看了看。

因为是背对着郁棠她们的,加上郁棠觉得自己和徐小姐虽然是无意间站在这里的,可到底是看见了别人的隐秘之事,心里有些不安,在陈大娘张望的时候就拉着徐小姐躲到了香樟树后。陈大娘不仅没有看见她们,还想了想,拽着二太太往香樟树这边走了过来。

郁棠叫苦不迭。

徐小姐更是紧紧地握住了郁棠的手,手心湿漉漉的,还发着抖,可见她从来没有做过这种事。

郁棠觉得是自己连累了徐小姐，忙揽了她的肩膀，给了她一个安慰的目光。徐小姐这才好了一点。郁棠松了口气。就听见走过来的陈大娘低声劝着二太太："您和他们家生什么气啊！都是一群井底之蛙，在福州那个小地方霸道惯了，不知道天外有天，人外有人，你就当是狗吠似的，听过就算了，别放在心上。您没看见老安人都变了脸吗？也就他们家的女眷没脸没皮地看不出来。我们家三老爷肯定不会放过他们家的，您放心好了。"

这么一番折腾，二太太好像冷静下来了似的，她点了点头，压着声音道："也不用告诉三老爷，大家毕竟都是场面上的人，为了这件小事闹翻了不值当。我也是气狠了，怕一时管不住自己，说出什么不好的话来，这才出来避一避的。我现在好多了，你也别担心。我在这里站会儿就进去了。婆婆那边还有很多事需要你忙呢，你就别管我了。"

陈大娘笑道："能有什么比您这事更重要。我们都知道您是顾着大家的面子才没有发作的，我还是陪您说说话好了。这气撒出来，心情也就跟着好起来了。"

二太太点点头，神色比刚才更平和了，道："我从前在京城就听说过彭家的人很霸道，没有想到他们家能霸道成这个样子。既然想和我们家结亲，那就好好地派了人上门提亲，哪有把我们家四丫头和五丫头都叫过去由他们家挑的？也不怕闪了舌头？"

话说到这里，她像是想起了什么似的，突然又激动起来，道："不行，这件事我得跟我娘家的父兄说一声。女人家行事，不可能是自作主张，说不定这就是彭家的打算呢？如今咱们裴家没谁在京城里做官，彭家可能觉得我们家就没什么人了，不然也不敢口吐狂言。说来说去，还是我们家老爷不争气，一味地遵循什么无为而治，现在好了，人家都这样挑剔我们家姑娘了，他若还是什么也不管，我也就顾不上他的体面了，就让孩子们的外祖父和舅舅出面好了。

"还有四丫头那边，也得去说一声。

"就算是他们彭家的长子长孙拿了宗妇的位置来求娶，我们家也不能答应嫁女儿过去。要不然，岂不是我们裴家的姑娘任由他们彭家的小子随便挑选？我家的姑娘可没这么让人瞧不起的。"

郁棠和徐小姐不由彼此交换了一个眼神。难怪二太太气成这个样子的。就是裴老安人，心里恐怕也不好受吧，也不知道她老人家怎么样了！两人又不约而同地望了一眼正房。

陈大娘却心急如焚。二太太要是把这件事告诉了金陵的舅老爷们，事情可就闹大了。当然，二太太娘家也不是好惹的，可裴家的姑娘，若还需要外家庇护，这要是传了出去，裴家还怎么做人？

陈大娘好说歹说，才把二太太劝住了，并道："您不知道老安人的脾气，总知道三老爷的脾气吧？这件事不会就这样算了的。"

· 015 ·

二太太"嗯"了一声，道："我看他们不是来交好的，是来结仇的吧！"

陈大娘不好评价，含糊地应了几声，又听二太太抱怨了彭家几句，两人这才又重新整理了表情，进了正房。

郁棠和徐小姐不由得长长地舒了口气，郁棠才发现自己的肩膀都是僵的。

"还好没有被发现！"徐小姐拍着胸口，很是庆幸地道。

郁棠则觉得这儿是个多事之地，还真如计大娘说的，在外面逛很不安全。

"我们回茶房去吧！"她道，"听杨三太太讲讲怎么做点心也挺有意思的。"

徐小姐却有些不愿意，道："二太太他们肯定不会再过来了，如果她再过来，我们也不用像刚才那样慌慌张张的了，我们还是在这里坐会儿吧！我看出了彭家这件事，只怕一时半会儿老安人也没有心情和我们说什么。"

她们估计得等好一会儿。郁棠觉得她说得很有道理。

徐小姐已笑盈盈地转移了话题，说起杨家和郁家的事来："我们家你肯定知道，是因为我表兄和裴家三房的二小姐要定亲了，所以我们才会来裴家的。可我听府里的人说，你们家是因为你阿爹和三老爷关系很好，你也因此机缘巧合得了老安人的青睐，才会常在裴家走动的，是真的吗？"

郁棠颔首。

徐小姐又问："那你能经常见到裴家三老爷吗？他是个怎样的人？我听别人说，他相貌俊美，是真的吗？他有没有说亲？"那口吻，对裴宴非常感兴趣的样子。

郁棠不禁多看了她两眼。

徐小姐果然很机敏，看她的样子就猜到了她的想法。徐小姐抿了嘴笑，道："不是我哦！我已经定了亲。但我们家和黎家是姑舅亲，我和黎家的几位表姐妹都玩得很好。当年我姑父想和裴家结亲，结果被裴家三老爷给拒绝了。"说到这里，她撇了撇嘴："我姑父还说出了黎家的姑娘任他挑的话，黎家老夫人气得把我姑父叫去狠狠地训了一顿，后来我三表姐和四表姐的婚事都有些不顺利。也是因为这句话，我四表姐还用了手段想嫁给裴三老爷，被黎家老夫人关过祠堂。"然后她道："讲经会有什么好听的，我就是想看看裴三老爷长什么样子才非要跟着来的！"

郁棠口干舌燥，觉得自己好像无意间打开了一个密室，徐小姐说的话分开她都听得懂，前后一呼应她却一句也听不懂。

徐小姐见郁棠好像受了惊吓似的，咯咯咯地笑了起来，还小声道："你也不相信吧？外面都传什么黎家瞧不上裴家，那是裴家给黎家台阶下。要真是裴家对不起黎家，裴家还能有现在这么好？我看你什么也不知道，我就实话告诉你吧。杨三太太，就是我表兄的三婶娘，是黎老夫人的娘家侄女，也就是华阴殷家的姑娘。现在的淮安知府，是三太太的嫡亲侄儿。前些日子，裴家就是通过殷家把彭家的船给扣了，要不然彭家怎么会想和裴家结亲呢？"

郁棠发现自己的脑子完全不够用。她抚额道："你等等，我觉得我要学学世家谱。"

徐小姐笑得更欢快了。她狡黠地道："好妹妹，你带我去看看裴三老爷长什么样，我就给你画张世家谱，让你知道谁家和谁家是什么关系！"

郁棠不过是这么一说，她觉得她和世家谱估计扯不上什么关系，更用不上。她索性逗徐小姐："二太太的娘家肯定也很厉害吧！我觉得我去请教二太太，二太太肯定也会告诉我的。"

徐小姐不以为然地笑，道："她肯定没有我讲得有趣啊！我还可以告诉你很多有意思的事啊！"

郁棠道："反正我什么也不知道，也不知道你讲的对不对。"

徐小姐也挺沉得住气的，道："要不，你等几天，看看有谁比我知道的多，我们再说？"非常自信。

郁棠哈哈哈地笑了起来。

徐小姐突然拉了拉她的衣袖，做了一个让她噤音的手势。

郁棠下意识地就朝院子望去。只见二太太由计大娘和陈大娘簇拥着，正送几位珠环翠绕的贵妇人出门。

徐小姐凑到郁棠的耳边，小声道："看见那个穿大红遍地金褙子的妇人没有，那就是彭家的大太太。不过，她没什么头脑，做事只知道一味强硬，反而没有彭家的三太太，就是她旁边那个穿宝蓝遍地金褙子的妇人厉害，被她自己的弟媳架空了还不知道。那个白白胖胖圆脸的是宋家大太太，她挺好说话的。但他们宋家是四太太当家，就是在和二太太说话的那位，虽然看着文文弱弱的，我娘说，她可厉害，可精明了。当年宋家四老爷上位，就有她一半的功劳，宋家的太太、少奶奶们，没有一个人敢惹她的。还有那个穿粉红色净面杭绸，戴着点翠步摇的年轻妇人，嘿嘿嘿，是我族姐，她嫁到了彭家，是彭家二少奶奶，其他的，我就不认识了。"

郁棠看着她没有吭声。

徐小姐就朝着她眨了眨眼睛，好像在说"你看，我懂得很多吧，你还不快向我请教"似的。

这个徐小姐，真的很有意思。郁棠道："你们徐家是什么来头？"

听郁棠这么问，徐小姐得意地挑高了眉，却佯作出副漫不经心的模样挥了挥手，道："哎哟，我们也就是普通的官宦人家。高祖、曾祖的时候出过几位能吏，现在嘛，也就是有几个叔伯在朝中混日子罢了。"

这可不像混日子的样子！郁棠抿了嘴笑，寻思着她要再深入地问下去，不知道徐小姐会不会觉得冒犯，不免就犹豫了片刻，两人之间也就有了个短暂的沉默。

徐小姐毕竟年轻，还不怎么能沉得住气，也担心裴老安人马上就会见她们，她没有机会再和郁棠这样地说话，就急了起来，道："我们老家在南直隶，说起来，和裴府的二太太还是同乡。不过，我们家在我曾祖父那一辈就搬到了京城，和裴府的二太太虽然认识，来往却不多。"

她以为她这么一说，郁棠肯定能想到他们家是谁。因为这个时候，就算你在外面做再大的官，致仕后都得回原籍，除非立下了大功，被赐住在京城。而符合这样条件，当朝立国以来，姓徐的，只有他们一家。

她已经低调地炫耀了一番自家的家族史。偏偏郁棠是那个不知道的。可她聪明，知道徐小姐大约是不好意思自吹自擂，刚才话里其实已经告诉了她徐家的来历。

徐小姐是个颇为有趣的女孩子，郁棠还挺喜欢她的性格，琢磨着自己就算是这个时候仔细地问过她，但有些事还是得知道世家谱的人解释一番才行。看徐小姐那眉眼飞扬，好像谁都知道她徐家是什么人家的样子，她心生顽意，突然想逗逗徐小姐，做出一副没有听明白的样子，面不改色地"哦"了一声，惊讶道："好复杂啊！杨公子的继母和你们家是亲戚，你们家又和黎家、彭家是亲戚，现在还和二太太的娘家也是旧识……我还听说，杨公子的继母和裴老安人也是亲戚。"她说着，敬佩地望着徐小姐："这要是换了我，恐怕连怎么互相称呼都不知道。"

徐小姐的大眼睛又忽闪了几下。郁妹妹不是应该对他们徐家表示几句佩服吗？怎么突然清理起各家的亲戚关系来？

郁棠看徐小姐的样子，好不容易才忍住了笑，继续一本正经地胡言乱语："你们家是南直隶的，也就是说，靠近江南，你们家和杨家、钱家是亲戚我不奇怪，你族姐怎么又嫁到福建去了呢？难道你族姐家里搬到了福建？"

徐小姐急得不行，忙道："没有，没有。彭家和我们家都有人在朝做官，我族姐的公公和我二叔是同科，后来又同在洛阳做过官，因而才结了亲的。"

郁棠不让她继续说下去，听到这里立刻就打断了她的话，道："我知道裴家大太太是杨家的人，裴家二小姐的婆家也姓杨，不知道大太太的娘家和裴二小姐的婆家有没有什么关系？我听说杨家也是大姓，想必大太太的娘家也是豪门大族吧？从前五小姐让我教她做绢花的时候，我还以为二太太的娘家只是有兄弟在金陵做官，可我看二太太的样子，应该也不是普通人家吧！"

徐小姐一听却斜睨了她一眼，一副"你这是听谁胡说的"表情道："大太太的娘家怎么能跟桐庐杨家相比？桐庐杨家祖上曾经出过一品大员，他们定远杨家上三辈不过是个贩卖丝绸的行商而已，却在外面装读书世家，做官，也是这两三代人的事，这也还是和裴家结了亲，得了裴家的提携才能走得这么顺利！"说到这里，她露出要和郁棠说八卦的兴奋状，和郁棠耳语道："我跟你说，你别看大太太一副大家闺秀的样子，又是祭酒家的女公子，实际上读书不怎么行的。从前她在京城的时候，有一次张家的赏花会，行酒令，她每次都勉强通过不说，后来实在对不出来了，居然装醉还被人识破了。她能嫁给裴家的大老爷，完全是因为她那张脸。所以我爹不是那么瞧得上他们家的大老爷……"言下之意，就是大太太有些蠢。

郁棠这短短两刻钟知道的事比她之前所有的日子加起来知道的还多。

她嘿嘿地笑，实在是不好评价大太太，道："青菜萝卜，各有所爱，这种事谁又说得清楚的。"

郁棠觉得自己说的这话很冠冕堂皇，找不出什么错来，谁知道她话音刚落，徐小姐更来劲了，道："原来这件事你也知道！"

什么事？！郁棠有些茫然，不知道自己又触动了徐小姐哪里，徐小姐已叽叽喳喳地道："我有次听我娘和张伯母说，裴家大太太表面上一副端庄肃穆、凛然不可犯的样子，在私底下，可会撒娇了，多走几步路都要回去跟裴家大老爷说脚疼的。我娘说，难怪她能过得顺风顺水的。"

可丈夫没有了，她的日子就开始不好过了啊！郁棠觉得自己这个时候说这样的话有点过分，就顺着徐小姐"嗯"了一声，心里却想着裴宴的事。黎家都做到这个份上了，裴宴为什么不答应黎家的婚事呢？是黎家的小姐长得太平常了吗？或者是性子不好？但能和徐小姐玩得好，应该不会如此才是。

她不禁道："黎家的小姐长得漂亮吗？"

徐小姐一时还没反应过来，半是感慨半是无奈地道："你知道我娘为何要说裴家的大太太吗？因为我大阿兄也和裴家的大老爷一样，也找了个除了脸什么都没有的女子，我娘怕她的两个孙儿也和裴家大太太的儿子似的，就把我那两个侄儿都养在了自己的膝下……为这个，大阿兄没少受我娘和我大嫂的夹板气。我阿嫂，就是黎家的旁支！"

这小姑娘，什么都敢讲！郁棠都不知道说什么好了。

徐小姐却误会郁棠没有听懂，急道："你知道黎大人是他们那一届的探花郎吧？他当初春闱的时候，可是第三十几名。他们黎家，最出名的不是出了黎大人这个阁老，而是有名的出美人！"

还有这种事？！那裴宴为什么不答应？若是别人，肯定会觉得是裴宴脑子不好了。郁棠却十分相信裴宴，她觉得裴宴和黎家的事肯定还有其他的内幕。只是她不知道有没有机会知道这个内幕。这样一想，郁棠就有些怅然。不过，徐小姐知道得真多。她要想知道世家谱，也许还真得听徐小姐说。

郁棠端正态度，正想请教她几句，就看见送完客的二太太领着计大娘往茶房去了。这是要请她们去见裴老安人。

两人忙站了起来，整了整衣襟，快步进了茶房。

二太太果然是来请她们过去喝茶的，见郁棠和徐小姐从外面进来不仅没有怀疑，还关心地问她们："这是去了哪里？我发现这院子后院种了几株月季花，开得还挺好，你们闲着无事的时候，可以去那边看看。"

两人都颇为心虚，哪里还敢多说，恭敬地应"是"，跟着长辈去了裴老安人那里。

019

正厅窗棂大开，清风徐来，满室清凉。

裴老安人靠在罗汉床的大迎枕上，神色和煦，眼底含笑，显得惬意而又逍遥，半点都看不出不久之前这里曾经发生过把二太太气跑了的事。

"昨天睡得可好？"裴老安人亲切地问道，"让你们久等了。计大娘有没有沏了好茶招待你们？"

"不仅茶好，点心也好。"陈氏微微地笑。

她比杨三太太岁数大，杨三太太很谦逊地让了陈氏代表她们回裴老安人的话。不说别的，就凭这份气度，也可以看出那个殷家的不凡。

众人闲聊了一会儿，裴府的几位老安人、太太、少奶奶和小姐也都过来了。大家又是一阵寒暄。

郁棠看见了裴家大太太。她由个十分美貌的丫鬟扶着，不苟言笑。裴家的女眷也有意无意地把她排斥在外，不怎么和她说话。郁棠暗暗记在了心底。

等大家重新坐下，裴老安人就让人去请了从南少林寺请来的高僧无能。

他是个皮肤黝黑，身材干瘦的五旬男子，穿了件很普通的灰色粗布僧袍，神色严肃，说话简洁，声若洪钟，震耳欲聋，把在座的女眷都吓了一大跳。

郁棠觉得他讲经，大家肯定都能听得比较清楚。

无能之前就知道了裴老安人的用意，他也没有多说，先给大家讲了一段比较简短的佛经故事，然后让随身的小沙弥用托盘拿了好几个护身符过来给她们挑选，并把祈福会定在了明天的午时："是个小法会，一个半时辰就能完。今天需得众位太太小姐净身沐浴，禁食荤腥，吃一天的斋即可。"

大家自然纷纷称"是"，拿了无能送的护身符仔细地打量。无能就带着小沙弥告辞了。

大家就开始讨论明天是自己做斋席还是请昭明寺做。此时郁棠才知道，原来裴府的女眷上山，连厨子都带了。难怪三老爷要让她们跟着裴府的女眷进寺了。吃住都方便很多啊！郁棠在心里庆幸。

湖州武氏的人这时也到了昭明寺，武家的女眷派了婆子来给裴老安人送帖子。

裴老安人笑道："寺里也就别讲那么多规矩了，让她们进来好了！"

裴老安人要会客，陈氏等人留在这里就不太合适了，大家起身告辞。

老安人想了想，道："湖州武家我还是第一次见，你们先去花厅坐坐也好。"主要是怕武家的人带的见面礼不够，给武家的女眷带来不便。

众人也都心知肚明，三三两两地笑着去了厅堂后面的花厅，只留了裴家二太太帮着老安人待客。

裴家三小姐、四小姐和五小姐自昨天中午之后就再也没有见过郁棠了，此时见面自然是分外高兴，拉着郁棠叽叽喳喳地道："苦庵寺做的香已经送到了昭明寺，我们昨天晚上还去看了。到时候肯定会出名的。"

因为东西是随着裴家女眷的车马过来的，准备赠给昭明寺的佛香放在裴家派过来的管事手里，郁棠就没有过问，没想到这几个小姑娘昨天晚上就跑过去看了。

她笑眯眯地点着头。

裴家二小姐和郁棠不太亲密，她和徐小姐走在后面，一副想跟徐小姐搭讪又不知道说什么好的样子，让徐小姐暗暗地翻了个白眼。不过看在杨公子的面子上，她主动和二小姐说着话："你昨天晚上睡得可好？我觉得厢房里一股子檀香味，熏得我大半夜都没有睡着，最后实在是太累了，才迷迷糊糊地睡着了。"说完，指了指走在她们前面的裴家小姐和郁棠："我刚听她们说什么佛香，你们家是不是有人擅长制这个？还有没有其他味道的香？能不能送点给我？我已经让人去买香了，可临安这么小，也不知道能不能买到好闻的香。"

裴二小姐知道徐家是怎样的人家，自然不愿意得罪徐小姐。何况徐小姐是要嫁到殷家去的，还嫁的是殷家长房的独子，十九岁的少年进士……她忙道："擅长制香的是长房大堂兄的未婚妻，你应该也认识，杭州顾家二房的长女。"她低声细语，把她们帮着苦庵寺制作佛香的事也告诉了徐小姐。

徐小姐听得眼珠子直转，待二小姐说完后"哦"了一声，道："我不认识这位顾小姐。不过，我认识顾家的顾朝阳。他和这位顾小姐是什么关系？"

裴二小姐莞尔，道："她正是顾朝阳的胞妹。"

徐小姐又"哦"了一声，道："我要是没有记错，他们家的当家太太是填房，只是不知道是哪家的姑娘？"

她没有印象的，肯定不是什么大家出身，而且她听人说过，顾家二房的当家太太眼界很小，自家丈夫读书不行，还打压几个庶出的弟弟，如今二房都没出什么人才了。要不是顾昶，恐怕早就不在江南世家之列了。

裴二小姐却很好奇她怎么会认识顾昶。

徐小姐道："他和殷明远是同科。"

殷明远？！徐小姐的未婚夫。裴二小姐望着徐小姐。

徐小姐点了点头，不见半点羞赧，大方地道："我听说顾朝阳才高八斗，貌胜潘安，殷明远去参加诗会的时候，就让他带我去看了一眼。感觉还行，没殷明远好看，不过比殷明远矫健。"

裴二小姐见过张狂的，却没有见过比徐小姐更张狂的，闻言一时间不知道该怎么回答了。

走在前面的四小姐却突然回头，"哇"了一声，道："徐姐姐好厉害，居然敢去参加士子们的诗会。"

徐小姐不以为然地挥了挥手，道："殷明远从小在我们家读书，我让他带我去参加个诗会有什么了不起的！"

能让未婚夫答应带着她一个女子去参加诗会，这已经很了不起了！裴家的几位小姐都敬佩地望着她。

郁棠的注意力却放在那个"殷"字上，她看了看裴家的几位小姐，略一思索，拉了三小姐，低声道："徐家是什么来头？那个殷明远又是谁？"

三小姐飞快地睃了一眼徐小姐，见她正全神贯注地和其他几位小姐说话，忙低声道："徐小姐的高祖父做过太子太保、吏部尚书，曾祖父和曾叔祖都曾做过首辅，如今徐家当家的是她父亲，任武英殿大学士、兵部尚书；有一位叔父任陕西布政使，一位叔父之前在都察院任御史，今年春上调任了江浙盐运使。殷明远是她未婚夫，庶吉士，在刑部观政。"

郁棠过了一会儿才想明白。也就是说，黎家的老夫人和杨三太太都是徐小姐未来婆家的姑娘。难怪她对杨三太太那么恭敬了。

裴三小姐见徐小姐还在和她的姐妹们说话，又飞快地道："她是老来女。殷明远虽然很会读书，可身体不好。徐、殷两家的亲事是老一辈儿定下来的。听说徐夫人非常不满，放出话来，说给徐小姐算过命了，徐小姐不宜早嫁，因而要留她到二十岁。两人还没有成亲。"

这是怕殷明远早逝吗？徐家还真是彪悍！郁棠心里的小人儿擦了擦额头的汗，飞快地看了身后一眼，继续和三小姐八卦："那殷家就不说什么吗？"

裴三小姐抿嘴笑，道："殷明远喜欢徐小姐，非她不娶。"

"啊！"郁棠惊呼一声，下意识地压着声音，不由得又朝身后看了一眼。这次她就没有从前的好运气了，和徐小姐的视线对了个正着。郁棠心虚地朝着徐小姐笑了笑。

徐小姐眼睛一转，丢下几位裴小姐就快步走了过来，挽了郁棠的胳膊，笑道："妹妹是不是向别人打听我了？我不喜欢庙里的檀香味，妹妹送我几支别的味道的香呗！"

郁棠不好意思地朝着她笑，道："我不喜欢熏香，我喜欢香露。要不，我先送你半瓶香露？这次出门，我只带了一瓶。"

这香露还是上次郁文和吴老爷去宁波的时候带给她的礼物。据说是玫瑰香，还挺好闻的。但香露要密封好，不然很快就不香了。好在是她们只在寺里住三五天，不然就算她送了半瓶香露给她，估计也没瓶子装。

徐小姐笑道："哎呀，终于遇到一个和我一样喜欢香露的了。等会儿用过午膳我就去你那里拿。"

郁棠觉得她的表情不像是去拿香露的，倒像是去探秘似的……不过，既然答应了，就算徐小姐是去她那里探秘的，郁棠也只能硬着头皮接待她了。

众人很快在花厅坐下。

裴家的几位小姐忙到各自的祖母面前尽孝。五小姐就跟着郁棠。

杨三太太坐在毅老安人身边，和毅老安人叙着旧，听那口气，家里的长辈好像和毅老太爷做过同僚。

徐小姐左看看，右瞧瞧，也跟着五小姐和郁棠站在了一起。她问五小姐："你们家什么时候午膳？"

五小姐摇头，道："我也不知道。"

徐小姐一副无可奈何的样子，又问："那你们家平时是什么时候午膳？"

五小姐道："正午时差一刻钟。"

徐小姐满意地点了点头，从兜里掏出了一块金色的怀表，"啪"地打开，看了看，有些生无可恋地道："还差一个时辰。"

郁棠和五小姐的眼睛都粘在了徐小姐的怀表上，五小姐更是道："这就是怀表吗？可真漂亮。"

徐小姐微微颔首，伸出手道："你要不要看看？"

五小姐连忙摇头，道："我阿爹也有一块。只是我没有看见过这么小的。"

郁棠梦中见李端用过，和五小姐一样，也没见过这么小的。

徐小姐不以为意地道："是找人专门定做的，走得还挺准的。"

五小姐就道："你肚子饿了吗？要不我让阿珊给你端盘点心过来吧？"

"不用了。"徐小姐叹气，很无聊的样子，蔫蔫地道，"我不饿，我就是想知道我们什么时候才能散了。我想去郁妹妹那里看看她带了什么味道的香露过来。"

你还不如说你不耐烦这样的聚会呢！郁棠和五小姐都不约而同地给了她一个白眼。

她嘻嘻地笑，问五小姐："你大堂兄来了吗？知道住哪里吗？"

五小姐道："不仅我大堂兄到了，我二堂兄和我阿弟也过来了。他们当然是住在外院啊！但住哪里我没有问。你要做什么？要不要我找个管事来问问。"

徐小姐和她们附耳道："杨家把你大堂兄吹上天了，说比你三叔父还要有才华，我想看看他长什么样子。"

五小姐一愣，喃喃地道："比我三叔父还要有才华？"这话怎么听着这么别扭呢？

郁棠想到梦中的那些事，觉得杨家这是在为裴彤造势。她不知道裴彤娶了谁，但他是在京城成的亲。可实际已经有了很大的改变，不知道裴彤是否还会走梦中的老路。

徐小姐见状又问五小姐："那你知道不知道你三叔父每天什么时候来给裴老安人问安？"

五小姐不解道："你打听这个做什么？"

徐小姐不以为意地道："我就问问。"

郁棠则看了徐小姐一眼。

徐小姐呵呵地笑，对郁棠和五小姐道："我刚刚过来时看见外面有石榴树，要不我们去摘石榴吧？"

五小姐和郁棠看着满屋的女眷，齐齐摇了摇头。

徐小姐决定自己去。

郁棠觉得如今的昭明寺非常复杂，拉住了徐小姐，道："无能大师给我们祈福的时候，我们也要像平时那样把姓名和生辰八字写上吗？若是有人翻动怎么办？"

生辰八字关系到前程运势，等闲是不会告诉别人的，特别是女孩子的。

徐小姐被转移了注意力，忙道："从前我们在红螺寺的时候也会写，不过要装在大红色的封套里，还要用特别的手法封住，装在密封的匣子里。你放心，不会有人知道的。"

"那就好！"郁棠看似松了口气似的，继续向徐小姐讨教祈福会的事。

徐小姐滔滔不绝地讲着自己的经历，没再提要出去的事。

武家的女眷并没有在裴老安人那里待很长时间，陈氏却被杨三太太带着，把裴家的女眷全认了一遍。等到从裴老安人那里用了午膳回来，徐小姐就跟着郁棠到了陈氏和郁棠休息的厢房。郁棠分了半瓶香露给她，徐小姐高兴极了，道："这香味好闻。"还道："郁妹妹你放心，我过几天就还一瓶给你。"

郁棠虽然很喜欢这香露，但她打听到杭州城也有卖的，并不是什么求而不得的东西，遂笑道："不用了，你喜欢就拿去用好了。"

徐小姐也没有太客气，道："那我就先多谢你了。"说完，她起身告辞："妹妹先歇个午觉，我等会儿再来找你玩。"然后指了指她住的厢房隔壁："我和杨三太太就住在旁边。"

郁棠应了，笑吟吟地送了徐小姐出门，转身却被陈氏叫到了东间。

陈氏正坐在临窗的大书案前写字，见郁棠进来，忙朝着她招手："你快来帮我看看。"

郁棠笑着快步上前，发现她母亲在写今天见到的裴家女眷的称呼和相貌特征。

"您这是？"她有些不解。

陈氏笑道："我们毕竟是临安人，从前接触不到裴家，现在常在裴府走动，裴府的几位太太、奶奶怎么能见面不相识呢？你也知道我们家，人口简单，我这么多年跟着你阿爹，你阿爹又什么都护着我，我也经历的事少，就怕自己忘记了，再见面的时候得罪人，想着好记性不如烂笔头，趁着我还有印象，把今天遇到的人都记下来，对你以后也有益处——不记错别人的名字，对别人也是种尊重。"

郁棠觉得母亲说得很对。她端了把椅子在母亲身边坐定，和母亲一起，一面回忆今天见到的人，一面记录下她们都长什么样儿，还不时地低声评论两句，说上两句裴府的八卦。

就像小时候和母亲在一起做游戏，郁棠不仅没有感觉到疲惫，而且还兴趣盎然，觉得非常有趣。要不是徐小姐过来找她玩，她还没有发现时间已经过去一个时辰了。

她们忘记了睡午觉。母女俩相视而笑,心里却十分地快活。

郁棠抱着母亲的胳膊,想着徐小姐学世家谱的时候,是不是也像她和她母亲一样,其乐融融的,因而徐小姐才会对那些世家的关系都门儿清的!

她突然就对徐小姐生出几分亲切来。

当徐小姐得意扬扬地拿出一瓶和她的一模一样的香露时,郁棠还像哄自家小妹妹似的笑盈盈地夸奖她:"你好厉害!这么快就找到一瓶和我一模一样的香露,你是怎么做到的?"

徐小姐听她这么说十分高兴,声线都不自觉地高了几分,还朝郁棠挑了挑眉,道:"你知道武家是做什么的吗?是跑漕运的。他们家每年都要花大量的精力打点京中的权贵。京中的权贵能缺什么?最多也就是对海上来的东西稀罕一点。你这香露一看就是海上的东西,我派了人去向他们家讨,他们家一下子就拿出七八种香露让我挑。"说着,她像献宝似的朝郁棠眨了眨眼睛:"要是武家没有,我还可以问问宋家。他们宋家最讲排场,这种稀罕东西,他们家的女眷肯定是要拿出来显摆的。"最后她还真诚地道:"等会儿妹妹去我那里玩,也挑几瓶其他香味的香露带过来。"

郁棠抿了嘴笑,道:"你可真聪明!"

"那是当然的。"徐小姐心安理得地受下了。郁棠向她道过谢,收下了她带过来的香露。徐小姐就更喜欢她了,觉得她不扭捏,虽然出身一般,却落落大方,真正的不卑不亢。

她不由得继续和郁棠聊天:"武家的人也是出了名的长得漂亮。要不然他们家的姑娘也不可能嫁到江家,还做了江家的长媳。我姑姑说,那是因为武家从前是水匪,娶的媳妇都是抢的各地方的美人,他们家人才会都长得肤白貌美。不过,江家也给武家带了个不好的头。我可打听清楚了,这次武家只来了两位少爷,小姐却来了不少,从十八岁到十四岁的都有,还一个比一个漂亮。包括那个据说不比他们家嫁到江家的那位大小姐差的武家十小姐。我觉得,武家肯定是想把他们家姑娘嫁给裴三老爷。"

郁棠吓了一大跳,忙道:"你小声点!小心隔墙有耳,坏了别人的名声。"却没有置疑她的猜测。

徐小姐微微一愣,随后哈哈大笑起来,两眼亮晶晶地要去揉郁棠的头:"你可真有意思!"

郁棠偏头,躲过了她的手,嗔道:"我不想再重新梳头了,你别摸我的头发。"

徐小姐再次大笑,承诺道:"你放心,我带了一个会梳头的婆子和一个会梳头的丫鬟,到时候可以派一个人过来给你帮忙。"

郁棠暗中咂舌。像她们家这样,能有个仆妇兼顾着会梳头就不错了,就是梦中的顾曦当年嫁到李家,也不过是陪嫁了个会梳头的婆子。这婆子还兼顾着帮顾曦收拾衣裳，给顾曦的乳母跑腿的工作。裴家的小姐们也都只是一个人有一个会梳头的丫鬟。可见徐家真的很富贵。

徐小姐再次问郁棠："你真的没办法去拜访裴三老爷吗？我好奇他长什么样子，你说，我们这边要是出了点什么事，他会不会亲自过来看看？毕竟这边住了这么多的女眷……"

郁棠听得心慌意乱，阻止她道："你要干什么？要是因为你，住在这里的女眷出了什么意外，你觉得你以后还能睡安稳觉吗？再说了，欲速则不达，你为何非要强求？我们不是还要在寺里住四天吗？你怎么就知道以后没有机会见到裴家三老爷呢？"

"你说得有道理。"徐小姐沉思片刻，道，"我的确太着急了一些。"

郁棠见了心中一动，道："你为什么这么着急要见裴家三老爷？"

徐小姐脸一红，沉默了片刻才小声地告诉她："我们家也想把我堂妹嫁给裴遐光。不过，我那堂妹今年才十六，年纪有点小，裴遐光除了服就应该要成亲了，估计裴家人不会答应。但听我叔父的意思，不管他答应不答应都要试一试。"

郁棠张大了嘴巴，惹得徐小姐又是一阵笑。

她还敲了敲郁棠的脑袋，道："要不然，你以为杨三太太过来干吗？你不会真的以为大家都是来听讲经会的吧？就是裴老安人，也未必没有这样的心思。"

郁棠没有说话，觉得胸口闷闷的，脸色也有点不太好看。

徐小姐还沉浸在自己的思绪中，并没注意到郁棠的异样，还在那里继续絮叨："不知道还有哪些人家会过来。现在来了的这几家，我看了看，可能也就彭家没有这意思了。啊……"她像发现了什么了不起的事似的，突然低声惊呼了一声。

郁棠被她一惊一乍闹得心中发紧，忙道："怎么了？"

徐小姐就拉住了郁棠的手，和她耳语："你说，彭家会不会和裴家面和心不和？彭家在福建，千里迢迢的，他们家过来凑什么热闹？"

郁棠的心怦怦乱跳。徐小姐太聪明了。出了航海舆图的事，裴家对彭家肯定有所戒备，可彭家如果对裴家也很戒备，那是不是说，彭家发现裴家对他们已经戒备了呢？若是如此，有一天彭家和裴家翻脸，裴家想对付彭家可能就没那么容易了。裴宴知不知道彭家的态度呢？

郁棠深深地吸了几口气，心情才慢慢地有所平复，脑子也开始飞快地转了起来。徐小姐再聪明，肯定也聪明不过裴宴，既然徐小姐都能看透的事，裴宴肯定也能看透。她应该相信裴宴。

郁棠又深深地吸了几口气。

"我是不是吓着你了？"此时才发现郁棠脸色有些苍白的徐小姐后知后觉地道，"你有没有哪里不舒服？"

"没有，没有。"郁棠心有点慌，想粉饰太平，可也不知道她自己为何这般，

"我从来没有想过这种事,就觉得太惊讶了。"

徐小姐相信了她。她见过太多像郁棠这样的女孩子,平时只关心衣饰花草,对外面的事都不感兴趣。

"不好意思。"她歉意地道,"我这个人就是喜欢胡思乱想,你别放在心上,我也是乱猜的。说不定是因为福建离这里太远了,所以彭家才会只来了几个女眷而已。为这事,我娘已经说过我好几次了,我就是太闲了。"

"没有,你这样很好。"郁棠看见她沮丧起来,安慰她道,"我有的时候也喜欢这样乱猜。不过,你比我知道的东西多,我们猜的事情不一样而已。像我,有时候看见隔壁仆妇出门的时候提了一篮子咸菜,结果回来的时候篮子是空的,就会猜她是不是悄悄把咸菜换银子了。"

徐小姐大笑,眉眼都飞扬了起来,道:"那你猜对了吗?"

"不知道!"郁棠笑道,"我从来没有机会去证实。"

"可我多半的时候都会猜对。"徐小姐道,"殷明远从小就病恹恹的,吹不得风见不得雨的,偏偏又要在我们家读书,要我陪着他玩。我要是不带着他,他就哭,他身边的丫鬟婆子就会到我祖母那里告状。"她气呼呼地道:"我只好陪着他读书。后来我长大了,就知道怎么对付他了——我不和他说话。"

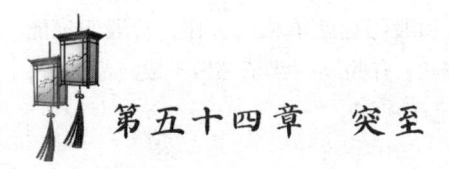

第五十四章 突至

他们是未婚夫妇,还能这样?!郁棠目瞪口呆。

徐小姐也不以为意,继续道:"我不和他说话了,他就没办法,只好想尽了办法哄我,就跟我说这说那的。我觉得他知道得多,就慢慢又开始和他说话。"

郁棠听着脑海里冒出两个粉雕玉琢的小娃娃,一个板着脸在那里生气,一个转着在那里哄人,不由得就"扑哧"笑出声来,道:"是不是因为这个,你才知道那么多豪门世家的事?"

徐小姐讪讪然地笑了笑。

郁棠觉得这样挺好。不管怎样,两个人有话说才是最好的。她看到过很多夫妻,除了家里的家务事和孩子,就没有其他的话可说。

郁棠道:"那后来呢?是不是你就开始喜欢胡思乱想了?"

"也不全是啦!"说起这件事来,徐小姐又有点生气了,"是殷明远考进士的时候，总要花很多的时间写策论，我问他什么，他总是'嗯嗯嗯'地敷衍我，我特别不高兴。正巧那段时间皇长孙女不是夭折了吗？就有很多人嚷着要立皇三子为储，他就给我布置功课，让我猜最后会怎么样。我觉得很有意思，慢慢就养成了习惯，觉得这个比很多事都好玩。"

郁棠想了想，才明白徐小姐说了些什么。当朝天子子嗣艰难，只活下来了两个成年的儿子，偏偏两个儿子也子嗣艰难，皇次子没有儿子，只生了两个女儿，还夭折了一个，只有皇三子生了两个儿子。加之皇后又病逝了快十年了，中宫空虚，是立长还是立嫡，朝中一直风波不断。皇太后想选秀，给天子后宫再添几个人。因为这件事，很多豪门世家都在背后推波助澜。

郁棠微微一愣，道："殷公子是恩科？"

当年选了五十位秀女进宫，天子却没有纳妃，而是把这些秀女都赐给了自己的两个儿子。皇太后不高兴，第二年是皇太后六十大寿，天子为了讨皇太后喜欢，特意开了恩科。所以殷明远才会那样刻苦，都没空陪徐小姐玩。

徐小姐点头，有些委屈地道："我阿爹原是想让他大比时再下场，可他非要去考恩科，还说什么时不我待。殷家的人就以为是我要他去考的，他们家老太君还特意从华阴赶了过来，把我叫过去说话。我娘那些日子气得好几天都没有睡着，寻思着怎么和殷家退亲，后来还是黎老安人来家里跟我娘说项，殷明远又金榜题名了，我娘这才没有去退亲。"说到这里，她又高兴起来："不过，也不是完全没有收获。殷家的人答应，等我成亲了，我和殷明远就单独出去住，等殷明远能做到三品大员了，再回殷家的老宅去住。嘻嘻嘻，有些人一辈子都做不成三品大员，我看我们这一辈子有可能永远住在我陪嫁的宅子里了。"

这样的条件还真是惊世骇俗！

郁棠忙道："你们为什么要搬出去住？他们家在京城也有宅子吗？"

殷明远如今是庶吉士，如果在京里有宅子，就不会是这种说法了。

徐小姐点头，道："你不知道，他们殷家女多男少，生个男孩子就像个金宝似的，好多没成丁之前都是由姐姐养大的。为了传承不断，殷家的女孩子都当男孩子养大的，读书写字不说，还管着家里的铺子庶务。到了殷明远这里就更过分，他二叔父前前后后纳了四房小妾也就只生了一个女儿，想在族里过继个儿子都找不到合适的，殷明远还要一肩挑两房……

"你是没有看见过，殷家但凡有个风吹草动的，他们家那些姑奶奶只要能赶回来的就全都会赶回来，议事的厅堂可以坐一屋子女人。

"要不然殷家二哥怎么会跑到淮安来当知府？就是不喜欢他们家的那些姑奶奶插手他们家的事。"

然后她抱怨道："殷明远是不错啊，可架不住他们家有那么多的大小姑奶奶啊！我都不知道我祖父这是在坑我还是在心疼我。"

郁棠真的是长见识了！别人家都是外嫁女不管娘家的事，殷家，全都颠倒了。她不由问道："那你真的不准备嫁给殷明远了吗？"

"那怎么可能！"徐小姐听了直跳脚，道，"别说我们两家是有婚约的，就算没有婚约，殷明远对我那么好，他要是来提亲，我肯定也会答应的。我就是有点烦他们家的事，特别是在京城，黎老夫人、张老夫人，全都是殷家的姑奶奶，有个什么事都喜欢来我家，总想指点我一番，我很不喜欢。"

郁棠心中一动，道："张老夫人？"

"是啊！"徐小姐蔫蔫地道，"他们殷家挑姑爷那也是很有名的。黎老夫人就不说了，你已经知道了。张老夫人就是裴遐光恩师张英的夫人。她和黎老夫人是堂姐妹，所以黎家才会那么看中裴遐光，一心想嫁个女儿给裴遐光啊！现在黎家不成了，殷家肯定不会就这样轻易放过裴遐光的。你等着看吧，杨三太太到底是来给我们徐家说亲的还是给殷家看女婿的，还真不好说。"

郁棠冒汗，迟疑道："那你怎么在杨三太太面前……"

"像个小媳妇似的？！"徐小姐不以为意地笑着接话道。

郁棠面色一红。

徐小姐叹气，道："我这不也是没有办法了吗？我家原本和殷家商量好了，今年九月就成亲。殷家老太君来了京城，和黎老夫人、张老夫人隔三岔五地就为婚事来问我家，我娘又是个直脾气，我两头不讨好，就想避避风头。殷明远知道我很为难，就把我托付给了回乡办事的杨三太太，让我出来散散心。杨三太太生怕有什么闪失，眼都不错地盯着我，我要是还不装乖，怕她会把我放在杨家供起来，等到她回去的时候再把我给送回去！"

郁棠哈哈大笑。

双桃带了徐小姐身边的一个叫阿福的丫鬟走了进来。

"小姐！"她恭敬地给郁棠和徐小姐行了礼，禀道，"彭家二少奶奶听说您也在这里，派婆子过来给您请安，想等会儿和宋家的两位小姐一起过来拜访您。"

徐小姐想也没想地道："我陪着殷家的姑奶奶过来的，你去跟她说一声，今天恐怕不行，明天祈福会过后我再去拜访她好了。"

阿福屈膝行礼，退了下去。

徐小姐就向郁棠解释道："彭家行事很霸道，我娘很不喜欢，也就不喜欢我和彭家的女眷往来。"

既然如此，为何又把族中的女儿嫁到彭家去呢？可见家家都有本难念的经。

她不想和徐小姐多说这些，就转移了话题："我去帮你问问三老爷什么时候去给裴老安人问安吧？说不定我们能碰上。"

徐小姐连声说好。

郁棠就派了双桃去见阿茗，让她把徐小姐想要见裴宴的事告诉裴宴，免得徐小姐乱闯，惹出什么事端来更麻烦。至于裴宴要不要见徐小姐，也由他决定。

徐小姐不知道郁棠私下是怎么交代双桃的，又和郁棠说了半天的话，裴家五小姐和四小姐就联袂而至。

"没想到徐小姐比我们还早。"四小姐声音清脆地道，问起郁棠写生辰八字的事，还拿了个雕着喜上眉梢的剔红漆匣子给郁棠，"我们在路上遇到了计大娘，就给你带了过来。你今晚写好了放在匣子里封好，明天一早去给老安人问安的时候带过去交给计大娘，到时候大家全都用一样的匣子装着，谁也不知道哪个匣子是哪家的。"

这个主意想得周到。郁棠笑道："我之前还担心，没想到正如徐小姐所说，是我杞人忧天了。"

五小姐忙问发生了什么事。郁棠就把之前徐小姐和自己说的事告诉了她。四小姐就笑眯眯地和徐小姐说起话来。大家你一句我一句的，屋子里十分热闹。

陈氏站在厅堂里听了几句，满脸笑容回了自己的东间。

虚扶着她的陈婆子将陈氏安顿在床边坐好，一面转身去给她倒茶，一面笑道："小姐现在可比从前懂事多了。从前虽然也体贴孝顺，可总带着一团孩子气，现在却不管和什么人都能说得上话了，让人喜欢了。"

"可不是？"陈氏答着，和陈婆子道，"我觉得吴家和卫家的事还是应该跟老安人说一声。虽说这是裴家的人情，可到底是因为我们，裴家三老爷才会让人给吴家和卫家安排地方的。应该让老爷也知道这件事，如果有机会，还应该当面谢一谢裴家三老爷的。"

就在刚才，卫太太贴身的婆子来拜访陈氏，陈氏还以为和吴家一样，让她想办法帮她们在四月初八的时候安排个落脚的地方，不承想卫家却是来道谢的。卫家和吴家一样，来晚了，没有了歇脚的地方，知道郁氏母女是随着裴家女眷进的寺，就寻思着要不要借郁家的面子和裴家的管事提一提，却迎面碰见了胡兴。胡兴知道她们的来意之后立刻去见了裴宴。

就这样，裴家的管事在外院给她们腾了一间厢房。不仅卫家，就是吴家，也跟着沾了光。

"就是裴老安人那里，也应该去道声谢才是。"陈婆子比陈氏想得更远，"礼多人不怪。裴三老爷这么安排，也未尝不是看在裴老安人的面子上。"

陈氏觉得有道理，只是裴老安人那边的事有点多，等到晚上也没有机会去跟裴老安人说一声，陈氏就把这件事先放在了心里。和送走了徐小姐、裴四小姐、裴五小姐的郁棠一块儿用了晚膳，移步到了西间，正想和郁棠说说话儿，徐小姐身边的阿福过来问郁棠："您和太太还去院子里散步吗？我们家小姐和杨三太太准备去院子里走走。"

这是来邀她们出去玩吗？

郁棠笑望着母亲，由着母亲拿主意。

陈氏对杨三太太很有好感。

她也算是遇到过不少人的了，但像杨三太太这样出身，这样品格的人还是头一回，她也就很喜欢和杨三太太做个伴。听阿福这么说，她立刻道："你去跟你们家小姐和杨三太太说一声，我们也准备去后面的小花园里走走。"

阿福高兴地屈膝行礼，圆圆的脸，甜甜的笑，让人看着心里就觉得高兴。

陈氏一面重新更衣，一面对郁棠笑道："你看他们这些人家都是怎么选丫鬟的，有眼力不说，还一个个都笑得一脸的福气，让人看着就可喜。"

郁棠看了眼双桃的瓜子脸，笑道："以后我们也选个圆圆脸的丫鬟。"

陈氏呵呵地笑。

双桃不好意思地往外跑："我去给太太和小姐准备茶水。"

陈氏做主，把她许配给了王四。王四因为这个，和郁家签了卖身契。陈氏准备把这两口子留给郁棠用，已经开始让王四在郁家的铺子里打杂了。等双桃和王四成了亲，也要搬到铺子里去住一段时间，郁棠这边就要重新买个丫鬟。郁棠就想起了梦中在李家时曾经提醒过自己的那个丫鬟白杏。只是白杏在此之前和她没有什么来往，她只知道白杏是她嫁到李家第三年时被卖到李家的，从前叫招弟来着，进了李府才改名叫白杏的，是哪里的人，为什么被卖到李家，她全都不知道。

找起来有点困难，不然她早就派人去寻了。但就算是这样，她还是留了个心，想着那丫鬟说话带着点陕西口音，寻思是不是从那边逃荒过来的，给牙婆留了信，只看她们有没有这样的缘分了。

郁棠就问陈氏："双桃的婚期定了吗？您也别管我这边，实在不行，就先买个小丫鬟。"

买个小丫鬟回来得先跟着双桃学规矩，而且还不知道人能不能顶事，要是不得用，还得换一个。双桃的婚期也就不太好定。

郁棠从前是想等白杏的消息，可现在又怕耽搁了双桃的婚事。因此心里琢磨着，等到有了白杏的消息，再把她买过来也不迟。大不了她身边养两个丫鬟好了。

母女俩说着话，很快就到了后院的小花圃。徐小姐已经和杨三太太在那里等着了。大家见面，热情地打着招呼。

杨三太太笑盈盈地道："这天黑得晚了，我们也能出门来消消食了。"

陈氏和她并肩走在草木扶疏的小径上："可不是！我也算是本地人了，却不知道昭明寺的禅房后面还有景致这么好的一个小院子，这次可真是托了你们的福。"

杨三太太呵呵地笑。

和郁棠并肩走在她们身后的徐小姐就和她耳语："我刚才听到你们在说什么买小丫鬟，双桃要出阁了吗？"

郁棠没有想到她耳朵这么尖，笑着点了点头，道："她年纪也不小了，回去就要准备出阁的事了。"

徐小姐就问起双桃的婚事来，许配给了谁，人品心性如何，以后还留在郁棠身边服侍吗，不知道为什么她会有那么多的好奇心。

可郁棠却不觉得烦，反而很有倾诉的心情。她们沿着小径还没有走完一圈，郁棠家里的情况她都已经知道得七七八八了。她还跃跃欲试地要帮着郁棠挑丫鬟。

郁棠忍俊不禁，觉得徐小姐这样就是闲出来的。

她道："你有空吗？浴佛节过后你们不立刻回桐庐吗？"她想到徐小姐什么都敢问她，她也就大着胆子问徐小姐，"杨三太太回乡做什么？她的事办完了吗？"

徐小姐左右看了看，然后拉着她附耳道："有人抱着孩子跑到黎老夫人那里说是殷家二哥养的外室。黎老夫人吓了个半死，派了杨三太太过来处置这件事。我们到时候会从这里直接去淮安，不然，殷明远拿什么把我骗到江南来啊！"

郁棠也被吓了个半死。徐小姐就这样把这件事告诉她，不太合适吧？

徐小姐却不以为意，眼睛转得骨碌碌的，狡黠地道："你以为我谁都会说吗？我是看着妹妹是个放心的。"

"可你也不应该这样啊！"郁棠道，"你这不是把事甩到我这里来了，让我心里有了个负担吗？"

徐小姐愕然。

郁棠解释道："为别人保守秘密也是很累的！"

徐小姐再次大笑，看着她的目光熠熠生辉，道："你这个人还挺有意思的。我觉得我没看错人。不过，你也不要有负担，这件事最多两三个月就会水落石出了。"

"啊？！"郁棠瞪着徐小姐。

徐小姐朝着她直眨眼。

郁棠无奈摇头。

徐小姐小声道："你闺名怎么称呼？我单名一个'萱'字，因在家里排行十三，家里人也叫我十三。"这就是要把郁棠当闺中密友的意思了。

郁棠也很喜欢徐小姐，轻声道："我单名一个'棠'字，家里人称我'阿棠'。"又道："你是和你们家堂兄弟一起排的序吗？"

不然徐家十三个姑娘，人数也太多了点。

徐小姐笑着点头，道："那我以后也跟你家里人一样喊你'阿棠'行吗？"

郁棠笑着点了点头。

徐小姐认了个妹妹，欢喜地要去摸郁棠的头，被郁棠机敏地避开了，还抱怨道："你别仗着比我高就总想摸我的头。头发乱了又要重新打理。"

徐小姐咯咯地笑，欢快得像展翅高飞的小鸟似的。

杨三太太那边就传来了陌生的青年女子的问好声。

郁棠和徐小姐循声望去，见是彭家的二少奶奶领着两个比她年纪略小的小姐。

徐小姐眉头直皱，嘀咕了一声"阴魂不散"。

郁棠猜道："是你族姐和宋家的两位小姐？"

"可不是！"徐小姐不悦地道，"她来就来，带着彭家的小姐我都觉得好一点，却偏偏带着宋家的小姐。要不是她得了宋家的什么好，就是彭家和宋家结盟了，在打我们家或是裴家的主意。"说到这里，她一惊，急道："难道她又要干什么让我们家丢脸的事？"

消息太多，郁棠想了想才消化，但她觉得跟在徐小姐身边，她就是脑子转得再快也没有熟知世家谱的徐小姐快，她不如听徐小姐说。

"这话怎么说？"她道，"你族姐都嫁到彭家去了，就算是丢脸，也是丢的彭家的脸，与你们家有什么关系？"

徐小姐道："他们彭家的女眷丢脸是常事，怎比得上我们徐家的脸面？你看她这个样子，如果别人打的是我们家的主意，她却帮着外人对付我们，别人知道要笑掉大牙的。要是有人利用她打裴家的主意，人家裴老安人和宋老安人是嫡亲的姨表姐妹，有什么事人家裴宋两家自己不能说，要她一个既不妻凭夫贵也不贤名远播的内宅妇人出头？她要是不说她是徐家的人，谁认识她啊！我看她是被人捧得不知道天高地厚了！不行！我得去说说她才行。"

她说完，三步并作两步朝杨三太太她们走了过去。

郁棠有些担心，也疾步跟着走了过去。

"十三！"彭家二少奶奶看见她们，雀跃地挥着手和徐小姐打招呼，郁棠要不是刚刚才听完徐小姐对她的抱怨，压根看不出这两人之间有那么大的罅隙。

"二少奶奶！"徐小姐笑着和彭二少奶奶打着招呼，落落大方，眉眼温婉，相比刚才与郁棠在一起时的慵懒，像变了一个人似的——此时才符合大家对世家贵女的印象，和郁棠在一起的时候，她显得太过随意。

郁棠暗暗咋舌。这才是徐小姐真正的面目，可以随时变化自己的形象。

她笑着过去也和彭家二少奶奶见了个礼。

彭家二少奶奶显然是冲着杨三太太和徐小姐来的，对郁棠和陈氏很敷衍，介绍宋家两位小姐的时候只是简短介绍了一下排行第几。

陈氏也是个心思机敏的人，见状就向杨家三太太和徐小姐告辞。

杨三太太和徐小姐都没有挽留她们，只说以后有机会再一起到院子里散步，甚至没有具体约什么时候，听着让人觉得她们比较怠慢陈氏母女。

回去的路上陈氏就显得有些沉默。

郁棠忙道："您是不是觉得杨三太太对我们有些冷淡？"

陈氏笑容有些勉强地道："你这小丫头，就是想得太多了。"

郁棠知道母亲言不由衷，轻声帮杨三太太和徐小姐说话："我听徐小姐说，彭家二少奶奶对她们有所求，而且她们还不想搭理她。杨三太太虽然和您认识没多久，您也应该感觉到她不是这样的人。我倒觉得，她当着彭二少奶奶疏远我们，是不想我们卷入到她们之间的纷争里去。"

陈氏想了想，道："真的吗？"

"您要是不相信，我们拭目以待。"郁棠觉得她看人的眼光还是有一点的。

陈氏仔细想想，还真是郁棠说的这理儿。等她第二天见到杨三太太的时候，就比平时还热情几分，笑着问杨三太太："昨天睡得好吗？我听闺女说徐小姐有些认床，好些了没有？"

杨三太太脸上神色看不出和平时有什么两样，她的笑容依旧温和有礼，声音依旧轻柔悦耳："还好你们家闺女给了我们半瓶香露，不然还真是有点难受。"

两个人就说起香露来。一时间倒也其乐融融的。

郁棠松了口气。她觉得母亲好不容易交了个朋友，希望母亲能在昭明寺期间高高兴兴的。

徐小姐就在后面冲着她直笑，而且在去给裴老安人请安的路上悄声对她道："现在不是说话的时候，等会儿我们再说。"看来昨天她们走后有事发生啊！

郁棠心里蠢蠢欲动，随着裴老安人等人去大殿的时候还一直在想这件事。直到在大殿中站定，知客和尚端了托盘来收写着生辰八字的匣子，郁棠这才集中精神，不敢再胡思乱想，和徐小姐几个一起在大殿西边跪好，听大和尚做法事。

一个上午就这样过去了。法事完后，就郁棠这样的都是被丫鬟扶起来的，更不要说裴老安人等人了。

无能亲自陪着裴老安人去了后面的禅房。

徐小姐趁机和郁棠走到了一起，悄声道："怎么没看见其他的人？"

参加今天法事的只有昨天坐在花厅的裴家女眷和陈氏母女、徐小姐、杨三太太。

郁棠点头，莫名觉得突然和裴家更亲近了，好像自己也成了裴家的亲朋好友似的。

徐小姐就跟她道："你下午到我那里去玩，正好去挑几瓶香露。"

礼尚往来。

郁棠朝她笑了笑。

两人不再说话，在禅房用了午膳，陪着长辈和无能师父坐了一会儿，大家就各自回房歇晌了。

刚才在大殿郁棠不好说什么，回到厢房她就蹲下来帮母亲看膝盖。还好之前在膝盖上绑了棉垫，因而只是腿有点僵。

陈氏笑道："我原还以为自己能行呢！没想到已经老胳膊老腿了，不认输都不行了。也不知道裴老安人是怎么挺过来的！我要是到了她老人家这个年纪还有这个身体就好了。"

陈婆子在箱笼里拿给陈氏换洗的衣饰，闻言笑道："说不定老安人回去了也和您一样，急着在按摩腿呢！"

郁棠和陈氏都笑了起来。

陈氏就让郁棠挽了裤管给她看。

郁棠因为自身的遭遇，特别虔诚，跪得膝盖一片红。

陈氏心痛得不得了，忙让陈婆子带她去西间的住处擦药，还道："晚上就在你那边用晚膳，你好好在床上歇歇，下午哪里都别去了。"

郁棠想去赴徐小姐的约，她摇着母亲的胳膊："我去那里坐坐就回来。"

陈氏想了想，让陈婆子给她准备了一份上门做客用的点心，叮嘱她："不要到处乱跑，睡了午觉再去，明天还有讲经会呢！"

郁棠笑盈盈地答应了，回去睡了午觉，起来更衣梳洗，让双桃拿了点心，去了徐小姐那里。

谁知道她刚刚踏进徐小姐住的院子，就看见徐小姐带着阿福匆匆走了出来。

郁棠还以为徐小姐是听到了动静来迎她。

徐小姐见她却是一愣，郁棠知道自己来得不巧，徐小姐可能有事要出去，就看见徐小姐不好意思地嘿嘿笑了两声，然后眼睛转了转，一把将她拽到了门外笔直的银杏树下，低声对她道："你知不知道周子衿？就是那个中了状元，擅长画美人图的周子衿！"

郁棠当然记得他。他之前在临安城住了段时间，整天和裴宴形影不离的。她在杭州城拉肚子的时候，周子衿还派人去探望了她的。

她不解地道："你问他做什么？"

徐小姐眉飞色舞地道："他也来了昭明寺。我得去看看他长什么样子！"

"这样不好吧！"郁棠迟疑道。

徐小姐不以为意，道："我听人说，他比裴遐光更风流倜傥！你陪我一起去看看呗！"

郁棠皱眉。在她心里，裴宴待人虽然冷淡，行事却极有章法，不像周子衿，言行举止间总带着几分轻佻，她不是很喜欢。

"周子衿怎比得上裴家三老爷！"郁棠想也没想，脱口而出。

"你居然见过周子衿！"徐小姐惊讶地道，上上下下地打量着她，"我就说你怎么不好奇呢？原来你不仅见过裴遐光，还见过周子衿！"

郁棠心中一慌，道："我是江南人，见到他们的机会原本就比你多。何况周子衿曾经到过临安，这临安城里也不止我一个人见过他们两人，这有什么好说的。"

徐小姐直跳脚："当朝有名的士子，我只有裴遐光和周子衿没有见过了。裴遐光已经致仕了，我这次要是见不着，恐怕以后就再也见不着了。周子衿就更不好见了，他不仅致仕，还行踪不定，我这次也是运气好碰着了，怎么也要去见上一见！"

郁棠不理解这样的执着。

徐小姐委屈地道:"我和殷明远在编一本进士录,想把这几届的前十甲的文卷都收集起来,写出进士谱,画出进士像。现在就缺周子衿了。"

郁棠愕然,随后汗颜。她以为徐小姐是因为无聊闹着玩的。

"那我陪你去吧!"因为昭明寺讲经会临近,裴家怕出事,派了护卫把昭明寺给围住了。在郁棠的心里,昭明寺就和裴家后院一样安全,她立马就答应了。

徐小姐高兴极了,一面拉着她往外跑,一面道:"你到时候要指给我看。"

郁棠跌跌撞撞地被她拽着,好半天才跟上了她的步伐。

"周子衿在哪里?"她喘着气问徐小姐,"我们怎么去见他?他是来参加昭明寺的讲经会的吗?"

一连几问,问得徐小姐都不知道答什么好,只说:"你跟我走就是了。"

两人一路小跑,在一个小树林里站定。

徐小姐道:"我们在这里等着就好了。这是从裴遐光那里出来的必经之路,周子衿来了昭明寺,肯定会来拜访裴遐光的……"

她的话还没有说完,郁棠却看见身穿宝蓝净面杭绸直裰,皮肤白皙,气质文雅的顾昶,在四五个随从的簇拥下从甬道那边走了过来。

"顾朝阳怎么会在这里?"郁棠愕然,"他不是应该在京城吗?"

徐小姐也吓了一跳的样子,但她很快就平静下来,沉思了片刻,喃喃地道:"难道新派到江南道的御史是顾朝阳?"

"什么意思?"郁棠追问。

徐小姐深深地吸了一口气,道:"我出京之前,大家都在传高邮的河道出了问题,圣上让都察院派御史去高邮察看,看样子,这个御史就是顾朝阳了!"

郁棠道:"那他也应该在高邮啊?怎么会在这里?"

"他是走得有点远。"徐小姐道,神色有些凝重。

郁棠道:"江南道的御史可以随意走动吗?"

"他们要查案子,当然可以随意走动。"徐小姐的眼睛盯着甬道,沉默了一会儿,低声道,"只是不知道这件事与两位皇子有没有什么关系。"

怎么还和皇家的事扯上了关系呢?郁棠倒吸一口冷气。

徐小姐忙打着哈哈,尴尬地道:"我这不过是随意猜一猜——大家都说工部当时拨到高邮修河道的银子都给人贪墨了,我才这么一说的。到底是不是,得查过才知道啊!"

她越解释郁棠心里越不安。"这与裴家又有什么关系呢?"她不安地问。

徐小姐沉思了半晌才低声道:"你们江南的这些世家别看内讧得厉害,可关键时候却也团结得很,谁也说不准他们什么时候就反目成仇了,什么时候又握手言欢了。周子衿出现在这里,说不定都与这件事有关!"

郁棠不想把事情往坏处想，沉吟道："说不定人家是为了顾小姐和裴家大少爷的婚事来的呢！"

"但愿如此！"徐小姐摸着下巴，像男孩子的举动，道，"顾、裴两家结亲原本就很突然，肯定还有些条件没有谈拢，他亲自过来一趟也有可能。一来是把两家联姻的事确定下来，二来也可以给他妹子撑撑腰。顾家二房，太不够看了。"说完，她问郁棠："怎么这几天都没有看见裴大太太，她应该也跟着大家一道来寺里了吧？"

"不知道。"郁棠道，"我没有注意。"她是真没有注意。

徐小姐"哦"了一声，还想说什么，郁棠眼看着顾朝阳离她们越来越近，忙道："我们要不要躲到大树后面去？我们这样站在这里，很容易被顾朝阳发现的。"

徐小姐听了沉思了片刻，拉着郁棠的手就要走出去："我们应该主动出击，而不是站在这里被人怀疑。我们迎上前去，若是他拦着我们问，我们就说是去求见裴遐光的。要是他给我们让路，我们就当没有看见他，你觉得如何？"

郁棠向来胆小谨慎，若是平时，她可能会觉得这样不好，可现在，她想知道顾昶为什么会来，高邮的事与裴家有没有关系？她决定和徐小姐一起去看看。

徐小姐摩拳擦掌，觉得自己太幸运了。

她到了临安就想见裴宴一面，可一直没有机会，虽然拜托了郁棠，但郁棠这边请了人去传话也没个回音，她隐约知道裴宴在忙些什么，还真心不好这个时候上门打扰。

但周子衿就不同了。

她家和周子衿有点渊源——她的一个堂兄和周子衿是同年，不然他们也拿不到周子衿当年春闱和殿试时的卷子了。

可周子衿早早就致仕还乡了不说，还喜欢到处游玩，殷明远托人约了好几次都没有约到，没想到会在裴宴这里见着了，不是缘分是什么？

徐小姐立刻挽了郁棠的胳膊拉了她往裴宴的书房去，还低声对她道："你放心，不会让你为难的。我们到了裴遐光那里，先请人通报。就是他这个人性格有点怪，软硬不吃，我有点拿不准他会不会见我。不过，什么事都说不准的。你可知道周子衿为何擅长画美人图？因为他喜欢美人。你不要误会，他不是那种下三滥的人，而是像欣赏器皿或是鲜花似的，喜欢欣赏美人。裴遐光见我们便罢，他要是不见，周子衿知道后肯定会心生怜惜，从中周旋，安慰我们几句的。只是这样一来就见不到裴遐光了，有点可惜。恐怕这件事最终还是得你帮我这个忙了。"

郁棠之前不知道她和殷明远要编这样一本书，现在知道了，心里不免就有了自己的小九九。

她道："你说只收录每届金榜题名的前十甲，那裴家三老爷肯定不在其中了。你们以后还会继续收录其他人的吗？"

这时候一套四书五经很多人家都买不齐全，不要说这种大比的卷子了。

徐小姐闻言嘿嘿笑，道："你要干吗？"

郁棠脸一红，声若蚊蚋地道："若是编好了，能不能送我一套？"

这种书都是无价之宝，她根本不敢提买。

徐小姐眼睛骨碌碌地转，道："那你一定要想办法帮我见到裴遐光。"

这就是答应了。

郁棠心生感激，谢了又谢，还想帮裴宴也讨一套，道："要是裴三老爷问起来，我能说你编书的事吗？"

徐小姐抿了嘴笑，觉得郁棠很有意思，是个周全人。

"可以，可以。"她迭声应下，心里却在想，看来郁家和裴家的关系比她想的要好很多，不然郁棠也不会帮裴宴拿主意了。如果裴宴知道郁棠是为什么把他给卖了的……她现在更想看的是裴宴会是什么表情。

徐小姐心情愉悦，迎面碰上了顾昶。

顾昶远远地就看见两位小姐带着贴身的丫鬟朝他走了过来。一个穿着鹅黄色素面褙子，一个穿着蜜合色素面褙子，都是十七八岁的年纪，花一样的长相。但他的目光还是在穿蜜合色素面褙子的那个小姑娘脸上多看了几眼。

说实话，他见过不少人穿蜜合色，那种非黄非白的颜色，不管什么样的料子，穿在身上都让人觉得老气横秋的，只有眼前这个小姑娘，素净的蜜合色居然把她衬得肤光如雪，明眸皓齿，明艳不可方物，让他忍不住地好奇。

等走近了，他更诧异了。这小姑娘不仅长得好看，举手投足间落落大方，娉婷袅娜。不管穿得如何素净也难掩丽质天成。顾昶在心里暗暗赞叹，不禁又看了几眼。这一看，又觉得这小姑娘面善，他好像在哪里见过似的。他又看了一眼。

郁棠梦中倒是见过顾昶，但也只是远远地见过几次，现实中还是第一次离得这么近。她原想装作不认识擦肩而过，可顾昶神色肃穆，看她们的目光犀利锋锐，还是让她心中忐忑，没能忍住睃了他一眼。这一眼就那么巧地和顾昶的视线碰到了一起。

顾昶看见了一双仿佛含水的杏眸。他不禁朝着郁棠笑了笑。

郁棠只好也露出一个笑意，朝他点了点头，然后忙跟着徐小姐走了。

顾昶的眉峰在他自己都没有意识到的时候蹙在了一起。

他自认自己还算是儒雅有礼的，怎么这小姑娘好像很怕他似的，或者是因为常年养在闺中？

他这么一想，眉头又舒展开来，自个儿笑了笑，带着人继续往前走。

但走了几步，他突然问身边的人："知道刚才走过去的是谁家的小姐吗？我怎么看着有点面善？"

他的心腹随从叫高升，闻言立刻道："我这就去查查。"

顾昶点头。

高升却在心里惊愕不已。

顾昶一直没有定亲,是因为顾昶的老师孙皋看中了顾昶。顾昶不知道什么原因,一直推诿着不接招。而这次的昭明寺讲经会,他们是凑巧碰到的,到了之后才发现几个豪门大家都来人了,特别是彭家和陶家,一个从福建赶过来的,一个从广州赶过来的,这就让人要想了又想了。但不可否认,这几家的姑娘都不错,若是能从这几家里挑个主母,也不比孙家的姑娘差。

这么一想,他觉得这件事他得打起精神来才行。要知道,他们家公子从来不问那些女子是什么来历的。

高升去打听郁棠和徐小姐去了。

徐小姐却悄声地批评郁棠:"你躲什么躲啊!有我在这里,他顾朝阳还能把你怎么样了不成?他这个人虽然厉害,可现在还是被孙皋压着呢,我阿爹早就看孙皋不顺眼了。他们这种做大事的人,肯定不会为了像我们这样的人给孙皋添乱的。你只管大着胆子当他不存在的。"

郁棠哭笑不得,道:"这不是看见了吗?点个头而已。"

"头都不用和他点。"徐小姐道,"他这个人就是看着风光霁月似的,心眼可多了,殷明远都差点上了他的当,我们就更不是他的对手了,最好的办法就是保持距离。"

郁棠很想知道顾昶和殷明远之间发生了什么事,看徐小姐一副不愿意多说的样子,她也就没好多问。

两人很快就到了裴宴书房所在的院落。书房隔扇四开,里面隐约可见好几个男子或坐或倚在各式的椅子上喝茶说话。

徐小姐踮了脚眺望,还朝郁棠低声道:"快帮我看看,谁是裴遐光。"

郁棠莞尔,没有理会她,而是吩咐双桃:"你去找找阿茗,说我陪着徐小姐想过来,想拜见三老爷和周状元。"

双桃笑着去了。

郁棠把徐小姐拽到了一旁,道:"你这样更惹人注目,你还是安生一点吧!等会儿若是见到了周状元和裴三老爷,你可想好了怎么说没有?"

徐小姐朝郁棠挑了挑眉,得意地道:"这个时候就得用用殷家二哥了!"

郁棠不解。

徐小姐卖关子:"你等着瞧好了。"又怕裴宴责怪郁棠,道:"等会儿若是裴遐光问起,你就说是我要你带我来的,听我说有要紧的事,你才带我过来的。"

郁棠应诺,心里却想着要找个机会把这件事原原本本地都告诉裴宴才行。

她觉得现在的昭明寺情况复杂,她若是有所隐瞒,让裴宴判断失误,裴家要是吃了亏怎么办?当然,她的话也许对裴家没有什么作用,但她也不能自作聪明地不告诉裴宴。她对裴宴的判断力非常信服。

两人等了大约一盏茶的工夫，裴宴和周子衿联袂而来。

"哎呀，这位就是明远的小未婚妻吧？"周子衿摇着他那把一年四季不离身的描金川扇，看见两人就先打趣起徐小姐来，"你堂兄给我写了好几次信，可惜都不巧，你们不就是要我一幅小像吗？早说啊，我自己画一幅给你们就行了。要论人像，我觉得当朝我可以排前三了。你们还是别乱画画，有损我的英武形象怎么办？明远虽然也擅画，可我觉得他的花鸟比我强一点，人像却是远远不及我的。你们那书什么时候能编好？我觉得发行之前我得先仔细看看。别把其他几位都画成了四不像才好。"让原本第一眼只看见了裴宴的徐小姐气得对着他直瞪眼。

周子衿哈哈大笑，道："你们徐家的人长得还真挺像的。你九哥家的长女和你长得一模一样，像姐妹似的。"

徐小姐已经不想和周子衿说话了。

裴宴却在旁边补刀，神色冷淡地道："徐小姐找我们有什么要紧事？既然是殷兄让你过来的，可曾带了他的书信？正好，陶老爷刚刚也到了昭明寺，他过几天会去淮安，我让他帮我把回信带给殷兄好了。"

一副你要是说谎，看我怎么收拾你的模样，要多冷峻就有多冷峻，让郁棠目瞪口呆，半晌才回过神来，回过神来就觉得裴宴对她还是挺不错的，她给他找了多少麻烦，他却从来没有这样对待过自己。

徐小姐也傻了眼。但她胆大聪慧，短暂的慌乱之后立刻镇定下来。殷家二哥从小就把她当妹妹似的，就算她说谎了，殷家二哥也能帮她圆过来，她怕什么？只是裴宴也不能挽救他在徐小姐心中的印象了。

她笑道："也没什么要紧的事。殷家二叔让我给你带了个口信，让你有空不妨在杭州府做个东。糖醋鱼、东坡肉才是好东西，高邮也就出个咸鸭蛋而已。"

郁棠感觉裴宴听了这话看徐小姐的眼神都变得冰冷锋利起来。

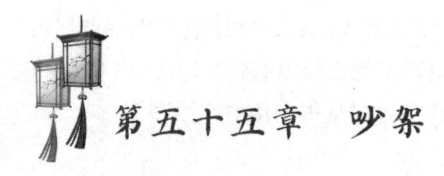

第五十五章　吵架

郁棠吓了一大跳。从前裴宴有过很冷峻的时候，却不像这会儿，目光冰冷不说，看徐小姐的眼神像个猎人看到猎物似的，隐隐带着杀气。

徐小姐估计也吓得不轻。郁棠发现她悄悄地后退了两步，拉住了她的衣角。

她朝徐小姐望去。徐小姐面上却丝毫不显，还面带微笑地在那里和裴宴说着话："杭州城里哪家的糖醋鱼和东坡肉做得最好？我还没去过杭州呢！郁妹妹，不如我们也去凑个热闹，你觉得呢？"

郁棠不知道这件事怎么就扯上了她，但若是徐小姐有意，她是愿意做这个东道主的。只是她觉得裴宴的情绪不对，在回答徐小姐的问话之前先睃了裴宴一眼。

她发现裴宴的目光黑沉沉的，就如看似平静的海面，海底的波涛被强压着才没有冲破海面。但也只是被强压着，若是再用一点力，这海浪恐怕就要席卷而出，让人置身于惊涛骇浪中不知生死一般。

郁棠骇然，此时才觉察到徐小姐刚才的话若有所指，而且所指之事还激怒了裴宴。她自然是要站在裴宴这边的。徐小姐虽好，裴宴却于她有恩。这一点她还是能分得清楚的。

郁棠把到了嘴边的话又咽下，笑着换了个说法："你去杭州是想吃糖醋鱼和东坡肉还是想去看看杭州城的风景？若是前者，我们临安也有做糖醋鱼和东坡肉做得好的，我来做东，请你吃糖醋鱼和东坡肉。若你最想看的是杭州城的风景，不妨和杨三太太好好商量商量，定个时间，我和我母亲陪你们一道过去。我母亲也有好些日子没有出门了，正好春光明媚，去杭州城里玩一玩，还可以买些新式样的衣饰。"

她的声音清越明亮，又温和有礼，不知怎的，就冲淡了刚才那股剑拔弩张的针锋相对。徐小姐暗暗舒了口气，看着裴宴却对郁棠道："那就这么说定了。等我和杨三太太定好了行程，再约你们好了。"

郁棠也暗中舒了口气。她虽然不知道为何裴宴听了她的话表情突然就松懈了下来，却是个很会抓机会的。听徐小姐这么说，她不仅立刻就笑着点头称"好"，还朝着周子衿福了福，道："您什么时候来的临安？上次在杭州城，多谢您和三老爷援手，我阿爹前几天还在家里念叨呢。若是他知道您这次也来了，肯定会提前赶到昭明寺的。我这就派人去跟我阿爹说一声，让他请您好好尝尝临安的美酒。"

周子衿哈哈大笑，打量了郁棠几眼，对裴宴道："这两年不见，小姑娘长成大姑娘了，越长越好看了。"然后又怂恿她："给你画幅小像吧，保管漂亮。以后挂在屋里，还可以留给子孙。"

郁棠听了不免有些心动。

裴宴满脸不快，道："你这是画遗像呢？！还留给子孙。你就别在这里胡搅蛮缠了，郁小姐不画小像，更不用你画。"

周子衿大受打击，道："你这是什么意思？我画的小像千金难求，你还敢嫌弃。"

裴宴不耐地道："就是因为你画的小像千金难求，我才觉得你不适合给郁小姐画——要是有人知道郁小姐的小像是你画的，为了钱去盗画怎么办？郁小姐的小像岂不是要流落他人之手，被他人收藏摩挲？"

郁棠听着打了个寒战，不待周子衿说话已道："多谢周状元了。我相貌寻常，不敢劳烦周状元动笔，以后有机会，再请周状元给家里的人画幅小像好了。"可以让他帮她阿爹画一幅。

周子衿很是遗憾，却没有再提。

徐小姐就和周子衿说起他自己的小像来："论画小像，当然是没有人能和周状元相提并论了。您手头有您自己的小像吗？若是能趁着这机会带回京城就好了。您闲云野鹤的，找您太难了。"

周子衿笑道："我原本就打算过些日子去趟京城，你让明远也别折腾了，到时候我会去找他的。让他给我准备好梨花白，我要和他大浮三杯。"

徐小姐连连点头，道："正好你也帮着看看我们的书编得如何。"

"那是自然。"周子衿满口答应。

徐小姐就拉着郁棠告辞。

裴宴和周子衿都没有说什么。

徐小姐拽着郁棠，像身后有土匪在追似的，一溜烟地跑回了她歇息的厢房，迫不及待地给自己倒了杯茶就咕咚咕咚地连喝了两口，这才一副惊魂甫定的模样拉了郁棠在厢房中间的圆桌旁坐下，抱怨道："裴遐光怎么是这样的个性？难怪大家都只是夸他有勇有谋而不论其他了。他这样的人，还想做官？我看他致仕说不定就是在六部待不下去了。"

郁棠不喜欢别人这样攻击裴宴。她道："三老爷人很好的，造福桑梓，我们都很感激他。"

徐小姐听着不好意思地笑了笑，道："我也不是针对裴遐光，他真的把我吓着了。我没有想到他这么不好说话。"说到这里，她情绪有些低落，叹气道："难怪别人说百闻不如一见，裴遐光我可算是见识到了，以后再也别想我为他说一句好话了。我以后再遇到他，绕道走！"一副恨恨的样子。

郁棠想为裴宴辩护，道："你刚才是什么意思？糖醋鱼和东坡肉又是指什么？"

徐小姐欲言又止。

郁棠道："你也别糊弄我。糖醋鱼和东坡肉杭州有，苏州也有，你说不定暗指的是苏州。再说你还提到了高邮的咸鸭蛋，顾朝阳又是以御史的身份来的江南，查的是高邮的河道，你难道是在暗指顾朝阳明面上是要查高邮，实际上有谁在苏州犯了事？可你托辞到殷知府的身上，殷知府知道这件事吗？或者这件事与殷知府也有点关系？"

徐小姐对郁棠刮目相看。她想了想，让阿福和双桃在门外守着："谁来都别让人靠近。"

两人面面相觑，却顺从地出了门，还细心地帮她们把门带上了。

徐小姐这才对郁棠道："有人说三皇子在江南敛财，高邮河道能有什么问题？

那是我们家殷二哥当时在工部时主修的。他们实际上是想查苏、杭两地的官员。而且这次不仅都察院那边派了御史出来，宫里还派了司礼监的太监。顾朝阳他们是明，司礼监太监是暗。"她皱了皱眉："只是不知道司礼监派的是谁？我算着日子，顾朝阳已经到了临安，司礼监那边也应该早就到了杭州或是苏州。"

郁棠听得目瞪口呆，傻傻地问："这又与裴家有什么关系？他们在工部任侍郎的大老爷已经病逝了，二老爷和三老爷也都在家守制。"

"你怎么一会儿聪明一会儿糊涂的。"徐小姐瞥了她一眼，压低了声音道，"裴家可是非常非常有钱的，说是江南首富都不为过，只是裴家向来低调，若是三皇子想在江南敛财，那裴家肯定首当其冲，不从裴家入手，从哪里入手？"

她说着，神情一震，和郁棠耳语："你说，这个讲经会不会是个幌子吧？要不然怎么江南几家有名的富户都来了。甚至连远在福建的彭家和广州的陶家也来了。"说到这里，她都被自己吓着了，脸色变得煞白，身子骨也软得仿佛没了骨头，捂着胸口道，"我们不会被牵连吧？既然他们都被牵扯进去了，怎么还能聚在一起，他们就不怕被人瓮中捉鳖吗？不行，不行，我得给殷明远送个信去。"

徐小姐急得团团转："不行，京城太远了，我得先给殷家二哥送信，让他主持大局。但他不能过来，一过来就和这件事牵扯不清了。"

郁棠比她冷静。主要是郁棠想到梦中，裴家安安稳稳地到二皇子登基为帝都安然无恙。裴家不是和这件事没有关系就是有办法脱身。但梦中没有裴老安人主办讲经会的事。那次顾曦给昭明寺献香方，是在五年后，李端的父亲李意回乡祭祖，李家在七月半主持了一次盂兰盆节。因而现实与梦中已经有了很大的不同。她心里虽然也没底，却也不至于像徐小姐这样恐慌。

"你听我说。"她紧紧地握住了徐小姐的手，道，"你若是有这样的想法，不妨直接和裴三老爷说清楚。殷知府过来不妥当，我们知道于裴家不利却不告之也不好。"

徐小姐既然能知道这样秘辛的事，肯定能帮得上裴家。何况她已经住进了昭明寺，想脱身也晚了。不如大家同心协力，共创一片新局面。

徐小姐显然也想到了这一点。她在屋里走来走去，拿不定主意。

郁棠知道谁快谁就能掌握主动权，她干脆给徐小姐出主意："要不，快马加鞭送信给殷知府，请他帮着拿个主意，但人先别来。"

徐小姐想了想，一跺脚，答应了，一面坐下来给殷知府写信，一面后悔："早知道我就不跟着杨家三太太来昭明寺了。殷明远这家伙，说话吞吞吐吐的，我说来江南，他不明着反对，只是轻描淡写地让杨三太太看着我，让我别管闲事。他分明就是知道些什么。最讨厌他这样了！不清楚明白地说出来，我怎么知道是什么事啊！"

郁棠道："你不说是殷公子让你来江南玩的吗？"

徐小姐支支吾吾地道："我想过来玩，他也没有明确地反对啊！"

郁棠无语。

徐小姐很快就写好了信，托郁棠给她找个牢靠的人帮着去送信："我在这边人生地不熟的，原本只想来参加个讲经会的，没带什么人手，这件事只能拜托妹妹了。"

郁棠却觉得托谁也不如托裴家的人牢靠。

徐小姐犹豫再三。

郁棠道："裴三老爷既然在这里，那昭明寺里发生的事肯定都瞒不过他。你与其单独行动，不如求助于裴三老爷。何况大祸来临，求助于各自的家族，既是常理也是常情，我相信裴三老爷是能够理解的。"

徐小姐沉思了片刻，道："我知道我的行为举止肯定瞒不过裴家的人，我也相信裴家的人不会私拆我的信。但我还是想自己通知殷二哥，因为我不知道发生了这件事之后，我们家和裴家还能不能站在一起，那就从现在开始，能少接受裴家一些恩情就尽量少接受一些的好。"

这种心情郁棠能理解，她道："但这件事我还是要告诉裴家的。"

"那是自然。"徐小姐笑道，"我们各有立场，自然是各自为政。你这样，我反而更喜欢和你做朋友了。我很怕那些做事全凭感情，结果却把事情弄得一塌糊涂还责怪对方没有道义的人。"

郁棠也笑了起来。她上前抱了抱徐小姐，心中暗暗祈祷，但愿在这件事上是徐小姐多心了，希望这件事过后她和徐小姐还能是一路人。

郁棠想起两个人来。

曲家兄弟！

因为卫家的事，她和这两兄弟虽有所交集，可也没能改变曲家兄弟的命运。这两人和梦中一样，如今在临安城混着，渐渐有了些名气。但现实毕竟和梦中不一样了：梦中裴家无声无息的，现实或许是郁棠和裴家有了交往，或许是日子还短，感觉裴家比梦中要高调，不时会出现在临安人的眼睛里，不时地提醒临安人裴家才是临安第一大家族。曲氏兄弟行事比梦中小心了很多，一直以来都以裴家马首是瞻，不敢轻易得罪裴家，倒没有了梦中的声威。

这两兄弟是有信用的，不过是出多少银子的事。徐小姐肯定是愿意出银子的。

郁棠把曲氏兄弟的事告诉了徐小姐。

徐小姐喜出望外，道："不怕他是泼皮，就怕他没有根基。既然是临安的人，那就没有什么好担心的。你这就让人去寻了这两人来，让他们连夜帮着把信送到淮安去，能提早一天，我多给十两，不，二十两银子。"

临安到淮安陆路要十天，水路要七天，若是能骑马，十天可往返，快马加鞭就不知道了。郁棠想着要不要给曲家兄弟出个主意，向裴家借匹马什么的。可她最后还是什么都没有说。从此刻起，她们已各有各的立场。

郁棠让双桃带信给阿苕，再让阿苕带了曲氏兄弟过来。

曲氏兄弟晚上就到了，双桃将徐小姐的信给了曲氏兄弟。

曲氏兄弟见信是送到淮安知府的，不由得更加高看郁家一眼，欣然答应不说，出了昭明寺就想办法弄马去了。

徐小姐心里还是有些打鼓，不知道自己这么做到底是对是错，她把这件事告诉了杨三太太。

杨三太太也觉得棘手。

她不过是想来看看裴家二小姐为人怎样，顺带着看能不能和裴家结个亲，结果却牵扯到这件事里去了。她想了想，对徐小姐道："这件事你做得很对。你二哥虽然不喜案牍之苦，却不是那推诿的。若裴家的讲经会真的打的是这主意，你二哥肯定有办法把我们给择出来的。这两天你就不要到处走动了，等这边的讲经会一完，我们立刻就启程去淮安。"

徐小姐点头。

杨三太太道："郁家小姐在干什么呢？"言下之意，郁棠未必就信得过。

徐小姐笑道："她陪我坐了一会儿，安慰了我半天，就回了自己的住处，让人去给裴遐光身边那个叫阿茗的书童带了个信，要求见裴遐光，但裴遐光一直没有回音。我寻思着，裴遐光那边忙着招待陶家和彭家的人，没空见她。要见，也是晚上的事了。"可见她也派人盯着郁棠了。

徐小姐还把两人之前发现的事告诉了杨三太太。

杨三太太颇为意外，顿时对郁棠高看一眼："没想到，她一个小门小户的姑娘家，居然有这样的胸襟和雅量，可见女子出身是一回事，见识又是另一回事。这姑娘能交！"又道："她定亲了没有？"觉得这样的姑娘若是能嫁到她家或是黎家、张家都是不错的。

徐小姐抿了嘴笑，道："你做媒做上瘾了吗？她们家是要招上门女婿的。"

杨三太太不以为然地挥了挥手，道："什么事都不是一成不变的，郁小姐的事以后再说，我们先把眼前的事应对过去。"

徐小姐点头，道："我寻思着讲经会我们还是别参加了，不如找个借口就待在厢房。"

讲经会到时候肯定人山人海，世家齐聚，她们徐家、杨家和殷家都不是无名之辈，出现在那里太打眼了。

杨三太太很是欣慰。殷家到了殷明远这一辈，五房只有三个男丁，只有殷明远的这个媳妇儿还像这么回事儿，殷家另外两位太太打理内宅还行，其他的事就抓瞎了。

她道："就说我突然感了风寒，你要在屋里照顾我。"

045

徐小姐怎么能让长辈担了这样的名声,她忙道:"还是说我不舒服好了。"

杨三太太摇头,做了决定:"这样不好,不能让你担这个名声。"

徐小姐是要嫁到殷家的,殷明远已经背了个身体不好的名声,不能再让徐小姐也背上这样的名声了。

这件事就这样定下来了。

杨三太太道:"郁小姐那边,继续让人盯着,我们说不定可以通过裴遐光知道裴家这场讲经会到底是无心的还是有意的。"

徐小姐应诺。等杨三太太走了,她坐立不安,想着郁棠与她脾气相投,却无依无靠的,若是出了什么事,郁棠十之八九是被放弃的那个人,她就觉得不能就这样在旁边眼睁睁地看着。

思忖良久,她决定去提醒郁棠几句。

她悄然起身,去了郁棠歇息的院子。

郁棠此时正和裴宴在院子门口的香樟树下说话:"我知道的就这么多了,也不知道对您有没有用处,但愿只是虚惊一场。"

裴宴还是穿着之前那身素色的道袍,自郁棠开口说话,他就一直认真地看着郁棠,平静无波的眸子漆黑无光,仿佛午夜的海面,让人看不出凶险。

直到郁棠把话说完,他才淡淡地道:"你为什么要告诉我这些?徐小姐都知道的事,我肯定也知道。我不可能连徐小姐都不如。"

敢情自己给他报信还错了!郁棠气得不得了,甩甩手就想回去,可又有些不甘心,怕他轻敌,连累着裴家人都跟着吃亏,只好耐着性子道:"反正小心驶得万年船。我该说的都说了,你要是不愿意听,我以后不说了就是。你心里有数就行!"说完,转身就要回去。

裴宴望着她的背影嘴角弯了弯就恢复了原来的面无表情,朝着她的背影道:"你猜我来之前见了谁?"

郁棠很想有骨气地不理他就这样走开,但她更知道,裴宴不会信口开河,这么说肯定有他的道理,而且这件事还可能涉及她或是她们郁家。

她只好转身,定定地看着他,道:"您刚刚见了谁?"

裴宴依旧身姿如松地负手而立,但落在郁棠的眼里,她莫名地就觉得裴宴好像刚才那一瞬间骤然就松懈了下来。

他挑了挑眉,道:"沈先生来找我。"

沈先生找他就找他,与她何干?

郁棠不解。裴宴在心里叹气。郁小姐还是经历的事少了一些,不像徐小姐,从小接触世家谱,一点就透。

他只好道:"沈先生是李端的恩师。李意被言官弹劾,已经下了狱,应该是要流放了。李端四处找人营救,沈先生这里也得了信,他刚才急匆匆地来找我,想让我看在同乡的分上,帮李意说几句好话,罢官赔偿不流放。"

那岂不是便宜李意了!郁棠不禁上前几步,着急地道:"那您怎么说?"

裴宴轻轻地咳了一声,面露豫色,道:"我有点拿不定主意,正好你找我,我就过来了。依你看,这件事怎么办好?"

郁棠气得不行,道:"为民除害,这有什么好考虑的。同乡固然有一份情谊在,可这样的同乡,谁帮他谁没脸。您怎么能做出这样的事来?就是想也不应该想才是。"说到这里,她瞪了裴宴一眼。

这一眼,却让她在他眼眸里好像看到了浅浅的笑意。郁棠愣住。是她想的那个意思吗?

可惜没等她细想,裴宴已目露沉思,道:"不过,如果流放的话,李家估计也就完了,李端这个人还是挺能干的,临安除了李家也没有别家能和我们裴家别一别苗头了……"

这是要保李家的意思吗?郁棠愤然道:"你自家都是一堆破事,一不小心就会翻船,还立什么靶子?嫌弃现在还不够乱吗?常言说得好,一力降十会。等你把那些人压得都透不过气来了,看谁还敢在你们家面前叽叽歪歪的?你就不能使把力,让那些人只能羡慕你而不敢忌妒你!"

裴宴挑着眉"哦"了一声,看郁棠的目光再次深沉得像海,道:"让那些人只能羡慕你而不敢忌妒你?!"

郁棠连连点头。这个道理,还是她梦中嫁到李家后悟出来的。

她道:"打个比方,你若只是个普通的进士,肯定有同窗忌妒你年少会读书,就会想要和你一较高低。但你若考上了庶吉士,在六部观政,然后平步青云,去了行人司或是吏部,你的那些同科去了句容县做县丞,你们之间的距离太大了,你看他还敢不敢给你使绊子?可若是和你一样考上了庶吉士,在六部观政之后也去了行人司或是做了给事中,他觉得和你差不多,踮踮脚就能赶上你,他肯定还得给你使绊子。我的意思,你就暂且别管是谁要拖裴家下马了,你得赶紧找找你还在朝中的同科、同窗,想办法给二老爷谋个好点的差事,再想办法把裴家的生意大张旗鼓地做起来,让别人知道你也不是好惹的。动了你,他也得脱三层皮。别人自然也就不敢拿你开刀了。"

裴宴很认真地想了想,道:"可我们家祖传的家风就是低调隐忍,这个时候去出风头,与家训不符,会惹得家中长辈不高兴的。"

"这个时候了,你得变通才行。"郁棠急得不得了,道,"你们家里不是有好几房吗?你们宗房若是隐忍,那就让其他房头的去出风头去。若是其他房头想要隐忍,那你们宗房就站到风口浪尖上去。只要过了这道关,以后再慢慢地隐忍退让一些,大家也就忘了这件事了。"

裴宴没有明确告诉她裴家是否给三皇子银子了,可在她看来,裴宴这样回答她,已经告诉她答案了。她觉得，强权之下，没有谁敢硬碰硬的，就算裴家想要远离这些是非，可只要给过一次银子，就能成为把柄，让江南的这些豪门世家把裴家丢了出去做替罪羊——因为只有裴家现在没有在朝中做官的人。

这样想想，裴老太爷去得真不是时候！梦中，裴家肯定也遇到了这样的事。难怪他们家那么低调隐忍。难怪裴宴那样消沉寂寞。裴老太爷把裴家交给了他，他却没能像前辈那样保住裴家的辉煌。李家那时候可上蹿下跳得厉害，她当时都觉得李家可以和裴家一争高低了。

想到这些，郁棠不由得冷哼了一声，问裴宴："李家的事你答应了？"

李家就是匹中山狼，他要是答应就这样放过李家，她会瞧不起裴宴的。

裴宴却一脸正经，道："我之前想，李家反正快要完蛋了，不如就让他们家退隐临安，老老实实地待上几年，既能当个靶子，还又显得我很宽容。现在听你这么一说，我的眼光得放长远一点，不应该只想着临安这一亩三分地，应该跟江南的那些豪门大户争一争高低才是。若是这样，李家存不存在都无所谓了。你看，是让李家回临安呢，还是让他们滚得远远的，从此以后再也别在临安出现呢？"

郁棠疑惑地望着裴宴。裴宴什么时候这么好说话了？她再看他。那严肃认真的模样……周正得不得了……怎么看怎么异样……

电光火石间，郁棠心中一闪，突然明白过来，裴宴这是在调侃她呢！

她是他们裴家什么人？他们裴家的事什么时候轮到她说话了？

郁棠又羞又愤，不知道是因为自己的一片好心被辜负了，还是因为自己对面的人原来并没有把她放在眼里。

"对不起！"她眼眶内水光翻滚，胸口像压着一块大石头，"是我僭越了。您见多识广，这些道理想必比我明白。您觉得怎样处置李家好就怎样处置好了，我没有置喙的余地。我只是担心裴家被那些豪门世家联手坑害，是我多心了。您家一门四进士，若是连你们家都抵挡不住，其他人家就更不要说了。何况你们家还和顾家联姻，顾昶这个人很厉害的，他肯定会帮你的。"

梦中，李家那样，顾昶都一直庇护着李家，裴家比李家底子厚多了，两家联姻，是强强联手，她在这里乱嚷些什么？瞎操心！郁棠如坐针毡，片刻也留不住了："您那边肯定挺忙的，我就不耽搁您了。我先告辞了。"

明天参加讲经会的人家都到齐了，肯定很热闹，她就不去凑这个热闹了。她在厢房里跟着母亲好好抄几页佛经好了。母亲给裴老安人抄的佛经只差最后两页了，她就给自家的父兄们抄段佛经好了。郁棠勉强朝着裴宴福了福，转身就走。

裴宴呆在了那里。

在他心里，郁棠就像那海棠花，不管风吹雨打怎样凋零，只要遇到点阳光就会灿烂地开花。他不过是调侃了她几句，她怎么就突然伤心得眼泪都要落下来了呢？难道是他太过分了？应该不会吧！当初她拿他们裴家做大旗的时候不是挺坚强,挺有道理的吗?被他捉住了都能坚决不认错,坚韧地和他虚与委蛇的。

他望着郁棠身姿挺拔却又显得有些落寞的背影,一时间有些无措。应该是他错了吧?要不然她也不会这样生气了。虽然她说的他都知道,但她来告诉自己,总归是一片好心吧!看她挺伤心的样子,要不,他就低个头……好男不与女斗,他低个头,也是他大度……

裴宴想想,觉得自己挺有道理的。

他喊住了郁棠,道:"我那边虽然挺忙的,但你不是要见我吗?我想肯定是有要紧的事。正好李家的事我想你也应该知道,也到了我散步的时候,就跟你来说一声。"

郁棠在心里苦笑。她既然知道了自己在裴宴心中的地位,她肯定就不会去讨人厌了。

"您比我考虑得周到,这件事肯定得您拿主意了。"郁棠客气地道,面上带着点笑,显得温婉又顺从。

裴宴心里却觉得不对劲。他是见过郁棠大笑的,那种像阳光一样灼热的笑容,从眼底溢出来。再看她现在,虽也在笑,却带着几分矜持。

裴宴知道哪里不对劲了。她眼底没有笑。对他的笑,不过是客套罢了。这让裴宴不太高兴。她从前在他面前,就是客套都带着几分特有的狡黠,仿佛算计他也算计得理直气壮,就好像……好像他是自己人,她知道他就是生气也不会把她怎样般……她信赖着他。

是的!是信赖。可现在,这种信赖不见了。她现在防着他。她怕他。这让裴宴心神一凛。

从来没有人,如此地对待过他。

别人总是试探他,或是试图说服他,想让他变成对方值得信赖的人。

郁棠却从来没有试探过他,也没有试着说服过他。她一开始就是小心翼翼地接近他,靠近他,看他的眼色行事,在他能接受的范围内小小地开着玩笑……她是除去父母亲外唯一一个从一开始就相信他,从来不曾怀疑过他的人。就像个小猫小狗似的,天生就相信他。

他们怎么就走到了这一步呢?小猫小狗就是挨了打才会感觉到受了委屈,他,他也没说什么啊!裴宴脑子转得飞快,回想着他们之间的对话,很快就找到了槽点。是在他问她李家要怎么处置的时候?李家对她就这么重要?他稍一不顺她的心,她就伤心难过?裴宴心里很不舒服。李家算是个什么东西?也值得她和他置气。还一副不再信赖他的样子。

裴宴道:"你说吧,李家怎样处置?沈善言坐在我那里不走,我们快刀斩乱麻把这件事给解决了。我等会儿还要见顾朝阳呢!"

顾朝阳应该是要和他谈裴彤的事。沈善言的突然到来,打断了他们之间的谈话。

他大嫂想要和顾家联姻，就是为了让裴彤出去读书。顾朝阳是不会死心的。至于调查三皇子的事，顾朝阳是个聪明人，他甚至拒绝和孙家的联姻，就不会是个鲁莽自大之人。伤了江南的世家，他们顾家就等着被孤立吧！

郁棠愣住。裴宴什么意思？她有说什么吗？让他全权处理李家的事也错了吗？

郁棠很生气，冷冷地道："李家原本不关我们家什么事，我只是同仇敌忾，不想有人家和我们家一样成为李家的受害者。既然李家事发了，他们家也不能再去害别人了，我也就放心了。怎样处理都行，三老爷您做主就好了。时候不早了，我出来这么久，家母也该担心我了，恕我不能再和您多说，告辞了！"

这次，她头也不回地疾步进了院子。

裴宴气得胸膛一起一伏的，看看四周觉得哪里都不顺眼，抬脚就把那合抱粗的香樟树给踹了一脚。树叶沙沙作响，还落下几片树叶。

裴宴就更气了。你不就是想要惩罚李家吗？他偏不让她如意。他就要把李家捞回临安，天天放在眼皮子底下，没事的时候就去挠两爪子。让他不安生，那就谁也别想安生！

裴宴怒气冲冲地走了。

徐小姐从旁边的大石头后探出头来。哎呀，她可发现了不得了的事。原来郁小姐不仅能随时见到裴宴，而且还敢和裴宴吵架，还能把裴宴给气跑了。这两个人，肯定有猫腻。

徐小姐眼睛珠子骨碌碌地转着。明天要不要把郁棠叫来陪她呢？她捂着嘴笑。笑得像只小狐狸。

回到厢房的郁棠很快就平息了怒火。原本就是裴宴出的力，裴宴肯定有自己的考虑，她强行要求裴宴按她的想法处置李家，裴宴生气，无可厚非。她又不是裴宴的什么人，裴宴凭什么要处处照顾她的情绪？相反，她受过裴宴很多的恩惠，无论如何，该报恩的时候她都应该报恩才是。

郁棠开始担心裴家吃亏。

三皇子之所以敢在江南敛财，有很大的一个原因是皇上子嗣艰难，先后立了三位皇后，生了七个皇子，只有二皇子和三皇子活了下来。皇上听信道士之言，觉得自己是天煞孤星之命，不宜和子女生活在一起，不宜早立储，因而这么多年以来，两位皇子都在宫外生活，皇上也一直没有确立太子。而二皇子虽然占着嫡长，却没儿子，这不免让很多有心人蠢蠢欲动。

郁棠的梦中，三年后，的确有一场危机——皇上突然重病，准备立太子，结果朝中大臣都觉得三皇子有个聪明的皇孙，更适合被立为太子。三皇子自己也这么觉得，在皇上重病期间屡次私下密会外臣，二皇子却老老实实地守在皇上身边侍疾。结果虚惊一场，二十四衙门都开始置办国丧的用品了，没想到皇上吃了龙虎山道士的"仙丹"，莫名其妙地好了。之后又活了四年。

二皇子成了最后的赢家。这件事肯定会对裴家有影响。

当然，梦中的裴家也走得安安稳稳的，比她的寿命还长，可若是裴宴能提前知道结果，肯定会更从容、更坚定，知道怎样的选择对裴家最好。

她得把这件事告诉裴宴。可她怎么告诉裴宴呢？说她在梦境中知道的？她怕裴宴把她当疯子给关起来。或者是认为她中了邪，请道士或是和尚来给她作法。郁棠很苦恼，本来准备和母亲一起抄佛经的，却怎么也静不下心来。

陈氏不知道她在焦虑什么，问她："你这是怎么了？要是不想抄佛经就先别抄了。裴老安人慈悲为怀，为人宽厚，不会在意这些小事的。"

郁棠勉强点了点头，仍旧使劲地回忆着梦中的事，希望从中找到能提醒裴宴的事，以至于她夜不能眠，第二天早上起来的时候，人迷迷瞪瞪的不说，去给裴老安人问安的时候，还差点撞在了计大娘的身上。

计大娘看她如同自家人，不仅没有责怪，而且还扶了她一把，关心地道："你这是怎么了？是不是哪里不舒服？要是不舒服，就别过来了。杨三太太说昨天下午就有些不舒服，晚上回去就开始咳嗽发热，今天派了婆子来给老安人报信。徐小姐也留在了厢房照顾杨三太太。"

言下之意，她也可以不来。

郁棠讶然。她昨天和徐小姐分手的时候徐小姐什么都没有说，怎么今天一早杨三太太就病了？

计大娘见周遭无人，和她附耳道："今天宋家、彭家、武家还有临安的一些乡绅会齐聚一堂，说不定杨三太太觉得太吵了。"

郁棠感激计大娘的维护，轻轻点头，道："我知道了。"等给裴老安人问过安之后，就佯装连着咳了几声。裴老安人很是紧张，立刻问她怎样了，还让人去请了大夫过来给她瞧瞧："别和杨三太太似的。听说你们这几天都在一块儿散步。"

陈氏也有些担心，带着郁棠回了厢房。

郁棠忙安慰陈氏："我没事，只是不想和那些豪门大族打交道。"

陈氏觉得这样也好，只是不满意郁棠装病。

郁棠道："我这不也是没有办法了吗？等大夫过来就知道我没事了，我只是想找个借口待在厢房罢了。"

事已至此，陈氏只有妥协。

大夫过来问了诊，觉得她没什么病，可能是这几天累着了，开了些补气养神的丸子，就由累枝带着去给裴老安人回信。

陈氏心中过意不去，随着累枝去给裴老安人道谢。只是她刚走，阿福就来了，说是徐小姐听说她身体违和，要过来探望她。

郁棠哭笑不得，婉言谢绝，但徐小姐还是跑了过来。

"哎呀，你就应该好好休息休息。"她朝着郁棠眨眼睛，"外面人那么多，乱糟糟的，还是待在自己屋里好。"

郁棠笑着应"是"。

陈氏回来了，道："裴老安人听说你无事，松了口气，让你好生在屋里歇着，今天就不要过去了，明天的讲经会再说。"

郁棠连连点头。

徐小姐就拉着陈氏的衣袖道："那能让郁妹妹去陪我吗？三太太不舒服，多半的时候都在歇息，我一个人挺无聊的，让郁妹妹去给我做个伴。"

陈氏向来喜欢徐小姐的开朗活泼，立刻就答应了，还吩咐郁棠："你就待在徐小姐那里，别乱跑，免得冲撞了裴家的客人，让裴家为难。"

郁棠看着笑得满脸狡黠的徐小姐，只好答应了。但在去徐小姐住处的路上却直接就翻了脸，道："你给我说实话，你到底要干什么？不然我这就去见裴老安人，她老人家担心我生病，给我请了大夫，我还没有当面去谢谢她老人家呢！"

"你这个人怎么这么小心眼！"徐小姐气呼呼地道，"我真的只是想让你清静清静，你别不识好人心了。彭家的那位大少奶奶，可喜欢管闲事了。裴大太太一直没有出现，你不觉得奇怪吗？据说彭家那位大少奶奶从前和裴大太太是闺中密友，她肯定是要去探望裴大太太的，说不定还会说几句不中听的话，你又何苦卷到她们之间的纷争中去呢？"

这也是郁棠觉得奇怪的地方，她道："裴大太太是怎么一回事？她这样一心一意地想要离开裴家，一副要和裴家划清界限的模样，她难道以后都不准备让大少爷和二少爷认宗了吗？"

不然裴大太太再怎么和裴家划清界限，在别人眼里，一笔写不出两个裴字，他们还是一家人。这么做有什么意义？

徐小姐嘿嘿地笑，道："你还是离不开我吧！"

郁棠瞥了徐小姐一眼，冷冷地道："我又不准备离开临安城，有没有你有什么关系呢？"

徐小姐泄气，但还是忍不住和郁棠讲裴大太太的事："她父亲就是靠岳家发的家，所以他们家更亲母族，裴大太太也这样，总觉得自己娘家比婆家亲，觉得娘家人比婆家有权有势，加之裴老安人不是那能随意被糊弄的，这婆媳关系就很紧张。要我说，裴遐光是对的。裴家大爷已经去世了，京城里又很乱，这个时候裴家更应该韬光养晦，低调行事才是，而不是奋起直追，急赶急地督促孩子们去考个功名。裴大老爷生前可得罪过不少人，人死如灯灭，有些事大家也就不追究了，可若是他的子孙一点也不相让，还强势地要和那些人一争高低，人家凭什么不斩草除根？难道要给机会让你春风吹又生！所以说裴大太太娘家的家风不行，她这个人的行事做派也跟着很激进。且裴家又不像杨家。杨家没有根底，不趁机发愤图强，以后就没有他们家的位置了。裴家富了好几代，如今还有三位老爷有功名在身，犯不着这么着急。"

郁棠觉得徐小姐说的很有道理。

徐小姐又道："所以我才说她这个时候把孩子的功名放在第一位是错的，与其有这个时间和工夫，还不如让两位少爷和几位叔伯打好关系，毕竟舅家的关系在那里，就是不走动，有老太爷和老夫人在，也不会断了。几位叔伯却不一样，两位少爷本就不是在裴家长大的，他们又不是裴家最有潜力的子弟，父亲不在了，母亲不被待见，那些叔伯兄弟凭什么要照顾他们？"

郁棠道："谁是裴家最有潜力的子弟？"

"裴祎、裴泊啊！"徐小姐想也没想地道，"裴祎的母亲和裴老安人一样，是钱塘钱家的，裴泊的母亲则和二太太的母亲是堂姐妹，都是金陵金家的人。钱家自不用说，金家也是世代耕读之家。早年间，我们徐家还在金陵的时候，两家曾经联过姻，我有位叔祖母就姓金。不过后来金家人丁不旺，这才渐渐来往少了。裴泊读书也非常厉害的，不过是裴家低调，不怎么张扬而已。"

裴泊厉不厉害郁棠不知道，但裴祎五年后和裴彤一起考中了进士，这是她知道的。至少证明徐小姐没有乱说。

两人来到徐小姐和杨三太太住的厢房。杨三太太红光满面、妆容精致地见了郁棠。

郁棠不免有些诧异。就算杨三太太是假装的，也要做出副样子来吧，她这样，完全是一副不怕别人知道的样子，也太……嚣张了些吧！

杨三太太像是看出了她的心思一样，笑道："看破不说破，来的人就没有一个不是人精的，我不愿意麻烦，也就不恶心别人了！"

这样磊落的行事做派，让郁棠耳目一新，心有所悟又心生向往。她的心突然就定了下来。

出了杨三太太的厢房，郁棠去了徐小姐内室。

徐小姐拉她看自己的香露："那天就说让你挑几个味道的，结果这事那事的，却把这件要紧的事给耽搁了，你快看看你喜欢哪个味道或是哪个瓶子，我送你。"

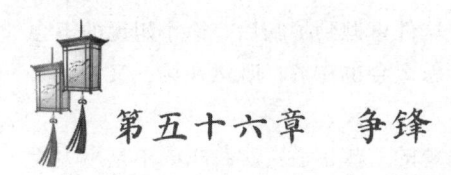

第五十六章　争锋

徐小姐的那些香露瓶子个个都是晶莹剔透，大的如酒盅，小的如指甲盖，或淡金或暗金色地流淌在小瓶里，看上去流光溢彩，如同稀世罕珍。

徐小姐拉了郁棠在床上坐下，指了那些香露："你试试？"

郁棠也没有和她客气，一个个拿起来来闻，还道："你觉得哪个最好闻？"

徐小姐挑了一个递给她，道："百合香，我觉得最好闻了。"

郁棠却喜欢木樨香。

徐小姐很大方地把两瓶都给了她，道："其他的我准备作为礼物送给裴家的小姐们。"

郁棠当然赞成。

徐小姐就让阿福把其他的香露都包起来。

郁棠觉得有趣，就和阿福一起包香露。

徐小姐也在旁边帮忙，一面包香露，一面和她说着话："你今天准备一整天都待在厢房里吗？要是没有别的事，就过来和我做个伴好了。我听说你很会做绢花，你教教我。我到时候也可以做几朵绢花去讨我母亲高兴。"

郁棠原来准备抄佛经的。

徐小姐可能就是想拉着她做个伴，觉得也可以，并道："那我们一起抄几页佛经好了，反正我也是闲着无事。"

郁棠抿了嘴笑。

徐小姐就打发阿福去送香露，然后关了门凑到她身边低声问她："你和裴遐光是怎么一回事？我看你和他挺熟的啊！"

郁棠看了徐小姐一眼。一直拉着她不让走，原来是有个坑在这里等着她呢。她道："我们两家算得上是世交，很早就认识了，有什么好奇怪的。"不过世交是指的郁家单方面地认识裴家，很早就认识就得算上梦境的时间了。

徐小姐眼珠子又开始转了。她道："那你们俩的关系也太好了些吧！你没有看见你走了之后，裴遐光的样子，啧啧啧，就像一下子脱下了面具似的，七情六欲全上脸不说，还很没有风度地踢了那老香樟树一脚，像个脾气暴躁的挑脚汉子，真是辜负了他玉树临风佳公子的美誉。"

郁棠警惕地看着徐小姐："你在哪里看见的我和三老爷？三老爷还踢了香樟树一脚，不可能吧！"在她心里，她还不值得裴宴生气。想当初，她拿着裴家的名声做筏子，裴宴也只是教训了她一顿就把这件事抛到了脑后。徐小姐说的不会是昨天下午的事吧？徐小姐在哪里看见的？怎么会也在场？既然在场，又为什么不和她打个招呼？

徐小姐倒是脸不红心不跳，半点没有偷窥的羞赧，道："我昨天不是想去找你提醒你几句吗？没想到碰到你和裴遐光在说话。我正犹豫着要不要和你们打个招呼，你们就吵了起来，我就更不好意思出现了，只好站在旁边等着。结果你和裴遐光不欢而散。裴遐光怒气冲冲地走了，你也'啪'的一声关了门，我就是想找你也没办法找啊！只好今天问你啰！"说得很委屈似的，实际上她昨天一看见裴宴和郁棠站在一起说话就躲到了旁边……

郁棠怀疑地望着徐小姐。

徐小姐大喊冤枉，道："我又不是长舌妇，看到你们吵架有什么好说的？"

郁棠一点也不相信。徐小姐的好奇心非常重，为了亲眼看见裴宴长什么样子，她都能跟着杨三太太来昭明寺了，何况看见自己和裴宴争吵？！郁棠才不会告诉她呢！但她觉得自己还是得尽快再见裴宴一面，把最后到底是哪个皇子胜利的消息告诉裴宴才是。可惜，找不到提醒他的借口。郁棠怅然。

徐小姐却还惦记着裴宴和郁棠吵架的事。她低声和郁棠耳语："你跟我说实话，你和裴遐光的关系是不是特别好？你可别怪我多嘴，他这个人很冷酷无情的，要是他做了什么对不起你的事，你大可不必忍着，越忍，他这种人就越瞧不起你，你就应该和他当面锣对面鼓地说清楚……"

郁棠打断了她的话："你到底要说什么？三老爷对我们家有恩，他又是我的长辈，他说话我当然得听着，怎么可能像你说的那样和他顶嘴？"话说到这里，她恍然，道："你该不是误会我和三老爷有什么私交吧？"

所谓的私交，是委婉的说法，不如说是私情。徐小姐还真是这么想的。不过她觉得郁棠的家世太差，裴宴就算是喜欢郁棠，郁棠嫁到裴家也会吃亏的，并不是一门好姻缘。何况裴宴未必就有娶郁棠的心。

她不由正色道："我觉得裴宴这个人不好。你家里是不是一定要你招上门女婿？实际上我们徐家和杨家都有和你年纪相当的男孩子，你若是能出阁，我可以跟三太太说说。她可喜欢做媒人了！"

郁棠羞了个大红脸，"呸"道："我不和你说这些胡言乱语的。你还抄不抄佛经？你要是不抄佛经，我就先回去了。我还准备今天抄几页的。"

徐小姐听着就着急起来，拉着郁棠的衣袖道："郁妹妹，我很喜欢你，觉得你性格疏朗，为人正直，不像别的女孩子，所以才愿意和你说这些的。自己的日子是自己过出来的，靠谁也不行的，哪怕是父母。有些事，你该争取的就得争取，天上不可能掉馅饼的。"

她这句话，不仅仅是指郁棠可以争取出嫁，而且还指她和裴宴的关系。若是裴宴对她不真诚，她大可去争取一个自己想要的结果。这是她的真心话。

"当然我和殷明远的婚事，我家里人都觉得好。"徐小姐真诚地道，"我开始不愿意，就一心一意地想退亲。后来我发现殷明远对我是真心好，觉得嫁给他也不错，结果我娘又觉得不好了，百般地挑剔。我一开始也受影响，后来发现，我娘要的并不是我想要的，我就坚持和殷明远过了礼。我知道孩子要孝敬父母，可也不能愚孝。他们想你招个上门女婿，不过是怕家业没人继承，他们没有人养老，你要是想留在家里就另当别论。若你不想留在家里，大可以想办法解决这两件事，不一定非要听父母的。

"再就是有些事，很多人喜欢以'配得上'或是'配不上'相论，可在我看来，不管是'配得上'还是'配不上'，首先是我要不要。若是我要的，就不能因为'配不上'就不去争取，但在争取的同时，也不可因为要争取而不管别人的心思。不然就太委屈自己，太为难别人了！我说这些你可明白？"

徐小姐急得额头出汗，一副恨不得把这段话刻在她脑子里似的。这样的说法郁棠还是第一次听说。她想到了杨三太太光明正大地装病。是不是所有的世家女都有这样的底气呢？郁棠看着徐小姐。徐小姐的一双丹凤眼睁得大大的，其实也没有显得多大，目光却透露着些许的焦虑和烦躁，显然对她的关心直白而坦荡。

不是。顾曦就不是这样的人。徐小姐、杨三太太，都是不同的世家贵女。

郁棠心中一暖，忍不住笑了起来，道："我还是第一次听人这么说。不过你放心，你的话我会好好想一想的。"

徐小姐松了一口气。她待人是很真心的，但有时候别人未必需要这样的真心。郁棠能理解她的善意，她觉得很窝心。

她再次大放厥词："你别勉强自己就行。万一要是你的婚事不顺，你可以写信给我，我帮你找个合适的人家。"

徐小姐一副媒婆的样子，郁棠哈哈大笑。

徐小姐恼羞成怒，去挠郁棠的胳肢窝："我看你还笑不笑我？"

郁棠躲不掉，只好起身往外跑。

徐小姐怎么会放过她，在她身后追，还嚷着："你可别让我捉住了，不然罚你帮我抄三页佛经。"

两人嬉闹着跑到了院子里，迎面却碰到一群目瞪口呆的女眷。

郁棠心里咯噔一下，忙清了清喉咙，做出一副娴静的模样原地伫立，还动作优雅地整了整衣襟和鬓角，心里却止不住地腹诽：这是哪里来的一群人，到别人家来做客也不提前投个拜帖或是让身边的丫鬟婆子来说一声，就这么直直地闯了进来，也太没有规矩了。

那边徐小姐则皱了皱眉头。她和郁棠一样，忙也整理下衣襟，目光却飞快地看了来人一遍。

领头的就是她家那位族姐，彭家的二少奶奶，跟在她身后的除了宋家的两位小姐和彭家的一位小姐之外，还有两位是她不认识的。

其中一位和她差不多的年纪，穿了件天青碧的褙子，戴了南珠珠花，秀丽端庄，气质卓然。另一位和郁棠差不多的年纪，穿了件蓝绿色遍地金的褙子，插着点翠簪子，富丽堂皇，雍容如朵牡丹花，非常明艳。

徐小姐上前几步和郁棠并肩而立，道："堂姐，您怎么过来了？怎么不让丫鬟婆子提前跟我说一声，我也好准备些茶点招待你们啊！"颇有些责怪她不请自来的意思。

彭二少奶奶气得脸色都有点发白，毫不客气地道："我听说三太太病了，我们特意来探病。看妹妹这个样子，想必三太太安然无恙了。早知道这样，我们何苦急巴巴地赶过来，还不如在几位老安人、太太跟前尽孝了。"何苦来看她徐萱的脸色。

可人都来了，总不能把人都赶走了，徐小姐也不想留个恶名，淡淡地道："堂姐来得晚了些，三太太早已歇下。"又喊了另一个丫鬟："去准备茶点。"

彭二少奶奶非常不满，可探病却是她的主意，这个时候也不好领着人立刻就走，只好悄声地对周围人道："她是家里的老幺，从小被惯坏了，只好委屈你们都担待着点了。杨三太太倒是个体贴周到的人，就当是看在她的面子上了。"

众人颔首，觉得就是没有这番话她们也只能担待着，要不然还能怎么样？和徐小姐怼回去不成？她可是京城徐家的姑娘，马上就要嫁到华阴殷家了，除非她们不想留在这个阶层了，否则不是遇到徐姑娘自己，就会遇到徐家的姻亲，她们没有必要为这点小事就惹得徐小姐不高兴。再说了，人家也有这资本。

那位像牡丹花一样富贵的小姐就没有生气。而且不仅没有生气，还笑吟吟地上前几步，主动和徐小姐打着招呼："徐小姐，我姓武，是湖州武家的姑娘。去给裴老安人问安的时候才知道杨三太太身体有恙，就跟着彭家二少奶奶一起过来了。说起来，我们家和杨家也不是旁人，我姨母的小姑就嫁到杨家。论起来，我还得喊杨三太太一声婶婶呢！"

武家早些年前想把自家洗白了，拿出大量的陪嫁嫁女儿。当然，最成功的还是嫁到江家的大小姐了。

徐小姐立刻明白这位武小姐姨母的小姑嫁的是杨家的谁了。她不由看了这位武小姐一眼。能开口就说是跟着彭家二少奶奶过来的，把不告而来的名声甩到彭家二少奶奶身上的人，只怕也不是个好相与的。再看她那位堂姐，脸色就有点难看。估计是也没有想到武小姐这么彪悍吧？可真是搬起石头砸了自己的脚！

徐小姐想想就觉得心情愉悦，看武小姐就顺眼了不少，态度也变得热情起来，笑盈盈地对武小姐道："那可真是巧了！"然后把目光落在了和武小姐同来的陌生女子身上。

武小姐忙介绍道："这位是顾小姐，杭州顾家的姑娘，胞兄就是那位在都察院任御史的顾大人。"

"顾朝阳的胞妹？！"徐小姐有点意外，转念一想又觉得在情理之中。

顾家刚刚和裴家定了亲，趁着这机会双方见见面，增进增进感情，不仅顾小姐会过来，裴家的那位大公子裴彤应该也会出现在讲经会上。

只是不知道裴彤长得是像裴家的人还是像杨家的——杨、裴两家都出美男子，不过杨家的男子五官虽然好看，但气质就因人而异了，裴家的男子却个个都芝兰

057

玉树般气质卓然，更有看头。

她心里胡乱地想着，面上却不显，笑着和顾曦见礼。

顾曦就看了武小姐一眼，笑着问徐小姐："您知道我哥哥？"

徐小姐道："殷明远和你哥哥也有些私交。"对顾曦又比对武小姐更亲近些。

顾曦莞尔，和郁棠打招呼："没想到郁小姐也在这里，你是随着裴家的女眷过来的吧？你的佛香制得如何了？有没有要我帮忙的地方？"

郁棠也没有想到顾曦一来就和这些世家女子玩到了一起，梦中她可是很清高的，轻易不和人来往。不过，也许是因为梦中想和她来往的都是临安乡绅家的姑娘，不像现在，都是江南数一数二的豪门大户家的姑娘。

不过，顾曦还和从前一样，见面就喜欢给她挖坑，好像不把她踩在脚下就不舒服似的。

听顾曦这么一说，在场的女眷目光就都落在了郁棠的身上。

宋家的小姐估计对裴家的姻亲很了解，知道郁棠不是裴家的姻亲，加之宋家素来眼高于顶，说起话来也就毫不在乎，其中一位小姐就很直接地问顾曦："郁小姐是哪家的姑娘？佛香又是怎么一回事？难道郁小姐是裴家请来做佛香的？"

顾曦忙笑道："不是，不是。"然后把来龙去脉说了一遍，也把郁棠的出身来历仿佛无意般地透露给了在场的女眷们。

几位世家小姐，包括彭二少奶奶看郁棠的目光就有些不一样了，好像是在看那些依靠他们家生存的乡绅家的姑娘。彭家的小姐干脆就无视了郁棠，上前给徐小姐行礼问好。

徐小姐看着，心里非常不舒服，觉得顾曦闻名不如见面，没有顾朝阳的半分气度和胸襟，也不知道是怎么养成这样的性格的！

她索性挽了郁棠的胳膊，对众人道："大家进屋坐吧！站在这里说话也不是个事。"

几位小姐、少奶奶听着呵呵地笑。大家鱼贯着进了厅堂。

徐小姐的丫鬟端了茶进来，众人分尊卑坐下。

郁棠和顾曦正巧面对面。

顾曦看着就心烦。怎么到哪里都能遇到这位郁小姐。

郁棠心里也不怎么高兴。怎么她到哪里都会遇到顾曦。顾曦以后会嫁到临安来，不会像梦中那样，又和她理不清还剪不断吧？

两人两看两相厌。特别是郁棠，想着这些人明摆着就是瞧不起她，她犯不着在这里委屈自己去应酬这些人，反正这些人以后可能一辈子也不会再见，但她就这样走了，未免让亲者痛仇者快，她干吗要憋着自己让别人畅快？

郁棠决定继续留在这里，而且该干什么就干什么！

徐小姐还准备和郁棠讨论裴宴的事，只想早早地把这帮所谓来探病的人给打发走了，遂坐下来就不是很客气地道："三太太刚刚歇下，我们此时就别打扰她了。等她醒了，我会跟她说大家来探望过她的。"

她们这些人过来就是为了在杨三太太面前露脸，和徐萱搭上关系的，如果就这样走了，那岂不是白来了一趟，白白地怂恿了彭二少奶奶一回？

宋家那位六小姐就道："三太太歇下也好，我们正好和徐小姐说说话儿。"

宋家的那位七小姐就道："三太太好些了吗？大夫过来怎么说？我们来时带了些成药和药材，我让祖母身边的婆子等会儿送张药单过来，你看看有没有能用得上的。"这话说得就很诚心了。

徐小姐和宋家的小姐没什么交情，并不了解别人的性子，也不好见过一次就判断别人的品行，大面上没错，她也就待人更礼遇几分："多谢七小姐了。不过是普通的风寒，大夫都没有开药，只让多喝点热水，捂一捂就行了。三太太是昨晚没有睡好，今天身子骨就有点儿乏，这才歇下的。"

众人都说庆幸。

顾曦既然跟了来，肯定是想和徐小姐交好的，但她比宋家的小姐聪明，知道这样的场合她不可能和徐小姐发展什么私交。她能跟着过来也是机缘巧合，路上碰到了，宋家的小姐一副对杨三太太关怀备至的模样，她不来说不过去，况且她也有意趁着这个机会来探探徐小姐的为人如何。

如果没有郁棠在场就好了。她觉得自己和郁棠气场不合，每次遇到都没有什么好事。

顾曦眉头轻蹙，看都懒得看郁棠一眼，悄声地和坐在她身边的武小姐道："我们要不要先走？这样闹哄哄的，也不利于杨三太太养病啊！"

武小姐也觉得还是另找机会私下里来拜访徐小姐和杨三太太好，带着宋家的两个蠢货，什么事情也做不成不说，说不定还会被这两个人给嚷出去，让别人知道她来临安的目的。

"那我们先走？"她问顾曦。

顾曦点了点头。

武小姐就率先站了起来，笑道："既然如此，我们就不打扰了。"

彭二少奶奶和宋家的两位小姐都呆住了。

来这里拜访杨三太太是武小姐的主意，这还没有跟杨三太太打个招呼，她又要走了……那她们丢下几位老安人来这里是做什么的？

宋家的小姐和彭二少奶奶都不愿意走。

顾曦跟着站了起来，和武小姐一起，没有勉强宋家的小姐和彭二少奶奶，借口自己那边还有很多事，等杨三太太好些了再来拜访，联袂而去。

彭二少奶奶和宋家小姐都非常不高兴。

宋家六小姐毫不掩饰地讽刺武小姐："她不会真的是想嫁到裴家来吧？平时

眼高于顶，谁也瞧不上的样子，这次却和顾小姐立刻就成了手帕交，她武英兰也不过如此！"

徐小姐不由和郁棠交换了一个眼神。

宋六小姐见了，更气愤了，道："徐姐姐你别不相信，来之前，他们家派了人来请我祖母出面说项，被我祖母婉拒了——他们武家有个女儿嫁到江家就得意扬扬看不起旁人了，若是再有个姑娘嫁到裴家来，那尾巴岂不是要翘上天了！"

徐小姐低下头，觉得宋家得有多想不开，才让这位六小姐来参加讲经会。她强忍着才没有笑出声来，眼角的余光瞥了郁棠一眼。

徐小姐这才发现不知道什么时候郁棠也低了头，正端着个茶盅在那里假模假样地喝着茶，嘴角却翘得高高的，怎么也抚不平。

她没能忍住，笑出声来。

宋六小姐愕然。彭二少奶奶和其他人也都不解地看着她。

真是一群蠢货！她那位族叔应该是和彭家有仇，才会把女儿嫁给彭家。徐小姐在心里腹诽着，然后清咳一声，正色道："武家也心太大了些。"

宋六小姐顿时喜笑颜开，对宋七小姐道："你看，不是我一个人这么觉得吧！"

这是坑害姐妹不手软吗？徐小姐又想笑。

宋七小姐的脸色已经有点发青，语气生硬地道："你少说两句。若是武小姐真嫁到了裴家，你这么说她，以后大家怎么好再见面！"

宋家这几年有点走下坡路，江南的豪门世家是都知道的，但宋家的飞扬跋扈也是有名的。武家是新晋的豪门，按道理宋家根本不必这样地顾忌他们。难道武家和裴家联姻已经板上钉钉了？！

徐小姐和郁棠都心中一紧，彼此对视一眼，徐小姐就有些迫不及待地笑道："还有这种事？据我所知，裴家的大少爷和顾小姐定了亲，二少爷和三少爷还年幼，至于其他的旁支……"

她卖了个关子。

裴禅她不了解，但裴泊是肯定不会和武家定亲的——裴泊这么好的读书种子，不说是金陵金家了，就是他们徐家甚至是殷家也会争一争的。裴泊如今只是个秀才，没有中进士之前，裴泊的母亲是不会给儿子定亲的。

宋六小姐显得很烦这件事似的，皱着眉道："武小姐可能会和裴三叔定亲。"

裴宴？！这可真是个新鲜事！徐小姐望了郁棠一眼。郁棠也正好朝她望过来。两人都在彼此的目光中看到了惊讶。

徐小姐之前怕郁棠和裴宴有私情而紧绷着的那根弦突然就松了下来。原来郁棠和裴宴不是那种关系，但也不一定，可至少现在郁棠没有沉迷其中，若是沉迷其中了，应该是伤心或是愤怒，而不是现在这个样子。这就好，冷静些，完全可以从裴宴这个泥沼里脱身。她长长地松了口气。

郁棠心里却是极不舒服。怎么裴宴像蜜糖似的，谁都想来舔两口。偏偏这些来舔的人还没有一个让她觉得是内外兼修，貌美聪颖，能够配得上他的。

这次，是郁棠没有忍住。她道："宋小姐，女儿家名声为重，这件事两家长辈可是已经定下来了？你可不能随便乱说。"

可能是她话里的"乱说"两个字刺激到了宋六小姐，宋六小姐一下子暴走，跳起来道："你说的这是什么话呢？我什么时候乱说了？人家武小姐出阁会带武家一半的家财做陪嫁，武小姐又长得貌美如花，裴家怎么会拒绝这门亲事？你出身市井，不懂就不要在这里胡言乱语才是。"

郁棠一听，气得不得了。她脸一板，毫不客气地道："宋六小姐，我虽然出身市井，可我们家也不会娶妻娶财。怎么？宋六小姐出身江南的簪缨之家，没想到婚嫁居然是这样的标准。何况你到处散播武小姐要嫁到裴家的话，那裴家可曾正式向武家提亲？可曾正式请媒人？可曾正式下聘？若是有，还请宋六小姐给我们说说是谁家向谁家提的亲，请的谁做的媒人，定了什么时候下聘？若是没有，我说你乱说都是看在我们同为裴家客人的分上对你客气了，我说你是在造谣生事都不为过。这难道就是你们宋家的修养？你们宋家的做客之道？我看你们宋家还比不上我们这样出身市井的小门小户呢！"

"你——"宋六小姐听着气得两眼发红，指着郁棠的手抖个不停。

"你什么你？"郁棠半点也不相让，冷笑道，"你们宋家没有给你们请教养嬷嬷吗？谁让你说话的时候还拿手指着别人的？你不知道你一个指头指向别人，还有四个指头是向着自己的吗？没规没矩的！宋家这两年名声不显，我看都是给像你们这样的人给糟蹋的！"

宋六小姐"你"了半天，这才哆哆嗦嗦地说出一声："你放肆。"

郁棠吵架那可是梦中和李端的母亲林氏练出来的，宋六小姐这样的，根本不够看。

她乘胜追击，半点也不饶人，挑着眉讥笑道："怎么？觉得我放肆，还要回去跟长辈告状不成？那正好，我也想找个地方说理去。别的不说，我们就先评评武裴两家的婚事，怎么就碍着你们宋家了，需要你们宋家来打抱不平，还到处嚷嚷，生怕别人不知道似的？也正好说给武家听听，他们家嫁姑娘就嫁姑娘，拿了武家的一半家财说亲，是什么意思？姑娘出阁的时候是不是得先把武家的家财算一算，免得没有一半家财带过去，新姑爷觉得吃了亏，心中不平。"

这话说的，不管裴家和武家要不要联姻，这锅都让宋家给背了。宋七小姐脸都白了。

彭二少奶奶和彭家的小姐端着茶盅，嘴巴张得大大的，都不知道怎么合拢了。只有徐小姐，心里的小人儿笑得前仰后合的，要不是顾忌着她那个不着调的堂姐在场，她都要跟郁棠击掌了。

从前她只觉得郁棠进退有度，没想到她还这么会吵架。就冲这个，她也要和郁棠好好交往一场。这番话可太让人痛快了！她得给郁棠助个阵。

念头一动，徐小姐立马就神色冷峻地站了起来，道："宋六小姐，事有大小，不是什么话都能随便往外说的。今天昭明寺来了这么多的人，若是裴家和武家的婚事成了，大家只会觉得是一场佳话，要是不成，你可想过怎么收场？"

宋六小姐此时才惊觉事情闹大了。她喃喃半晌，也没有说出个子丑寅卯来。

徐小姐心中暗暗大笑。

宋七小姐回过神来，知道宋六小姐这是让人抓住了把柄，若是处理不好，宋家姑娘的名声就要丢在这里了，宋家百年的清誉也会因她们而受损，回到宋家，就算是宋家的人不处理她们，她们以后也别想嫁个好人家了。

她立刻给宋六小姐求情："郁小姐，徐小姐，这件事都是我姐姐不好。她也是无心的，也是因为武小姐总在她面前炫耀来着。她一时气愤，这才没有什么顾忌，把心里的话都说了出来。说起来，那也是因为把您二位小姐都当成了自己人，要不然也不会有什么说什么了。还请两位小姐多多包涵。"说完，还起身郑重地给郁棠和徐小姐行了个福礼。

郁棠噼里啪啦说了一大通，心里的那点郁气也渐渐消了，现在再看宋七小姐，给姐姐背锅，也不好和她太计较，闻言就看了徐小姐一眼。徐小姐毕竟给她帮了腔的，是放过还是继续深究，怎么也要征求徐小姐的意思。

徐小姐越来越觉得郁棠有意思，知道玩伴不丢伴，有什么事要同进同出。她就更想帮郁棠了。徐小姐朝着她轻轻地摇了摇头，又使了个眼色，意思是眼前不要计较，有什么事以后再说。

郁棠就上前扶了宋七小姐，温声道："难为你这个做妹妹的，还要帮着姐姐收拾残局。"

一句话说得宋七小姐眼泪都快出来了。宋六小姐和她是堂姐妹，可宋六小姐的父亲有本事，在外面做知县，她阿爹只是个靠着公中吃闲饭的。她虽是妹妹，可也得事事处处让着这个姐姐。

"多谢郁小姐！"她声若蚊蚋地道。

宋六小姐听着却不舒服，上前几步就要继续和郁棠理论，却被回过神来的彭二少奶奶给拦住："六小姐，武家要和裴家结亲，是真的吗？你是听谁说的？"

彭家小姐也虎视眈眈地盯着她。她可以在郁棠面前瞎说，却不敢在彭家人面前瞎说。

"是，是听我大伯母说的。"她结结巴巴地道，"武家找了陶家出面帮着说媒，我大伯母说，裴三叔和陶家的关系非常好，看在陶家的面子上，裴三叔也不会拒绝的。而且武家还怕裴家嫌弃他们家是新贵，准备拿出二十万两银子做陪嫁……我想，二十万两，肯定是武家一半的家财了……"

所以说，所谓的联姻，所谓的一半家财陪嫁，全都是宋六小姐自己想当然的了。不要说郁棠和徐小姐了，就是彭家的二少奶奶和小姐也都不知道该说些什么好了。彭二少奶奶还难得善心大发地对宋七小姐说了声"这件事你还是跟你大伯母说一声，多派几个人来服侍你姐姐"，有什么事的时候，也有个明白人能拦一拦。

宋七小姐含泪应"是"，觉得有彭二少奶奶这句话，今天的事自己也能交差了，她的脸都没有刚才那么僵硬了。

只是彭二少奶奶得了这样的消息再也坐不住了，和郁棠、徐小姐寒暄几句，就要起身告辞。

郁棠和徐小姐当然不会留她们，但她们走的时候却和来时不一样。

来的时候她们没有一个人把郁棠放在眼里，走的时候却一个个恭恭敬敬地给郁棠行礼，态度虽然有些疏离，却很郑重。

等她们走后，徐小姐大笑不止，拉着郁棠道："看不出来，你平时不声不响的，惹着你了，你也是个不饶人的！不过人善被人欺，马善被人骑，你这样做是对的。你看，她们现在不就没人敢再怠慢你了吗？我之前还怕你吃亏，看来是我乱操心了。"

别人的善意郁棠都会珍而藏之。她笑着挽了徐小姐，道："你是担心我，才会那么紧张的。害人之心不可有，防人之心不可无。别人不惹我，我肯定不会去主动欺负谁的。"

比如顾曦！

徐小姐连连点头，拉着她住杨三太太的内室去："我们讲给她听去，她肯定很感兴趣。"

郁棠脚随着她走，心却想着裴宴。也不知道他现在在干什么。若是知道了这里的闹剧，又会是怎样一副模样？

被郁棠惦记着的裴宴正在干什么呢？

他正手里捻着串紫檀木十八子的佛珠，斜歪在罗汉床的大迎枕上，听着武、彭几家的人在那里针锋相对。

陶清坐在裴宴的下首，见此情景垂下了眼睑，低声对裴宴道："你到底是个什么意思？你给我交个底，我等会儿也好知道怎么说。"

裴宴闻言嘴角翘了翘，以同样低的声音回复陶清道："我能有什么办法？这又不是我们裴家一家之事！当然，如果有人以为这是我们一家之事，也行，大家就都回去好了，有什么事，由我们裴家担着，我们裴家决无二话。"

"你这是什么意思？！"陶清听着不乐意了，道，"覆巢之下，安有完卵。我们现在是要团结一心共渡难关的时候，你怎么能说这样的话？我要是早知道你是这个态度，我就不过来了。反正是否撤销宁波和泉州的市舶司与我们陶家又没有关系，要急，也不是我急。"

裴宴撇了撇嘴，发现原本还像菜市场似的大厅突然安静下来，他的呼吸声都隐约可闻。裴宴不由朝四周看了看，这才发现，不知道什么时候，大家全都静静地坐在那里望着他，一副等他开口说话、拿主意的样子。他什么时候变得这么重要了？还是说，这些江南世家突然发现他还是有点作用的？

裴宴在心里冷笑了两声，面上却不露，依旧神色冷峻地道："大家还有什么想法，一并说出来吧！免得在背后议论、抱怨、做手脚。"

陶清是很赞同他这个观点的，随即道："出了这个屋，大家就要一致对外，齐心协力，有什么异议或是不满，都给我忍着、藏着，等把这危难挺过去了再说。"

彭大老爷听着心弦一松。

什么三皇子在江南敛财这种事，根本没有什么可担心的。这么做的人无非是两个目的：一是想借此打击三皇子，二是想借着这个理由再搜刮一遍。不管是前者还是后者，于他们来说都不过是多出点钱的事。但如果有人拿这个做借口，觉得江南世家大族生意做得太大，建议关闭通商码头，那就麻烦了。广州那边还好说，一直以来都是最重要的通商码头，宁波和泉州就不一定了。闽浙一带贼人横行，如今越来越猖獗，有时候还会烧杀掠夺一番，很多人觉得这些贼人屡剿不止，就是因为有那些通商的船只给他们做掩护，让人难以分辨提防，最好的办法是坚壁清野，关闭宁波和泉州的市舶司，禁海。这样的政令前朝和本朝开国之初也都试行过，情况果然好了很多。

彭家和宋家等或是靠着泉州的码头或是靠着宁波的码头做海上生意，若是这两处的市舶司撤了，于他们的生意是个致命的打击，可对陶家来说，占着广州的地理位置，生意却能更上一层楼。

他想让陶清误以为这次朝廷实际上针对的不仅仅是江南的世家大族，而是眼红他们手中的财富；而对付裴家，不过是朝廷拿他们开刀的借口罢了。这样一来，他就可以借着这次机会让陶家对他们这些江南世家开放在广州的码头了。而陶清果然中了他的计，同意和他们共同进退了。

他满意地喝了口茶，觉得陶清还是嫩了点，太过感情用事，陶家最多也就这样了。

可惜了广州这个码头！

彭大老爷在心里盘算着能不能和陶家联个姻什么的，然后通过这个关系慢慢地把彭家的生意做到广州去。

那边宋四老爷却掩饰不住心中的喜悦。

他是知道裴家的厉害的，但那是在裴老太爷手里，现在的裴宴，一切都是遵循着从前裴老太爷留下来的规矩，并没有表现出什么超常的能力来。现在陶家和裴家站在了一块儿，以陶清的能力，肯定能带着他们渡过这次难关的。

宋四老爷顿时信心百倍，第一个站出来表态："陶兄放心，别人我们管不了，可我们宋家肯定是和大伙儿共同进退，有什么话现在就说出来，出了这个大厅，决不抱怨半句。我等会儿要是说话太直，我在这里先请大家多多担待了！"说完，还自以为幽默地朝着众人揖了揖。

武大老爷强忍着才没有哼出声来。这蠢货，也不知道怎么就做了宋家的宗主的，宋家也是家大业大，他这么折腾也没有败光，真是让人眼红。

他想着，看了裴宴一眼。

在光线有些昏暗的厅堂里，他白得发光，英俊得令人窒息，还手握裴家几代人奋斗后建立起来的财富和人脉的人，怎么不令人妒忌？若是有这样一位姑爷，他们武家不知道能得多少好处呢？

特别是自从他看着宋家和彭家开始合伙造船之后，彭家是多么跋扈的人家啊，硬生生地被给宋家撑腰的裴家弄得没了脾气，可见裴家是完全有能力造船，做海上生意的，他们家为什么不做呢？是怕钱多得让人眼红，拿他们家开刀吗？

裴家到底有多少生意呢？

武大老爷摸了摸自己的下巴，觉得武家想和裴家联姻这件事，他得亲自出马才行。只要武家和裴家也成了姻亲，至少太湖到苏州这一带的水面他就有把握让宋家在旁边干看着了。

武大老爷在心里琢磨着，决定最后一个开口，先听听看别人家怎么说。

彭大老爷根本没把武家放在眼里，一时的新贵，还是靠着江华这两年才抖起来的，他们说话武家的人听着，原本就应该如此，因而也没有理会武家，而是直接对裴宴道："顾朝阳是什么意思？难道顾家不是江南一族，他居然奉命来江南道查三皇子案，他想干什么？顾家是什么意思？他不是一来江南就先来拜访你了吗？"

他问的是裴宴。

顾家虽然是杭州大姓，世代官宦，耕读世家，但这几年落败得厉害。家中子弟过四品的官员没几个，庶务就更不用说了。在彭家看来，那就是勉强能糊个口，这种场合都没有出现的必要。

裴家刚和顾家联了姻，顾家的姑娘嫁的还是裴家的长房长孙。

裴宴再次感觉到和顾家联姻的麻烦。他淡淡地道："顾朝阳做御史更好，彭大老爷您也说了，他们顾家也是江南一族，他不可能做出那种数典忘祖的事来，除非他不想让顾家在江南待了。说起来，我们这次聚在一起，虽是我们裴家主办的，却是彭家的意思，我就想问问，我们是先解决三皇子案呢？还是先解决撤销市舶司的事？正好顾朝阳也在这儿，若是有必要，大可让他也过来聊聊。集思广益嘛！"

宋四老爷觉得好："人就怕见面。有什么事还是见面说的好！"他就不相信，顾朝阳敢当着大伙的面做出不利于江南世家的决定。

彭大老爷在心里把宋四老爷鄙视了一番。连个刚刚步入仕途的顾朝阳都怕，他能干出点什么事来？当初要知道他是这样一个厌包，他就和武家一起造船了。现在后悔也晚了！

"那就请顾朝阳过来聊聊好了。"陶清当机立断,"有什么话大家当面说清楚,总比在背后猜测要强。"

裴宴无所谓。顾朝阳来找他,是来和他说顾小姐、裴彤的婚事的。他可能不太看好这门亲事,想给顾小姐撑腰,主动说明了来意,还问他要不要帮忙。那就给个场地让他发挥好了。他喊了守在门口的裴柒一声,让他去请人。

裴柒应声而去。

武大老爷就和裴宴说起裴老太爷:"九月就要除服了吧!太湖离这里有点远,你提前给我个信,到时候来祭拜他老人家一番。"

因为裴老安人的辈分高,武大老爷和宋四老爷称了兄弟,从宋家这边论起来,裴老安人勉强能称得上是武大老爷的长辈。但江南世家多联姻,还有姑侄成妯娌的,所以攀亲从来都是从男方算。

裴宴有段时间和江华交往密切,对武家奉承人的手段非常了解,待武家的人也就客气中带着几分疏远,笑道:"到时候一定提前跟您说一声。"

武大老爷然后说起了海上的生意:"船已经下水试过了,感觉还挺不错的。我原本还想着从宁波出海,若是宁波那儿的市舶司关了,那我们这船岂不是要拖到广州去?这可亏大了。"说着,露出苦涩的笑。

裴宴不以为然。武家还有漕运呢!不能从海里走,不能走大运河,可以绕道走河道。

一直支着耳朵听他们说话的彭大老爷立刻道:"今年的漕运生意如何?我听说两湖歉收,盐引都去了哪里?"

武大老爷不想多谈自家的看家产业,和彭大老爷支支吾吾了半天也没有说出个一二来。还好顾朝阳来了,让两人再无暇短兵相接。

顾朝阳告诉大家,司礼监的秉笔太监王七保也过来了:"是随着魏三福过来的,魏三福在明,他在暗。我现在也不知道王七保走到哪里了。"

大家一阵面面相觑。

魏三福是司礼监有头有脸的太监,深得皇上的信任,要不然也不会派了他来江南。可这位王七保,却是皇上在潜邸时的大伴,是真正的心腹之人,二十四衙门的大佬,轻易不出京城的。

他这次也跟着来了,恐怕不止是三皇子案这么简单了!要知道,三皇子小时候是在王七保的背上长大的,而魏三福呢,据说和二皇子私下里向来过从甚密。

彭大老爷头都痛了。他不怕这些皇子向他要钱,他怕这些皇子逼他们站队。

第五十七章 赔礼

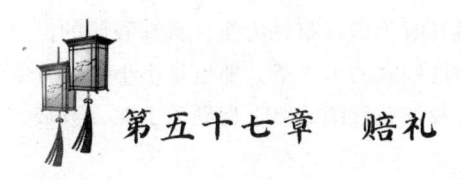

郁棠这边,则和徐小姐并肩坐在杨三太太面前,听着徐小姐眉飞色舞地讲着刚才发生的事。

杨三太太眉目温柔地望着两人,不住地点着头,还间夹着赞扬徐小姐两句"你说得有道理",让徐小姐说得更起劲了,而杨三太太对徐小姐的宠溺,简直从眼底都要溢出来了。看得出来,殷家的人对徐小姐都很喜欢。

郁棠很是羡慕。世上原来也有像徐小姐这样顺风顺水的人生。她暗暗祈祷徐小姐能一直这样好下去。

等到徐小姐把话说完,杨三太太就笑着拍了拍她的手,对她和郁棠道:"你们不用担心,裴家是不会和武家联姻的。"

郁棠怀疑杨三太太是不是知道什么内幕,徐小姐却惊喜地嚷道:"我知道,我知道。裴宴和他的二师兄江华不和。"

杨三太太点了点头,继续笑道:"也不全是这样。把鸡蛋放在不同的篮子里实际上更保险。主要是裴大老爷在世的时候,得罪的人太多了,裴遐光的脾气又太倔强,偏偏他这个样子居然能得了皇上的青睐。他在庶吉士馆的时候,皇上有好几次都亲自点了他帮着写青词,这也是为什么那张家、黎家甚至是江家都那么看重他。所以啊,江南的这些世家大族,既忌惮裴家在老太爷除服之后起复,又怕江南的世家有事的时候他不搭把手。

"裴遐光的婚事就很麻烦了。不用别人出手,就是彭家,估计都不会让武家和裴遐光联姻。但裴家其他的人年龄又不适合。裴泊就不用说了,他母亲是个有主见的,他的婚事肯定是要议了又议的。裴禅我们虽然不了解,但他能和裴泊分庭抗礼,他父母就不是糊涂人。就算他父母是个糊涂人,他不是还有长辈吗?"

郁棠这才后知后觉地道:"裴禅是哪一房的?"

杨三太太笑盈盈地道:"是勇老安人的嫡次孙。裴禅还有个哥哥,叫裴礼,书也读得不错,若是不出什么意外,考个进士应该不成问题的,只是没有裴禅那么早慧罢了。"

郁棠脑海里浮现出勇老安人的模样,感觉那位老安人也是个精明人。她不由对杨三太太心生佩服。

杨三太太也有意指点她,道:"有时候我们不仅要看谁家和谁家是什么关系,还要知道谁家都出了哪些优秀的子弟，而且耳听为虚，眼见为实，真真假假的，得弄清楚才行。远的不说，就说彭家，之前他们家的十一爷，那也是小小年纪就文名显著之人，可最后怎么样了？说是在去参加完秋闱的路上遇到了土匪，被破了相。

"那彭家可是福建的地头蛇，彭家最有前途的子弟十一爷居然能在福建的地界上遇到土匪，谁知道那彭十一爷到底遇到的是什么人？

"家里最怕的就是出这种事。你争风吃醋、妒忌不甘都行，却不能闹出人命案来。那成什么了？一言不合就杀人！谁还没有几个雇杀手的银子不成？斗来斗去，逞凶的人都活下来了，宽怀慈悲的都死了，这个家还有什么奔头？这又不是乱世，谁拳头厉害谁就掌握话语权？"

郁棠连连点头，心里却猜测着，这恐怕是殷家的相人之术吧！知道谁家出了优秀的子弟，除了了解对手之外，应该还可以选姑爷。说不定这才是殷家这么多年长盛不衰的秘诀吧！

她抿了嘴笑。

徐小姐就在那里猜测："武家肯定不甘心，您说，武家会和彭家联姻吗？"

杨三太太笑道："那就看彭家怎么想了。"

如果他们想和江华扯上关系，肯定是愿意和武家联姻的。怕就怕他们不在一条道上。几个内阁辅臣中，江华是根基最浅的，但他也是最不要脸的，为了利益，他什么事都做得出来。这也是那些世家不喜欢和江家联姻的缘故，怕是羊肉没吃着，反惹一身膻。

徐小姐就道："那顾朝阳为什么还不成亲！他年纪不小了吧？若是再不成亲，怕是不仅孙大人不高兴，那些阁老也会觉得他为人轻浮了。"

成家立业！这个时候的人觉得成了家的人比较稳重，更有责任感，更能沉下心来办事。

杨三太太笑着没有吭声。

郁棠狐疑地看了杨三太太一眼。

此时的顾朝阳正和裴宴左右坐着，和彭大老爷等人说着话："我不会忘本，但大家也不可太过分。虽说高邮的河道案是个托辞，但我自从来了江南之后却毫无进展，大家好歹也让我去交个差嘛！"

彭大老爷眯着眼睛，心想杭州也好，苏州也好，都不是他们彭家的地盘，他们彭家才不在乎苏浙一带的世家准备怎么办。他来，是为了撤销市舶司的事。

裴家瞒得过别人，却瞒不过他们彭家。

如今裴宴和陶清勾结在了一起，准备在广州那边联合成立一个商铺，想垄断广州的海上生意。到时候不管泉州和宁波的市舶司撤不撤，裴家都能立于不败之地。

他就是一直纳闷，裴家是怎么说服陶家的。按理说，广州是陶家的地盘，裴家这是从陶家的嘴里抢食吃，陶家无论如何也不应该答应的。能让陶家低头，除非……裴家后面站着个皇子。只是不知道裴家后面站的是二皇子还是三皇子。

彭大老爷有点焦虑。裴家从前太低调了，他感觉到不对想和裴家搭上话的时候，却怎么也找不到机会。这也是他们家能容忍宋家这么长时间的缘故。

他斜眼望着顾昶。不知道能不能从顾昶这里入手。顾昶也是个狼崽子，他是应该以利诱之呢，还是威胁打压呢？彭大老爷轻轻地叩着手下的椅背。

宋四老爷却觉得这是个机会。他立刻道："你想我们怎么做，不如明说。猜来猜去的，谁有这个时间？万一猜错了，更麻烦。"

武大老爷觉得宋四老爷说得有道理，他目不转睛地望着裴宴，想听听裴宴会怎么说。

裴宴没有说话。这里多的是"能人"，他不准备出这个风头。

顾昶有自己的小九九。顾家这几年败落得厉害，他也想借着这件事能让顾家多些资本。况且这次的事还是他恩师筹划的，若是东窗事发，他们顾家还有什么颜面在江南立足？

他想到孙皋消瘦而显得有些刻薄的面孔，看了裴宴和陶清一眼，又看了彭大老爷一眼，这才低声道："两年前，二皇子遇刺，可锦衣卫和东、西厂都没能查出谁是幕后指使，二皇子也只是虚惊一场，加之西北大旱，皇上又要重修大相国寺，朝廷里也腾不出更多的人手来，这件事也就成了悬案，不了了之了。可前些日子，孙大人查高邮河道的款项时，突然发现有人借着高邮修河道之事，给三皇子府送了二十万两银子，且查出这笔银子是通过漕运从江南送到京城的。皇上震怒，派了我和魏三福来查这件事。至于王七保是什么时候出的京，为什么事出京，与我们要查的案子有没有关系，我和魏三福完全不知。"

说到这里，大家的视线都落在了裴宴的身上。在座众人，他和王七保交情最好。

因为涉及漕运，武大老爷第一个坐不住了，他急急地道："这件事我怎么不知道？二十万两，可不是小数目，怎么可能无声无息地就进了京呢？肯定是有人要陷害我们武家。遐光，你什么时候去杭州？你去杭州的费用我全都包了。"

宋四老爷则是看戏不怕台高，而且还想着若是能通过这件事和王七保搭上关系就好了，索性笑道："既然朝阳把话说明了，我看我们不如一起去趟杭州，或者是把王大人请到临安来，正好来昭明寺转转，还能听听无能大师的高论。"

彭大老爷闭着的眼睛也顿时睁得像牛眼似的，但他没有说话，而是朝陶清望去。

陶清犹豫了片刻，低声对裴宴道："遐光，这件事不简单。正如武大老爷所说，二十万两现银，可不是小数目，是怎么通过漕运运进京城的。我怕就怕这从头到尾都是个圈套，等着我们去钻呢！"他说着，还看了顾朝阳一眼。

他怀疑这是孙皋的诡计。

孙皋出身寒微，对权贵有偏见。他从前任顺天府尹的时候，若是有穷人和富人打官司，他必定偏向穷人；若是有权贵和富人打官司，他必定偏向富人。有人因此钻空子，特意装成穷人去打官司。只是顾朝阳在这里，他不好把这话明说。

顾朝阳能说出这番话，就是准备和孙皋翻脸了。他苦笑道："陶举人也不必往我脸上贴金，我看过孙大人给我的案卷了，孙大人的确没有冤枉谁。只怕这次江南各家没办法善了了。"

说话的时候，他一直看着彭大老爷。

彭大老爷被他看得心里怦怦乱跳。彭家也不会把鸡蛋全部放在一个篮子里。他们彭家有子弟站二皇子，也有人站三皇子。但在他心里，他更倾向三皇子一点。这无关两人德行、人品，而是按律二皇子继位是名正言顺的，他们这些世家就算是支持二皇子，那也是应当的。如果支持三皇子就不同了。如果三皇子继位，他们就有从龙之功。可以保他们彭家最少三代荣华。谁能不心动？谁能不眼热？

顾昶这么看他是什么意思？是知道了彭家有人一直在接触三皇子，帮三皇子办事，所以怀疑这二十万两银子是他们彭家的手笔？这锅他们彭家可不背！

彭大老爷重重地咳了一声，沉着脸道："武大老爷和陶举人说的都对。二十万两银子，可不是一个小数目。在座的不管是谁家拿出来都有些吃力，而且是怎么运到京城里去的，也是个谜。若是孙大人查到了什么，还请顾大人明言。大家现在都坐在同一条船上，翻了船，对谁都没有好处。如宋四老爷说的那样，时间紧迫，也不是客气寒暄的时候，大家还是有什么话说什么话吧！"

顾昶一直怀疑彭家。因为只有彭家才有这个财力和物力，可此时看彭大老爷的样子，他又觉得自己有些想当然了。二十万两的银子虽然多，但在座诸位还真的都能拿出来。

主要是怎么运进京城的。如果不是武家，不是彭家，那是谁家呢？孙皋查得清清楚楚，这银子就是从苏州的大运河进的京。宋家没这么大方，裴家没这等手段。那到底是谁呢？顾昶很头痛。

他干脆道："三皇子的事，我只要个结果。至于大家怎么想，我年纪轻，比不得诸位大风大浪里来来去去的，一时也没有什么好主意。魏三福也和我估摸是同样的想法。我们准备在这里待到端午节过后，若是端午节过后还没有什么消息，那我们就只能查到什么报什么了。"

到时候江南的世家一个也别想落下，特别是宋家。他们家既有船，又有钱。

宋四老爷的冷汗止不住地冒出来。他腾地就站了起来，朝着在座的诸人拱手行礼，嘶声道："诸位哥哥，还请救我们宋家一命，这可是诛九族的事啊！"

江南世家之间的关系盘根错节，诛九族倒不至于，可宋家倒了，怕是家家户户都要受牵连的。

彭大老爷和陶清都没有说话。他们虽然也属于南边，可他们是闽粤，是可以置身事外的。

顾昶却记着彭家的霸道，怎么会轻易地就放过彭家呢？他淡淡地道："这银子不是走河道就是走海运，大家还是好好地想想让我怎么交差吧！我呢，也只能帮大家到这里了，再多的，我也没这个能力了。"

彭大老爷就轻轻地瞥了顾昶一眼，又重新半阖上了眼睛。有宋家顶在前头，他并不怕这件事。

陶清一直看不惯彭家独善其身，见状略一思索，问顾昶："若真的查明这件事与江南世家有关，市舶司……"

顾昶不由在心里给陶清竖了个大拇指，暗想，难怪陶家能在陶清手里这么快就崛起，陶清果然能力卓越，一句话就把彭家给拖下了水。

他道："江南世家动辄就能送三皇子二十万两银子，可见江南世家的富庶。皇上前些日子刚刚重修了西苑，帑币告急，正逼着户部想办法呢！孙大人之前还在抱怨，锦衣卫、东西厂的人越来越渎职了，刺杀二皇子这么大的事居然都没能查清楚，到底是没把二皇子当回事，还是怕得罪了两位皇子，在中间和稀泥？毕竟事情都过去两年了，且这么大的事，查的时候还遮遮掩掩的，好多朝臣都不知道发生了什么事。"

言下之意，说不定皇上准备拿这件事向江南世家勒索银子。这也不是不可能的。要不然为何又派了王七保出京？王七保那可是能随意进出皇上寝宫而不用通报的人。

在座的诸位面面相觑，只有裴宴，低垂着眼睑看不出表情。陶清向来觉得裴宴多智近妖，见他这个样子心里反而平静下来。

若是皇上想向江南世家勒索银子，那闽粤世家也别想躲过，他跟在裴家身后就行——裴家捐钱他也捐钱，裴家不捐他们家也不捐，前提就是他们紧跟着裴家不掉队。他有点后悔。陶家应该早点和裴家联姻的。不能嫁个姑娘进去，娶个媳妇进来也不错。何况裴家姑娘少，因而特别重视姑娘家。他们家现在没有定亲的也就是四小姐和五小姐了。五小姐是裴宴胞兄的女儿，他们陶家得找个能读书的才行。二弟家的长子或他们家的老三？陶清在心里琢磨着。

大家各有想法，厅堂内渐渐变得落针可闻。

外面的欢笑声和说话声隐隐传了过来，让厅堂内显得更加静谧，却也让他们想起外面的事来。

裴宴招了阿茗问话："你让人看好了，别让人冲撞了女眷。昭明寺的讲经会，可是我们裴家主办的。"这句话一大清早裴宴就已经说过一遍了。

阿茗忙道："三老爷您放心，外面的人就算是有名帖也不能进东边的禅房，宋家、彭家的几位少爷我们派了认识他们的在门口当值，不会让他们乱走的。"

昭明寺的禅房大部分都被裴家包下来了，特别东边的禅房，歇息的都是女眷。

裴宴点头，心里还是有些不踏实。昨天和郁棠不欢而散，他当然知道她是个没心没肺的，再大的事最多也就歇一晚就忘了，就像从前一样，扯着裴家的大旗狐假虎威被他逮住了，再见面她都能当什么都没有发生似的。今天她也应该是高高兴兴地和他的几个侄女一起在逛昭明寺吧？

念头闪过，他又问阿茗："卫家和吴家的人上山了吗？"

虽说明天才是讲经会，但按理卫家和吴家的人应该会派人提前来打扫和布置给他们落脚的厢房，派人守在那里。

这件事阿茗还真不知道。他微微一愣，立刻道："我这就去问清楚了。"然后一溜烟地跑了。

等他打听清楚回来的时候，大厅里不知道又为什么争了起来，裴宴则和陶清附耳说着什么。

他想了想，还是轻手轻脚地走到了裴宴的身边，却听见裴宴正对陶清道着："你也别听顾朝阳危言耸听。什么事都是有法子解决的。既然皇上缺钱，我们未尝不能用钱来解决这件事。王七保那里，我还能说得上话。殷明远既然让他媳妇给我带信，要吃糖醋鱼、东坡肉，我们少不得要走趟苏州。要是淮安那边的事很急迫，你就先去淮安，我一个人去苏州好了。"

说话的时候可能感觉到阿茗过来了，他抬起头，立刻就转移了话题，问阿茗："两家人都到了吗？"

陶清还以为他有什么要紧的事，在旁边等着。

阿茗紧张地咽了口口水，这才低声道："来了！正在打扫厢房，见我过去问，谢了您，还赏了两个封红。"

裴宴摆了摆手，一副这是小事的样子，继续道："他们有没有去给郁太太问安？"

阿茗道："去了。说是郁太太和郁小姐都在抄佛经，郁太太和他们说了几句话就端茶送了客。他们准备等会儿打扫完了再去给郁太太问个安。"

"没有出去玩吗？"裴宴皱着眉，脸绷得紧紧的，仿佛六月的天气，随时都会下雨似的。

明天就是讲经会，闻风而来的小贩已经在昭明寺外面摆上了摊，甚至还有玩杂耍的。

阿茗摸头不知。没有出去玩？是指郁太太吗？郁太太一看就是个娴静温良的，怎么可能像个小姑娘似的跑出去玩。但当着陶清，他要是问出这样的话来，会被人笑他们三老爷的贴身书童连个小事也办不好的。

他只能硬着头皮，茫然不知所措地道："郁小姐身体不舒服，郁太太肯定不会出门了！"

"郁小姐不舒服？"裴宴盯着阿茗，寒光四射。

阿茗不由打了个寒战。他很少看见这样的裴宴。在外人面前发脾气不说，还掩都掩饰不住了。阿茗忙道："我是刚才听老安人院子里的姐姐说的，我这就去问问人看请了大夫没有，开了什么药方。"

裴宴这才惊觉得自己情绪太激动了。如果郁小姐真病得厉害，早有管事的报到他这里，回城请大夫了，不会只请了他们裴家带过来的大夫瞧病了。

他长长地舒了口气，觉得胸口没有刚才堵得那么厉害了，道："那你去郁小姐那里看看，回来告诉我。"

裴宴语气很淡然，暗中却思忖着，不会是昨天被我给气的吧？他想到昨天他离开时看到的背影。那小丫头向来气性大，被他那么一怼，心里肯定不得劲，气病了也是有可能的。但她也太小气了点。不过是逗她的话，她还当真了！

裴宴不悦，却又莫名生出些许的心虚来。去看看就看看吧，免得真把人气出个三长两短来。到底是个小丫头，说是活泼开朗，豁达豪爽，可和真正的小子比起来，还是娇气得很。这么一想，裴宴就冷哼了几声，吩咐阿茗："快去快回！"

阿茗觉得自己歪打正着，哪里还敢多问多想，飞也似的跑出了厅堂。

裴宴看着心生不满。阿茗勉强也算是从小就跟着自己的，怎么行事还是一副小家子气。

他在心里摇了摇头，抬眼却看见陶清一双戏谑的眼睛。裴宴愕然。

陶清已道："郁小姐？是谁？你们家的亲戚吗？我们这都在生死关头了，你还惦记着别人生了什么病？你说，我要不要看在你的分儿上，派人去给郁太太问个安？"

陶清揶揄的口吻让裴宴非常不满。他把郁棠当晚辈看待，陶清这样太不尊重郁棠了。

裴宴当即就变脸，冷冷地道："陶举人说什么呢？郁太太是家母的客人，怎么到了您嘴里就成了我的什么人呢？"

陶清看着，暗自在心里"啧啧"了几声。这就是一副恼羞成怒的样子啊！还说和他没有什么关系？不过，他也是从年轻的时候走过来的，这种事他懂。

陶清嘿嘿两声，不再在这个话题上继续，心里却惦记上了，寻思着等下得派个人去打听一下这位郁小姐是什么来历，若是和裴宴的婚事有关，得想办法提前搭上话才是。

他和裴宴说回正题："我明白你的意思，估计顾朝阳也是准备用这个办法来化解我们这次的危机。不过，撤销泉州和宁波市舶司的事，你是怎么看的？"

既然陶清不提了，裴宴也就不说了。他神色微肃，和陶清小声讨论起刚才没有说完的话："我怎么看都不重要，重要的是，我们要不要这么干？"他说着，目光落在了大厅内正和武大老爷唇枪舌剑的宋四老爷身上："这可是牵一发而动全身的事。就怕事后不好交代！"

陶清不以为然，道："不破不立。就算是我们不动手，也会有人替我们动手。"

"那就等那些人动手再说。"裴宴低下头，大拇指轻轻地摩挲着茶盅的边缘，道,"我们不能先动手,不然不好交代。"

陶清半晌没有说话,再开口,已经是武、宋等人争论完了,在那里拉着顾朝阳道"我们先查清楚那二十万两银子到底是谁家拿出来的吧!不然再言其他都是废话"。陶清面无表情,声音压得很低:"那就听你的。"

如果没有那幅航海图,他可能永远也不会真正了解裴宴是怎样一个人,也就不会有接下来之后的合作了。

裴宴也压低了声音,道:"那就先把淮安的事处理好了……"只是还没等他的话音落下,那边彭大老爷已经转身望着裴宴和陶清,道着:"你们俩在那里坐着干什么呢?有什么话就当着大家的面说,有什么为难的事也可以说出来,三个臭皮匠顶个诸葛亮,我们大伙儿一起帮着你们出出主意。"

他总觉得裴宴和陶清早已达成了攻守联盟,不能放任他们两人单独行动。

陶清笑了笑。彭大老爷怎么想的,他一清二楚,可在这个场合,他犯不着得罪彭家,横生枝节。

"行啊!"他磊落地道,"我和遐光都是喜静不喜闹的,看你们说得兴奋,就没有过去凑热闹。我们俩,刚才在说王七保的事,商量着去见他的时候送什么东西好。"

这下子大家都来了兴致。如果能从裴宴这里知道王七保的喜好,若是有机会撇下裴宴,他们也可以和王七保搭上话不是吗?

厅堂里又热闹起来。

阿茗却打听到郁棠根本没生什么病。不仅如此,郁棠还在徐小姐那里玩了半天。

他怎么回三老爷呢?阿茗挠着脑袋,想了半晌也没有个主意,跑去找裴满支招。

裴满忙得团团转,哪里有空管他,又见他缠着自己不走,不耐烦地道:"当然是有什么说什么,难道还要在三老爷面前说谎不成?何况一个谎言总是需要无数个谎言去弥补,你觉得你有本事能瞒得过三老爷吗?"

阿茗脑袋摇得像拨浪鼓,果真就照着裴满的意思去回了裴宴。

裴宴听说郁棠是装病,表情很是异样,心里却寻思着,果然是在和他置气,不仅装病不出,还躲到徐小姐那里。明天就是讲经会了,郁家要捐个功德箱,裴家的女眷要捐佛香,她不可能继续躲下去的!不过,也不一定。她向来不按常理出牌的。

她现在和他置气,如果只是今天一天闭门不出,他说不定根本不会知道。只有明天的讲经会她再不出现,他肯定会发现。或许她只是想把事情做得自然一些,今天装病,明天不出,就显得理所当然,就算是他知道了,也不一定知道她是装病。他要不要就陪着她演戏算了呢?

念头在脑海里一闪而过,裴宴立刻觉得不合适。明天的场合太重要了,她要是不出现,太不划算了。现在怎么办才好呢?裴宴的脑子飞快地转着。想来想去,觉得还是得让郁棠回心转意才行。至于她和他置气的事，他得有点大局观，等到讲经会结束了再好好地和她算账不迟。

裴宴打定了主意通常都会雷厉风行。他站起身来，对正在商议怎么才能查出那二十万两银子是谁家送的彭大老爷等人，道："有点要紧的事，我先出去一会儿。大家讨论出什么结果了，再告诉我也不迟。"说完，也没等彭大老爷等人开口说话，就快步出了大厅，在大厅外的屋檐下站定，吩咐随行的裴柒："你去请了舒先生过来！"

话一说出来，就觉得不合适。各家都来了不少幕僚和师爷，舒青要代他招待这些人。况且舒青这个人心思缜密，多思多虑，他要是和舒青商量怎么给郁棠赔礼的事，舒青肯定会觉得他小题大做。虽然他也觉得自己有点小题大做，可这不是郁棠这个人特别不好打交道吗？她可是真干得出来明天讲经会不出现的事！

"舒青有事，还是别找他了。"裴宴改变主意也很快，"我想想，要不就找青沅来……"

青沅细心，又同是女子，应该知道同为女子的郁棠喜欢什么东西。

裴柒没有多想，应声转身就走。

裴宴又觉得不妥。

青沅是他身边的丫鬟，和郁棠的眼界肯定不一样。青沅喜欢的未必郁棠就喜欢。若是让她知道他给她赔礼的东西是青沅所爱，说不定会觉得他是在羞辱她，更生气了。

"裴柒，你等等。"他又喊回了裴柒，站那儿绞尽脑汁地想着怎么给郁棠赔礼。

裴柒不知道裴宴要做什么，但见他满脸为难的样子，忍不住道："三老爷，您这是遇到什么难事了？要不要请阿满过来？"

他的话提醒了裴宴，裴宴道："不用，你去把胡兴叫过来。"

裴柒一路小跑着把胡兴叫了过来。

裴宴直接问胡兴："我得罪了郁小姐，你觉得我送点什么东西给她能让她对我冰释前嫌？"

什么叫"得罪了郁小姐"？！胡兴脑子里嗡嗡嗡的，以为自己听错了。他定睛朝裴宴望去，却见裴宴正满脸严肃地等着他答话。

胡兴不由自主地揉了揉眼睛，却换来裴宴毫不留情的嫌弃："你这是怎么了？没睡好？那你就先下去歇息好了，我再找个人问问。"

他怎么能在这个关键的时候下去歇息呢？这正是体现他能力的时候，正是他为主分忧的机会，他怎么能就这么轻易地放弃呢？

胡兴忙不迭地道："没有，没有。我是在想您说的话。"实际上他心里一点都没有底，根本还没有主意，但这并不妨碍他一面拖延时间，一面使劲地想办法，还要用眼角的余光窥视裴宴的喜怒，衡量自己的回答是否让裴宴满意："姑娘家嘛，都喜欢个花啊朵啊的。可男女有别，虽说您是长辈，可到底有点不合适。同理，胭脂水粉什么的也一样不合适。郁小姐呢，是个爽利人，不是一般的闺阁女子，为人大方，我觉得她说话做事肯定喜欢明明白白。我们平时给人赔礼的时候什么东西送得多呢……"

裴宴觉得他啰里啰唆的，当初没有重用他真是再正确不过的决定了。

"那就送些点心糖果什么的过去好了。"胡兴的话也的确是提醒了他，既然穿戴什么的不合适，那就送吃的。郁家不也常给他送点心糖果吗？他现在回想起来，郁棠好像还挺喜欢吃水果的。

"樱桃应该上市了吧？"裴宴继续道，"给郁太太和郁小姐送两筐过去。还有这几天新上的李子、香瓜什么的，也送两筐过去。京里的窝丝糖、两湖的龙须酥、江西丰城的冰米糕，我上次听老安人说好吃来着，也一并送些过去。然后跟郁小姐说，让她早点好起来，明天一早要好生生地出现在讲经会上。"又觉得光这样说还不能十拿九稳地保证郁棠能乖乖地听话，又道："你过去的时候，记得跟她说，明天顾小姐也会出现。"

这是把这件事交给他去办吗？

胡兴喜出望外，生怕这差事掉了，立马应诺，没等裴宴来得及再说两句就疾步而去。

裴宴就觉得胡兴办事不太稳妥，想把他叫回来再叮嘱两句，彭大老爷找了出来，道："你这是做什么呢？大家都等你半天了也不见你回来。快，就等你一个人了。我们准备把那二十万两银子分摊下去，就说是我们一起送的。"

这是谁出的主意！蠢货！裴宴在心里骂着，不想让厅堂里的那些人知道他刚才都干了些什么事，干脆就顺着彭大老爷回了大厅。

众人果然都在等他。宋四老爷还在那里嚷道："印家和利家也是出了名的富贵，他们也应该承担一部分责任吧？"

这一次泉州印家和龙岩利家都没有来人。不知道是不想参与到这其中来，还是因为消息不够灵通，还不知道朝廷有意撤销泉州和宁波市舶司的事。

裴宴并不关心这些。他知道，宋四老爷的主意在座的诸位不可能答应。有背锅的，谁又愿意把自己的家族拖下水呢？

偏偏宋四老爷还看不清形势，追着问裴宴："你觉得呢？"

裴宴看一眼宋四老爷，却从他清明的眸光中看到了无奈。

是啊，能做宗主的人就没有谁是个傻瓜的。宋家如果朝廷没人，就是块任人刀俎的鱼肉，除了装聋作哑，浑水摸鱼，还能做什么？

这一刻，裴宴无比地庆幸裴家的子弟争气，让他还有后手可以翻盘，还有威慑这些人的能力。他淡淡地道："我之前不是说过了吗？我是少数服从多数，听大伙的。"

宋四老爷眼底难掩失望之色，望着裴宴的目光突然闪过一丝狠毒，然后笑眯眯地靠近了裴宴，低声道："宋家虽然不如从前，可苏州城到底是我宋家的地盘。若是说苏州城里有什么事我不知道，那是笑话。遐光，你我是姨表兄弟，你看，我们要不私底下说几句话。陶家再好，毕竟也是不相干的人。"

裴宴丝毫不为所动，仿佛不知道他话里的意思，笑道："不相干有不相干的好处，至少不会打着亲戚的旗号占我的便宜。"说完，像是想起了什么事似的，朝着宋四老爷张扬地笑了笑，声音却十分凶狠，还带着几分阴沉地强调道："我最恨有人占我便宜了。"

宋四老爷被裴宴这副如杀人恶魔似的模样吓了一大跳，心中一悸，脸色有些发白，喃喃不知所语。

裴宴却重新恢复了之前的面无表情，闲庭信步地在陶清身边落座。

陶清却对他刚才去干什么了非常感兴趣，笑着低声对他道："我看我们再怎么说，也就是一通车轱辘的话，来来去去，反反复复说的都是那些事那些话。不如用过午膳就散了，你我也可以出去走走。寺外那些小商小贩的摊子应该都支起来了吧？我们也去看看有什么卖的好了。"

裴宴脑海里就浮现出一幅明媚的春光里，一群衣饰精美，相貌俏丽的小娘子们手挽着手在昭明寺外那些小摊前挑选喜爱之物的景象。

他莫名就有些心烦意乱，甚至都有点坐不住了，特别是看到顾昶还在那里和彭大老爷反复地道："这件事于情于理都应该跟印家和利家说一声。讲经会不是要开九天吗？我看不如趁早给他们两家送个信。就算是当家的一时赶不过来，来个大掌柜也行啊！印家有个女婿在行人司，若是闹了起来，还是很麻烦的。"

说来说去，顾昶就是为了积攒自己的人脉，想让大家都欠他这个人情。

他心里就更不舒服了。凭什么他干事让顾昶领人情？特别顾昶还成了裴彤的大舅兄。

裴宴突然就站了起来。

有影响力的人一举一动都会格外被关注。裴宴也一样。

所以他站起来之后，众人的目光全都落在了他身上不说，说话的人也都打住了话题，竖了耳朵想听他有什么话说。

裴宴也没有让他们失望。他神色冷峻，声音严厉，沉声道："现在有两件事。第一件事，怎么让顾朝阳交差？第二件事，市舶司到底撤还是不撤。第一件事，昭明寺有讲经会，把魏三福请到昭明寺来看热闹，大家坐下来商量这二十万两银子怎么办，这件事由朝阳负责。第二件事，我趁着这机会走趟苏州城，问问王七保这次出京的目的。谁留在这里等魏三福，谁和我去苏州城，众人此时议出个章程来，大家分头行事。"他说完，把在座的诸人都扫视了一眼，这才又道："大家可有异议？"

这样的安排自然是最好不过，只是将原本应该由江南诸世家背锅的关键——二十万两银子，反倒变成了替顾朝阳解决问题。

顾昶嘴角微翕，想说些什么，可抬头却看见彭大老爷跃跃欲试的表情，他紧紧地闭上了嘴巴。裴宴出了个有利于大家的主意，他这个时候说什么都只会侵害众人的利益，让人心生不快，甚至会猜测他是不是有私心。他怎么做都不对！唯有沉默不语。

彭大老爷是真高兴。那二十万两银子他懒得管，市舶司的事能把裴宴弄到前面打头阵，他来的主要目的就算是基本达成了。

他满脸笑容地站了起来，夸奖裴宴："还是遐光主意正，我看行！至于说去拜访王七保的礼物，我们彭家愿意供遐光差遣！"说到这里，他觉得自己很幽默地笑了起来，继续道："遐光，我这不是说你们裴家就出不起这个银子。我的意思是，不能让你出力又出钱，我们这些人在旁边坐享其成的，怎么也应该出把力才对得起你不是。"

他的话提醒了其他几家，纷纷表示去探望王七保的礼品所需的花费他们愿意平摊。

裴宴不置可否。

郁棠这边却已收到了裴宴派人送来的糖果点心。

她望着堆在地上的竹筐和摆满圆桌的匣子，怀疑地指了指自己，再三向胡兴确认："你说，这都是三老爷送给我的？"

胡兴连连点头，望着郁棠桃李般潋滟的面孔，一面在心里暗暗感叹郁棠越长越漂亮了，一面笑盈盈地答道："三老爷还让我带句话给您，说明天顾小姐也会出席讲经会，让您也早点去。"

早点去干什么？和顾曦斗法？到时候各府的当家主母都在，她自认为自己还没有这么大的脸！郁棠听着心中有气。又看一眼这快堆了半边屋子的东西，心里像沸腾的水咕咕地冒着泡。裴宴这是什么意思？主动和她和好吗？那天她生气了，他看出来了？

郁棠揪着手中的帕子。实际上裴宴这个人还是不错的。虽然嘴如刀子，可心思却好，就是有点倨傲，就算做错了事，也不愿意承认。

郁棠嘴角微翘。寻思着裴宴这点小缺点实际上还是挺可爱的，像个小孩子。难怪她姆妈说，别看男子是家中的顶梁柱，但身体里住着个小孩子，不时就要冒出来皮几下，这个时候只能哄着，不能斥责。那她就原谅裴宴好了。

郁棠拿起个装着窝丝糖的匣子。

胡兴忙道："这是从京里送来的。我们府上每年都会买好多，家里人吃，也送人。不过，送的都是些亲朋故旧，等闲人家是不用这个做回礼的。"他说着，起身翻了翻，拿出个用牛皮纸做得四四方方，中间用隶书写着个红红的福字的纸匣子道：

"您得尝尝这个。陶家送的，江西丰城的冰米糕，我们这边挺少见的。"

郁棠笑着道了谢，越发认为自己刚才肯定是误会裴宴了。裴宴让人来给她带信，说顾曦会出席明天的讲经会，应该是怕她会和顾曦别苗头，特意提醒她一声的。

"我知道了！"郁棠收了礼单，笑着示意双桃给胡兴续茶，道，"多谢您了！还让您亲自跑一趟。"

"不谢，不谢。"胡兴恭敬地道，觉得自己对郁家的人应该更客气一点了。

郁棠就问他："三老爷在做什么呢？我收了他的礼，怎么也要寻思着还个礼过去才好。"这就是打听裴宴的行踪了。

胡兴认为这不是个事儿。裴家做东，来礼佛的几家宗主坐在一起说说话儿，这再正常不过了。

他道："借了昭明寺禅房西边的大厅在聊天呢！估摸着午膳会在大厅那边用，晚膳就不知道了。就是回住处，应该也很晚了。"也就是说，今天没有什么机会！

但裴宴和世家宗主聊天，肯定不会像她们内宅女眷似的只议些衣服首饰，他们应该会说时事经济，那他们会不会聊到当朝的皇子呢？

郁棠心里有点急。她道："听说顾大人也过来了，不知道他这次过来是私事还是公事？"

胡兴自然是知道什么说什么了："我也不知道。几位宗主在大厅说话，端茶倒水的只安排了裴柒一个人。他是三老爷的贴身随从。"也就是说，大厅里的人说了些什么，是要保密的。

郁棠心里有数了，笑盈盈地对胡兴道："我若是想去谢谢三老爷，您看，什么时候合适？"

胡兴也有意奉承郁棠，笑道："这不好说。不过，我帮您瞧着，一有消息我就让人告诉您。"

郁棠谢了胡兴，端了茶。

胡兴自然不好多坐，起身告辞，去了厅堂。

里面的人还在说话。他让裴柒给裴宴递话："郁小姐想过来谢谢三老爷。"

裴柒虽然不喜郁棠在这个节骨眼上来麻烦裴宴，但见不见不是他能说了算的，他还是尽心地去通报了一声。

裴宴知道了就有些得意。可见小姑娘得哄，一哄就听话了。他想着以后是不是有事没事就送点糖果点心给郁棠好了，免得她总在自己面前使小性子，不过逗她几句她就来事了，还生气呢！

裴宴想晾一晾郁棠。他淡淡地道："道谢就不必了，明天按时出席讲经会，别和顾小姐闹腾起来，吃了亏就行了。"

郁棠得了信，再次气得说不出话来。这都是什么人啊！敢情专门差了人来给她递话，就是为了告诫她别和顾曦置气？她什么时候主动招惹顾曦了？裴宴说话

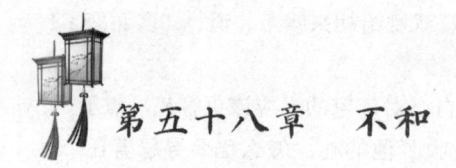

不公平。难道就因为顾曦成了他侄儿媳妇，他就开始向着顾曦不成？

第五十八章 不和

郁棠在那里皱着眉生气。

在旁边听着的双桃却两眼发亮，感慨地道："三老爷为人真好，顾小姐都要做他侄儿媳妇了，可他怕您吃亏，还特意派了人来说一声。小姐能遇到三老爷，真是小姐的福气！"

郁棠一愣，驻足原地，眨了眨眼睛，半晌都没有说话。是啊！刚才裴宴分明让人给她带信，让她别吃了亏，可她为什么总是只想到了裴宴的坏而感受不到裴宴的好呢？是不是因为她自己对裴宴有看法，连带着对裴宴的话也有了偏见。郁棠在圆桌前坐下，支肘在那里反省自己。

自从她和裴宴认识以来，两人每次见面都不是很愉快，但不能否认，每次裴宴都帮她解决了大问题。不过是他嘴太毒，话太碎，闹得她得了他的恩惠也只记住了他的坏。可她又不是不知道裴宴就是个又傲又骄的性子，就算是做了好事也不会明明白白地告诉你。反过头来想，那也算是做了好事不留名吧！

郁棠想到裴宴那张冷峻的脸，"扑哧"就笑出声来。活该！谁让他脾气那么坏的。可他这脾气也太容易吃亏了。她也得慢慢转变态度才是，不能遇到什么事就先想着他的坏忘了他的好。

郁棠在那里思忖着，双桃却睁大了双眼望着她，小心翼翼地道："小姐，您这是怎么了？一会儿愁一会儿喜的……"这让双桃心里有点害怕，总觉得有什么了不得的事在郁棠身上发生了，但她又无迹可寻，不知道该如何是好。

"没事，没事。"郁棠回过神来，望着满桌的糖果糕点，想了想，吩咐她道，"你把这些东西拿去给陈婆子，就说是裴家送过来的。然后问问太太、徐小姐、杨三太太和裴小姐她们那里，要不要都送些过去。"

新鲜上市的樱桃，不仅品相好看，价格也很好看。这个时节送出去，是件非常有面子的事。

双桃应声而去。

陈氏觉得郁棠考虑得很周到，放下抄佛经的笔，对陈婆子和双桃道："装得漂亮一点。徐小姐和杨三太太、裴家的小姐们眼界都高，可别好东西被你们给糟踢了。"

两人嘻嘻地笑，把裴宴送过来的东西分了出来，然后拿去给郁棠过目，郁棠点了头，双桃这才去送东西。

徐小姐接到东西不免一头雾水。

她刚刚才和郁棠分开，怎么郁棠就又送了这么多的东西来？这里又不是城里，可以随时到集市上去买。可若说是从寺外的小商小贩手里买的，她好歹也是见过世面的，一看就不是普通商贩能做得出来的东西。

双桃就按照郁棠的吩咐笑着回道："是裴家的长辈送的，小姐觉得好吃，就让送些来给您和三太太尝尝。"

讲经会要开九天，听得懂的人如痴如醉，像她们这样没有什么经历的闺阁女子，也就只能当个故事听听，怎么可能会有感触？怎么可能坐得住？有这些零嘴，还能混混日子。

徐小姐高兴地收下了，让丫鬟拿了些桃子、李子给双桃，算作是回礼了。

双桃也没客气，代郁棠道了谢，收了果子，又要去给裴家的几位小姐送糖果糕点。

徐小姐见她又是提又是抱的，知道郁家只有两个仆妇，索性吩咐阿福："你帮双桃把东西送过去。"

阿福因为徐小姐，和郁棠身边的双桃这几天渐渐熟悉起来，两人还颇能说到一块儿去，闻言满脸是笑地应了，帮着双桃拿了一半的东西。

双桃谢过徐小姐，和阿福出了门。

裴家的女眷住在徐小姐的隔壁，可若是想过去，却要绕过外面的一条竹林甬道。正是春光明媚的时候，小道幽静，两旁不时传来几声鸟鸣，双桃和阿福都觉得心旷神怡。

阿福就问起双桃郁家的事来："听说你们家是做漆器生意的，可以让你们家小姐跟我们家小姐说说，把货贩到京城去卖啊！"这样郁家就能多赚钱，就能多请几个仆妇了，免得什么事都只能差了双桃。

双桃笑道："这是东家的事，我们怎么好插话？"

两人说着话，迎面却碰到宋家和彭家的小姐，正站在竹林旁，指使着几个小丫鬟在摘凉亭旁的夹竹桃。

阿福吓了一大跳，道："这花可是有毒的。"

双桃也吓了一跳，道："夹竹桃有毒？我都不知道呢！"

阿福道："这是我们姑爷说的，我们姑爷从来都不会错的。"

双桃犹豫道："我们要不要说一声？"主要是宋、彭两家的小姐都很傲气，她怕直接说出来伤了两家小姐的颜面，人家不仅不听，还记恨上了，给郁家惹出麻烦来。

阿福到底比双桃见识多，她略一思忖，悄声道："我们等会儿见到裴家几位小姐的时候说一声。若是裴家的几位小姐也不知道，回去的时候我再跟我们小姐提一声。免得出了什么事，裴家脱不了干系。"

双桃看着阿福的眼睛发光，真心地赞道："阿福，你比我年纪还小，可比我有主意多了，我得向你学才是。"把阿福说得满脸通红，不知道说什么好。

她们两个准备就这样和宋、彭两家的女眷擦肩而过，宋、彭两家的女眷却没打算放过她们两人。特别是宋六小姐，回去后被宋家四太太狠狠地斥责了一通不说，还被罚了一个月的月例，回去后抄三遍《女诫》，让她颜面尽失。要不是各家的女眷都在，依宋家四太太的脾气，一早就把她送回苏州城了。

她见到阿福和双桃自然是气不打一处来，喊住了两人，嫌弃地看着两人手中的东西，道："你们小姐呢？病还没有好吗？她这是不准备和我们一道出去逛逛了？"

这样的蠢货阿福见得多了，她笑盈盈地给宋六小姐行了礼，神色谦恭地道："我们小姐要在家里照顾三太太，郁小姐则在抄佛经，今天恐怕出不了寺了。只有等以后有机会再和宋小姐一块儿出去玩了。"

宋六小姐听着板了脸，彭家年纪小的那位小姐排行第八，她不想节外生枝，赶在宋六小姐开口之前笑道："你们这是要去送东西吗？快去吧！免得时间太久了让你们家小姐等着急。"

阿福和双桃忙给彭八小姐道谢，抱着东西就想走。

宋六小姐却不甘心，道："这是给谁送东西呢？"

阿福觉得这不是什么大事，就算她藏着掖着，宋家要是有心，也打听得出来，遂老老实实地道："是裴家的长辈赠了些吃食给郁小姐，郁小姐给我们家小姐和裴家几位小姐也分了些。这不东西有些多吗？我们家小姐就让我帮着双桃姐姐送过去。"

宋六小姐听着就纳闷了，道："你们这是从哪里来？"

阿福道："从我们家小姐那边过来的。"

宋六小姐又道："郁小姐为何要先给你们家小姐？"

阿福觉得宋六小姐有点胡搅蛮缠了，语气也就带着几分不耐，道："郁小姐和我们家小姐住隔壁，离我们家近一些，就先送去我们那里了。"

宋六小姐听着就要跳脚，却被宋七小姐一把按住，对阿福和双桃道："你们快去送东西吧！我们也要回去了。"

阿福和双桃不知道出了什么事，却看得出宋六小姐很暴躁，宋七小姐很着急，不敢在这里多留，匆匆福了福，就快步离开了这里。

宋六小姐就忍不住发起脾气来："那个姓郁的到底和裴家什么关系？徐小姐和杨三太太跟裴家的女眷住了最好的禅房我无话可说，那姓郁的凭什么也住了进去？他们裴家这不是欺负人吗？"

话音一落，她顿时知道自己说错了话。妻凭夫贵。同理，裴家怎么对待宋家，正说明了宋家在裴家眼中的地位。宋家这几年对裴家奉承得厉害，宋家觉得只有自家知道，自然不愿意让彭家的人知道。

她忙补救道："彭家姐姐，我昨天可是一夜没有睡着。你们睡得好吗？"

彭家和宋家联袂而来，也就比邻而居。谁知道他们看似住在裴家女眷的隔壁，厢房后面的小花园却紧挨着寺院的外墙，平日非常幽静，现在山下的小商贩上山摆摊了，不免有人在墙外搭了棚子暂居。市井之人，说话大声不说，还喜欢深夜喝个小酒，吹吹牛。寂静的夜晚，动静就显得格外大。

宋六小姐起床就发了通脾气，找到宋四太太委婉地问能不能换个地方住。宋四太太选在这里住，就是因为和裴家的女眷能离得近，怎么会听宋六小姐的抱怨？宋六小姐回到自己屋里就又发了通脾气。这个时候突然发现郁棠住进了东边最清静的禅房，她怎么能不气愤！

彭八小姐望着郁棠院子的方向，目光闪烁，没有说话。

彭七小姐温和地笑道："我们昨天也没能熟睡。不过，在外面都是这样的，忍一忍也就过去了。"

宋六小姐却是个忍不住的。

宋七小姐脸色很难看，抓住她道："你想怎样？和郁小姐换个地方住吗？那也要看四伯母答应不答应，裴家愿意不愿意，你是不是准备不管不顾，想干什么就干什么？"

宋六小姐想到今早宋四太太紧绷着的脸，喃喃地道："我，我就是气不过！"气不过又怎样？他们宋家如今求着裴家，难道还能去质问裴家不成。宋六小姐神色一黯。

彭七小姐看着，笑了笑，道："这位郁小姐，是得打听打听了。不知道谁和她熟？"

郁棠当然不知道她一个小小的举动引来了宋、彭两家女眷的注意。

重新调整了心态后的郁棠，不仅很顺利地抄完了佛经，还兴致勃勃地尝了冰米糕。

和他们临安的水晶糕有点像。不过他们临安的水晶糕是用木薯粉做的，亮晶晶的，更晶莹一些。丰城的冰米糕是用江米做的，更白一些。可见很多糕点都是差不多的，只是换了原料再换个名字而已。

郁棠决定给裴宴也抄几页佛经，让菩萨保佑他一切都顺顺利利。

去送糖果点心的双桃回来了，还带回了徐小姐送的回礼。她道："徐小姐为人真好，见我拿着有些吃力，还让阿福陪着我去了几位裴小姐那里。不过，几位裴小姐不在，说是出去逛集市了，我把东西留下后就回来了。"然后还讲了路上遇到了宋、彭两家女眷的事，但没有告诉她宋小姐的刁难，只说了她们采了夹竹桃回去。

"阿福见几位裴小姐都不在，就跟五小姐屋里的婆子说了一声。阿福说，反正我们把该说的都说了，至于五小姐屋里的婆子跟不跟二太太提，宋小姐和彭小姐她们会不会因为夹竹桃出什么事，那就看她们的运气了。就是菩萨知道了，也不能说我们没有帮宋家和彭家的小姐们。"她还充满了感激地道，"小姐，我觉得我这次跟你出来跟对了。认识了阿福她们我才知道我有多笨，我以后一定多看多想少说话，好好地跟她们学学怎么服侍小姐你。"

郁棠直笑，道："你这是准备一辈子都做仆妇了？不准备放籍了吗？"

梦中，郁家败落之后她没有把双桃卖掉，而是放了她的籍，给她选了个老实的商贾为夫，但她过得也不是很舒坦。具体是为什么，郁棠问过几回，都被她支支吾吾地就含糊了过去，后来郁棠的事也多，就没来得及顾上她。因而现如今大伯母给双桃做媒，让她嫁给王四，郁棠觉得挺好的，至少郁棠还能护着她。

双桃闻言不以为然地挥了挥手，道："放籍有什么好？老爷太太都和善，小姐待我也好，我喜欢待在郁家。"

等到小姐招了女婿，郁家还是小姐当家，她尽心尽力的，小姐也不会亏待她。

这件事如春风，一吹而过，她更关心宋、彭两家小姐采回去的夹竹桃："我没有想到这世家也分三六九等，徐小姐身边的一个丫鬟都知道夹竹桃有毒，宋家和彭家的小姐们却不知道，可见徐小姐家真的很厉害，那些小姐奉承徐小姐也是有原因的。"

郁棠道："我常见别人采摘夹竹桃，也没听说谁中过毒。只是夹竹桃的味道不好闻，大家不喜欢用它来插花罢了。说不定是因为南北的差异，不是有'淮橘为枳'的说法吗？"

两人说了会儿闲话，几位裴小姐呼啦啦地跑了过来。

见过陈氏之后，五小姐拉着郁棠的手道："我们今天一早就去寺外逛，好多卖小食的，可惜阿珊不让买，我没有买成。不过，我也淘到了好东西。"

她的脸红扑扑的，兴奋地从兜里拿了把巴掌大小的黄杨木梳子。那梳子材质寻常，却雕着个胖胖的鲤鱼模样，比起常见的什么喜鹊登枝、百年好合之类的样子，太惊艳了。

"可真好看！"郁棠真心地赞道。

三小姐和四小姐都抿了嘴笑。五小姐这才将梳子放到了郁棠的掌心，道："这是送给你的。"

郁棠既惊且喜："给我的吗？"

五小姐就得意地朝着二小姐扬了扬下颌。二小姐目光不明地瞥了郁棠一眼。

郁棠虽然不知道是什么缘故，但这个时候，她肯定不会拆五小姐的台。她忙道："哎哟，我可太喜欢了。只是君子不夺人所好，这么有趣的梳子，我看看就行了，你还是快收起来,带回去以后用。"

五小姐嘻嘻地笑,从兜里又拿出把一模一样的梳子,道:"你看,我也有一把。"

郁棠微愣。

三小姐和四小姐哈哈地笑了起来,道:"我们一口气买了好几把,把摊子上的梳子全都买完了。结果武小姐她们没买成。我们正好一人一把。"

是宋六小姐说的那位想要嫁进裴家的武小姐吗?

郁棠心里有些不舒服,但还是按捺不住好奇道:"这到底是怎么一回事啊?你们讲给我听听呗!"

四小姐就喜形于色地讲起在寺外小摊上遇到了武小姐和顾曦的事:"两人戴着帷帽,簇拥着一堆的丫鬟婆子,还带了护卫……远远地就能看见……挑三拣四的……这个也是她在京城见过的,那个也是她在苏州买过的,生怕别人不知道她出身豪门似的……她也不怕贼惦记……可怜顾姐姐,在旁边陪着,脸都笑僵了!"

这其中还有顾曦的事?!

郁棠支起了耳朵,就听见五小姐在那里叹息:"我们当时就应该把顾姐姐拉走的。"

二小姐直皱眉,道:"顾姐姐又不是你,可以仗着年纪小,把别人摊子上的东西全买了不说,还故意当着武小姐的面说我们姐妹一人一把。武小姐一大早就到顾姐姐住的地方堵门,换成是你,你能拒绝吗?再说了,谁能想到武小姐这么高调!顾姐姐也是受了她的连累。"

三小姐闻言担忧道:"武家曾经做过水匪,他们家不会现在还暗中做着老本行吧?"

"怎么可能?!"二小姐立刻反驳道,"他们家要是还做老本行,三叔父肯定不会让我们家和他们家来往的。武家在湖州霸道惯了,武小姐只是受家里面的影响而已。"

四小姐听了小声地嘀咕道:"反正我不喜欢武小姐,我不想她嫁到我们家来。"

二小姐气得笑了起来,道:"就算我们家想娶,也得有合适的人选才行。你就少操心这些了。还是关心关心你自己的事吧!"

"我有什么事?"四小姐红了脸,很是心虚地道,"我要告诉伯祖母,你欺负我!"

二小姐像看傻子似的看了她一眼,没再理她。

五小姐则悄声地向郁棠解释道:"彭家的人想娶一个我们家的姑娘进门。"

那模样,一点也没有想到自己。或许是因为她的年纪最小。

郁棠抿了嘴笑,觉得不管是彭家还是武家,估计这次都要落空了。

她把梳子放好,郑重地谢了裴家的几位小姐。

她们问过郁棠的身体之后,知道她早就好了,就开始叽叽喳喳地说起了明天献佛香的事。

那边的顾曦也回了自己的住处。

只是她刚刚踏进厅堂，就看见原本应该还在和裴宴议事的哥哥顾昶正沉着脸坐在中堂的太师椅上，一副正等着她的样子。

她心中咯噔一声，强打起精神朝着顾昶笑了笑，温声道："阿兄什么时候过来的？不是说中午有可能在三老爷那边用膳吗？是不是那边有了什么变故？"

昨天她阿兄一到寺里就先来见了她，她这才知道阿兄为了她的婚事，特意讨了现在的这个差事回了一趟杭州，知道她在这里，又追了过来。

兄妹俩昨天就为她和裴彤的婚事起了争执，要不是阿兄的随从跑进来说裴宴那边有了空闲，两人恐怕就吵了起来。

阿兄板着个脸，这是要继续和她说裴彤的事吗？顾曦心里就有点害怕。阿兄从小护着她，她有什么事也都和阿兄商量，只有和裴彤的婚事，是她先斩后奏的，阿兄肯定非常生气。

顾曦想着，就主动端了杯茶给顾昶，并柔声道："阿兄，你别生我气了。我知道你是为了我好，可我也有自己的想法。那裴遐光再好，他看不上我，又做了裴氏的宗主，与仕途决绝了，我不愿意嫁给他这样的人。你看黎家，之前不是叫着嚷着说他们家的姑娘随裴遐光挑选吗？可你再看现在，还说不说这样的话了，不就是因为裴遐光再也不可能做官了吗？裴彤再不好，会读书是真的，有个愿意给他助力的外家是真的，裴家宗房的长孙是真的。何况裴遐光对他有愧，钱财上肯定不会少了他的，我们趁机摆脱掉裴家宗房的继承权，让子孙好好地读书做官，难道不比一辈子都得窝在临安这个小地方强？你之前不也说了，裴家是良配。大太太又三番两次地派了人上门说亲，答应我若是嫁了过去，就让我陪着裴彤回顾家读书。您是知道的，大太太孀居，不可能离开临安的。就凭这一点，我就愿意嫁过去。"

"胡说八道！"顾昶听着一惊，起身就朝四周看了看，"哪有儿媳妇不服侍公婆的，我看我不在家，你的胆子越来越大了。"

顾曦就捂了嘴笑。阿兄到底是心疼她的。

她想起倒霉的李家来，不由说起了李家的事："他们家还有翻盘的机会吗？我听说沈先生在为他们家到处奔走。这种事也太龌龊了。我觉得沈先生这样，会坏了名声的。"

"你知道些什么？"顾昶见周围没人，心中微安，重新坐下，斥责妹妹道，"李端是沈先生的学生，他这个时候只有两条路可走，一是跟李家划清界限，二是为其奔走，以沈先生的为人，肯定得为其奔走。不然他又怎么会落得个辞官归乡呢？至于李家的事，那得看裴遐光愿不愿意给他们家帮忙了。如今的大理寺少卿是张英的次子，和裴遐光私交甚密。他若是打招呼，李家罚些钱财，全身而退也不是不可能的。"

顾曦知道哥哥是想她嫁进裴家的，但哥哥想她嫁的人是掌握实权的裴宴而非空有长孙名衔的裴彤。但她接触过裴宴之后却改变了主意。与其和裴宴一辈子做个相敬如宾的夫妻，不如嫁给有求于她的裴彤。

这是她对顾昶的说法。可实际上，她心里隐隐觉得，裴宴不是那么好摆布的，至少在她的感觉里，裴宴待她没有任何的特殊之处，看她的眼神如同陌生人，甚至比看陌生人还要冷漠，还带着几分不屑和鄙视，仿佛一眼就能看穿她的想法，知道她的打算。这让她心里忐忑不安的同时，还感觉到害怕。

特别是裴宴长得还那么英俊，英俊到让身为女子的她都有种珠玉在侧的不自在。她觉得她在裴宴面前没有任何的优势，还有点怕裴宴。这和裴彤给她的感觉是完全不同的。

裴彤也长得很英俊，比起李端毫不逊色，在气质上还要超过李端几分。重要的是他待人温和有礼，谦虚幽默，坦率真诚，看她的目光也无比柔和，让她在他面前瞬间有了信心，且是身为女子的特殊信心。相比裴宴，她更钟意裴彤。哪怕裴家现在是裴宴掌权。若是裴宴不能为她所用，裴宴就算是掌权与她又有何干系？她又能从裴宴那里讨到什么好处呢？想明白了这些，她毫不犹豫地就选择了裴彤。

她因此才有意提起了李家的事，还颇有心机地道："阿兄，你看太太都给我找的是些什么人家？！"

顾昶不说话，心生愧疚。

顾曦暗暗松了一口气。她的目的达到了。只要阿兄觉得有些愧疚于她，她违背了阿兄的意思和裴彤定亲的事阿兄不仅不追究，而且还会维护她。

她忙道："阿兄，以前的事我们都不要再提了。关于裴大公子到杭州读书的事，裴三老爷是怎么说的？"

顾昶也正为这件事头痛。

在他看来，除非裴彤读书没有天赋，完全靠的是刻苦，否则裴宴就算是想阻止裴彤出头，最多也就压制他几年时间，根本不可能永远压着裴彤。既然如此，为何不卖裴彤一个人情，干脆就让他去杭州求学？况且他们顾家不像杨家，杨家没有什么底蕴，行事做派也就比较急躁，抓着个裴家大老爷裴宥就舍不得放手，恨不得把人家的子子孙孙都拐带到他们家去，把裴家的人脉资源为他们杨家所用，裴家自然反感。

他们顾家却是世代耕读传家，本着帮衬姻亲就是结善缘，就是为子孙后代造福的想法，不知道指导过多少有读书天赋的亲戚朋友。当然，他也是有私心的。如果裴彤接受了顾家的恩惠，成亲之后肯定得高看顾曦一眼，对顾曦以后的夫妻生活有好处。这也是他当初听顾曦一说就答应帮她说项的原因。

此时再听顾曦提起，他苦笑了几声，道："裴遐光没有答应。照他的意思，在哪里读书要看裴彤自己的意思。裴彤若是有意外出求学，让裴彤自己跟他说去。"

顾曦一愣，道："裴大公子没有跟裴三老爷说过吗？"

兄妹俩面面相觑。

顾昶立刻站了起来，道："这件事不对劲——如果裴彤真如你所说的那样好，他怎么连这点事都不愿意承担责任，反而让你一个还没有正式嫁给他的女子出面。阿曦，这门亲事你要再考虑考虑。"

顾曦显然也意识到了，但她还抱着一份侥幸，道："那我去问问他。阿兄你也别那么紧张，说不定这其中发生了什么我们不知道的事呢？"

两家已经交换了庚帖，合了八字，就差正式下聘了，婚事已经算是定了下来，若是这个时候悔婚……顾曦已经悔过一次婚了……局面于顾曦非常不利。

顾昶沉着脸道："这件事你先别管了。我晚上还有要事和裴遐光商议，我见着他之后会抽个时间好好地和他说说这件事的。若是裴大太太那边问起来，你就说不知道，已经把事情都交给了我。"

大太太毕竟是顾曦未来的婆婆，顾曦肯定不敢明着得罪她的。

顾曦点头。

顾昶又道："这次讲经会，大太太过来了没有？裴彤和裴绯呢？过来了没有？"

大太太孀居，按理是不应该参加这类聚会的。但一来这里是寺院，礼佛的地方；二来是裴家主持的，她以宗房长媳的身份出来帮着裴老安人招待客人也是说得过去的。

顾曦道："大太太和大公子、二公子都过来了。不过大太太喜静，只见了我。"

顾昶听出来了点意思，问她："你见过裴家大公子和二公子了？"

他虽然是在问顾曦，语气却很肯定。

顾曦脸色一红，低声道："在阿爹同意裴家婚事之前，我就见过裴大公子了。他，他人还是挺不错的，还跟我说他从小和杨家的表妹青梅竹马，可惜她表妹福浅，暴病而亡。"

裴彤还和她坦言，他心里还想着他表妹待他的好，可从他决定和她成亲的那一刻起，他就只会把他表妹放在心底，会好好地对待他未来的妻儿。因为他未来的妻儿没错，不应该承担他对他表妹的感情。这让顾曦觉得裴彤待人格外诚挚。

顾昶是个聪明人，他猜也能猜出裴彤对待他妹妹的态度。他神色晦涩不明。这个他从来没有见过面的裴家大公子显然也不是个吃素的。如果这个人不是他的妹夫，他会击掌称赞，可这个人是他的妹夫，他的要求又不一样了。

顾昶听着心里非常不舒服。他抬眼看着妹妹满脸的满意和眼底闪过的一丝欣慰，知道自己再说什么都晚了，他妹妹估计是看上裴彤了。

夫妻关系也如博弈，谁付出的多谁就输了！顾昶忍不住提醒妹妹："你小心他是在利用你！"

顾曦却非常自信，两眼闪着光道："能被人利用，说明有价值。他利用我，我何尝不是在利用他？不过是比一比谁更有手段罢了。裴大公子现在的赢面太少了，他若是愿意在杨家人面前装深情，于他当然是更好。说不定我还能和杨家的女眷交上朋友呢！"

这倒是。顾昶只怕顾曦真到了那个时候儿女情长。

顾曦道："阿兄，我不能永远都依靠你，你就试着放手让我自己走一段路吧！如果不成，你再扶持我也不迟。"

顾昶想了想，觉得妹妹的话也不无道理。只要顾曦成了裴家的媳妇，就算他们两口子反目成仇，顾曦也是裴家的媳妇，说不定还因此柳暗花明，顾曦有了被裴宴利用的价值，得了裴宴庇护也不一定。

"行！"顾昶最终还是决定放手让妹妹自己走一段路，"你也不要有太大的压力，万一不行，还有阿兄呢！"

顾曦朝着哥哥感激地笑。如果没有阿兄，她哪里有这么大的勇气去搏一搏？她不想再说这件事，转移话题问起一个她非常关心的事来："我都要出阁了，阿兄还没有选好嫂嫂吗？"

顾昶听着脑海里立刻浮现出他在甬道上遇到的那个穿蜜合色衣衫的女子。如果她是宋、武两家的姑娘也行。大丈夫立足于世，不能全靠别人，但是也不能全靠自己。宋家现在虽然败落，武家虽然势利，但好歹是勉强能拿得出手的姻亲。

顾昶感觉心里热乎乎的，他的嘴角在他自己都没有察觉的时候翘了起来，道："阿兄的事阿兄自有主意，你管好你自己的事就成了。"话还没有说完，他突然间如坐针毡，觉得这个小小的厢房又闷热又逼仄，让他一刻钟都待不下去了。他人随心动，道："阿兄先走了。你好好待在厢房里，养足精神，明天好陪着裴老安人去参加讲经会。这是你第一次跟着裴家的女眷出现在众人面前，肯定会有很多人注意你，你也要多多留意才是。"

顾曦也要准备明天出席讲经会的衣饰，加之天色已晚，尽管是兄妹，但也男女有别。她没有多留顾昶，亲自送顾昶到了大门口，并站在屋檐下，等到顾昶的身影消失在了院墙外，她这才折回了自己的厢房。

顾昶一离开妹妹的住处，就有些迫不及待地问高升："我让你查的人你查到了没有？"

"只知道是随着裴家女眷过来听讲经会的。"高升内疚地道，"还没有查出是哪家哪房的小姐。"

顾昶有些失望地"哦"了一声，吩咐高升继续查，却不知道高升和他一样，弄错了方向，一门心思地往来礼佛的几户世家小姐里去查，下意识地忽视了郁棠也许只是个普通人家的姑娘，不过是跟着裴家女眷过来的人。

宋家和彭家小姐这边，却很快地查到了郁棠的底细。

宋六小姐睁大了眼睛，不敢相信地问：“真的只是个普通秀才家的小姐吗？那裴家为何这样地善待她？还有徐小姐，最最刁钻不过了，也和她交好。会不会是我们弄错了？”

查郁棠的是彭家的人。彭小姐立刻不高兴了，道：“怎么可能会弄错？这是我请我们家十一哥去查的。我们家有要紧事的时候，才请得动十一哥。”

这次要不是彭家有和裴家联姻的打算，她们还请不动彭十一。

宋七小姐生怕宋六小姐把彭家的小姐也得罪了，忙道：“我阿姐不是这个意思，她只是太惊讶了。”然后苦笑道：“我不知道两位姐姐是什么感觉，反正我和我阿姐一样，太吃惊了。就算郁小姐聪明伶俐，可裴家对郁小姐也太好了些。”

彭家和宋家一样，都是当地的豪门大户，不知道有多少人想巴结奉承她们家，每年也有不少的乡绅想方设法把女儿送到她们家来玩，想得了她们的青睐，没出阁前有个能在她们家走动的好名声，出阁后能和彭、宋两家的姑奶奶说上话，搭上彭、宋两家姑爷的路子。

可不管是彭家还是宋家，对这样送到她们身边的姑娘都在骨子里带着几分轻视，还没有谁能像郁棠似的，能得到裴家这样的礼遇。

这让彭、宋两家的小姐不由猜测郁棠是不是有什么不为人知的身份背景或是能力。

几位小姐你看看我，我看看你，半晌都没有吭声。

还是宋家七小姐有眼色，试着道：“要不，我们还是先看看。别得罪了人还不知道。不管怎么说，我们要是太过了，至少裴家的面子上不好看。”

彭家两位小姐连连点头。

宋六小姐却不死心，道：“要不我们去问问顾小姐？我看顾小姐的样子，好像和郁小姐挺熟的。”说到底，还是不相信彭家调查的结果。

两位彭小姐非常不高兴，但也知道宋家六小姐不着调，淡淡地和宋家七小姐说了几句"也好，多找人打听打听，说不定还能打听出点别的事"之类的话，就起身告辞了。

宋七小姐知道她这个阿姐算是把彭家彻底地给得罪了，也有点烦她了，带着她回了厢房，找了个借口说要去给宋家四太太请安，把她丢在了宋四太太那里，一个人跑了。

偏偏宋六小姐一无所觉，还和宋四太太说起郁棠的事来，并道：“会不会郁家和谁家是姻亲啊！”

宋四太太已经得了信，知道白天裴宴那边商议的内容了，正为宋家需要拿出一大笔钱来打点王七保和魏三福发愁，哪里有空理会这些小姑娘之间的钩心斗角。她不耐烦地把宋六小姐打发走了，开始和贴身的婆子商量筹银子的事。

那婆子也颇有些看不惯宋六小姐，给宋四太太出主意：“实在不行，就把六小姐嫁了吧！"

　　有暴发户想和宋家结亲，愿意出大笔的聘礼，宋家不可能看中这样的人家。可宋六小姐太能惹事了，此时那婆子一提，宋四太太就有些心动，沉吟道："宋家倒不至于沦落到要卖儿卖女的地步，只是你说得对，老六留来留去怕是要留成灾，还是早点嫁出去的好。"

　　那婆子是因为得了那暴发户家的好才这么卖力地在宋四太太面前说话的，如今得了准信，摸清楚了宋四太太的意思，越发觉得这件事说不定真能阴差阳错地成了，就越发地来劲了，道："这些年宋家走出去被人轻怠，说起来，与家里的几位小姐不无关系。您看顾家、沈家的小姐，走出去虽然没有我们家的小姐们富丽堂皇，可还不是照样受人尊重？太太是要整整风了，免得连累了爷们的婚事。"

　　这次宋四太太想为自己的儿子求娶裴家的姑娘，亲上加亲，就被裴老安人明确地拒绝了。宋四太太心里正窝着团火，哪里还听得这番话？她虽然什么也没有说，却暗暗下决心准备回去就把宋六小姐嫁了。

　　但在这婆子面前，她还是不置可否地没有表态，继续说起筹银子的事："也不知道那两艘船什么时候能下海，这每天大笔的银子往里投，我看着心里慌得很。就这样，彭家还说不够，要再造两艘船才行。我看，彭家不是想和我们家一起做生意，而是想用这个法子把我们家拖垮了，等到组船下海的时候，我们家就只能听他们家的了。"

　　那婆子在内宅上的事还能说几句话，到了这外院的庶务，那就是完全不通了。

　　她不敢说话，在旁边赔着笑。

　　裴宴那边，上午议了一上午，中午大家各自回去和各自的幕僚商议了半天，心里有了个初步章程。到了晚上，大家准备再聚下，把怎么接待魏三福，怎么拜访王七保的细节定下来。也就是各家各出多少银子，有什么要求。

　　顾昶因为顾曦和裴彤的事，提前来见裴宴，没想到陶清比他还来得早不说，沈善言也成了裴宴的座上宾。

　　他难掩惊讶。

　　沈善言却苦笑不迭，对顾昶直言道："我是为了李家的事来的。遐光答应帮忙，我怕事出有变，逼着遐光给我写引荐信呢。"

　　就算是裴宴答应帮忙，他也不可能亲自走一趟，给李家打点的事，就只能靠沈善言自己了。

　　因为顾曦，顾昶在这件事上不好多问，陶清却没有什么顾忌，好奇地问沈善言："你们有什么打算！"言下之意是指裴宴帮他们帮到哪一步才算是达到他们的目的了。

　　沈善言知道陶家在朝廷有自己的人脉和手段，侥幸地盼着陶家能看在裴宴的分上也搭把手，因而说话也很直接，道："李意做出这样的事来，天理难容，他我就不管了。我只想保住李端的功名,让他以后能继续参加科举。"

这就有点难了。

保住功名好说,可若是李端继续科举,那肯定是要走仕途。走仕途的学子,就得有个好名声;有个好名声,三代之内就不能有作奸犯科之人,那李意就不能以贪墨之名被罢官。

顾昶不由朝正在写信的裴宴望去。

裴宴神色平静,姿态专注,如珠似玉的脸上不见半点波澜,显然早已知道了沈善言的打算。莫名地,他觉得沈善言的要求有些过分。顾昶不由道:"遐光,这件事只怕是大理寺也担不起吧?"

裴宴微微颔首,心里后悔得不得了。早知道是这样,他就不应该为了和郁棠置气,一时气愤答应了沈善言。他平时可不是这么容易被激怒的。要怪,就得怪郁小姐。让他做出如此与本心相违背的事。不过,沈善言也像被眼屎糊住了眼睛似的,居然还想让李端继续仕途。别人都说他娶沈太太是倒了血霉,可现在看来,他和沈太太分明就是一对佳偶。不过,他有的是办法让李端看得着吃不着。

念头闪过,他突然顿笔。如果郁小姐知道李端会落得这样一个下场,肯定会很高兴吧!他凭什么做了好事不留名?他得把这件事告诉郁小姐才是。裴宴想了想,愉快地决定就这么办。

他回答顾昶道:"所以准备给恩师写封信,请他老人家出面,看能不能保住李家的名声。"

张英只是个致仕的吏部尚书,可他做吏部尚书的时候提携了不少人,请这样的人出手,那可不仅仅是银子的事。至于能不能成,就得看沈善言的本事了。

沈善言感激不已,道:"我说你怎么写了这么长时间的信,原来还有给老大人的信。遐光,你的恩情我记下了,等李端他们从京城回来,我会亲自带着他来给你道谢的。"

"道谢就不必了。"裴宴愁眉苦脸地道,"这是有违我做人原则的事。您要是真想谢我,别把这件事告诉别人就行了。我怕别人知道是我给李家搭了把手,到时候指着我们裴家的鼻子骂,让我们裴家不得安生。"

沈善言脸涨得通红,拿了裴宴的名帖和书信就匆匆地离开了昭明寺。

陶清看着低了头直笑。

顾昶不解。

陶清也不解释,而是道:"朝阳这么早来找遐光,想必是有事和遐光说。我已经在这里坐了半天了,正好起身到外面走走,活动活动筋骨。你们说话好了,别管我了。"说完,起身出了厅堂。

裴宴不知道是累了还是在自己家里,习惯性地露出嚣张的态度。

他大马金刀地坐在那里,指了指下首的太师椅,道:"有什么事坐下来说吧!"

那种一切都了然于心的胸有成竹般的淡定从容,让顾昶一时间很不是滋味,觉得自己反复地来和裴宴说裴彤的事,不仅有点小家子气,还显得有些狭隘。

他犹豫着要不要再和裴宴说裴彤的事,裴宴有些不耐烦了——他从用过午膳开始,就这个那个的都想私下和他说两句,他这么少话的人,口都说渴了,他实在是没有心思和顾朝阳再来玩你猜我猜的游戏了。

"你是为裴彤的事过来的吧!"裴宴开门见山地道,"你知道不知道裴彤现在多大?"

顾朝阳愕然。

裴宴没等他说话,继续道:"他今年才十八岁。我不知道你们顾家是怎么做的。可你看我们裴家,读书暂且不说,出去做官的,有哪一个不是能吏不是良臣的?那是因为我们裴家除了要求子弟读书还要求能读书,特别是能走仕途的子弟多出门游历。裴彤的事也不是我说了算的,是我大兄临终的时候曾经留下遗言,让他十年之后再参加科举。他这么吵着非要出去读书,是受了我阿嫂的影响。我阿嫂呢,只听得进杨家的话。你要是觉得这样无所谓,我这边也不拦着,你让他写一封恳请书给我,我放他出去读书。但从今以后,他与裴家再无关系。我们裴家,是不可能因为他一个人坏了规矩的!"

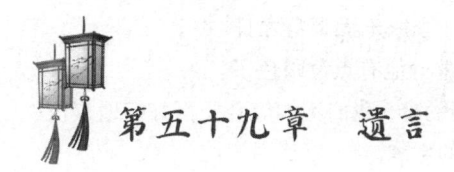

第五十九章　　遗言

顾昶听了,脸涨得通红,都不敢抬头看裴宴一眼。

裴宴却不依不饶,道:"你虽然是裴彤的大舅兄,可我们家的事,你最好还是别管了。免得像我,落得个出力不讨好的下场。"

顾昶想到外面那些对裴家的流言蜚语,他诚心地替妹妹向裴宴道歉:"这件事是我做得不对,以后我会管教好我妹妹的。"

裴彤是裴家的人,他管不了。但如果有机会,他肯定会帮着劝劝裴彤的。杨家再好,也只是裴彤的外家。与父族断亲,和母族亲近,又没有什么生死大仇,以后到了官场,肯定会被对手攻讦的。

他哪里还坐得住,顾不得马上有要事商量,起身道:"我还有点事,刚刚忘记了处理,我去去就来。争取不耽搁大家的事。"

裴宴猜着他这是要去找顾曦算账,乐得见他们狗咬狗,加之心里惦记着郁棠那边，一直想找个借口打发了陶清又怕陶清跟着他不放，索性故作大方，道："不管是去请了魏三福到临安还是去苏州拜访王七保，都要听你的意见。反正长夜漫漫，大家也都没什么要紧的事，你有事就去办，我们等你过来再议好了。"

顾昶原想谦逊一番的，可他想到裴大太太这些日子做的事，就觉得他妹妹如羊入虎口，他多耽搁一刻钟，他妹妹就有可能多受一分伤，他也就没有客气，道了声"那就多谢三老爷了"，急匆匆地去了顾曦那里。

外面的陶清见了进来道："他这是怎么了？不会又出了什么事吧？"一副心有余悸的模样。

裴宴瞥了陶清一眼，道："不是什么大事，是他妹妹，可能有什么要紧的事找他，他先去处理了。聚会多半要推迟一会儿。"

陶清一直想找机会和裴宴单独谈谈那二十万两银子的事，聚会推迟，正合他心意，他道："那我们出去走走好了。等会他们断断续续地过来，也只是坐在这里东扯西拉。有这工夫，我们还不如好好商量商量广东那边的生意呢！"

如果真的把泉州和宁波的市舶司撤了，占据广州大部分码头的陶家就成了众矢之的了。自古以来，吃独食都没有好下场的。

裴宴却无心和陶清继续说这些庶务，他在心里琢磨着，沈善言去京城虽然是一个月之后的事了，但难保李家有人搭救的事不会走漏风声，到时候郁小姐知道了肯定会非常生气。与其让她在那里胡思乱想，他不如把自己的计划和盘托出，以郁小姐的鬼机灵，说不定还能和他配合，让李家永无翻身之日。

他此时再看自己亲自请过来的陶清，就觉得他有点没眼色了。

裴宴道："我也有点急事要处理。市舶司的事，我们不如等会儿再好好地议议，你现在让我拿个主意，我一时也想不到更好的主意。"

陶清见他的急切已经上脸，想着顾昶曾经为了裴彤读书的事来找过裴宴，寻思顾昶刚才过来说不定又是来说裴彤的事，而且两人还因此起了争执，所以顾昶才会匆匆去见他妹妹，而裴宴估计也要去找裴老安人商量这件事。

这件事的确是比较棘手而且紧急。陶清不好拦他，催他快去快回。

裴宴朝着陶清点点头，还回去整了整衣襟，这才往东边女眷们住的禅院走去。

陶清想，裴宴果然是去见裴老安人了，还好他没有拦着。生意上的事固然重要，可做生意不是为了让家里的人过得更好吗？若是因此忽略了家里的人，那就得不偿失了。他甚至有点庆幸自己和裴宴结了盟。两人在大事上看法一致，做起生意来也就没有太多的罅隙。

陶清一个人坐在厅堂里，老神在在地沏着茶。

被他误解的裴宴进了东边的禅院后就拐了一个弯，沿着那条竹林甬道去了郁棠那里。

郁棠那边正陪着陈氏在见客人。

吴家和卫家分别得了一间歇脚的厢房，因为今天晚些时候就要住进来了，都派了得力的婆子押着惯用的器物提前一天过来收拾。这些婆子到昭明寺就结伴过来给陈氏问安了。

陈氏平时得了吴家和卫家的照顾，对两家的婆子自然是非常热情，不仅频频示意她们喝茶，还问她们有没有什么不便之处需要她帮忙的。

两家的婆子连称"不敢"，给陈氏道谢，并道："一切都好，烦太太劳心了。"

几个人寒暄着，双桃悄无声息地走到郁棠耳边说了几句话。

郁棠非常地惊讶，悄声问："他一个人来的吗？"

双桃点头，道："让小姐快去相见，说有要紧的事跟小姐说。"

明天就是讲经会，再好的安排有时候也会出纰漏，郁棠倒没有多想，和陈氏说了一声，就随双桃出了门。

裴宴站在门口那棵树冠如伞盖的香樟树下，依旧穿了身月白色细布的道袍，玉树临风的，让郁棠一时间有些恍惚，好像两人之间的争吵是她的臆想，如今人清醒了，她又重新回到了和裴宴见面的场景中。

可惜裴宴是个破坏气氛的高手。他见着郁棠就朝她招了招手，示意她过去说话。

郁棠气结，但还是耐着性子走了过去，道："做什么？"

她的声音有些僵硬，裴宴听着就在心里"啧"了一声，想着怎么郁小姐还在生气呢？这气性也太大了点吧？不是说收了他的糖果点心吗？难道收了东西就不认账了？不过他素来大方，对方又是个小姑娘，他犯不着为这点小事和郁小姐较真。

他道："你是想李家从此以后身败名裂，远走他乡，隐姓埋名，再过几年后东山再起呢？还是想他们家从此以后有苦难言，战战兢兢，夹着尾巴做人，从此以后败落下去呢？"

郁棠看了裴宴一眼。这不是废话吗？她和李家有不共戴天之仇，他们之间还隔着一条无辜的生命，怎么可能和解原谅？！但想到裴宴的性格，郁棠觉得这些想当然、暗示什么的都不管用，还不如明明白白地和他说个清清楚楚。

"我想他们家偿命！"郁棠声音清脆地道，大大的杏眼眨也不眨地望着裴宴，眼里有着不容错识的认真。

这小丫头！倒是个有个性的！裴宴又在心里"啧"了一声，也就不拐弯抹角了，道："沈先生来给李端求情，我想了很久，觉得就算是我不出手，以沈先生的人脉和交情，也能请了别人出手。我就答应……"

他说到这里，观察了一下郁棠的神色。

她没有发怒也没有怨怼，而是像之前一样认真地看着他，等着他说话。

裴宴心中顿时生出些许的暖意来。小姑娘还是相信他的吧！不然以她和李家的恩怨，听到这样的话早该跳起来了。而她还能冷静地站在这里听自己说话，可见她是相信自己能为她报仇的。

裴宴有点后悔之前逗郁棠生气的事了。他不能因为郁棠相信他就肆意地利用她的信任，那些不相信他的人才应该得到这样的待遇。

裴宴喉咙发痒，轻轻地咳了一声，这才继续道："我就给我恩师和几位师兄写了信，还把我的名帖给了沈先生一张，让他进京去找我恩师和师兄，请他们帮沈先生把李家给捞出来。"

郁棠气得肺都要炸了。可她牢记自己之前对裴宴的误会，决定无论如何也要忍到裴宴把话说完了再和裴宴算账，却没有意识到，她凭什么和裴宴算账……

裴宴见郁棠还是一如初见般听着他说话，心里就更满意了，声音里不由就带着几分他自己都没有发现的愉悦："我跟我恩师和我师兄说，我们家欠了沈先生的大恩，不得不报，只好帮他写信搭救李家。你肯定很奇怪我为什么这么说吧！"

他不由自主地又开始卖关子。郁棠太知道他的性格了，顺毛摸着给他捧场，道："您为何这么说？"不会真的是因为裴家欠了沈先生的大恩吧？

裴宴颇有些得意地道："因为我恩师和我这几位师兄都最恨那些为官不仁的！"

郁棠愕然。

裴宴看着她杏目圆睁，呆滞惊讶的表情……感觉她看起来太傻了。

他忍不住就笑出声来，道："我恩师和我师兄觉得，你做官可以有私心，却不能害人。因为手握权柄的人，比猛虎的危害还要大。看在我的面子上，他们会帮着沈先生把人捞出来，可李家若是想再入仕途，不管是我恩师还是我师兄们，包括那些和我恩师和师兄交好的士子，都会打压李家的，免得他们家起复了，再去害人。"

这样一来，李家最少五十年都要与官场断绝。若是李家的子弟在读书上再懈怠一些，就有可能从世代耕读之家变成面向黄土背朝天的农户，甚至有可能连农户都做不成，成为佃户。

裴宴朝着郁棠笑了笑，道："因而我觉得，与其让李家待在我们看不到的地方，不如就让他们待在临安，我们也能随时帮衬他们一二。你觉得呢？"

郁棠打了个寒战。这主意可真是坏透了！可是，她好喜欢！李家就应该得到这样的下场。谁让他们家用别人家的白骨成就自家的富贵！

郁棠连连点头，激动得面颊都染上了一层红润。

裴宴满意地"嗯"了一声，觉得郁小姐得亏找的是自己，才替她想了这个主意，不然她找谁报仇去？

裴宴就朝着郁棠一副不以为意的样子挥了挥手，道："我还有事要忙，你进去吧！明天记得早点过去，顾小姐那边，我不会让她出现的，但你自己也要小心，我瞧着顾小姐心思也挺多的。"

还能怂恿着顾昶来找他，看他怼不死顾昶。管他们家的事，他生平还是第一次遇到呢！说完，他就潇潇洒洒地走了，郁棠想给他道声谢都来不及。

不过，这可真是个好消息。郁棠满心欢喜地站在那里，翘起来的嘴角半晌也没办法压下去。她雀跃着回了屋。

卫家和吴家的婆子正要向陈氏告辞，陈氏看着郁棠那怎么样都掩饰不住的高兴样，和两家的婆子客气了几句，就端了茶。

两家的婆子恭敬地给陈氏和郁棠行了福礼，小心翼翼地退了下去。可一退下去就忍不住小声地议论起来："郁小姐越长越漂亮了。"

"可不是吗？从前还只是觉得让人见了眼前一亮，现在却是让人见了就忍不住想一看再看。"

"待人处事也特别有气度！就刚才，说话的语气，又爽快又得体又体贴，我活了这么大的年纪，都少见。"

"要不裴老安人怎么喜欢招了她进府做伴呢？以后也不知道谁有福气能做她们家的女婿！"

两人叽叽喳喳地走远了，陈氏这边却拉着女儿进了内室，在床边坐下，低声道："三老爷叫你去有什么事？"

她生怕女儿得罪了裴家的人。毕竟装病这件事也是她同意了的。

郁棠忙安抚地拍了拍母亲的手，悄声把李家的事告诉了陈氏，但考虑到陈氏的接受能力，郁棠瞒下了裴宴对李家的打算，只说了李家犯事的事。

陈氏听着眼泪簌簌落了下来，解恨地道："该！他们家就应该有这样的报应。"说着，掏出帕子来擦了擦自己的眼角，又道，"这可是件大喜事！等明天见了卫太太，我得和她好好说道说道，正好去给菩萨上几炷香。"

虽说李家是罪有应得，可陈氏并不是那种喜欢背后说人的人，李家犯了事，自然有人会到处宣扬，犯不着她去说。她只要和卫太太偷着乐就好。

她问郁棠："那像他们家这样的，是不是要罚没大量的银子？那他们家在杭州新买的房子还保得住吗？"

如果李家回了临安城，她肯定会让那些和她交好的人家不要理睬李家的人的。

郁棠道："这要看最后朝廷怎么判了。不过，您也知道，再有钱的人惹上官司都有可能倾家荡产，何况李家这样的大案要案？就算他们能保住杭州城里的房子，那宅子那么大，养个那么大的宅子也要不少的银子。"

如果李端还想继续科举，花销就更大了。就算李家还有些老底子，十之八九也要掏空了。郁棠想着，越发觉得裴宴这个人真心不错。这的确比她之前想的杀了李端或是让李端从此不能科举要好得多。就像在狼狗面前吊块肉，但永远让它看得着吃不着，还要为这块肉绞尽脑汁地去想办法。

她不由道："这件事多亏了三老爷，要不是他派了人去查李家，李意干的那些事还没这么早东窗事发，李家也不可能被刑拘。姆妈，画虎画皮难画骨，知人知面不知心。三老爷虽然是在为民除害，可难保有些人为了一己私利会攻讦三老爷为人阴险，陷害同乡。这件事您知、我知、我阿爹知道就行了，别的人，可千万不能透露半分，免得三老爷做了好事，还给三老爷惹来麻烦。"

陈氏连连点头，保证道："就是卫太太和吴太太那里我也不说。只说是李家犯了事，我听裴家的人说起，告诉她们一声罢了。"

郁棠颔首。

陈氏就叹道："三老爷可真是个好人，对我们家也好！你以后遇到他，可要恭敬一些，对裴老安人，也要真心地孝敬才是。"

郁棠暗暗撇了撇嘴。就裴宴那性格，泥人也能被气得活过来。她每次和他在一起都是捏着脾气让着他，恭敬，那也是表面上的恭敬。但可以多孝敬孝敬老安人。她老人家待人豁达又宽厚，就算是没有裴宴这层关系，她也会好好地待老安人的。但当着陈氏的面，她当然什么也不会说，只用笑盈盈地应"是"就好。

两人把明天参加讲经会的东西收拾好了，就各自去歇了。

顾曦这边，气氛却很凝重。

她道："阿兄，我不相信裴大老爷曾经留下这样的遗言。虽说我和裴大公子只见过两次面，可裴大公子言谈举止间对他父亲很是敬重，而且他对他母亲的敬重也是因为他父亲生前很看重他母亲。我不相信裴大公子是个背信弃义之人。我觉得这其中是不是有什么误会。"

顾昶额头青筋都冒了出来，暴跳道："难道裴遐光还会骗我不成？你和裴家的婚事，订得太匆忙了。"

顾曦脸上青一阵红一阵的。有件事她没有对顾昶说。裴大太太当初来试探她口气的时候，她其实已经打听到她并不是裴大太太心目中最好的那个人选。裴大太太最满意的，还是娘家的侄女，只是因裴大公子和表妹两情相悦后，把杨家的其他表姐表妹们都当成了自己姐妹，让他突然换要联姻的人，他一时没办法接受罢了。但对她来说，裴家大公子却是她能接触到的最好的联姻人选。她不想放弃。所以才会这么快地就把婚事订了下来。可现在说什么都晚了。她不能在短短的时间内退两次亲，特别是其中有一家是裴家。裴家丢不起这个脸，顾家也不会像上次那样轻易就答应她退亲。

她能在顾昶面前坚持己见，还有一个重要的原因——她相信她的眼睛和感觉，裴大太太肯定是有私心的，这一点她当时就看出来了。裴大公子却不可能是她阿兄说的那样的人，以裴大公子的出身和人品、相貌，他完全可以找到比她更好的人，他不必在这种事上骗她。

这么一想，顾曦顿时信心百倍。

她沉声道："阿兄，这件事是婆说婆有理，公说公有理。我觉得，不如把裴大公子叫过来，和他商量一下这件事怎么办。说来说去，这件事是他自己的事，我们不过是搭把手，最终怎样，还是得他自己做决定。阿兄也好趁机看看他是怎样的一个人。我找夫婿，没有指望他能帮阿兄多大的忙，可也不能拖阿兄的后腿。"言下之意，若是裴大公子真的那么不堪，她想退亲。

顾昶此时才后悔他们兄妹不应该卷入裴家那些恩怨中去。只是裴家是块肥肉，知道了他们家的底细之后，很难不让人垂涎三尺。

"那就见见裴家的大公子。"顾昶肃然道，"如果他不堪大用，我们再想想怎么办！"

退亲是不可能的，只能看能不能利用裴家和裴宴把控裴宥这一房了。兄妹俩心照不宣地对视了一眼。

顾昶派人拿着自己的帖子去请了裴大公子过来。

裴彤和胞弟裴绯、二叔裴宣、堂弟裴红一起住在西边的禅院，离顾曦住的地方很近。不过两刻钟的工夫，他就过来了。

他今年刚刚满十八岁，有张和裴宴五六分像的五官，正值青春年少，像枝瘦劲亭立的青竹，青涩中已透着几分风骨。看得出来，是个受到家族精心培养和教导的孩子。

顾昶暗中点了点头。原想好好地和裴彤说说话，但想到还等在议事大厅里的裴宴，他也就开门见山了，请裴彤坐下之后就把他去找裴宴的事一五一十地告诉了裴彤。

裴彤惊愕地睁大了眼睛，顾昶的话音刚落他就跳了起来，大声地道："不可能！我娘最最敬重我父亲的，如果我父亲有这样的遗言，她不可能违背父亲的遗言的。"

顾昶心中一沉，道："你是说裴遐光在扯谎啰？！"

裴彤的确这样怀疑，可父亲死后的冷暖让他知道，他如果挑战长辈的威严，只会让人怀疑他居心叵测。

他立刻道："不，我不是怀疑我三叔父。而是……"说到这里，他突然停了下来，面露犹豫之色。

顾昶皱了皱眉，道："你这是想到了什么吗？"

裴彤眼神一黯，低声道："父亲去世的时候，我和阿弟都不在父亲身边……母亲也不在……是祖父在父亲的身边……"他抬头望着顾昶，眼神坚定刚毅："可我敢发誓，祖父直到病逝之前都没有跟我说过父亲有这样的遗言留下来。我只知道祖父临终之前，把毅公和望公两位堂祖叫了过去，说要让三叔父做宗主。所以不管外面的人怎么说，我们家里的人始终都是承认三叔父当家主的。我就是奇怪，如果我父亲留下了这样的遗言，祖父为何不曾告诉我，三叔父之前也一直没有提起？母亲和父亲素来相敬如宾。母亲自父亲去世后就郁郁寡欢，外家的舅舅和舅母都十分担心她。我和阿弟都是男孩子，说话行事不免会有疏忽之处。母亲度日如年，一直都想等父亲除服之后就回娘家住些日子，又不愿意和我们兄弟分开，这才想让我去外祖父那里读书的。我想照顾母亲，因而也没有反对。父亲突然有遗言冒出来，我，我也不知道如何是好。"

裴彤的目光非常真诚，眉宇间流露着几分轻愁，再联想到他所说的话，多数人看到这样的场景估计都会心生同情，进而变得宽容。可惜他遇到的不是多数人，而是顾氏兄妹。

不管是顾昶还是顾曦，都没有感情用事地立刻安慰他，顾昶甚至有些咄咄逼人地追问："既然如此，你为何又同意去顾家读书？是因为这几年裴家族学发生了什么事吗？"

裴家的族学与别人家的截然相反。别人家的族学会收些姻亲的子弟就读，甚至为了人脉还会主动或是被动地收些寒门子弟，有时候还会资助他们参加科举。裴家的族学却只收裴家的子弟，这也让别人对裴家的子弟都不太熟悉，有些人甚至不知道裴家有个族学。

顾昶一直以来都很好奇裴家的族学，想找机会去看看，他问这话一半是因为怀疑裴彤的话，一半是想找个机会打听一下裴家族学的事，看能不能找到参观裴家族学的契机。

谁知道裴彤苦笑着摇了摇头，有些无奈地道："去顾家读书，是为了安抚我母亲。您应该也听说过了，我母亲自嫁过来后就一直和父亲在京城生活，和我祖母相处得不多，父亲去后，她一个人，在临安可谓是人生地不熟的，孤单得很，日子过得就不太顺心。而且还不习惯临安的气候和生活，在临安过的第一个冬天，就把手给冻了。加之裴家族学如今由毅公主持，当年我父亲又因为科举之事和毅公有过冲突……我母亲由己及人，总觉得我也过得不顺心。她是一片慈母胸怀，想着顾家以后……也是我岳家，若是能和岳家的人多走动，像我父亲似的，和岳家的舅兄弟们成为好友，日子必定比在临安要开心。这才自作主张定下了这件事。我不忍让母亲伤心难过，就顺口答应了。不承想还会闹出这样的误会来！"

顾曦松了口气，看了兄长一眼。

顾昶却依旧道："你父亲怎么会和毅公有了冲突？"

如果是为了家族的资源，裴家家大业大，别说是供个进士，就是裴宥做了官之后，裴家都一如从前补贴他的嚼用，怎么会发生冲突？这也是顾昶觉得裴家是门好姻亲的重要缘故。谁都知道当官的俸禄很少，根本不足以养家糊口。那些没有家族补贴的官员，很容易就会走上歪门邪道的。

裴彤想了想，低声道："原本这件事不应该由我一个小辈来说，不过，既然您问起来，我也就不怕您笑话了。我们家有个族规，宗子是不能出仕的。所以像我曾祖父、祖父，举业都止步于举人，并不是他们没有能力继续考下去，而是因为有这样的家规。家父年轻时，学问很好，又加上年少气盛，不满意这条族规，为了证明自己，非要去参加科举。后来考上了庶吉士之后，又执意去做了官。这让毅公很不满意，曾经亲自跑到京城去质问我父亲，当时两个人闹得很不愉快，恰逢我母亲在场……这也是我祖父将家中宗主的位置传给了我三叔父，我和母亲都很赞同的缘故。"

裴家的这个族规顾昶曾经听说过，如今在裴彤口中得到了印证，他不免有些感慨，道："别人家出一个读书人都难，你父亲居然为了举业宁愿放弃宗主之职，真是光风霁月，我辈楷模。"

裴彤笑了笑，低声说了句"您过奖了"，但从他的神态上还是可以看出来，他很为自己的父亲骄傲。

因为事实证明，裴宥没有错。他做到了三品大员，是裴家近三代来最出色的子弟。

顾昶道："关于你父亲的遗言，不管怎样，你还是弄清楚的好。"不然他也不好说什么。

"去顾家读书的事，你也应该再考虑考虑。"顾昶此时已经谅解了裴彤，自然在心里就把他当成自己的妹夫来照顾，言谈举止间对他也比较维护，道，"像我们这样的世家之族，几代几房都群居在一块儿，都有些不足为外人道的矛盾。我只有一个妹妹，她也只有我这一个兄长。至于其他的，来不来往，走不走得到一块儿，情分说不定还不如你从小一起读书的同窗。你讲给亲家太太听，让她也不必抱太大的希望。"

与其指望顾家，还不如指望杨家。杨家人口简单，没有这么多乱七八糟的事。

裴彤闻言面露震惊之色，但他很快就收敛好了自己的表情，恭敬地给顾昶行了一个礼，道了声谢，承诺道："这件事我会和母亲说清楚的，三叔父那儿，您也不用担心，我会亲自和他解释的。至于说我读书的事，我也准备去和毅公谈谈心，相信以毅公的心胸，就算是我有错，也不会为难我的。"说到这里，他抬头望向了顾曦，歉意地道："只是到时候可能要委屈顾小姐，得跟着我在裴府多住几年，不能经常回娘家了。"

顾曦瞧中的就是裴彤的这份体贴。听他这么说，她突然间有些庆幸裴大太太喜欢补贴娘家。等到她嫁了过去，如果也补贴娘家，裴大太太高不高兴另论，裴彤肯定习以为常，不会有什么意见的。他们肯定不会为这种事发生争执。

顾曦笑着说了声"公子多虑了"，目光就转向了顾昶，隐约带着几分给裴彤求情的意思。

顾昶也不愿意为难裴彤，顾曦若是真的嫁了过去，只能指望裴彤庇护她，他不想得罪人。

"那我就先走了。"他起身告辞，"遐光还在那边等着我说事呢！"

虽说是未婚夫妻，但毕竟没有成亲，裴彤也不好多留，他朝着顾曦说了声"明天见"，就随着顾昶出了顾曦住的院子，并殷勤又不失客气地要送顾昶去议事的厅堂，还道："我没有想到您会过来，早知这样，就备下酒水请您小酌几杯了。"

不知道您什么时候离开临安？不能给您接风，让我给您送行吧！不然我这心里难得安生。"说话的语气带着几分少年特有的不谙世事。

顾昶突然间就有点明白顾曦为什么选了裴彤做丈夫。宁愿自己培养出个合自己脾气性格的人，也不愿意战战兢兢地在裴宴的眼皮子底下做人。这何尝不是他的坚持和固执。他们兄妹还挺像的！

顾昶笑了起来，说话的声音更加温和。他对裴彤道："讲经会之后，我还会在临安待几天。到时候一定和你小酌几杯，你别喝醉了就好。"

裴彤不好意思地笑了起来，少年感更重了。

顾昶就问起他学业上的事来。裴彤认真地一一作答，勾起了顾昶的好奇。等到裴彤把他送到了议事大厅外面，他还舍不得和裴彤分开，继续考着裴彤的学问。

直到陶清从议事的大厅里出来，看见他和裴彤还站在议事大厅外的那株银杏树下说话，笑着说了他一声"你们郎舅有什么话留着明天再说好了，我们一屋子的人可都等着你呢"，这才打断了顾昶的兴致，歉意地朝着裴彤说了声"抱歉"，送走了裴彤，和陶清进了议事的大厅。

裴彤站在滴水重檐的院门下，皎洁的月光照下来，让他的身影一半在月光下，一半在阴影里。半响，他才慢慢地离开议事大厅的院子。

议事大厅里，陶清和裴宴说着裴彤："那孩子越长越俊秀了，也越长越像你们家的人了。他的婚期定下来了没有？他成亲的时候你可得提前跟我说一声，我要来参加他的婚礼的。"

裴宴笑着应了，一副好叔父的样子。

顾昶忍不住瞥了裴宴一眼。

裴宴笑得很灿烂，完全不同于他平时的清冷和倨傲，如果不是他曾经好好地研究过裴宴，差点以为眼前的这个裴宴是假的。

他心里生起些许的诧异。裴彤成亲，又不是他自己成亲，他有必要这样兴高采烈吗？

顾昶又看了裴宴一眼。

裴宴不仅眼角眉梢都带着笑，而且神色惬意随和，靠着大迎枕坐着，不像是和各府当家的为了利益锱铢必较，半分不让的模样，反而像是在和这些当家的嬉戏，快活得很。

顾昶实在想不出这事有什么好快活的。他皱了皱眉，最终也没有从裴宴的神色中发现些什么。

裴宴的心情极好，就算顾昶无礼地反复打量他，他也没有发脾气。他觉得郁棠还是有点傻的。他说什么就是什么。那李家的事他就得好好算计算计。

首先就是不能让他们家保住杭州城新买的宅子，其次最好是让李家的宗房出手收拾他们，这样别人也没有什么话好说。再就是沈善言那里，得让他不要再帮着李端才行，最好是反目成仇，不然以沈善言那叽叽歪歪的性格，万一又说动了谁来帮衬李家，他还得花精力堵上……

他脑袋里正天马行空地想着，以至于武大老爷问他行不行的时候，他都没反应过来武大老爷到底说了些什么，只好含含糊糊地道"这件事我得仔细斟酌一番才行"，惹来陶清的一记眼刀。等到武大老爷去问别人的时候，陶清凑过来问他"你魂丢在哪里了，武大老爷说那二十万两银子他们家愿意分摊，这么好的事你都没有一口答应，你是不是被什么东西附了体"，他这才知道自己错失了什么。

但他又在心里安慰自己，在座的全是些老狐狸，答应了的事不一定就做得到，就算是错失了也没有什么要紧的，要紧的是他们能真金白银地拿了钱来。他现在即便走个神，也耽误不了什么事。

裴宴心不在焉地坐在议事大厅的时候，裴彤已经走到了自己住的厢房。

他还没有迈进院子的大门，就听见一阵咯咯的笑声。

裴彤和胞弟裴绯、二叔父裴宣、小堂弟裴红住在这个院子里。

他二叔父和三叔父是完全不同的两类人。如果说他三叔父是夏日之日，那他的二叔父就是冬日之日。祖父走的时候，二叔父不仅没有和三叔父争什么，还处处维护着兄弟间的情谊。就是他们长房，也得了二叔父不少的照顾，不然他和胞弟肯定比现在过得艰难多了。

听这声音他就知道，多半是八岁的裴红在院子里和小厮们玩耍。

裴彤心里一阵烦躁。

他父亲去世的时候，裴绯才刚刚十二岁，也是个不谙世事的小孩子，却已经知道他们没有了父亲，懂事地知道安慰整夜痛哭的母亲，知道好好读书，帮他做事了。往日的天真懵懂再也不见了。想到这里，他就不由得眼眶微湿。

可想到三叔父对他们孤儿寡母的态度，他又暗自在心里冷笑几声，换上了副带笑的面孔，这才推门走了进去。

"大少爷！"几个陪着裴红玩耍的小厮见了他立刻上前给他行礼，裴红也高兴地冲他喊着"大兄"。

裴彤温和地笑着摸了摸裴红的头顶，道："怎么这个时候还在院子里玩？你乳母呢？身上出没出汗？小心着了凉。这里可是在山上，着了凉找个大夫都不容易。"最后一句，却是冲着陪裴红玩耍的几个小厮说的。

几个小厮敬畏地低了头，齐齐应诺。刚才还欢声笑语的场面顿时变得凝重呆滞起来。

裴红脸涨得通红，嘴角翕动地正要说什么，二老爷裴宣拿着本翻了一半的书笑着从厅堂走了出来，道："阿彤回来了！你别生气，是我同意阿红玩一会儿的。我在大厅里看着的，不会有什么事的。"

裴彤不好意思地笑了笑，道："是我鲁莽了！"

"没事！没事！"裴宣呵呵地笑，拍了拍裴彤的肩膀，道，"你是做大哥的，正是应该如此才是。你父亲当年，也是这么管我的。"

他的话音刚落，两人俱是神色微黯。

半晌，裴宣才轻声叹气道："你也不要多想，你三叔父心高气傲，不屑向人解释，但他肯定没有坏心。他当家，不能只顾着我们一个房头，要从大局着眼，你是他嫡亲的侄儿，更应该理解他、支持他才是。"

"我知道！"裴彤低声道，情绪明显很是低落，"所以就是舅父写信来问我，我也什么都没有说。"说完，他像想起什么似的，突然间振作起来，朝着裴宣灿烂地一笑，朗声道："天将降大任于斯人也，必先苦其心志，劳其筋骨。二叔父您放心，我不会被眼前这小小的磨难打倒的。我一定会好好读书，像父亲一样金榜题名，封官拜相的。"

"嗯！"裴宣鼓励地朝他笑了笑，只是仔细察看就会发现，他的笑容有些僵硬。可惜裴彤此刻也是心口不一，心事重重，哪里还会仔细地观察裴宣？他只听到裴宣对他道，"你去了哪里？怎么这么晚才回来？"

裴彤笑道："顾大人过来了，请我过去说了会儿话，这才回来晚了。"

裴宣听了很高兴，道："顾大人不管是学问还是为人都很不错，既有机会，你就应该多向他请教才是。"说到这里，他沉思了片刻，道："我这里还有一方上好的端砚，等我让人拿了给你，你去送给顾大人。他是你大舅兄，以后少不得要和他打交道，礼多人不怪，我们主动一点，人家把妹妹嫁过来，心里也能踏实些。"

他这位二叔父，真是个老实人！裴彤不由轻声笑道："二叔父，难怪别人都说您看重二婶婶，看来我以后还要跟着您多学学才是。"

裴宣笑着用力拍了一下裴彤的背，笑道："你这臭小子，还敢打趣你叔父，你给我等会儿写一万个大字去！"

裴彤忙笑着求饶："再也不敢了！"

叔侄俩说笑了一会儿，裴宣抱了玩得满头是汗的儿子回了屋，裴彤也回了他和胞弟位于正房后面的西边厢房。

只是他还没有来得及推门，门就吱呀一声开了，露出裴绯那张稚气却透着几分英挺的脸。

"阿兄，你回来了！"他欢欣地道，"我一直听着外面的动静，你要是再不回来，我就要去找你了。"

裴彤亲热地搂了搂才到他肩膀的弟弟，道："我这不是回来了吗？你功课做完了没有？怎么没有和阿红一起出去玩？"

裴绯一面迎了哥哥进屋，示意贴身的小厮打水给裴彤更衣，一面低声嘀咕道："我不喜欢和阿红玩，他什么也不懂，我还得让着他！"

裴彤拿着帕子的手僵了僵，然后才若无其事地笑道："那你就好好待在厢房

· 104 ·

里做功课。男子汉大丈夫，还是学业最重要。"

裴绯赞成地点了点头。

裴彤重新梳洗一番，换了件衣裳，叮嘱弟弟好好待在屋里："我去给母亲问个安。"

裴大太太因为裴宥和昭明寺的住持是方外之交，得到了昭明寺住持的另眼相待。她既没有跟着儿子住在西禅房，也没有跟着裴老安人住在东禅房，而是住进了昭明寺住持腾出来的离这里不远的一个静室。

这也是郁棠来了好几天却没有看见裴大太太的缘故。

裴绯闻言欢喜地道："我也要去。"

裴彤没有阻止，带着胞弟去了母亲的住处。

裴大太太在灯下抄佛经，见两个儿子一道过来了，笑盈盈地放下了笔，受了他们的礼，还问他们："这么晚了，你们俩怎么过来了？是有什么要紧的事吗？"

裴彤笑着摇头，眼角的余光却无意间扫过母亲鬓角，发现有银光闪过。他一下子忘记了回答母亲的话。要是他没有看错，母亲……头上不知道什么时候已经冒出白头发了。他鼻子酸酸的。母亲才不到四十岁呢！如果父亲还活着，母亲被父亲如珠似宝地捧在手心，怎么会长出白头发呢？

他喃喃地道："阿娘，我今天去见顾朝阳了。"

裴大太太就看了长子一眼，暗示他不要当着裴绯的面说这些。

裴彤听话地打住了话题，和母亲、弟弟东扯西拉地说了会儿闲话。等到大太太找了个借口支了裴绯去给他们拿点心，她这才脸一沉，道："顾朝阳来了临安？他找你什么事？"

"他说三叔父告诉他，父亲临终前曾经留下遗言……"裴彤把两人见面的情景告诉了大太太。

大太太立刻就跳了起来，拍着桌子道："裴宴放狗屁！你父亲去世的时候，虽然我不在床前，可你父亲临终前的情景我却是打听得一清二楚的。他一句话都没来得及说……一句话都没来得及说……"她说着，想起当日的情景，忍不住悲伤地痛哭起来："你父亲，得多不甘心啊！你不在他跟前，你阿弟不在他跟前，我也不在他跟前……"

裴彤问出了一个他一直心生狐疑的问题："父亲去世的时候，我正巧在书院，阿绯被祖父打发去给三叔父送东西，为何您也不在父亲身边？虽说父亲是急病去的，但他临终前应该会觉得不舒服才是。他不舒服，不是应该找母亲吗？怎么反而找了祖父去？"

就算是这个时候，还有句话他没敢问。

他祖父是族中的宗主，等闲不会离开临安，父亲之前刚刚晋升工部侍郎，眼看着就要入阁了，正是春风得意马蹄疾的时候，祖父却突然悄悄地来京，连三叔父都不知道。而且在他父亲去世后，祖父没有送父亲的棺椁南下，他可以理解是因为长辈给晚辈送葬不吉利，可祖父却在父亲去世的第二天就住进了庙里，还勒令三叔父扶棺南下，二叔父回乡送葬，祖父一个人却如来时一样悄悄地回了临安。

从前他只是觉得祖父白发人送黑白人，受不了、看不得父亲的棺椁，可现在看来，却是处处都透露着蹊跷。特别是他三叔父，居然说让他在家读书十年后再科举是他父亲的遗言。既然如此，当初她母亲想把他送回外祖父家读书的时候他怎么不当着族人的面说出来？

裴彤胸口像被压着块大石头，目光灼灼地望着母亲。

大太太愣住，好一会儿才回神，眼底流露出些许的慌张，磕磕巴巴地道："是，是啊！你阿爹不舒服，为何不找我，要找你祖父？你阿爹升了官，可能会成为裴家本朝品阶最高之人，我和你父亲都兴高采烈的。可你祖父来的时候，一点儿也不高兴。他肯定是觉得你父亲不听话，坏了祖宗的规矩。你父亲要是不做宗子了，裴家要不就得重选宗房，要不就得从你二叔父或是三叔父里挑一个来继承家业。可你二叔父不行，他唯唯诺诺没个主意；你三叔父当时正和江华斗得欢，一个小小的从七品居然能架空个正三品，都说你三叔父前途远大，以后会超过你父亲，仕途不可限量。你祖父却一言不发地就让你三叔父请了假，扶棺南下……再说你父亲又不是没有儿子？有你们两个儿子呢？你祖父要是想偏袒你三叔父，就应该让他留在京城才是……"

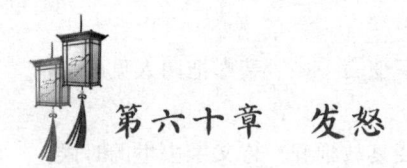

第六十章　发怒

裴大太太说着，很多从前没有细想的事都渐渐变得蹊跷起来，她也越来越惶恐，到最后，居然牙齿打着战，说不出话来了。

裴彤也浑身发冷。他紧紧地握住了母亲的手，好像这样，彼此之间就能克服心底的恐惧，能平添一份勇气似的。

"阿娘！"裴彤低声道，裴绯捧着点心欢喜地跑了进来，高声喊着"阿娘"和"大兄"，把手中的点心给两人看："说是昭明寺的大师父们做的素糕，我吃了一块，里面有杏仁和核桃仁，可好吃了！您也尝尝！"

在点心里加杏仁和核桃仁是京城点心喜欢用的馅料，裴彤和裴绯都是在京城长大的，相比什么桂花糕、青团这样的点心，他们更喜欢加瓜子仁、杏仁、核桃仁等的点心。

裴大太太忙强露出个笑容，温柔地拉了小儿子的手，道："就知道你喜欢吃。阿娘不吃。太晚了，阿娘已经漱了口。你和你阿兄吃吧！"

裴绯知道母亲的生活习惯，晚上漱了口就不再吃东西，也不勉强，把手中的点心分了一大半给裴彤。

裴大太太就朝着长子使了个眼色，道："天色不早了，你和你阿弟回去歇了吧！明天是讲经会，你们不能比长辈们去得晚，不宜熬夜。有什么事，等我趁着讲经会和你三叔父说说。"

顾朝阳不是说讲经会过后会在临安待些日子嘛，他们得趁着顾朝阳在临安的时候把话和裴宴说清楚了。

裴彤看了眼弟弟，笑着点头，拉着裴绯走了。

顾昶此时则在返回自己住的厢房的路上，他的贴身随从高升小声地和他说着打听到的消息："……郁小姐就是个普通穷秀才家的闺女。因为性情好，得了裴老安人的青睐，常在裴府走动。"他语气微顿，这才继续道："并不是什么世家女子。"

顾昶愕然，停下了脚步，半响才道："你是说郁小姐，只是临安城一户普通秀才人家的小姐？"

"是！"高升没敢看顾昶的眼睛，垂了眼帘道，"郁家原是个普通的农户，因为勤俭持家，慢慢有了些家底，然后开了家漆器铺子，才有能力送了家中的子弟去读书。郁小姐的父亲，是他们家第一个有功名的人，而且，他们家人丁很单薄。郁秀才只有一个胞兄，郁小姐也只有一个堂兄。"

也就是说，想有个相互守望的人都没有。这就没有办法了！顾昶抚额，脑海里再次浮现出郁棠明丽的面孔。真的是很漂亮！大约是他平生见过的最漂亮的姑娘了。可惜……

顾昶在路边的黄杨树下站了快一炷香的工夫，才收拾好自己的心情，沉声道："这件事就到此为止了。别传出什么不好的话来。"

高升领首，说起另一件事："这次杨家的三太太也过来了，就是原来的殷家七小姐。听说，她们殷家有快及笄的姑娘，她奉了殷家太夫人之命，要给殷家的姑娘相门合适的亲事。"

满朝文武，谁不知道殷家选姑爷的厉害。原先这是顾昶一直以来都只能想想的运气，可如今这机会就放在了他的手边，他却突然间没有了想象中的激动和兴奋。

"这种事，也要靠缘分的。"他淡淡地道，"有机会再说吧！"

高升不敢多说，无声地陪着顾昶慢慢地往住处走去。

裴宴却有些睡不着，他觉得他应该和幕僚舒青说说话，可又直觉里觉得他要说的话可能会让舒青鄙视，索性一动不动地躺在床上，盯着床顶发呆。

夜深人静的时候，偶尔有个声音，都会被无限地放大。他听见周子衿在那里弹着七弦琴唱歌。通常这个时候,都是周子衿喝得微醉的时候。

若是往日,裴宴觉得这是周子衿自己的事,与他无关,可今天,他莫名地觉得周子衿非常讨厌——凭什么周子衿在寺里喝酒唱歌闹得大家不得安宁,他还得忍着?他在这里心里不痛快却连个说话的人都没有!

他想了想,披着衣服就出了门。

周子衿果然带着几个小厮在他们住的院子旁太湖石假山下席地而坐,对着月光下的小湖逍遥快活。

他怒从心头起,快步上前,踢飞了倒在周子衿身边的那些酒瓶子。

周子衿抬头,醉眼蒙眬地望着裴宴,道:"你又发什么疯?不端着装着了?来来来,小兄弟,不要发脾气,给阿兄说说你都遇到了什么事?"说着,就去拽裴宴的袖子,要把他按在草席上坐下:"家中的庶务肯定难不倒你。那是什么事呢?你不会是遇到个漂亮的女郎,求而不得吧?"说着,周子衿自己都被自己的话惹笑了,他道:"不是,要是你真看上了谁家的姑娘,估计想娶也不过就是一句话的事,不会求而不得!难道是门不当户不对?哈哈哈……裴遐光,你也有今天!"

裴宴气得脸色都变了,一把推开周子衿,冲着他的小厮喝道:"你们知不知道这是在哪里?居然还纵容他喝酒嬉戏,你们这是怕他的名声太好了吗?"

小厮们面露尴尬,忙上前去,想把周子衿扶回他住的地方。

周子衿却挥手推开小厮,冲着裴宴嚷道:"遐光,你不要害羞。我虽然和你兄长是同科,可却是看在你的面子上才会那么尊重你兄长的,你才是我兄弟……"

真是越说越不像话了。

裴宴决定不管周子衿了,怒气冲冲地走了。

回到屋里,重新躺下,他还是睡不着,心里想着,明天的讲经会安排在法堂,男宾那边直接对着讲台摆了桌椅,女眷则安排在了东殿,前边树了个屏风。到时候所有的女眷都会坐在一起,要是顾小姐和郁小姐起了冲突,大家看在眼里,不管谁对谁错,总归是件不体面的事。

裴宴越想越觉得这件事有点悬——若是郁小姐听他的劝还好,若是不听……或者是顾小姐主动挑事,郁小姐也不能一味地忍让吧?何况郁小姐也不是个能忍的人!

他腾的一下就从床上爬了起来,叫了裴满进来,让他连夜安排人手去把女眷那边的位置定下来:"谁坐哪个位置,都标好,别到时候乱走乱动的,想往前凑就往前凑。郁小姐母女是随着老安人过来的,你安排她们和老安人坐一块儿。顾小姐呢,就安排和宋家、彭家的小姐们坐一块儿好了。"把人隔开了,应该会少生些事端。

裴满惊得好一会儿才找回自己的声音,狐疑道:"现在?把位置定下来?"

"对!"裴宴斩钉截铁地道,"现在就去,像京城我恩师家上次办喜事的时候,画一张图，有多少个位置，每个人坐在哪里，都明确下来。然后给各家送张图去，让她们知道自己坐在哪里。"

可张大人上次办喜事是因为三皇子和二皇子都来道贺不说，还留下来听戏。他们不过是办个讲经会，不必如此吧？可这话裴满不敢说。他如同在梦游，"哦哦"了两声，这才完全反应过来，确认道："每个人的位置都定下来？"

也就是说，他们得连夜确定各府会有多少人去听讲经，包括随身的丫鬟、婆子，就是站着的人，也得给寻个地方站吧！

裴宴觉得这些都是小事。既然张家能办到，他们家也能办到。

"你去办吧！"他如一块大石头落地，睡意立袭，打着哈欠表示裴满可以退下去了。

裴满退了下去，却忍不住在心里腹诽，老爷一句话，下人跑断腿。今天晚上他和几位管事的都别想睡觉了。

郁棠这边却睡得很香。

她昨天晚上不仅按计划抄完了佛经，还得知李家就要倒大霉了，心情好得不得了，以至于第二天天还没有亮就被双桃叫醒了都依旧心情愉快，用过早膳还准备约了徐小姐一起去给裴老安人问安，等走到院门口才想起来徐小姐和杨三太太都决定装病不去参加讲经会了。

但她还是进去给徐小姐和杨三太太打了个招呼，这才虚扶着母亲去了裴老安人那里。

裴老安人起得也挺早的，她们过去的时候不仅毅老安人和勇老安人都在，就连二太太和几位裴小姐，还有裴家其他几房的太太、少奶奶们也都陆陆续续地到了。裴老安人兴致很好，还抱着二房还没有满周岁的重孙玩了一会儿，等着时间都差不多了，这才领着众人去了大雄宝殿后的法堂。

因之前的章程大家都已经知道了，突然又接到座次表，大家都愣了。

虽说这样的场合大家都能按照自己的身份地位而找准地方，可总会有人为了奉承人而挤到德高望重的长辈身边坐的。若是长辈们也不讨厌这个人，还可以陪着说说话。像这样连谁家的丫鬟、婆子站在哪里都画个圈的，她们还是第一次遇到。

裴家几位太太和少奶奶则开始窃窃私语。

一夜没睡的裴满只好小跑着过来解释："讲经会有九天，谁来谁不来我们心里有数了，有些事也好安排。"

能有什么事安排？裴老安人满心困惑，但主事的是自己的儿子，也只能抬桩了："如此也好。大家都别拘着，先坐了吧！要是觉得不习惯，等会儿再调整。"

众人笑着坐下。

裴满赔着笑，让人守紧了通往东边大殿的通道。

至于西边的大殿，放了些桌椅板凳，开放给了来听讲经会的临安城的乡绅百姓。

不一会儿，彭、宋等人家的女眷也陆陆续续地过来了。

看见座次表，众人疑惑不已，但见裴家的人都波澜不惊地按座次表坐着，想着裴家也是有底蕴的百年大族，隐居临安，说不定这就是人家的规矩。遂疑惑归疑惑，却没有人提出异议，仿佛理当如此，各自找了自己的地方坐下来。等坐下来仔细打量，这才发现，位置还真的没有放错，谁应该坐主位，谁身边应该挨着谁，都清清楚楚的。

彭家、宋家的小姐们笑盈盈的，只觉新奇、有意思，宋家领头的宋四太太和彭家领头的彭大少奶奶却心中一凛。

她们可不是在外面行走的爷们，为了扬名立万，不仅不怕把自己的事告诉外人，还要到处宣扬，让别人知道这个人的人品德行。她们这些女眷，平日里是能低调就低调，能回避就回避的，可裴家硬是没有把她们的座次弄错，这说明什么？

说明人家裴氏虽然是在临安这个小城里住着，可对他们这些世家豪族却什么都知道。

特别是彭家大少奶奶，并不是彭家未来的宗妇，这次让她领人过来，也是因为彭大太太看重她的沉稳机敏善变通。彭大少奶奶却怕引起妯娌们的不满，不敢接这个差事，彭大太太这才把彭二少奶奶也塞了进来，让有着殷家姑奶奶名头的彭家二少奶奶吸引住别人的目光。但裴家安排位置的时候，把彭家二少奶奶和宋家的几位少奶奶、小姐放在了一块儿，却把她和宋四太太一起放在了主事人的位置，和裴家的几位老安人坐在了一起。

彭家大少奶奶虽然笑容自然地和裴家的女眷们打了招呼，心里却很是忐忑，不知道裴家这么做是什么意思。她有心想探探宋四太太的口风，宋四太太的目光则被紧挨着裴二太太坐着的郁棠吸引了过去。

裴府重要的女眷她都记得。郁棠于她，是个新面孔。长得也太漂亮了。她猜这位小姑娘应该就是让宋六小姐吃了亏的郁小姐了。

宋四太太低声问身边贴身的嬷嬷："那位是郁小姐吗？"

贴身的嬷嬷窘然地点了点头。

宋四太太没有说话，看着郁棠不知道在想什么。正巧郁棠回过头来。两人的视线撞在了一起。郁棠客气地朝着宋四太太笑了笑。宋四太太也客气地点了点头。两人算是打了个招呼。

宋四太太不免在心里嘀咕，觉得郁棠这个小姑娘不简单，能在这么重要的场合坐在那么排前的位置，肯定很得裴老安人的喜欢。

有时候"县官不如现管"，裴老安人身边的贴身婆子和大丫鬟她们也是不敢怠慢。若是能和这个小姑娘说上话，说不定能在裴老安人面前吹吹耳边风。

她想到宋四老爷这两天快要愁白的头发，有点病急乱投医，想要和郁棠搭个话，然后她才发现她坐的地方看似只隔着几位老安人，但想越过几位老安人和裴家的女眷搭个话却不容易。

她总不能众目睽睽之下直接把人小姑娘叫过来吧？宋四太太这才觉得这位置安排得妙。就算你知道这个人很重要，可要想趁这个机会说上话却不能。看来她们宋家以后有什么事也应该弄个这样的座次表才是。而且她手里还有裴家排出来的座次表，完全可以依据这个进行微调。

她便拿了裴家的座次表研究。

彭大少奶奶就不好意思直接和宋四太太说话了，她只好四处张望，想把座次表和人脸都对上，结果一抬头，看见顾小姐和武家的女眷一起走了进来。

她眉头微微蹙了蹙。顾小姐怎么会和武家的人走在一起？要知道，顾小姐可是裴家宗房未来的长孙媳。难道真如那些人私底下传的那样，裴家有意和武家联姻？想到会有这种可能，彭大少奶奶就有点着急。

彭大老爷临时做出决定，想和裴家结门亲事。当然最好是能和裴宴联姻。只不过，随她过来的不管是七小姐还是八小姐，看来都不合格。如果裴宴同意了，彭家会让裴家在彭家所有适龄的小姐中任选一位。如果裴宴不同意，那就看看能不能从裴家四小姐和五小姐中选一个娶回彭家去。若裴家看中了武小姐……于他们彭家就太不利了。

彭大少奶奶望着武小姐艳若牡丹的面孔，低声吩咐贴身的婆子去打听顾曦为何是和武小姐一起过来的。

贴身的婆子应声而去。

顾曦看着自己的座次表，却完全不知道发生了什么事。

她和宋小姐、彭小姐坐在一起，当然，离武小姐也不远，可这样的安排，既不能体现她与裴家的关系，也不能让她和武小姐变得更亲昵。

她还没有嫁进来，裴宴就开始打压她了吗？

顾曦在心里冷笑，面上却半点不显，依旧一副高高兴兴的样子和武小姐一起去给裴老安人问安。

裴老安人也不知道顾曦为何会被安排了跟宋小姐们一起坐。在她看来，裴家虽然不好在这个时候公然地照顾顾曦，但也不应该把她安排得那么远。只是这座次表已经发到了各家，她若是有异议，只会让人觉得裴家内部不团结，不齐心，坏了裴家的名声。

她笑着和顾曦、武小姐说了几句话，就让她们回了各自坐的地方。

而顾曦一坐下来就发现了坐在裴二太太身边，和裴二小姐并肩坐着的郁棠。她顿时气得直发抖。郁棠凭什么坐在那里？裴家到底是怎么看待自己的？难道她还不如郁棠这么个外人吗？

顾曦不愿意失态，装作没有看见似的，和宋小姐、彭小姐们打着招呼，坐了下来。

武小姐就有些不开心。她觉得她坐得离顾曦有些远，就商量着让顾曦和身边的彭八小姐换个地方。

彭八小姐无所谓，和顾曦换了地方。

两个人又交头接耳地说起话来："徐小姐挺厉害的，这样的场合，说不来就不来。可见裴家也要给徐家几分面子。"

顾曦和武小姐都有些羡慕。

武小姐就道："我听说讲经会中途会休息两刻钟，我们到时候要不要去找裴二小姐玩？"

她昨天已经随着顾曦去单独拜访过裴二小姐了，三个人说话挺投机的，还相约过几天去寺外的小摊子上逛逛买买。

顾曦的目光不免又落在了郁棠身上。

裴老安人身边那位姓计的娘子正笑眯眯地弯着腰和郁棠小声说着话。

她咬了咬牙，看了武小姐一眼，道："也不知道计大娘在和郁小姐说些什么。今天讲经会之前，各家都会给昭明寺捐赠器物。我听人说，郁小姐除了和裴家的小姐一起帮着苦庵寺做了佛香，她们家还会捐给昭明寺一个功德箱。"

这样的大型佛会，寺里通常都会请个秀才写下当日的盛况，然后立个碑文。碑文最后，还会把捐赠了器物给寺庙的人姓名刻下来。这是极体面且能光耀几代人的事。

武小姐看郁小姐的眼神顿时变得有些犀利起来，她若有所指地道："郁小姐为人挺有心的，我们家也只不过是捐了一千两银子。她一个人就捐了两样东西。"

顾曦原想祸水东引，但这位武小姐是个胆子极大的人，她怕再说下去，武小姐不管不顾地闹了起来，再把火烧到她的身上，那就得不偿失了。

"她常在裴家走动，机会比旁人多罢了。"顾曦不以为意地笑着，转移了话题，"不过，苦庵寺的佛香做得挺好，你等会儿要不要去看看。郁小姐送给苦庵寺的香方中据说有可以做出檀香味的，我准备买点回去给家里人做礼物，你要不要也买一点？"

武小姐原本就不喜欢郁棠，觉得她穷家小户的，不知自爱，跑到这样的场合来出风头，见顾曦不再说郁棠，她也不提，笑道："好啊！你不是说这件事是裴家二小姐主持的吗？我得抬抬她的桩，怎么着也要买些回去。"

两人说笑着，刚才的插曲好似风息波静，没有发生过似的。

彭大少奶奶则在观察裴家的小姐们，她也就不免会看到郁棠。

她发现郁棠和裴老安人身边的人非常熟悉，而且裴老安人身边的人看着也都很喜欢她，包括二太太和几位裴小姐。至于裴家没有定亲的四小姐和五小姐，则一个活泼，一个温顺，她一时也看不出优劣来。

或许，她可以查查这位郁小姐。彭大少奶奶摩挲着手中的座次表，寻思裴家的两位小姐得仔细查查才是。她怕看走了眼。总得有个人帮她担一担这个责任才是。

还有这位郁小姐，若是也能一起查查就更好了。

彭大奶奶想了想，低声吩咐贴身的丫鬟，道："你去问问大老爷，十一爷来了临安城，需不需要给裴家的几位老安人问个安？"

彭家的十一爷是彭家背后主事的人，是跟着彭大老爷一起来的临安，却没有住进裴府，而是带着一帮人，不知道悄悄住在了哪里。不如趁着这个机会让彭十一由暗转明，大大方方地来给裴家的长辈见礼，把裴家两位小姐和郁小姐的模样记住了。

她这么一琢磨，就将手中的座次表递给了贴身的丫鬟，并叮嘱道："你和大老爷说话之前，先把这张座次表给大老爷。"

人家连彭家内院的事都知道，临安可是裴家的地盘，彭十一来了临安，说不定裴家早就知道了。

彭大少奶奶果然玲珑心肠，她的贴身丫鬟把座次表往彭大老爷手中一递，话一说，彭大老爷立刻就明白了侄儿媳妇的意思。

他不动声色地打量着坐在自己身边正和周子衿说着话的裴宴。

他就知道裴宴不会这样安分，果然，讲经会的第一天就弄出了一个座次表，这是要给他们这些人家一个下马威吧？

不过，彭家也不是吃素的。裴宴既然把事情做到这个份上了，他们彭家再把人藏着掖着，未免显得太小气了些。

彭大老爷把座次表还给了彭大少奶奶的贴身丫鬟，想和裴家联姻的念头就更强了。据彭十一说，裴家适婚的除了宗房的裴宴、裴彤，还有裴家旁支那边的裴禅和裴泊。裴泊如今还看不出什么，裴禅已经有了秀才功名，马上就要下场参加秋闱了。如果彭家想嫁女儿进裴家，抓不住裴宴，就只好选这个裴禅了。

彭大老爷低声对那丫鬟道："你去跟大少奶奶说，我知道了。让她有什么事自己拿主意，我会跟十一说，让他听大少奶奶的吩咐。"最好是能制造些事端出来，让彭家有机可乘，和裴家结门亲事。他这个侄儿媳妇向来聪明伶俐会来事，肯定能知道他的意思的。

那丫鬟恭敬应声是，退了下去。

彭大少奶奶得了彭大老爷的准信，心里踏实多了。

她坐在那里笑着和宋四太太等人寒暄了几句，就见裴宴身边那个叫阿茗的小厮走了进来，向裴老安人禀道："彭家的十一爷听说这边在办讲经会，紧赶慢赶，终于在今天赶了过来。想进来给您问个安，您看是见还是不见？"

既然是裴宴身边的人来说，那裴宴肯定是觉得裴老安人应该见一见。

裴老安人点了点头，笑道："那就请十一爷进来吧！"

阿茗退了下去。

裴老安人身边的丫鬟婆子上前，雁字排开，把裴家和宋家等人家未出阁的小

· 113 ·

姐们都拦在了身后。

彭大少奶奶看着暗暗吃惊，却也忍不住在心里赞叹。裴家不愧是传承了几百年的世家，做起事来滴水不漏。

然后彭大少奶奶就听见宋四太太笑着问道："彭府的十一爷，不会是那位在参加完了秋闱之后在回乡的路上被土匪毁了容的十一爷吧？"

彭大少奶奶眉头皱了起来，正想搭话，谁知道彭二少奶奶赶在她的前头笑道："您放心，没有传闻中那样厉害。十一爷不过是在右颊留了道疤，过了这么多年，家里的好药材像流水似的用，如今已经不大看得出来了。要不然裴家三老爷也不会让他来见老安人了。"

彭大少奶奶忍不住在心里骂了自己的妯娌一声"蠢货"。就算是宋四太太好奇，她也不必自己人说自己人，开口就怕在座的女眷被十一爷给吓着了。

她只好帮彭二少奶奶补救道："想当年，我们家十一叔差一点就是解元了。裴三老爷是尊重我们家十一叔有学问，这才让十一叔来给老安人问个好的，你啊，可别吓着了几位老祖宗！"说完，还朝彭二少奶奶使了个眼色。

彭二少奶奶觉得彭大少奶奶这话有点往自家脸上贴金。当年大家都说彭十一会中解元，可秋闱过后，他不过只得了第三名。彭大少奶奶这样，也不怕别人笑话。

她正想再说什么，彭十一已随着阿茗走了进来。

他虽然脸色苍白，脸上有道非常醒目的紫红色肉瘤，却身姿挺拔，锦衣玉冠，剑眉锋利，带着几分英气，让人看着并不觉得害怕，只会觉得那道肉瘤如明珠蒙尘，生在他脸上太可惜了。

"老安人！"他的声音低沉却醇厚，如陈年的老酒，听了让人难忘。

原本正和坐在她身后的裴五小姐说话的郁棠脸色大变，忘了说话不说，连身体都变得僵硬起来。

"你这是怎么了？"其他人都被新进来的人吸引了，倾着耳朵听外面的动静，只有裴三小姐，立刻发现了郁棠的异样，忙关心地问道，"是不是我们还有什么事没有准备好？"

郁棠在裴三小姐心里是个温和而智慧的人，逢人三分笑，谁说话都搭腔的。而此时郁棠不仅没有理会她，还随着外面的说话声越来越大而变得脸色越发地苍白了。

今天的法堂内人特别多，就算是裴家的仆妇们细心地点了檀香，还是会让人觉得有点气闷。

"郁姐姐不会是中暑了吧？"裴三小姐担心道，上前去扶郁棠。

五小姐也站了起来，准备着要是郁棠情形不对，就立刻差人去喊大夫。

谁知道平时待人温柔守礼的郁棠不仅没有搭理她们，还非常失礼地"啪"的一下打落了五小姐伸过来的手，猛地站了起来，上前两步走到了拦在她们前面的丫鬟身后，踮了脚朝外望。

恶心的紫红色肉瘤、锋利如刀的剑眉，还有看过来似笑非笑却在昏暗的灯光下让人毛骨悚然的目光……居然是他！那个在苦庵寺里对她意图不轨不成杀了她的人！

梦中，她不知道他是什么人，不知道他为什么会出现在苦庵寺她落脚的厢房，不知道他为何对她痛下杀手。

她一直以为，他是李端雇来的帮闲。可刚才她们说什么来着？他是彭家的十一爷。是个差点中了解元的人。是个有功名，还能成为裴宴座上宾的世家子弟！为什么？

被连捅几刀的痛苦，临死前慢慢冰冷麻木的四肢，还有血流在地上的腥味，那些自她从梦境醒来之后就被她死死地压在心底，准备再不提起的过往，就这样突然重新从她心里被撕开，让她必须面对，还让她瑟瑟发抖地想知道这个人为什么会被裴宴这样看重，裴宴和他是什么关系，梦中，她的死和裴宴有没有关系？

郁棠头昏脑涨，指头冰冷，两腿发软，站都站不住了。

"郁姐姐！郁姐姐！"五小姐和三小姐一左一右地把她围了起来。三小姐更是焦急地道："不管有什么事我们都等会儿再说，现在我和小五扶着你回去坐下，你可千万别再推我们了。"

几家的人都听说过这位彭十一，他这次来拜见裴老安人原本就让宋小姐、武小姐等人非常好奇，全都盯着外面的动静。郁棠这么一动，动静不小，自然也被几家的人都看在眼里，正奇怪地盯着她们。武小姐甚至已经开始和顾曦用大家都能听得见的声音仿佛在私语般地道："这位郁小姐是怎么回事？难道没有人教过她，男女七岁不同席，外男再好，也没有急巴巴地去凑热闹的道理。裴家也是倒霉，怎么邀了这样的人来参加讲经会，白白惹得人好笑。太丢人了！"

顾曦还在那里劝道："武小姐，也许人家郁小姐是有原因的呢？我们不知道的时候，还是少说两句的好。"

武小姐冷笑道："能有什么原因？怕是不知道从哪里听说过彭家十一爷的名声，想在彭家十一爷面前露个脸吧？"

毕竟是自家的族叔，彭家两位小姐都瞪向武小姐。

宋六小姐却掩了嘴笑，一副看笑话的样子。

宋七小姐估计心里也颇为鄙视郁棠的行为，装作没有听见似的，问身边的丫鬟："不是说讲经会已正开始吗？现在离巳正还有多久？"

裴五小姐急得直冒汗。

裴二小姐却觉得郁棠丢了她们家的脸，起身快步朝郁棠走去，低声喝道："郁小姐，还请你坐回自己的位置上去。有什么事，伯祖母自然会喊你的，你暂时不用去伯祖母那里服侍！"

为了裴家的颜面,她强忍着心中的不快为郁棠的行为找了一个借口。

谁知道郁棠却不领情,像鬼撞墙似的,在原地团团打着转不说,嘴里还喃喃地不知道在说些什么。

离她最近的裴三小姐和裴五小姐却脸色骤变。

她们两个离得近,听得清楚,郁小姐分明是在不停地重复着要去找她们的三叔父。

两人不由对视了一眼,都在对方的眼中看到了惶恐。

裴三小姐平时因为让着姐姐才会事事以二小姐马首是瞻,才会万事不管,实则她要比二小姐更果断,更有胆识。

她上前就把郁棠拉在了她的身后,拦住了满脸怒气冲过来的二小姐,道:"郁姐姐中了暑,我这就带她下去看大夫。"说完,也不等二小姐有所表示,一面去强拉郁棠,一面喊自己的贴身婆子:"你快过来帮我把郁小姐扶出去。"

那婆子一直注意着自己服侍的小姐,闻言立刻朝这边跑过来。

只是裴三小姐那一声喊也惊动了外面的人。裴老安人朝身后望去。站在裴老安人身后的丫鬟就退到了一旁。

彭十一奉命而来,自然特别关注裴家的几位小姐。

他趁机冷眼望过去,就看见一个美若桃李的女子正面色雪白地望着他。

彭十一自被毁容之后,就特别不喜欢这样的女子。他目光一寒,眉头轻蹙,正在心里盘算着这是谁,那女子却双眼一闭,两腿一软,倒了下去。

"哎哟!"裴老安人立刻站了起来。

几位老安人和太太也循声望了过去。

这下法堂东殿的人都发现郁棠出事了。

几位老安人经历的事多,虽然慌张,却也不至于坐立难安;几位太太、少奶奶们则是事不关己,看个热闹。只有坐在裴家几位老安人身后的陈氏,突然看见女儿晕了过去,顿时吓得魂飞魄散,傻了似的坐在那里,不知道动弹。再就是正在服侍几位老安人的二太太,心里咯噔一声,暗自在心里连喊数声"糟糕"。

郁棠是家中的独女,要是郁棠在他们家经办的讲经会上有个三长两短的,郁家这一家人怕是就要散了。而他们裴家办事出了这么大的纰漏,实在是不好对其他人交代。

二太太立刻就奔了过去。

陈氏这才清醒过来,泪如雨下地喊了一声"我的儿",紧随着二太太跑了过去。

晕过去的人都特别沉,只有身量还没有长开的五小姐离郁棠最近,扶住了郁棠。等到二太太和陈氏赶过来,接过郁棠的时候,五小姐觉得自己半边身子都麻了。但她还牢牢记着三小姐的话,忙对二太太道:"姆妈,郁姐姐好像中了暑!"

陈氏早急得没有了主意,闻言立刻求二太太:"快,快请大夫过来瞧瞧!"

二太太看着郁棠面如金纸唇如蜡，脸上却没有一滴汗，不像是中暑的样子，又见陈氏一副六神无主的模样，忙低声道："郁太太，大庭广众之下，总不能让郁小姐就这样留在这里。您看这样好不好？我记得法堂后面不远处有个静室，我这就让人去跟寺里的大师父说一声，借用他们的地方，先把郁小姐安置在那里。至于大夫，先把跟着我们随行的大夫请过来，另外再派个人去城里请个大夫，这样也保险一些。随行的大夫好说，让计大娘去说一声就行了。去城里请大夫，我让身边的婆子去找管事们。齐头并进，不会耽搁郁小姐病情的。您也镇定点。郁小姐等会儿还需要您照顾呢！"

说话间裴老安人也赶了过来。她二话没说，蹲下来就给郁棠把了把脉。这哪里是中了暑，分明是受了惊吓。她心中大怒。小姑娘们玩些把戏，在这大家族里不算什么，可事情做到这一步，却有些过分了。

裴老安人不动声色地朝着二太太使了个眼色，然后温声安慰陈氏道："是啊！你放心，小姑娘不会有事的。她那么乖，又是在寺里，菩萨会保佑她的。你且先安心。等大夫来了再看看怎么说。"

陈氏得了裴老安人和二太太的劝慰，终于没有那么惶恐了。她连声道着谢。

裴老安人则若无其事地对围观的其他人道："没事，可能熏香点得有点多，小姑娘给闷着了，一时不适应。大夫过来给她吃几颗人丹就没事了。"

除了这个，众人也想不到还会有其他的可能，加之裴老安人刚才还给郁棠把脉，众人纷纷问有没有什么能帮得上忙的只管吩咐，就是彭十一也非常歉意地道："不会是被我吓着了吧？我这脸上的疤也太吓人了！早知道这样，我就不来这里拜访您了。"

裴老安人听着一愣，觉得没准还真有这可能，但她很快又否定了自己的这种猜测，觉得郁棠不是那么胆小的人。她不由得笑道："十一郎多虑了，我们家的小姑娘可不是那没有见识的。"

彭十一颇为意外。

裴老安人已笑着对众人道："我知道大家都担心郁小姐，但大家还是散了吧！郁小姐原本就闷气，你们再这么围着，她就更难受了。"

众人应是，虽然没有各自坐下，也都散开了一些，东殿的气氛也有所缓和。

武小姐和顾曦站在人群的最外围。但武小姐踮着脚看了郁棠几眼，和顾曦耳语道："她不会是装的吧？我觉得中暑不是这个样子的。"

顾曦想不通郁棠为何要这样，她疑惑道："应该不会吧？"

武小姐不屑地冷哼了一声，道："有些人心思可多了，谁知道她打的是什么主意？"

顾曦想问问武小姐是不是看出了些什么，陈大娘已带着两个健壮的婆子抬了顶软轿过来。

二太太和陈氏将郁棠放在了软轿上。

裴宴原本就一直留意着东殿的动静，有点担心郁棠和顾曦闹事，如今那边又是抬轿子，又是叫大夫，其他人没有注意，却瞒不过裴宴。

他神色骤然变得冷峻起来，但没等他招了阿茗等人询问，裴满已急匆匆地走了过来，在他耳边低声把郁棠晕倒的事告诉了裴宴。

"你说什么？！"裴宴倒吸了一口冷气，觉得仿佛有道冷风从他的心底呼啸而过，让他遍体生寒，脸色都好像被冻得有些苍白起来。

他腾地就站了起来，张嘴就想问"郁小姐怎么会晕倒了"，可眼角的余光却把陶清满脸的好奇看了个正着。

裴宴只好强压着把话咽了下去。

他这么一嚷不要紧，郁小姐却要在几大家族甚至是整个江南出名了。裴宴心里顿时像被猫狠狠地抓了一把似的，一丝丝地抽痛得厉害。他的脸色就更不好看了。郁小姐原本就是个闯祸精，常在河边走的，这次湿了鞋，不是很正常的吗？他为她担心什么？脑子是这么想的，可心痛的感觉却抑制不住。

而且郁棠那边还不知道具体发生了什么事，他也没心情去仔细地整理这些情绪，他沉着脸对裴满道："你跟我来！"

说着，他没有向在座的众人解释一声，抬脚就往法堂的后门去。

坐在正殿的宋四老爷等人被他猝不及防地就这样晾在了法堂，一个个面面相觑，不知道发生了什么要紧的事，是派个人跟过去问一声呢，还是装作什么也不知道在这里等着？

裴满感觉到了裴宴压在心底的勃然大怒，强打起精神跟在他的身后，把郁棠晕倒的事又仔细说了一遍。

裴宴的心情就像六月天快要下雨时的天气，低沉、焦虑、烦躁。

他不满地道："难道就没有人知道到底是怎么一回事？"

裴满可算是看清楚了，他们家三老爷只要是遇到郁小姐，没事都能整出事来。何况现在郁小姐真的出了事。他们家三老爷那心里不知道有多恼火呢！

他可不想被迁怒。

裴满小心翼翼地道："要等大夫看过才知道。"

裴宴心烦地道："那你还不快去请大夫？"

裴满被噎得说不出话来。

他是这个家里的大管事，总管所有的事务，他去请大夫了，那眼前的这一大摊子事谁来管？再说了，他手下有六七个管事，若干个小管事和小厮，请大夫这种小事都要让他亲自去，那为何要养这么多的下属？这道理还是从前三老爷跟他说的呢！

不过这个时候的三老爷像快要爆发了的火焰山似的，他可不想加把火，把火焰山给点着，把自己给烧死了。

他立刻道："我这就去！"至于是他亲自去请，还是他派个人去，那就是他的事了。

一个强压着怒火，一个敷衍着东家，两人一前一后地出了法堂后门，正好看见一顶软轿把郁棠抬了出来。

平时活蹦乱跳能把你气得半死的人如今却死气沉沉的……裴宴愕然，半晌都没有回过神来。

送郁棠出来的裴老安人却一眼就看见了裴宴。

"你怎么过来了？"裴老安人快步走了过来，因为不知道郁棠到底怎么样了，在外人面前还强撑着，在儿子面前就不由得流露出几分担忧，她连珠炮似的道，"你也知道郁小姐的事了？我怕我们带的大夫只会看些头痛脑热的小病，得赶紧请个厉害的大夫过来才行。要是还不行，就送杭州城。要是现在能联系到杨御医就好了。"

杨御医刚刚来给大太太请过平安脉。

裴宴道："那就让他再跑一趟。"

裴老安人惆怅地点了点头，道："你别担心。这里有我看着呢！你二嫂办事如今也很妥当了。你去正殿招待宋家、武家那些人好了。"

裴宴看着因为没有知觉手无力地垂落在软轿旁的郁棠，他心里就不是滋味，很是慌乱。

"没事，不是还有二兄吗？"裴宴的视线像被粘在了郁棠的身上，想撕也撕不下来似的，他道，"我还是跟过去看看吧！郁小姐毕竟是我请过来的。您还要招待那些当家的太太，二嫂……"大事不行，但看护个病人还是可以的，但他还是不放心。

裴宴嘴角翕动，想找个理由说服母亲，二太太和陈氏已经发现裴宴也过来了，忙和他打招呼。

二太太还想和裴宴说几句话，陈氏却是生怕耽搁了郁棠的病情，打过招呼了就催着两个婆子快往静室去。二太太为难地看了裴宴一眼。

裴宴却道："你们快送郁小姐过去吧，我等会儿随着大夫一道过去。"

这样说没有错吧？他心中暗暗松了口气。

裴老安人和二太太都被他误导了，以为他是准备等临安城的大夫过来了再一道来探望郁棠。

作为东道主，理应如此。两人都不再说什么。

二太太和陈氏护着郁棠脚步匆匆地往静室去，裴老安人则回去招待那些当家的太太。

裴宴犹豫着是这时就跟过去，还是等一会儿绕一圈了再过去，只是他一抬眼，发现了站在法堂东殿门边朝外张望的顾曦和武小姐。

第六十一章　醒来

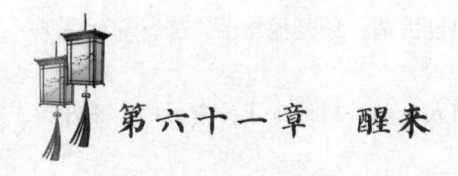

武小姐穿着件大红色遍地金的褙子，戴着赤金衔珠金凤步摇，光彩照人，灼灼如一朵世间富贵的牡丹花；顾曦穿了件水绿色暗纹折枝花杭绸褙子，戴着莲子米大小的南珠珠花，亭亭玉立，如照水荷花，清雅娴静。

两人并肩而立，如周子衿笔下的仕女图似的春光明媚。躺在软轿上的郁棠和她们一比，就如同草芥和明珠。可她们又凭什么这样光鲜亮丽地站在这里呢？

裴宴握了握拳，指甲掐得掌心刺疼，让他马上清醒过来却又立刻陷入了更深的烦躁甚至是暴怒。

理智让他知道，在这个时候应该忍耐，感情却让他觉得在这种时刻都要忍耐，那他所追求的权势名利又有什么用？

一左一右，一冷一热，两种情绪，在他心里撞击，形成风暴。

他面上却不露，看武小姐和顾曦的目光却冰冷无情，深幽薄凉。

武小姐不由朝后退了一步，心中莫名慌得很，迁怒地诋毁起郁棠来。

"你看！"她低声和顾曦耳语，转过身去，如同躲在了顾曦的身后般，"郁小姐要是不这么一晕，裴三老爷怎么可能跑过来？说不定，人家一直等着这个机会呢！"

裴宴和郁棠？！不可能！顾曦下意识地摇头，声音绷得紧紧的："应该不会！郁小姐是什么出身？再说了，裴三老爷和郁老爷平辈相交，他们差着辈分呢！"

武小姐好像从诋毁别人的言辞中得到力量，不以为然地道："那是顾小姐您经历的太少了。郁小姐是出身低，可架不住人长得漂亮。男子，别管他多正人君子，说到底，还是喜欢漂亮的，要不然那些扬州瘦马都送给谁了？隔着辈分又怎么了？又不是一个姓。这样的人家我见得多了。只要能和富贵人家结亲，辈分算什么？礼义廉耻都可以不要了。要不我们走着瞧，那位郁小姐，肯定不会满足于仅仅是在裴老安人跟前做个陪伴！"

顾曦第一个反应就是"不行"。哪怕武小姐说的是真的，那也不行！她以后是要嫁给裴彤的，裴宴的妻子就是她的婶婶。在座的女子谁都可以做她的婶婶，哪怕是奇蠢无比的宋家六小姐。郁棠不行！这个女人处处和她作对不说，还和她气场不合，两个人在一起就没有好事发生过。顾曦只要一想到郁棠有可能会压在她头顶上，她就觉得头皮发麻。哪怕郁棠给裴宴做妾室，郁棠也是裴宴的枕边人。

这让她尤为不满。

她突然想起她第一次和裴宴正面接触。

她远远地看着两人,感觉到裴宴整个人都是温和的、儒雅的、无害的,她这才大着胆子走过去的。

结果,郁棠来了,她看见了一个和她接触到的完全不一样的裴宴。

如今听武小姐说起,她再仔细想想,不是她看错了人,分明是裴宴对人对事根本就是两个态度。

顾曦惶惶,觉得这件事不能再这样下去了,她得想办法阻止!找谁好呢?她脑子飞快地转着,想起了到现在还没有出现在讲经会上的裴大太太。

裴彤曾经和她说过,他父亲和昭明寺的住持是方外好友,因此他和他的母亲受父亲的余荫庇护,昭明寺的住持对他们兄弟两人及裴大太太都另眼相待,不仅亲自帮裴大太太引荐了无能大师,无能大师还看在他们去世的父亲面子上,专门给他父亲做了一场法事。

裴大太太能被昭明寺这样礼遇,想必也能在这个时候帮她一把。至少,不能让郁棠心想事成!

顾曦很快就打定了主意,她笑着对武小姐道:"毕竟郁家和裴家是通家之好,大太太因为身体不舒服,不好出席今天的讲经会,这边发生了什么事估计还一无所知,我得找个人去跟大太太说一声,是亲自去探病还是派人问候一声,她老人家也好有个章程。"

武小姐看着顾曦在心里冷笑。顾小姐果然看不上郁小姐,还事事处处和郁小姐别苗头。她无意间的一句话就让顾小姐露了馅。顾小姐以为她能利用自己,谁知道自己三言两语地却是让她跳进了坑里。这个时候她们俩还是同盟,还是能不撕破脸就不撕破脸的好。

武小姐忙悄声道:"那你快去!"

她寻思着要不要上前去和裴宴打个招呼,毕竟见着了,不打个招呼没有礼貌;可裴宴看她的眼神也太冷了,她又怕自己这个时候上前去会自讨没趣。

当然,如果没有顾曦在场,自讨没趣也无所谓。想当年,江家的大公子不也一样看不上她大姐,可最后,还不是神魂颠倒地娶了她大姐!

念头一闪而过,机会也一闪而逝。武小姐还没有做出决定,裴宴已抬脚就朝静室走去。

顾曦愕然,情不自禁地问武小姐:"你帮我看看,裴三老爷,是要去静室吗?那边还通往其他的地方不?"

武小姐也是一头雾水。瞧着裴宴去的方向,十之八九就是去静室的。他这是要做什么?讲经会马上就要开始了,法堂里还坐着一大群世家故友,他难道也不管了吗?

裴宴从小就跟着父亲在昭明寺里来来往往，若论关系，真正和住持大师是至交好友的不是他大哥裴宥，而是他的父亲裴老太爷。他对昭明寺如同自家的后院一样熟悉了解。

他知道从这里穿过一片竹林，再向西拐，穿过一道夹巷，就能到法堂后面的静室，既能瞒过法堂里的人，也能瞒过寺里的人。

可当他看到顾曦和武小姐那试探的目光，他不屑地撇了撇嘴，直接往静室去，连去法堂里敷衍一番都不耐烦了。

两个小小的内宅女子罢了，他要是连这样的两个人都要害怕，都要顾忌，都要回避，他凭什么掌管百年裴家，凭什么庇护全族老小？她们既然愿意胡思乱想，那就让她们胡思乱想去好了，最好嚷得大家都知道他是如何看重郁小姐的，以后有什么事都离郁小姐远一些。可郁小姐向来身强体健，怎么会突然就晕倒了？难道真的是被彭十一吓着了？她当初可是敢找帮闲去吓唬她父亲好友的人，怎么会怕个彭十一？裴宴百思不得其解，大步流星到了静室。

这边裴二太太和陈氏刚把郁棠安顿好，还没来得及帮着郁棠整理衣饰，就听说裴宴赶了过来。

所谓的静室，是给寺里的高僧们单独悟禅的地方。静室也就有大有小。法堂后面的这间静室，多半的时候都是给请来讲经的高僧们在讲经期间临时歇脚的厢房，不过小小的一间，除了一张罗汉床，屋里左右一边放了一张桌子两把高背椅，一边放着个带铜盆的镜架。打开门，屋里的景象一览无遗。

裴二太太看着这样不像话，正准备吩咐婆子们去借架屏风过来挡一挡，不承想裴宴就走了进来。

她连忙起身挡在了郁棠的前面，急急地道："三叔怎么过来了？家里随行的大夫马上就要过来了，郁小姐还没有醒过来。"

裴宴此时心里正烦着，脸上也就没有什么表情，看在与他并不是很熟悉的裴二太太和陈氏眼里，就变成了成熟稳重、从容不迫，给人踏实可靠之感。

"没事，"他好像在安慰两人似的冷冷地道，"我来给她把个脉！"

内院再严谨，对方外之人和大夫都颇为宽容。

裴二太太和陈氏没有多想，立刻就让了地方出来。

裴宴仔细地打量着郁棠，发现她柳眉微蹙，汗珠直冒，神情痛苦，比起刚才来，更像是中了暑。不过，做噩梦也是这个样子！

裴宴不动声色，坐在了床沿，拿起郁棠的手，三指搭在了她的寸关尺脉上。

裴二太太和陈氏大气都不敢出。

脉象急促，缓而时止。这分明是受了惊吓！裴宴不可思议地望着郁棠，深深地吸了口气，静心养神，重新换了一只手。

裴二太太和陈氏看着心头乱跳，呆呆地望着裴宴，更不敢出声了。

还是促脉。裴宴的脸色就更不好看了。

陈氏受不了,怯怯地哽咽道:"三,三老爷,我们家姑娘怎,怎么样了?"

裴宴望了眼满心担忧的陈氏,又望了眼忐忑不安的二嫂,觉得郁小姐的病,还是等大夫来了再说。若是大夫和他诊得一样……那就得死死瞒住了——因为受了惊吓晕了过去,还搅和得讲经会秩序大乱,不说别的,就是法堂东殿那些女眷就能把舌根嚼烂了,说上个二三十年。他无意让郁小姐成为别人茶余饭后的谈资!

裴宴怎么也想不明白郁棠为什么会受到惊吓。他道:"还是等大夫来了看大夫怎么说为好!"

陈氏一听,就想到自己病的那几年那些大夫是怎么和郁文说话的。

她脑子"嗡"的一声,还没有开口说话,自己先晕了过去。

"郁太太,郁太太!"这下子裴二太太再能干也慌了神,忙叫了随行的婆子来帮忙。

大家七嘴八舌地,一说把郁太太就安置在郁小姐身边,一说让寺里的僧人再帮着抬个罗汉榻来,屋子里乱糟糟的。

裴宴看着脸色发黑,当机立断道:"这边不是离安排给吴家和卫家歇息的地方不远吗?先把郁太太送到那边去,请吴太太和卫太太帮着照看一二。等郁小姐这边看过大夫了,再让大夫赶过去给郁太太开几粒安神定心丸。"

这是最好的办法了。郁小姐不知道是为什么晕倒的,可郁太太明显就是因为病情才晕倒的。一个不知道缘由,一个有根有据,自然是先顾着那不知缘由的。

裴家众人顿时像找到了主心骨一样,裴二太太也不慌张了,仆妇们也不惶恐了,有人指使着抬了软轿过来,有人扶着陈氏,裴二太太还趁机让人搬了张屏风立在了安置郁棠的罗汉床前。

很快,陈氏就被送到吴家和卫家休息的地方。

那边是怎样的人仰马翻暂且不说,这边裴二太太刚刚送走了陈氏,裴家随行的老大夫就过来了。

他在路上已经知道发生了什么事,但乍一眼看见裴宴像个门神似的立在静室的门口,他还是被吓了一大跳,忙朝着裴宴行了个礼,小跑着进了静室。

裴宴也跟着进了静室。

裴二太太搭了块帕子在郁棠的手上,在旁边看着老大夫把脉。

老大夫把了脉,不由诧异地看了裴宴一眼。裴家内宅向来清静,可谁也不敢保证就能一直清静下去。这位姑娘分明是受了惊吓,身边又守着二太太和裴宴,这病情该怎么说,他心里实在是没底。

裴宴觉得这大夫请得还不错,想着等会儿得跟裴满说一声,推荐这大夫进府的人得好好地打赏一通才是。

他眉眼淡淡的,道:"我二嫂觉得郁小姐是中了暑,老安人觉得是胸闷气短,您瞧着这到底是怎么了？"那自然是裴老安人怎么说就怎么说了。

那老大夫笑道："家中的长辈有经验，就是晚辈们的福气。多半是法堂那边的人太多，养在深闺的姑娘，骤然间到了那样的场合，有些受不住。我开些清热解毒的方子，吃两服就好了。不打紧！"

裴二太太知道裴宴这是压着这大夫不敢说真话，她也就不好插手了，喊了自己贴身的丫鬟，让她服侍大夫笔墨。

裴宴就跟着那大夫出了屏风。

那大夫也不说什么，唰唰地开了一剂药方，递给裴宴看。

裴宴一看，是安神定心的药方，知道自己之前的脉象没有看错，眉头皱成了"川"字，但悬着的心到底踏实了一些。

他喊了阿茗去抓药，并道："你亲自煎了服侍郁小姐喝下。"这就是不让其他人知道郁小姐的病情了。

众人心里都明白，齐齐应"是"，道着："郁小姐给闷着了，应该通风散气，我们就在外面服侍。等郁小姐好些了，大家再在跟前服侍。"

那些来探病的，自然是更不能接待了。

裴宴满意地点了点头。

阿茗拿着药方跑了出去。

裴宴就喊了二太太："阿嫂，郁太太那边还得麻烦大夫给瞧瞧，您不妨陪着走一遭好了。这里我让青沅过来服侍，也免得您里里外外地忙不过来。"然后觉得就是这样二太太估计也恨不得生出八只手来，又道："我让胡兴也过来帮忙，听您的差遣。"

裴二太太"哎哟"一声，道："这可不敢！胡总管应该也很忙吧！母亲那边的事也很多。"

裴宴不以为然地挥了挥手，道："本来就是让他过来帮母亲和您管内宅之事的，如今却累得嫂嫂东奔西走，原本就是他失职，让他过来帮忙，也算是让他将功补过了。嫂嫂不必怕他忙不过来。"

裴二太太也的确是挂着这头念着那头，感觉很是吃力，想着胡兴虽是服侍婆婆的人，可让胡兴帮她的是三叔，她也算是名正言顺，遂笑着道谢应承下来，带着大夫去了陈氏那里。

裴宴就搬了高背椅坐在院子里的菩提树下。

裴满则如履薄冰地问他："您不去讲经会那边了？"

"有什么好去的？"裴宴道，"不是还有二哥吗？"

可二老爷和三老爷能一样吗？裴满不敢多说。

他一夜没睡，又摊上郁棠母女的事，管事那边还等着他示下中午的斋席，他坐立不安，偏偏还不敢说走。

裴满只好陪着裴宴在那里等着。

很快，青沅挽着个包袱，带着两个小丫鬟气喘吁吁地赶了过来，刚准备上前给裴宴行礼，却被裴宴挥了挥手道："去屋里服侍郁小姐去。她屋里只有二嫂身边留下来的小丫鬟，估计什么也不懂。"

青沅从小就服侍裴宴，知道他那说一不二的脾气，不敢多言，匆匆半蹲着行了个礼，就带着两个小丫鬟进了静室。

裴宴伸长了脖子望了一眼，又重新眼观鼻，鼻观心地坐在了那里，心里却不停地盘算着，郁棠怎么就被个彭十一给吓着了呢？可惜东殿那边没有他的人，不然他就可以趁着这个机会把东殿到底发生了什么事问个清楚，也就能知道她到底是被谁给吓着了。

他越想越觉得这件事透着蹊跷，就越不想离开，好像这样，他就能等一个结果似的。

过了大约半炷香的工夫，阿茗拿着药包，带了一个拿炉子、一个拿煤的小厮过来，蹲在屋檐下开始煎药。

裴满实在是困得不行了，掩着嘴打了一个哈欠。

裴宴好像这才发现他还待在这里似的，道："你怎么还站在这里？外面没什么事了吗？"

若是真的惊讶，肯定会板着个脸的。

裴满也是从小服侍裴宴的，不由得在心里腹诽，不就是想罚他吗？郁小姐病了，又不是他连累的，迁怒他做什么？只是这些话他可不敢说，还要装模作样地道："您没有吩咐，我以为您还有事要叮嘱我！"

裴宴这才"哦"了一声，道："你过去帮二叔照看着点吧，我等郁小姐醒了再过去。"也就是说，郁小姐不醒过来，他不去法堂！

裴满不禁在心里嘀咕。若是那些客人问起来，他用什么借口解释他们家这位三老爷不出现的理由呢？还有裴老安人那里，他又应该怎样回答呢？

他们家这位三老爷从小就是个任性的人，常挂在嘴边的一句话就是"我都帮你想好了，那你能干什么呢"。

他恭敬地应"是"，想了想道："那我就先去跟老安人说一声，至于二老爷那边，就说苏州府那边有信过来，您要耽搁些时辰。"

裴满这是在告诉裴宴，老安人那边他准备说实话了，而法堂的那些客人，就让他们误会裴宴在接待王七保的人好了。

这也不算说谎。王七保的确主动联系裴宴了，请他过两天到杭州的西湖边吃荷塘三宝。

裴宴"嗯"了一声。

裴满觉得自己的身家性命终于保住了，松了口气，没敢多站半息，拔腿就跑了。

裴宴非常不满，觉得应该让裴满再多站几刻钟的，还好青沅出来了，向他禀道："我们重新给郁小姐梳洗了一番换了件衣服，在罗汉床旁加了顶帐子，点了半炉安神香，如今郁小姐睡得挺沉的，一时半会儿不会醒过来。"

以郁棠如今的情况，这样的安排是最好的，但裴宴还觉得不满意，他挑剔地道："睡得太沉也不好，等会儿她还得喝药。若是被叫醒的时候又受了惊吓，那可就麻烦了。"

青沅立刻道："那我去熄了安神香。"

裴宴道："她之前虽然昏迷不醒，却一直不安宁，多半是梦魇了。熄了安神香，她岂不是就算昏迷也不安生？"

左也不行，右也不行，那到底怎么办才好？青沅蒙了，不由回头朝静室望了一眼。这位郁小姐，什么来头？自她服侍三老爷以来，三老爷还是第一次如此患得患失。

郁小姐不会表面上是个秀才人家的女儿，实则是哪位王公贵族的遗珠，他们三老爷受了王公贵族之托照顾这位郁小姐。不过，就算郁小姐真是这样的身份，以他们家三老爷的脾气，也未必会这样紧张啊！或者，这位郁小姐的身份比这还重要……

她心里天马行空地猜测着，人却低头垂手，恭声道："那就试着看能不能把郁小姐叫醒，我看阿茗的药快煎好了。"反正也要把人叫起来喝药。

裴宴觉得青沅的话有道理，但怎么把人叫醒却成了个问题。是用块冷帕子给郁小姐敷脸呢，还是就这样推醒？或者是双管齐下？他在那里纠结着。

静室里的郁棠却猛地睁开了眼睛。青色绡纱帐，雕着佛家八宝的罗汉床，熟悉的佛香味。她在寺庙里，又不像在寺庙里。

她还记得她梦中住的厢房。简单的白棉帐，因为时间久远，就算好好地反复清洗过后，也变得发黄。一桌一椅，一个镜架还没有了本应该镶嵌在中间的铜镜，陈设简单到简陋。而不是像这间，小小的厢房里还在床前竖了座鸡翅木牙雕八百罗汉的屏风。唯一相同的，估计就是仿佛已经浸透在了青砖木柱里的味道。她这是怎么了？郁棠有片刻的恍惚。

她记得她看到了彭十一，因为反抗得厉害，被他杀了。

她死前，还看到了满脸震惊的李端。他们两个不知道为什么聚在苦庵寺里，还起了争执。

那时候李端已经在京城为官，按理说最少二十年都不会回来的。

她已经知道伯父和大堂兄的死都与李端有关。她觉得机会难得，把一直放在枕头低下的剪刀揣在了怀里，想找个机会杀了李端。

谁知道她没有找到李端，却碰到了彭十一。

彭十一看到她时眼睛一亮。她在他的眼里看到了男子见到女子时特有的惊艳。

她转身就跑。

彭十一原本只是站在那里,她好像听到李端喊了她一声。她回过头去,没有看见李端,却看到脸色大变的彭十一。他三步并作两步就追上了她,一面问她是不是叫"郁棠",一面却面色狰狞地掐住了她的脖子。

她感觉到了彭十一的杀意,掏出剪刀朝彭十一刺去⋯⋯

她没能杀死李端,也没能杀死彭十一,却反被别人杀了。

当然,她那个时候不知道杀她的人是彭家的十一爷,不知道李端是怎么找到她的,更不知道她能在苦庵寺落脚,可能与裴宴有关。

这些念头蜂拥而至,让郁棠头痛欲裂,心仿佛被撕开了又揉成了一团似的,让她不由抓着衣襟轻轻喘息起来。

青沉带过来的两个小丫鬟听到动静立刻走了过来,见她睁着眼睛,均是一喜,一个跑去报信,一个蹲在床前轻声地问郁棠:"您醒了!能说话吗?要不要喝点水?大夫已经来看过了,说是胸闷气短,开了药,阿茗亲自去抓的药,如今正和两个小厮在外面给您煎药呢。"

她的话音还没有落,得到消息的裴宴已大步走了进来。

"怎么样?"他面色冷峻地问。

那小丫鬟忙退到了一旁。

裴宴坐在床沿上,拿起她的手给她把脉。

郁棠没有说话,静静地望着裴宴。她这才发现,裴宴下颌的线条非常优雅,干净利落,有种沉静的美。这样美好的裴宴,会与她梦中的死有关吗?郁棠只要一想想,就觉得自己不能呼吸。若是梦中的郁棠,此时纵使心里是千回百转,恐怕都只能忍着。可她是经历过生死、错失过恩情的郁棠。所以她问裴宴:"你为何要彭十一来拜见老安人?你是要和他做通家之交的好友吗?"

她的声音嘶哑,透露着些许的忐忑。裴宴心中一沉。郁棠的昏迷居然真和彭十一有关。难道发生了什么他不知道的事吗?裴宴想破头也想不出郁棠和彭十一能有什么恩怨。

他道:"那倒没有。不过是因为他被人陷害毁了容,想想觉得他也是个可怜人,满腔的抱负付之东流,给他几分薄面罢了。"

郁棠突然间明白过来。裴宴好像也是满腔的抱负,结果因为裴老太爷的遗言,被留在了家里掌管家业,断了仕途之路。仔细想想,两人的境地倒有几分相似。郁棠不由得屏住了呼吸,小心翼翼地求证:"三老爷,您这是在同情他吗?"

"不然你以为是什么?"裴宴瞪了她一眼,道,"彭十一也是个野心勃勃、势利凉薄之人,这样的人,我见得多了,怎么会想和他做通家之好?"

郁棠松了一口气,不禁露出个笑容来。

她的表情变化是如此明显,笑容是如此灿烂,就算裴宴想忽视都没有办法忽视。

他道："那你呢？你怎么会认识彭十一？他对你干什么了？"说到这里，他突然想到了李端，又道："不会是李家的事他也从中插了一杠子吧？"

郁棠愣住。她觉得裴宴是真的很厉害。虽说现实卫小山的死与彭十一没有直接的关系，全是李端作恶多端，可梦中，李家和彭家勾结，李端和彭十一……她一直怀疑自己梦中的死与她死前听到的那些话有关系。可悲惨的是，她当时看见李端出现在眼前，太激动了，根本没有听明白他们在争论些什么。

郁棠沉默了片刻。她不知道怎么跟裴宴说。裴宴是个好人，之前帮了她很多，她不应该说谎骗裴宴。何况裴宴如今正和彭、宋几家为了族中的庶务在争取利益，若是因为她的只言片语影响了他的判断，进而让裴家受损，她下十八层地狱都没有办法补偿裴宴。

她只好用无辜的眼神望着裴宴，盼着裴宴能大事化小，小事化了，误会这是她的私事，把这一茬揭过去。

裴宴却不是那么好糊弄的。

小姑娘的眼睛是真漂亮，黑白分明，像夏夜的星子，可这件事她不说清楚，他是不会善罢甘休的。

两人你瞪着我，我瞪着你，一时间让静室变得静谧无声，落针可闻。

郁棠心里有事，怎么比得过理直气壮的裴宴？不过一盏茶的工夫，她就败下阵来。她顿时心急如焚。怎么办才好？

裴宴则暗暗地嘘了口气。小姑娘要是不说，他还真没有什么好办法。总不能就这样一直僵持着。法堂那边还有一大堆人等着他呢！

他倒不是担心得罪那些人，他是怕他们知道了他在做什么，无端端地把小姑娘给扯进来，把她推到了台前，让她被众人瞩目。至于为何不想让别人知道郁棠，他没有意识到，自然也就不会仔细地去想。只是简单地把这种情绪归结于闺阁女子，最好别抛头露脸上来。

裴宴整暇以待，只等郁棠开口。

郁棠急得不行，想着要不就耍赖……眼角的余光不经意间扫过静室墙上挂着的释迦牟尼图上。她脑子里灵光一闪。这里是寺庙，她还在寺庙里住了好几天，她完全可以说是有人托梦给她啊！但说谁托梦给她好呢？

鲁信？他活着的时候自己曾经坏过他的好事，他就是要托梦，也不会托梦给自己啊！卫小山？男女授受不亲。卫小山父母兄弟俱在，为何要托梦给她呢？若是因此让裴宴误以为自己和卫小山有什么情愫那岂不是弄巧成拙？

这也不行！郁棠额头冒汗。算了，与其编造那些有的没的，把别人拖下水，还不如就说个最简单的。

就说自己住在寺院里，已经连着好几晚都做了噩梦好了！郁棠心中大定。随后又有些担忧。这里可是寺庙，满天神佛都看着呢，她是个从梦中获得预知能力、受过菩萨恩典的人，要是说谎，菩萨会不会降罪于她？如果只是降罪于她倒还好说，会不会也一并降罪于她的父母，降罪于裴宴啊！想到这里，她眼底露出几分敬畏来！

裴宴看着心里一凛。看样子真的有事发生了啊！小姑娘还一副不敢说的样子。他脸上露出连他自己都没有意识到的凛冽的寒意。

郁棠一看，就觉得心里非常难受。自己果然还是让裴宴不高兴了。那……她就说好了！

大不了让菩萨把这些罪过都算在她的身上。

她索性什么也不隐瞒了，双手合十，朝着墙上挂着的释迦牟尼画像拜了几拜，双目紧闭，低声喃语道："菩萨，全都是我的罪过。您要是生气，就算在我一个人身上好了，我愿意承担任何业障，只求您不要责怪其他人。"

裴宴耳聪目明，听得清楚。这求上菩萨了。他嘴角微撇，原还想讽刺郁棠几句，可见郁棠说完，还特别虔诚地又朝着那画像拜了拜，他到了嘴边的话突然就变成了："行了！你要是真怕菩萨责怪，等会儿你就准备些香油钱，让寺里的师父帮你做个法事好了。菩萨本善，他喜欢收香油钱。他收了香油钱，一般什么罪孽都会帮你解决的。"

这话说的！郁棠没忍住瞪了裴宴一眼。

裴宴却长长地透了口气。

小姑娘还能作天作地，还能生气，这样看着才让人觉得放心。不像刚才躺在软轿上，也不像刚才那样战战兢兢地祈祷，让人担心，让人心疼。

他笑道："看来是能够跟我说了。"语气淡淡的，郁棠却从中听出了调侃，就像在逗她似的。

她抿了嘴笑。心里的不安这时才算是彻底地放下来。裴宴这么好，不管她是怎样的惊世骇俗，他从来都没有对她绕道而行，还愿意听她解释，愿意尽力去相信她。从前如此，现在也如此！

就在这一刻，她下定决心，以后再也不要误解裴宴了，不要听他怎么说，而是要看他做了些什么，透过那些表面的东西，去看清楚他内在的善良与美好。

郁棠深深地吸了口气，徐徐地道："我不是不想告诉你，我是怕你知道了不相信我。"

当真有故事！裴宴挑了挑眉，认真地听着。

郁棠把梦中发生的事掐头去尾地告诉了裴宴："……我不知道为什么住在苦庵寺里，看见李端和彭十一在争吵。当然，那个时候我还不知道他是彭十一，只是对他脸上的那道疤印象深刻。您也知道李端对我们家做过什么，我看着彭十一脸上的疤，觉得他肯定不是什么好人，李端和这样的人在一起，说不定是想对我们郁家不利。我就悄悄地靠近，躲在了他们身边的花树下。只听见彭十一对李端说，你这是色令智昏。这个女子必须除掉，不然顾朝阳那里怎么交代？这是投名状！

"李端脸色很难看，道，你不说，没有人知道她还活着。

"彭十一说，天下没有不透风的墙。如果顾朝阳知道我们骗了他，后果是不是你一个人来承担？再说你一个人承担得起吗？

"李端说，我一力承担！

"彭十一不屑地笑，你要不是还能哄着你老婆，你以为你能和顾朝阳说得上话？你还是别往自己脸上贴金了！

"说完，他推开李端，就要去找我。

"我不知道为什么，从怀里一掏，就掏出一把磨得铮亮的剪刀出来。想着要不我就在这里躲着，等到李端落单，就可以杀了他了。"

那些被郁棠深埋在心底的事被她自己亲口一字一句地说出来，她觉得很疲惫。

她停了一会儿。

裴宴不仅没有催她，反而起身去给她倒了一杯热茶递到了她的手里，低声安慰她："那是做梦！"

那不是梦！那仿佛是她亲身经历过的事！郁棠眼角猝然湿润。她低下头，整理着自己的心情。手中茶盅透着的热气慢慢地温暖了她的指尖，也慢慢地温暖了她僵硬的脑子。

她的脑子慢慢运转起来，让她灵机一动。她为何不趁这个机会加上一两句话，让裴宴知道将来会夺得帝位的是二皇子呢？

念头一起，郁棠简直没有办法抑制自己的兴奋。

但她知道，裴宴是个非常聪明的人，她若是有半点的雀跃流露出来，她的一番苦心付之东流不说，还有可能让裴宴觉得她是在臆想，说的全是疯话，甚至会怀疑她所有的所为。

失去裴宴的信任，这是她无论如何也不能忍受的。郁棠神色间不由得流露出患得患失的神情来。

裴宴还以为郁棠是怕自己觉得她所说的话匪夷所思，不敢继续说下去了。

他想了想，像小时候他父亲安慰他时一样，轻轻地拍了拍郁棠放在藏青色净面粗布薄被上白皙细腻如羊脂玉的手，温声道："没事！我有时候也做些乱七八糟的梦，醒了觉得很荒诞，可那是我真的梦到过的。你能把你做的梦告诉我，我觉得挺好的。你也不必有什么顾虑，我不会跟别人说的。"说完，还破天荒地和郁棠说了句笑话："你的香油钱，我来帮你捐好了，不用你还，还保证寺里的师父都很喜欢。"

只可惜他少有说笑话的时候，这笑话说得不伦不类的，加之郁棠有自己的小心思，正脑子转得飞快，琢磨怎么把梦中的事告诉他，闻言也没有细想，冲着他笑了笑，心不在焉地道了句"来时阿爹给了我很多银子"，就又低头想起自己的心思来。

裴宴皱眉，觉得心里不太舒服。

从前小姑娘和他说话的时候都会睁大了眼睛，全神贯注地看着他，他有一点点异动她就能立刻反应过来，现在……也许是因为遇到了这样可怕的事，被吓着了。

裴宴很满意自己的这个猜测。

不管怎么说，小姑娘就是小姑娘，胆子再大，也不如小子皮实，她被吓着了也很正常。从前自己总觉得这小姑娘天不怕地不怕的，还是想得太简单了。他决定结束这次谈话，免得继续下去，吓坏了小姑娘。

裴宴道："那后来呢？是不是就给吓醒了？"

郁棠觉得梦中的事再怎么追究都是已经发生过的事，她不可能回到梦境，也不可能查清楚，这也是她之后努力要忘记梦中之事的原因。

有些事她还是想告诉裴宴，总不能让裴宴以为她胆子就这么一点点，因为梦见人吵架就吓得晕了过去吧？

郁棠摇了摇头，道："后来我不知道为什么就撞在了花树上，发出一阵窸窸窣窣的响声。他们发现了我，我觉得失去了这次机会，可能就再也没有机会了。我没有逃，反而是悄悄地准备换个地方躲起来。谁知道彭十一好像能看见我似的，追着我就过来了，还一把掐住了我的脖子，挣扎中，我把剪刀捅在了他的腹部……"

她听见李端的惊呼。最后的记忆停留在李端惴惴不安地对彭十一道："怎么办？苦庵寺太小。要不，把她埋到裴家的别院去……"

也不知道他们是否真的把自己埋在了裴家的别院。她的尸体若是被发现了，会不会连累裴家的人？

裴宴听着倒吸了一口冷气。难怪小姑娘会被吓着。任谁做了个这样古怪的梦都会心里不舒服，何况转眼间遇到了梦里的人。要是换个心思重的，说不定会以为彭十一从梦里跑出来，要来追杀她呢！

他想了想，给郁棠重新换了杯热茶，道："你也不要多想，或许是这几天换了个地方，你没睡好。不过，那彭十一的模样的确是有些吓人，是我考虑不周。只想着我觉得还好，没有想到你们都少见像他这样的人。你那边听说只带了两个人过来。这样，我让青沅暂时在你身边服侍着，再多派几个小厮在你住的地方守着。等今天的讲经会结束了，我就让那彭十一离开临安城。"

你会不会觉得安全些？裴宴望着郁棠。

郁棠杏目圆睁。真的为了她，要把彭十一赶出临安吗？那彭家……

小姑娘的目光太清澈，眼神太直接，惹得裴宴忍不住轻笑出声来。

他道："要不然呢？还留着他在这里过年不成？他要是个有眼色的，出了这样的事，就应该主动离开才是。我让他听完了今天的讲经会再走，已经是给他面子了。这件事你别管了，交给我好了。我会派人送他回福建的。以后，也别想再踏足临安。彭家难道还会因为一个彭十一和我翻脸不成？"

郁棠听了十分感动。彭家家大业大的,把他们家一个中了举的子弟赶走,还不让他以后再出现在临安城,哪是这么容易的事!偏偏裴宴却准备为她去做。不管这件事成功不成功,她都感激裴宴的好心。

她觉得自己应该劝劝裴宴,让彭十一别靠近她就行,但她正准备说的时候,骤然想到一件事。

梦中,朝廷要在江浙改田种桑。江浙一带的地本来就少,这样一来米价肯定会大涨。

裴家先是在湖广买了一个很大的田庄,后来又在江西买了一个大田庄。因而不管是什么年成,裴家的粮油铺子总是有米供应,有一年因为大灾,还平抑了米价。因为这件事,裴家还曾受过朝廷的嘉奖,给裴家送了个匾额。

李家因为这件事,也想在江西买田庄。当时李家走的是彭家的路子,因为彭家有人在江西任巡抚。

当时李意还特意写了信回来让李端尽快把这件事办妥了,说是彭家的人已经在江西巡抚的位置上坐了快三年了,政绩显赫,彭家正在给他走路子,想让他回京在六部里任个侍郎,想要入阁。

李端当时正准备下场,没空管这件事,是找了林觉帮的忙。

林觉趁机也给林家买了一个田庄。

如果因为她,裴宴得罪了彭家,那江西的田庄和朝廷的嘉奖岂不是会全都受连累?!

她不能这样自私。

"不用,不用!"郁棠忙道,"不过是个梦罢了。我们犯不着因为这个得罪彭家。讲经会不过九天,讲经会开完了,那彭十一估计也要离开临安了。我这几天避着点他就是了。裴家毕竟是东道主,让彭家含怒而去就不好了。"

这话裴宴不爱听。他斜着眼睛看着郁棠:"你觉得我收拾不了彭家?"

完了!完了!郁棠一听就在心里叫苦。她怎么忘了裴宴这倨傲的性子了。她不好好地表扬他一通,还在这里怀疑他的能力,他肯定气得不行啊!

"不是,不是!"郁棠补救般急急地道,"我是觉得犯不着。"

这样说太轻描淡写了,应该不足以劝阻裴宴!

郁棠觉得以她对裴宴的了解,她还得拿出更有力的理由且不伤裴宴的自尊才行。

她脑子转得飞快,道:"彭家不是有人在江西任巡抚吗?我是觉得,与其就这样把彭十一赶走,还不如利用这件事,让彭家人心怀内疚,给裴家做生意开个方便之门。不过,这也只是我这么一说,要不要这样,能不能这样,还得您拿主意。"

裴宴没有说话,看她的眼神有些奇怪。

郁棠心里"咯噔"一声,知道自己可能说错话了,而且更可怕的是,她不知道自己哪里说错话了。只好做出一副怯怯的样子，小声道："我，我是不是说得不对？"

裴宴的神色更怪异了。他道："谁跟你说彭家有人在江西做巡抚？"

难道不是吗？梦中李家明明是走的这个路子。郁棠不敢多想，知道自己的说法出了大纰漏了。她急中生智，一副懵然的样子，道："我，我在梦里梦到的，还梦到裴家在江西买了田庄。"

裴宴震惊地看着郁棠。

就在三天前，他刚刚决定在江西买下一大片地，因为朝廷即将强行在江浙推行改田种桑。

不像湖广，做到三品大员的人少，他在湖广买田，只要有银子就行了。江西这边是北卷的收割大户，素来喜欢结党，隐约与江南形成对峙之局。在那边买地不仅需要银子，更需要人脉。

如今的江西巡抚是他恩师张英的长子张绍，张绍在江西的官做得并不顺利，有给江西官员一个下马威的意思，因此一而再，再而三地让他去江西买田。且江西没有湖广产粮多，江西并不是个好选择。

他架不住张绍的人情，准备拿几万两银子给张绍抬轿子的。

裴家都只有他和毅老太爷、具体经办人舒青三人知道。小姑娘是无论如何也不可能知道的。

裴宴是读书人，不相信那些怪力乱神的事。但此刻，他望着眼神依旧澄净，神色依旧依赖着他的郁棠，再想到自己正坐在寺庙的静室里，心情就一下子没办法平静下来，还生出许多古怪的念头。

裴家历代供奉释迦牟尼，捐的银子可以打个供奉在昭明寺大雄宝殿里的佛像了。不会是菩萨收了裴家的孝敬，吃人的嘴软，拿人的手短，为了以后继续让裴家孝敬他，就借了小姑娘的梦来告诫他吧？

不过，江西巡抚是彭家的人是怎么一回事，他得好好查查。说不定张绍真的在江西做了些什么，阴沟里翻船也有可能。

裴宴问郁棠："你还在梦里梦到了什么？"

郁棠松了一口气。她一直想着怎么把话引到这里来，没想到无意间竟然说到了这里。郁棠当然要把握机会。

第六十二章 半信

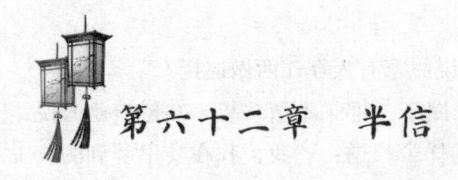

郁棠半真半假地道:"我在梦里好像经历了很多的事,可梦醒之后,记得最清楚的就是彭十一要杀我的事。李家好像因为知道裴家在江西买了地,就走了彭家的路子,也在江西买了地。彭家在江西做巡抚的那个人最后因为二皇子做了皇帝,还做到了吏部尚书,彭家就变得很厉害。李端也做了官。"

裴宴神色大变,起身推开窗户,左右看了看,吩咐守在外面的青沅和在屋檐下煎药的阿茗守在门口,这才重新在床沿边坐下,低声道:"你说,你的梦里,二皇子登基做了皇帝?"

郁棠点头,故作神色紧张地道:"有,有什么不对吗?"

太不对了!朝中如今暗潮涌动,很大程度就在于立哪位皇子为储君。二皇子,到如今还没有男嗣。想火中取栗的那些人才会想要把三皇子推上前去,为自己或是家族争个从龙之功。小姑娘不至于跟他说谎。

可立储之事……涉及面太广了。有没有可能小姑娘听谁说过一句,理所当然地觉得朝廷确定储君就应该立嫡立长,把梦和现实弄混了,所以才有这样的说法?

裴宴看着郁棠茫然的双眼,心中不忍,安抚了她一句"没什么不对的"之后,还是很理智地继续问她:"你还梦到了什么?"

郁棠不敢多说。因为她预知能力的事,她身边已经有很多事和梦中不一样了。她虽然惩罚了李端,可也连累了卫小山。

"我能记得的大致就这两桩事了。"她情绪有点低落,道,"可能还梦到了一些其他的事,但我一时能想起来的,就这两桩事了。"

裴宴问她:"那你知不知道二皇子现在只有两个女儿?"

梦中的郁棠当然知道。她不仅知道,还知道二皇子被立为太子之后不久,就生了个儿子,为此当今皇上还曾经大赦天下。可这件事现在还没有发生,没办法证实她所说的话都是真的,而且,她并不知道梦中的这个时候二皇子的子嗣如何。

"我不知道。"她摇了摇头,道,"在我的印象里,好像是皇上病了,然后二皇子一心一意地侍疾,三皇子却到处乱窜,很多人觉得应该立三皇子为太子,皇上生气了,就立了二皇子为太子。"

当今皇上的身体好得很,去年秋天的时候还做出了连御九女,大封内宫之事。

皇上怎么可能生病?三皇子是个聪明人,就算皇上生病了,他怎么可能不去侍疾，不去让大家看到他的为孝之道，反而上蹿下跳地去争储君？就算三皇子自己按捺不住，三皇子身边的那些臣子也不可能让他干出这样没脑子的事！

裴宴想了想，道："那你还记不记得你是怎么知道二皇子登基做了皇上的？"

当然是因为昭告天下，纪年改元。可这话郁棠不能说。她认真地回忆着梦中的事，终于找出一条能说得通的了："也是因为彭家。在我的梦里，江南的官宦世家，有的是支持二皇子的，有的是支持三皇子的。可二皇子登基之后，既不喜欢支持过他的人，也不喜欢支持过三皇子的人，他喜欢保持中立的人。彭家那个在江西做巡抚的大官，就是谁也不支持的。二皇子登基之后，就特别喜欢他，还让他做了阁老，彭家也一跃成为福建最显赫的人家。

"在梦里，彭十一就曾嚣张地说，就算东窗事发，有他叔父在，自然有人帮他兜着的话……"

裴宴骇然。这就不是一个小姑娘能知道的事了。二皇子不知道是生性懦弱，还是怕被强势的皇上猜测，一直以来都不喜欢和朝中大臣特别是那些学社的人来往。不仅自己讨厌，还不喜欢身边的人跟学社的人有来往。

之前他的恩师张大人以为二皇子是不想卷入朋党之争，被人当枪使。后来才发现，二皇子是真心觉得如今的朝廷之乱，就是这些学社惹出来的。

他还曾和张大人讨论过这件事，觉得若是二皇子登基为帝，恐怕第一件事就是打压这些学社……

郁棠所说，正好符合了二皇子的性情。

不要说她只是一个普通百姓之家的女孩子，就算是像郁文这样读过书有功名的秀才，都不可能知道这样的秘密，更不要说郁棠会在什么地方无意间听到了。

裴宴现在有点相信郁棠真的是做了一个这样匪夷所思的梦了！想到郁棠不是脑子有什么问题，也不是在说胡话，他心头居然像大石头落地似的，长长地舒了口气。做梦嘛，会梦到荒诞怪异的事是很正常的。

他笑道："这种议论皇家的事你以后还是别说了。既然是梦，梦醒了也就散了。你也不用太过在意，也别对别人说了，免得惹得家里人担心。"

实际上，他最怕的是被有心人听了去，以为她有什么预测未来的能力，被人觊觎、利用，受到伤害。

郁棠点头。这么重要的事，她当然不会告诉别人。

她透露的消息都非常重要，换成谁也不会立刻就相信她，裴宴能不把她当成疯子收拾都已经是对她非常信任的了，他这样，已经很好了。

欲速则不达。只要她的预知能力没影响到其他的事，裴宴迟早会相信她所透露的消息。以裴宴的聪明才智，梦中裴家都能安然度过，现实肯定也能避开，她不过是不想裴宴未来的日子过得太辛苦了。这就足够了。

郁棠不好意思地笑了笑，道："是我胆子太小了，才会被彭十一吓着了。"

裴宴见她冷静下来,好像又恢复了从前的活泼,心里也很欣慰,笑道:"那你好好休息。你昏迷期间,把你母亲吓坏了,我二嫂陪着她去找大师父给你做法事去了。你喝了药,休息一会儿,令堂就应该折回来了。"

陈氏晕倒的事,他根本不敢告诉她,怕她着急、伤身。

郁棠此时才想到母亲。她不由羞得满脸通红,低声应"好"。

裴宴见惯了她生机勃勃的一面,乍然间见到她乖巧驯服的样子,不免大为稀奇,多看了她几眼。

乌黑亮泽的头发,白皙红润的皮肤,明亮清澈的眼睛,红润柔软的嘴唇……越长越漂亮了!像那三月花朵的花苞,不仅吐露出芬芳,还张扬地绽放艳丽的花瓣。裴宴的心有些不争气地多跳了几下。

他顿时耳根发热,窘然地咳嗽了两声,急忙站了起来,道:"那你先休息,我去法堂那边看看。我在这边待了快一个时辰了,那边还不知道怎么样了。彭大老爷还准备中午吃饭的时候和我商量漕运的事。我们这边粮食太少了,我准备贩盐,最好是能借助武家的船队。彭大老爷也是这个意思……"

裴宴这是在向她解释他此时非走不可的原因吗?可他是裴府的宗主,想干什么就干什么,有必要向她解释吗?郁棠心里很是困惑,却又生出几分隐秘的欢喜。

难道是因为他们有了共同的秘密,裴宴把她当成了自己人?她在心里琢磨着。突然觉得能这样也很好。

她忙道:"那您快过去吧!我这边有青沅姑娘,有阿茗,还有您派过来的小厮,很安全的。"

裴宴想想,最不安全的是彭十一,他得赶紧把这个人解决了,不然就是派再多的人守着小姑娘,小姑娘也会害怕的。

"那我就先走了!"裴宴心里有点急,和郁棠说出句"注意安全,有事就让人去告诉我"之类的话,就离开了。

郁棠全身都松懈下来,瘫软在了有些硬邦邦的罗汉床上。

青沅轻手轻脚地走了进来,温声喊着"郁小姐",问她有没有什么吩咐。

郁棠怎么好用裴宴的丫鬟。她也睡不惯大师父们用来冥想、做功课的静室。她有些难为情地道:"我觉得好多了,想回自己的住处休息。能不能烦请青沅姑娘帮我看看我母亲现在在哪里,给她带个信。"

裴宴走的时候已经派人去看陈氏醒过来没有,还没有回音,青沅当然不敢告诉郁棠。她笑盈盈地应诺,用一种商量的口吻对郁棠道:"我这就派人去找郁太太。只是阿茗的药马上就要煎好了,您看要不要喝了药再回您自己的住处?"

郁棠觉得这样安排很好,遂颔首谢过青沅。

青沅闻言很恭谨地道:"郁家和裴家是通家之好,郁小姐千万不要和我们客气。您喊我的名字好了。您这样一口一个姑娘的,可折杀我了。要是被老安人听到了,也会说我们不守规矩的。"

梦中多经历一世后，郁棠就不太喜欢和人客套了，青沅既然这样说，她也就从善如流，开始喊青沅的名字。

青沅则轻松起来。她在三老爷身边服侍了这么长时间，还从来没有看见过三老爷对哪个姑娘家有这样的耐心。以她能通过重重考验成为裴宴的贴身丫鬟的聪明机敏保证，这位郁小姐在三老爷心目中肯定是个特别重要的人物，她还是敬重点为好。

郁棠喝了药，谢过了阿茗，青沅也有了陈氏的消息。

说是陈氏已经醒了，知道郁棠安然无恙，喜极而泣，趿了鞋就要过来，被二太太以"郁小姐看着你这样会担心"为由劝下了，正在重新梳洗，等会儿二太太就会陪着郁太太过来了。

青沅松了口气。她再怎么体贴周到，也只是个丫鬟，不如陈氏这个母亲在身边。

等到二太太扶着陈氏过来，青沅忙迎了过去。

二太太就向陈氏介绍青沅："这是三老爷屋里的大丫鬟，从小就在三老爷身边服侍，跟着三老爷身边的舒先生读过书，是三老爷身边缺不了的人。"十分抬举青沅。

陈氏不敢怠慢，忙笑着称了声"姑娘"，谢了她帮着照顾郁棠。

青沅不敢拿大，恭敬地应着陈氏，几句话间就把郁棠还不知道她晕倒的事告诉了她。

陈氏听着暗暗点头。难怪二太太如此看重这位青沅姑娘，的确是个伶俐人，说话、办事滴水不漏。因此她和二太太进了静室都没有提刚才的事。

陈氏拉着郁棠的手左右打量了半晌，见郁棠精神很好，这才放下心来，问她："你这孩子，既然不舒服就应该早说，你看你，突然晕倒，不说是我了，就是几位老安人，也被你吓得不轻。等你好了，可要记得去给几位老安人请安。特别是裴老安人，你晕倒了，她老人家还给你把过脉呢！还有二太太，亲自送了你到静室。"

至于她自己的事，她决定暂时不告诉郁棠，等确定郁棠没事了再告诉她。

郁棠这才知道裴老安人还懂医术，她晕倒之后二太太也帮了大忙。她汗颜。裴宴为着她的面子虽然对外宣称她是身体不好，因为胸闷气短才晕倒的，可老安人肯定知道她是受了惊吓。

的确像她母亲说的那样，她得去向老安人道谢才是。还有二太太。郁棠忙向二太太道谢。

二太太笑吟吟地受了她的礼，见这边没什么事了，起身向陈氏母女告辞："眼看着要到中午了，我还得去服侍几位老安人午膳，就不耽搁你们休息了。等那边的事完了，我再来看你。"

耽搁了二太太的事，陈氏和郁棠都很不好意思，两人送了二太太出门。

青沆趁机指使着丫鬟把郁棠用过的东西收拾好了，又叫人抬了软轿过来，把郁棠和陈氏送回了她们在昭明寺落脚的厢房，又帮着忙前忙后地服侍郁棠歇下，安排午膳，被打发去见郁文的双桃这才得了信息匆匆地赶了过来。

陈氏看着就将她拽到了门外，看了一眼正和青沆说话的郁棠，这才小声地问她："老爷知道小姐晕倒的事了吗？"

双桃连连摇头，喘着气道："老爷和大老爷、大爷到法堂的时候没有看见三老爷，还特意问来着。三老爷那边的人多半是得了三老爷的叮嘱，只说三老爷有事出去了。老爷知道小姐和您都陪着裴老安人，满殿的女眷，他也不好去给裴老安人问安，就托了个丫鬟进去给您递话，那丫鬟出来只说您和小姐等会儿要陪着老安人用午膳，晚上再说。正巧吴老爷他们也到了，老爷就没再问。我还是看着老爷身边不需要我服侍，回了东殿才知道小姐晕了过去，被送了回来。"

陈氏听着就念了声"阿弥陀佛"，还好裴家应对得体，要不然，郁文知道郁棠晕倒了还不知道会急成什么样子呢！

陈氏就问："那捐功德箱的事顺利吗？"

"顺利！"知道郁棠只是不舒服，双桃放下心来，说起这件事来眉飞色舞的，"我们家这次捐赠的东西可出了大风头了，一抬上去，就被宋老爷看在了眼里，还特意让人抬过去给他仔细地瞧了瞧，和大老爷说要在我们家订几个箱子呢！大老爷喜得合不拢嘴，说大少爷八字好，一出生就给家里带来了财运，还说等会儿要向无能大师给大少爷求个平安符呢！"

陈氏闻言忍俊不禁。大伯那样严肃规矩的一个人，看着孙子心就像化了似的，什么好事都能扯到孙子身上去。好在孩子还小，怕受了惊吓，留了大嫂和相氏婆媳俩在家里照顾孩子，不然大伯肯定要把孩子抱到讲经会上来的。

双桃说到这里，眼珠子直转，道："太太还有没有什么事？要是没什么事了，我想去看看小姐。"

她关心郁棠，陈氏只有高兴，肯定不会拦着："去吧！青沆再好，也是三老爷身边的人，你去帮衬一把也好。"

双桃就高高兴兴地去了郁棠那里，还和郁棠说着悄悄话："您不在太可惜了。顾小姐知道讲经会不再由各家单独展示捐赠的礼品后，脸色都变了，偏偏武小姐是个直肠子，还问顾小姐怎么了！"

郁棠知道裴宴说到做到，并不担心捐赠之事，她更关心苦庵寺的佛香。

双桃兴奋得两眼发光，道："那还用说，自然是和我们家的功德箱一样，出了大风头了。特别是那款檀香味的佛香，不是檀香却如同檀香，大家都打听这苦庵寺在哪里，怎么能调出这么好闻的香，当即就有乡绅人家的当家太太叫了苦庵寺的人过去，问庙里都有哪几种佛香，各卖多少钱。照我看啊，苦庵寺的佛香就要出名了。小姐的心血也没有白费。"

郁棠点头，觉得如果让顾曦知道这佛香是从她那里来的就更好了。可惜，顾曦可能永远都不会知道了。

双桃又问起郁棠晕倒的事来："您真的没事了吗？"

"有三老爷呢，我能有什么事？"郁棠正说着，吴太太和卫太太联袂而来。

陈氏亲自迎了出去。

吴太太拉着陈氏就是一通打量，并道："听说你不舒服？怎么样了？瞧了大夫没有？我和卫太太是回厢房用午膳才知道你晕倒的事。我把留守在那里的几个婆子都狠狠地骂了一顿，这么大的事，居然没有一个来告诉我们的。"

卫太太在旁边也直点头。

陈氏忙道："是我叮嘱她们的。你们好不容易来趟讲经会，不能因为我的事扫了大家的兴。再说了，我也只是有点胸闷气短，不是什么大事，也就没有告诉你们。你们要是不相信啊，可以看看，我这不是什么事都没有了吗？"

她不希望女儿成为众人议论的焦点，一时也想不出好的借口，就用了郁棠的病因。

卫太太和吴太太不疑有他，见陈氏红光满面，不像是难受的样子，遂放下心来。

陈氏谢过吴太太和卫太太的好意，想着吴、卫两家守在厢房的婆子在她去了之后尽心地照顾，知道她们因为住的地方不方便，午膳就只是自家做的干粮，就很诚恳地邀请她们一块儿用午膳。

卫太太和吴太太想着一上午多半的时间都在弄捐赠的事，下午无能大师才正式开讲。两人都不想错过这次聆听高僧解经，想了想，就没有和陈氏客气，决定留下来用午膳。

青沅又临时叫人送来几个菜。

两人坐上了桌才发现桌子都已经摆满了，而且还是昭明寺的招牌斋菜。

吴太太和卫太太很是惊喜，特别是吴太太，指了桌上的一个个男子拳头大小的包子道："我还是三年前来昭明寺的时候吃过寺里的素心大包。昭明寺的素心大包现在越来越难吃到了。"

昭明寺的素心大包，是用昭明寺师父们自己种的青菜、萝卜和豆腐做的，又因昭明寺有非常好的泉水，做出来的豆腐比别人做的都细腻香滑，别处买不到，这素心大包也就格外好吃。寺里的师父因人手不够，做出来的豆腐数量有限，用来做素心大包的豆腐也跟着没有多少，而随着昭明寺香火日渐鼎盛，素心大包越来越有名，来买包子的人越来越多，这素心大包早已到了一包难求的地步。通常有些人还会半夜起床跑到昭明寺里买包子。

卫太太听了笑道："我倒是过年的时候吃过，是请人帮着买的，跑腿费就花了二两银子，算下来，一个包子差不多要五十文了。"

吴太太吓了一大跳。

卫太太笑道："这不是四儿媳妇怀着身孕吗？她吃什么吐什么，我这也是没有办法了，要不然再有钱也不能这么花啊！"

吴太太呵呵地笑，问起卫太太找谁买的包子："说不定哪天也要请人来买包子。"

卫太太就笑着道："就是板桥镇的曲氏兄弟啊！他们做事还挺守信用的，就是有点贵。"

郁棠大惊，没想到曲氏兄弟什么生意都做，连这种排队给人买包子的事也不放过。

陈氏看着那一大盘包子，一个人一个根本吃不完。想着留在他们各自厢房的卫老爷、卫小川和吴老爷他们，她让人把剩下的包子包了起来，让用完了午膳的卫太太和吴太太带去给吴老爷等人吃："既然难得，大家就都尝尝。"

若是别的东西吴太太和卫太太就拒绝了，想着这包子是昭明寺的特产，来了昭明寺吃几个也算是个念想，也就没有推辞，大大方方谢过陈氏，带着包子回了他们的住处。走的时候还对陈氏道："你好好休息，我们晚上再来看你。"

陈氏笑着送了两人出门。

用过午膳的二太太过来了。

陈氏见她额头上都是汗，心里十分过意不去，道："我们这边您就别管了，阿棠已经用了药，大夫也说了没什么事，让您这样跑前跑后的，让我们怎么好意思。"

二太太却拿了个小匣子递给陈氏，道："我可是受了老安人之托过来送药的。"

陈氏愣住，随后湿了眼眶。

裴老安人送了人参归脾丸来，用来安神镇定的，用匣子装着。就算是常吃的人不打开闻一闻，也不会知道是什么药。二太太不知道，陈氏那就更不知道了。

陈氏接过药，二太太就又问了问郁棠的病情。

"没什么事了，透过气来就好了。何况您还给请了大夫，已经用了药。"陈氏正说着，徐小姐和杨三太太过来了。

两人午膳的时候听说的，等用过了午膳就过来了。身边的丫鬟还捧着药材。

陈氏自然很是感激，又忙迎了两人进来。

徐小姐见杨三太太和二太太、陈氏寒暄着，就去了郁棠屋里探望郁棠。

郁棠当然不好意思说自己是受了惊吓，支吾了几句，就把这件事揭了过去。

徐小姐也没有多想——中暑这件事可大可小，只要人能清醒过来，休养几天，通常都会没事。

她就笑着道："正好，你可以陪着我们一起在屋里歇着了，借口都不用找了。讲经会，谁愿意出风头谁出去。我们等讲经会结束了，一起去杭州城玩玩。"

郁棠笑道："你不急着去淮安了？"

徐小姐嘟了嘟嘴，道："事后我想想，觉得也许是我们小题大做了。不过，到底能不能去杭州玩，那就得等殷二哥来信看他怎么说了。可我想多在杭州城玩几天。"说到这里,她眼睛一亮:"要不,我陪你去杭州城看病去吧?这晕倒也不仅仅是中了暑,胸口不舒服啊,头痛啊,都可能晕倒的。还是去杭州城再看看保险。"

郁棠就要拧她的鼻子,还道:"我看我们去杭州城给你瞧瞧病好了!还得给京城的殷少爷送封信,就说你病了。你看这样行不行?"

那殷明远还不得不管不顾地跑到江南来啊!就他那破身体,走到半路就得挂了!徐小姐不好意思地冲着郁棠笑,道:"那我们就好好地待在房间里说说话,看看话本好了。"

这还差不多!郁棠笑着点头。

杨三太太就差了人来叫徐小姐,说是郁棠身体刚刚好一点,让郁棠好好休息,明天再来探望郁棠。

郁棠也想仔细地琢磨一下说给裴宴听的那些话有没有什么破绽,需不需要补救,因而也没有留徐小姐,让双桃送了她出门。

一时间郁棠这里热闹起来。裴家的几位老安人,宋家、武家都派了人来探望郁棠。

郁棠连吓带怕,精力有些不济,这些交际应酬都交给了陈氏,她躲在厢房里好好睡了一觉。

顾曦那边则一直注意着郁棠这边的动静。

裴宴跟去了静室之后,快到中午才重新出现在法堂。随后二太太就回来了,告诉大家郁棠没事。

顾曦怀疑裴宴在郁棠晕迷期间一直守着她。要不然怎么解释裴宴的缺席呢?

还有讲经之前的捐赠仪式。

裴家之前就跟她说过了,女眷不露面。她虽然有点可惜自己不能出风头了,但也能理解裴家的做法,只是心里不舒服了几日。等到捐赠仪式上念到她的身份时,想到她的姓氏能刻在石碑上留名百年,她还挺高兴的。可当她发现主持这次捐赠仪式的是二老爷裴宣时,听到屏风外的人纷纷议论裴宴去了哪里的时候,她心里顿时像吞了只苍蝇似的,非常难受。

裴宴竟然不在!裴家作为临安最显赫的家族,裴宴又作为裴家的宗主,没有比这更要紧的事了,他竟然为了那个郁棠没有出席讲经会的捐赠仪式!

顾曦的理智觉得不管从哪方面来说,裴宴都不可能这样看重郁棠。可她的直觉又告诉她,裴宴就是守在郁棠身边的。

姓氏被刻在石碑上的喜悦不翼而飞。顾曦脸色有些发青。为什么会这样?她不服气。她想到郁棠那看着不笑时秀美温婉,笑时灿烂如花的脸。难道就因为这个?裴宴就这么肤浅?那武小姐岂不是也有机会?顾曦越想越觉得自己不能就这样算了。

她悄悄地问荷香："大太太那边有没有什么消息？"

荷香默默地摇了摇头："没有人进出。"那就是不准备管这件事了！

顾曦非常失望。

用午膳的时候，她和武小姐她们坐在了一块儿，特意提起郁棠的事："我们要不要去看看她？"

宋六小姐不以为然地道："不是已经派人去问了吗？"

难道还要她们亲自去探望郁小姐吗？郁小姐有这么大脸吗？

彭大少奶奶没有吭声，也在心里想着这件事。不过，她还没有派身边人去看望郁棠，而是派了人分别去问彭家大老爷和彭十一。彭大老爷觉得，当成普通人情交往处置就行了。彭十一则想得更多，他让人回彭大少奶奶："可能是被我吓的。"并道："这个姑娘不重要，重要的是裴家对她是什么态度。若是裴家看重她，我这就去向裴家道歉，你也亲自去探视一番。"

若是不够重视，晕了就晕了。

彭大少奶奶会意，安安心心地用了午膳，只等彭十一的消息。

裴宴则有些拿不定主意是这个时候就处置了彭十一呢，还是等他飞鸽去京城那边有了回音再处置彭十一。

郁棠说彭家有人做了江西巡抚，而彭家目前能晋升江西巡抚的就只有彭七老爷彭屹了。张家是京城人，张家人又几代经营，可谓是京城的地头蛇。如果彭屹有意顶了张绍做江西巡抚，张家不可能一点风声都没有。最多就是大意了，没有把彭屹放在眼里，阴沟里翻了船。

这件事他还不知道张家到底打算怎么办，因此他让人放了只鸽子去了京城。无事就当提个醒，有事却可以让张家重视起来，防患于未然。

裴宴想得挺好，可再见到彭十一的时候还是心里有些不舒服。彭十一来问他郁棠的病情时，他半真半假地道："是我的疏忽，没想到小姑娘的胆子这么小。我看，你以后只能跟着我们喝酒吃茶了。"这就是委婉地告诫他不要再去见女眷了。

彭十一暗暗有些惊讶。郁家的这位小姐，他前前后后查了好几遍，也没有查出她有什么不同于众人之处，却得了裴宴这样的青睐……他也想到郁棠那张宜嗔宜怒的脸来。英雄难过美人关吗？

彭十一在心里嘲笑了一声，面上不仅不显，还自我调侃道："那我可有口福了。谁不知道裴家三老爷茶不好酒不醇是放不进眼里的。我也跟着沾沾光，尝尝你们江浙的好茶好酒。"

可就算他的态度这样好，裴宴看他还是不顺眼，笑意并没到眼底，看得彭十一心惊不已，回到自己的座位想了又想，决定还是慎重点，派人给彭大奶奶送信，让她最好能亲自去探望郁棠："礼多人不怪！"

彭大少奶奶是很信任彭十一的判断的。她也没有邀请其他的人，就带着彭家的八小姐一起去了郁棠那里。

顾曦望着彭家大少奶奶的背影，坐在桌前沉思了半晌，要不是武小姐问她要不要一起回房间休息一会儿，她恐怕还回不了神。

"那就一起走好了！"顾曦笑盈盈地道，忍不住又在武小姐面前说郁棠，"也不知道郁小姐怎样了？你看见没有，刚才裴老安人身边的珍珠给了二太太一个匣子，看那样子，像是装药材的匣子，裴老安人不会是差了二太太给郁小姐送药吧？"随后还开玩笑地道："大夫看过还不成，还要亲自过问，也不怪郁小姐在裴家可以随意走动，裴家上上下下就没有不喜欢她的。"

武小姐明知道顾曦是什么意思，却不能不警惕。父母之命，媒妁之言。裴老安人是能左右裴宴婚事的人。得了裴宴倾心的人未必能嫁给裴宴，但得了裴老安人青睐，却能轻易地就成为裴宴的妻妾。

武小姐笑道："要不，我们也去看看郁小姐？就当是给裴老安人面子了！"

这也正是顾曦的用意。她需要打听到裴宴之前的行踪。

两人装模作样地让丫鬟提了两匣子点心，就去了郁棠那里。

郁棠睡了，她们到的时候彭大少奶奶刚走。陈氏热情地接待了她们。

武大小姐打听着裴家对郁棠的态度时，顾曦却在观察屋里的陈设。

中堂的长案上摆放着的梅瓶很普通，插的是这边花圃里种的紫荆花，用的茶具也是市面上常见的青花瓷。再看陈氏身上的衣饰，宝蓝色素面的杭绸褙子，靛蓝色云纹比甲，枣红色山茶花绢花，镏金葫芦耳环，是临安城里当家太太们普遍的装扮。不过，那张脸倒和她女儿一样，肤如凝脂，眉若柳叶，十分出色。只是母亲显得楚楚可怜，女儿却是明丽活泼。

她又抬眼朝郁棠的内室望去。

正巧一个姑娘家撩帘而出。

陈氏立马客气地喊了声"青沅姑娘"。

那姑娘不过十八九岁的样子，却穿着湖绿色织锦纹褙子，镶着蓝绿色缂丝芽纹的比甲，戴着珍珠耳环，一滴油的金镯子，打扮比一般乡绅人家的姑娘还富贵，特别是长得明眸皓齿的，眉宇间一派温柔大方，像个养在深闺的大家小姐。

顾曦和武小姐均是一愣。

陈氏向她们介绍："这是三老爷身边的青沅姑娘，听说我们家姑娘晕倒了，派了过来搭把手的。"

顾曦和武小姐齐齐变色。

顾曦想，郁棠和裴宴之间果然不简单。

武小姐则在想，顾小姐把我拉过来，难道是想暗示我郁小姐和裴宴之间有私情？可她不过是奉了家中长辈之命，在裴宴面前留个好印象，武家去向裴家提亲的时候，裴宴好歹见过她，能增加一些机会罢了。难道她还敢管裴宴喜欢谁不成？

但若是因为郁家这位小姐冒出来，抢了她的风头，让她失去了裴宴正妻之位，她也不可能无动于衷，就这样默默退场。

武小姐想到裴宴那近乎完美的脸庞，不由得暗自咬了咬牙。难怪黎家小姐们打破头，能嫁给像裴宴这样才学相貌超人一等的夫婿，作为女子，这一辈子也就心满意足了吧？她看陈氏的目光顿时变得锐利起来，道："真是难得，裴三老爷还派了人来帮衬你们，这可是大恩啊！"

陈氏倒没有想那么多。郁家和裴家的门第相差太远，郁棠和裴宴也差着年纪。

她闻言赞同地点头，感激地道："我们姑娘能这么快就醒过来，真是多亏了三老爷。我还想着，等我们姑娘能下床了，得请寺里的住持师父帮着给三老爷点盏长明灯才是。"

陈氏神色真诚，不像作伪。

武小姐心里不免有些打鼓，只好朝着青沉点了点头，喊了声"青沉姑娘"。

青沉忙朝着武小姐和顾曦行礼，恭敬地连声道："不敢"。

武小姐不过是面子上的客套，顾曦心里却像藏了只猫似的挠得厉害。

她道："青沉姑娘辛苦了！郁小姐这边没带几个仆妇，还要请你多多照看了。"

青沉虽然只是个丫鬟，但她能在裴宴屋里服侍，那就是个聪明伶俐的人精。裴宴的婚事不要说是外面的人了，就是裴家的人，也有不少盯着的，或是想把自家娘家人嫁过来，或是想给自家姻亲牵个线的。为此，他们这些跟在裴宴身边服侍的都被人抬举过。武家打什么主意，青沉这几天也听说了。但顾曦……她就有点拿不定主意了。可顾曦说的这通话……大家小姐出行，不管是人还是物，为了方便舒适，都会带上惯用的。顾曦这话分明是在说郁棠出身寒微，连仆妇都用不起。

想到大太太和他们家三老爷之间的是非，她对顾曦又怎么会客气呢？

青沉笑盈盈的，说的话却绵里藏针："多谢顾小姐关心。郁小姐这边是人手有点不足。说起来，也是我们这些管事的没把事情安排好。早知道就应该把府里的柳絮她们带过来的。郁小姐常在裴府那边走动，柳絮服侍她的时候长，的确比我更合适些。不过，还好顾小姐您提醒了我，我这就去禀了三总管，让他赶紧把柳絮她们带过来。不然郁小姐跟着裴老安人过来，就算是哪里住得不舒服，只怕也不会声张，倒白白地让郁小姐受委屈。"

陈氏是一头雾水，加上人又颇为敦厚，顾曦说的也是实话，闻言吓了一大跳，忙道："哪里就好请裴府的姑娘们过来，这边有我和双桃就行了。青沉姑娘过来，都是厚待了我们家这个不懂事的。"

青沉哪里就能让顾曦和武小姐看了笑话去，忙笑着道："郁太太不必客气。这原是我们想得不周到。大夫说，郁小姐人醒过来就不要紧了，何况还有老安人送来的药！要知道，老安人那里的药可都是杨御医亲手调制的，灵得很，普通的药丸可不能比。您就把心放下，好好地跟着老安人去听无能大师讲经好了。这样的盛会，我们临安城十年也遇不到一回。"说着，她叹了口气，又道："可惜我们家老安人如今不怎么爱出门了，杭州城的灵隐寺、永福寺，谁不知道我们家老安人？要不然，您得了空跟着我们家老安人去杭州，灵隐寺、永福寺倒是常有庙会。特别是灵隐寺，素斋好吃不说，遇着初一、十五还会送药包，若是遇到了腊八节，坐着吃碗热乎乎的腊八粥也很有意思的。"

陈氏是别人敬她一尺，她就敬别人一丈的人，听了笑道："借青沅姑娘的吉言，我哪天也能随着裴老安人去灵隐寺见识见识。"

青沅咯咯地笑，朝着武小姐和顾曦行了个礼，道："三老爷盼咐了，要是郁小姐醒了，让我去跟胡总管说一声，派个医婆过来给郁小姐用艾香灸一灸，人会舒服很多。"

陈氏一听是女儿的事，也顾不得客气，立马送青沅道："那就麻烦青沅姑娘了。"

青沅看也没看武小姐和顾曦一眼，笑道："不麻烦，不麻烦。这可是三老爷临走时叮嘱了又叮嘱的事，我们这些做下人的哪里敢怠慢？只求我们要是有做得不周到的地方，您多包涵，别让三老爷知道了。"

陈氏急急地道："看姑娘说的，我们这姑娘昏迷的时候，多亏了您帮着照看，阿茗帮着煎药，比我都做得好。我感激还来不及，哪里就像姑娘说的，有怠慢的时候？"

两人说着话，出了门。

武小姐和顾曦彼此对视了一眼，都发现对方的脸色非常难看。武小姐更是心中有气，生硬地对顾曦道："既然人家没事，我们也尽了礼数，那就早点回去歇了吧！下午无能大师的讲经会才算是正式开始了。我好不容易来一趟，不想错过这场盛事。"

顾曦神色木然地点了点头，和武小姐很是失礼地在主人不在的时候径直出了门。

她们在院子里碰到了折回来的陈氏。

陈氏奇道："你们不多坐一会儿吗？这么急的就要赶回去了？"

武小姐冷笑道："不坐了！再坐下去，就赶不上无能大师的讲经会了。"

陈氏生于市井，长于市井。大家都没有那么多的讲究，并不觉得武小姐和顾曦这么做有什么失敬之处。她笑道："那我送你们出门。我们家姑娘还没有醒，我个老婆子，连个说话的人都没有。等我家姑娘醒了，你们再来玩。"说话的语气十分真挚。

武小姐多看了陈氏几眼。顾曦却心都气炸了，拉着武小姐就出了门，等到看不见郁棠住的院子角门，这才咬牙切齿地道："我只知道郁小姐会装，没想到她母亲更会装。还让我们等她醒了再过来玩，真能忍。这样的人，我是不敢深交的。"

武小姐家里还有些从小长在水匪堆里的粗使婆子，说话行事就没有什么顾忌。在她看来，陈氏并不像是装模作样。但顾曦看上去很气愤的样子，她也就不好为这点小事和顾曦争论了。

她敷衍地点了点头，两人在甬道拐弯处分了走。

顾曦一回到住处就控制不住自己的脾气了。她不敢砸屋里的东西，怕留下了痕迹，被传了出去，说她妇德有失，却又气得心口疼，只好在屋里快步来回走动着消气。

荷香担忧地望着她，连呼吸都放轻了几分。

顾曦过了大约一炷香的工夫，她心里觉得好受了些，这才对荷香道："那个叫柳絮的，你们还有联系吗？"

当时住在裴家的时候，在郁棠那边服侍的是柳絮。

荷香摇了摇头，轻声道："我们毕竟住在杭州。但我们之前相处得还不错，我还曾经送过她一把梳子。姑娘可是有什么事要吩咐我？"

顾曦咬了咬牙，道："你下午不用跟我去讲经会了，盯着郁小姐那边，看裴府那边会不会把柳絮她们送过来。要是送过来了，你想办法和她搭上话。谁知道什么时候就能用上了呢？"

荷香应诺。

顾曦心里乱七八糟的，刚睡下，又到了无能大师开讲的时候，她只好重新梳妆。经常休憩的中午时光被打断了，她哈欠连天，强撑着去了法堂。

郁棠这边却美美地睡了一觉，醒过来的时候正是春光明媚的午后，金色的阳光从窗棂斜斜地照进来，连空气都是暖暖的。

她静静地在床上躺了一会儿，跟着青沅过来帮忙的两个小丫鬟已打了水进来服侍她洗脸。

郁棠笑着问她们："两位姑娘都怎么称呼？我也能和两位姑娘说说话儿！"

两人行着福礼连称"不敢当"，脸圆一些的那个姑娘自称叫"青萍"，脸瘦一些的那个姑娘自称叫"青莲"。

郁棠笑着和她们打了招呼，由她们服侍着更衣，心里却想，叫"青"字的估计都是裴宴屋里的丫鬟，叫宝石的应该都是裴老安人屋里的丫鬟。但也不一定。五小姐身边的丫鬟就叫阿珊。

会不会是裴老安人赏的呢？郁棠心里胡乱想着，就发现表情有些冷淡的青莲梳得手好头，时常笑眯眯的青萍倒一时看不出有什么与众不同。但两个人中间，显然是以青萍为主。

挺有意思的！郁棠正琢磨着，青沅进来了。

她笑得喜庆，手里还捧着个小小的竹筐，进门就道："郁小姐，胡总管知道您醒了，特意让我把这筐樱桃拿过来。还说，您要是觉得还合口，就让我们说一声，他下次下山给裴老安人她们带东西的时候，再给您带一筐过来。"

郁棠道了谢。青萍就去洗樱桃了。郁棠让她给徐小姐、杨三太太那里也送些过去。青萍笑着应下。青沅就领了个婆子进来。

第六十三章 后悔

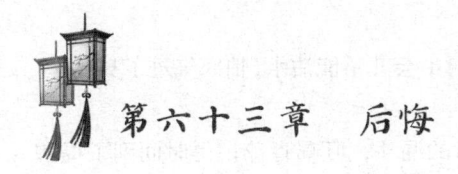

那婆子四十来岁,中等个子,白白胖胖的,夫家姓史,说是奉了胡兴之命,来给郁棠做艾灸的。

郁棠好奇道:"我这种情况做艾灸很好吗?"她不好说自己是受了惊吓,但这个婆子既然是裴家帮着找来的,肯定是知道她的病情的。

史婆子笑眯眯地道:"当然好。不然胡总管也不会急着把我叫过来了。"

只是裴府的人生小病会请自己家养的大夫,看大病会去杭州请名医,像她这样,会点无足轻重的小医术的,就只能走村串户地讨生活了。所以史婆子把这次能给郁棠艾灸当成一次改变际遇的机会,不仅对郁棠的态度非常好,还一个劲地推销自己:"艾灸最主要的作用是可以强身健体,防御一些感冒之类的小病。而且我还会针灸和按摩。特别是按摩,我最拿手了。富贵人家的太太小姐平时很少走动,时间长了,不免会腹部多肉,还会长胖,有些还会影响生育。多做按摩呢,就能避免这些不利之处,一样能够强身健体……"

她不停地说着按摩的好处,郁棠倒没有太多的感触,结果旁边听着的青沉却非常感兴趣。在史婆子给郁棠艾灸的时候不仅问这问那的,还问史婆子现在做些什么,平时能不能上门。

史婆子的本意就是想以后能在裴府讨生活,自然是一口应下,还拿出一瓶香露给郁棠:"做了艾灸,身体容易残留些艾香。有的人很喜欢,有的人不太喜欢。我看刚才郁小姐不时地皱皱眉头,想必不太习惯艾香味。您可以用这个香露洗头洗澡,可以立刻消除艾香味道的。这也是我自己做的。没做艾灸的时候也可以用,还有很多其他的味道。我这次来得急,只带了这桂花香。您可以先试着用用,看喜欢不喜欢。"

又送了很小一瓶给青沉,还道:"这次来得太急,这还是上次没有用完的,您千万别嫌弃。"

青沉很感兴趣地收下了,还把瓶口凑到鼻子底下闻了闻,高兴地对郁棠道:"是茉莉花香。"

郁棠忙道:"给我也闻闻!"

青沉就把瓶子凑到了郁棠的鼻子底下。

可能是手艺有高低,不管是史婆子送的桂花香露还是这小瓶茉莉香露,都不如之前徐小姐送给她的香露闻着让人舒服。不过已经很好了。

郁棠夸了又夸。

史婆子脸上笑开了花，道："做了艾灸一时半会儿不能沾水，怕寒气进了身体里。你过一两个时辰再洗澡洗头。"

郁棠应了。青沅忙去帮着郁棠看了计时的漏斗，叮嘱青萍记得时间到了提醒郁棠。青萍笑盈盈地称"是"。史婆子就趁机给郁棠讲起针灸和艾灸各自的利弊来。

郁棠做了艾灸，身上正暖洋洋的，像被熨斗熨过了似的，异常舒服，懒洋洋的，也就倚在大迎枕上听史婆子说着闲话。

法堂那边，无能大师的讲经会也差不多接近尾声了，正在请各位香客提问，解答香客们的困惑。裴宴不动声色地伸了伸脚。这无能大师也就是虚名在外，哄哄那些没有见过世面的老太太了。他看了陶清一眼，发现陶清无聊得直要睡着了。他不由暗暗哂笑。大家为了这次魏三福和王七保下江南的事，只怕都折腾坏了。

裴宴想着，心念却是一转。也不知道小姑娘现在怎么样了？是病恹恹地躺在床上，还是老老实实地在家里看画本？彭十一还没走，她回避几天也好。正好能让她好好地休息几天。

裴宴脑海里又浮现出那天郁棠瘫软在软轿上的模样。他突然很想去看小姑娘一眼。好像只有这样，他才能真正地放下心来。

裴宴寻思着要不要找个借口先走，顾曦手中的帕子却早已揉成了一团。刚才大太太让人带话给她，让她晚上和大太太一起晚膳，说是有些日子没有看见她，想她过去做个伴。

满殿的太太、奶奶、小姐们都羡慕她和大太太的关系好。可她看见裴老安人平静如水般的面孔，还有在裴老安人身边服侍的二太太，她心里就是一阵烦躁。

大太太一个做长媳的，就算是孀居，这种场合，来服侍服侍裴老安人，尽个孝不好吗？非要躲在静室里，当自己是个养在深闺的大小姐似的干什么？还要把她也叫过去……大太太就不怕别人议论她不知道进退、没有规矩吗？

顾曦不好拒绝，只得笑着应下。偏偏二太太还一副关切的样子对她道："大嫂这些日子吃苦了。我听说中午送过去的素心大包她吃了两个。她难得有这样的胃口，可见出来走走还是好的。我已经叮嘱厨房等会儿多送几个包子过去。你陪大嫂吃饭的时候也帮我留个心，看她还有什么喜欢吃的。下次我也好交代厨房一声。"

顾曦笑着屈膝给二太太行了个福礼，心里却腹诽着大太太，同样是妯娌，看看人家二太太，多会说话，把几个老安人哄得多好。难怪大太太那边常被人说三道四的了。不会做人，在大家族里就会这样。

她辞了武小姐，去了大太太那里。

谁知道大太太叫她来，却是想打听郁棠的事："听说还安排了医婆给她艾灸。这个郁小姐，什么来头？听说她从前还和你一起住过，你了解这个人吗？"在她看来，如果裴宴能娶这样一个姑娘就好了。这样一来，裴宴就得不到妻族的支持了。

顾曦听了心里就有点不高兴，想着我之前让你去盯着郁棠你不盯，现在发现裴宴这么重视郁棠，想打听郁棠的消息了，还得要我帮忙。

她恭敬地道："郁小姐这个人，我也不是很了解。之前我们虽说是住在一起，但也不过是住在相邻的两个院子里罢了。郁小姐是怎样的性格，我还真的不太了解。"

不过，医婆又是怎么一回事？大部分的大户人家是不喜欢医婆的，觉得她们喜欢搬弄是非，坏了后院的平静。

顾曦手里的帕子再一次被揉成了一团，她面上却笑意满满的，道："那医婆真的是三老爷安排的吗？老安人知道不知道？"如果裴宴是背着老安人做的安排，老安人知道了肯定会不高兴的。这样就有很多可乘之机了。

可惜大太太被裴宥惯坏了，从来就没有把这个婆婆正经放在眼里，她也就没有注意到顾曦的用意。不仅如此，她对顾曦什么也不知道还显得颇为失望，并且毫不掩饰地表现出来了，道："你在寺里住得还习惯吗？要不要我派两个丫鬟过去服侍你些日子？"

顾曦立刻意识到，大太太这是要借着她的名头行事。她可没有这么傻。一点好处都得不到，还拿自己的名誉白白给别人方便。她笑道："我那边还好。武小姐经常过来，还有宋家和彭家的小姐，挺热闹的。"这就是说，她那边人很多很杂。

大太太就更失望了。

顾曦连饭都不想吃了，草草地喝了碗汤就说饱了，急急地就想告辞，临时想起来之前二太太的叮嘱，她不想在几位老安人和彭、宋几家女眷面前失了贤名，又实在是恶心大太太，干脆开门见山地道："您在这边吃得还习惯吗？我听说您今天中午多吃了几个包子，明天要不要让厨房里再多给您准备几个？"

昭明寺的素心大包再好吃，大太太也是见过世面的人，吃过不比这差多少的素心包子，加之她这段时间一直苦恼怎么能让裴彤回京城去，对这些吃的、住的就不怎么上心，昭明寺的素心大包也就是许久没吃了，这才多吃了几口。

她道："还好！是我身边的白芷，说是现在很难吃到昭明寺的素心大包了，想送几个让家里人尝尝。你明天帮我送一大份过来好了。"

白芷是大太太到临安后买的，是临安人。

顾曦打听过大太太身边的人，自然是知道这个白芷的。想着这个白芷多半是在大太太身边当差，想趁机显摆显摆。这也是小事。谁能做到只奉献不要回报呢？身边的人也要恩威并施的。她笑着答应了，又勉强跟大太太说了几句话，就起身告辞了。

郁棠那边却欢声笑语的。

二太太和裴家的几位小姐都过来了，大家或是问她感觉怎样了，或是问她还有没有哪里不舒服的，叽叽喳喳地正说着，徐小姐和杨三太太也过来了。二太太又问了问杨三太太的身体，杨三太太正答着，陈氏端了自家做的点心和糖果进来，说起下午史婆子来做艾灸，二太太和杨三太太把青沅叫了进来问话……

笑声在安静的黄昏里传了很远，刺痛了正准备回自己住处的顾曦。

顾曦迎着夕阳，站了好一会儿，突然转身往裴彤住的地方去。

荷香吓了一大跳，道："小姐您这是要做什么？要不，我提前去给大公子说一声吧！"

顾曦冷笑，想着今天一天裴彤都像隐形人似的站在裴宣身边的样子，她心里就开始冒火。她道："快去！"

荷香一溜烟地跑了。很快，顾曦就碰到快步来迎她的裴彤。

"出了什么事吗？"裴彤额头上有细细的汗，说话的声音却依旧很是柔和，"我正陪着二叔父和几家的宗主在喝茶呢！"也就是说，他是从应酬途中临时出来的。

像裴彤这样上面有祖辈压着，旁边有叔辈盯着，后面还有一堆堂兄弟排队等的世家子弟，能被家中长辈看重，带着出去交际应酬，认识一些世家子弟，是个极其难得的机会，为了给长辈们或是故交留下一个好印象，那样的场合通常都像个跟班似的在旁边伺候着，别说自作主张离开了，就是想多说两句话都要想了又想。

顾曦也是出身于这样的世家豪门，自然知道裴彤的不易。听了裴彤的话，她不由得心中一软，原本冰冷的话语就带上了几分真诚，变得温情起来："大太太今天没有派人去探望郁小姐，你知道吗？"

裴彤完全不知道发生了什么事。

他自记事起就在京城，待在父母身边，觉得自己是这个家里的长房嫡孙、他这一辈的老大，家中的资源当然要先顾着他，等他有了成就，也得照顾弟弟妹妹们的。因此他一直以来都是志得意满的。

可等他回了临安才知道。他虽然是他这一辈中的老大，家中的资源却不是先顾着他的。他想要用家里的这些资源，就得拿出能让人信服的本事来。不仅如此，裴家还有两个读书可能比他更厉害的裴禅和裴泊。

就像从前太阳都是围着他转，可是现在一下子变得阳光同样也会落在其他人的身上。他很长一段时间都不适应。好在他被父亲教养，从小就养成了遇事坚韧不拔的性子，不到半年就调整了过来。否则他们这一房哪有现在这么好的日子？

从前他答应和顾曦的婚事，一是因为伤心，觉得表妹已经不在了，他娶谁都是一样的。二来是他看到自己和弟弟在裴家艰难，有些想借了顾昶的力量，跳出裴家这摊泥沼的想法，对顾曦并没有太大的感觉。

如今顾曦这么一问，他眼睛一亮。母亲的为人他自然是知道的，自尊心太强，太高傲，明明有些事不应为之，偏偏要去做。郁小姐出了什么事他不知道，但顾曦专程来问他这一句，可见她母亲又做错事了。自父亲去世之后，他已不求能得到母亲的帮助，只求母亲不要再拖他的后腿了。

他沉声道："我今天一天都陪在二叔父身边，直到三叔父派了人过来让二叔父去法堂主持今天的捐赠仪式，我这才随二叔父到了法堂。郁小姐怎么了？我母亲又做了些什么事？"

顾曦听着长长地松了口气。她就怕遇到个愚孝之人。那她就算是有十八般武艺也没有可施展之处。

她把郁棠晕倒的事告诉了裴彤，随后沉声道："我知道大太太喜静不喜动，可如今大家都眼睁睁地盯着郁小姐住的地方，我是觉得大太太就算觉得没必要亲自去探望郁小姐，也应该派个婆子去问候一声。毕竟还有个二太太在老夫人面前服侍。"

这样对比下来，太明显了，也会影响裴彤两兄弟的声誉。

顾曦深知说话技巧的重要性，她就是靠这把继母压得死死的。

她温声道："大太太伤心难过，哪里有心情应酬那些当家太太，给大老爷守孝期间也不好四处走动，你们两兄弟又是在京城长大的，别人对你们肯定很陌生。越是这个时候，你们就越应该跟各房多走动才是。别人知道了你们的好，有什么事自然也就会为你们说话了！"

正是这个理儿。裴彤很聪明，回来没多久就发现了这个问题。可他毕竟是做儿子的，又是男子，内宅的这些交际应酬他不方便出面，其他的人就更不敢进言了。

他仔细地打量着顾曦。十八九岁的年纪，皮肤白里透红，黛眉杏眼，虽没有十分漂亮，却气质文雅，一看就是读书人家的姑娘。加上还有副玲珑心肠。裴彤一下子对顾曦满意起来。也许这就是缘分天注定！他一直等着表妹，表妹却夭逝了。他和顾小姐相隔十万八千里，却将要娶了顾小姐为妻。

裴彤微微叹了口气，收敛起心中那些悲欢，诚挚地向顾曦道谢："多谢你！要不是你提醒，我还不知道这件事。我晚上回去了就和母亲好好商量商量这件事。不过，你也应该听说了，我母亲不怎么管事，只怕这些事以后还是要麻烦你。以后若是听到什么，还请你能多跟我说说，免得我们做出什么失礼的事来自己还不知道。"

这就是听进了她的劝。顾曦很是满意。她以后是要和裴彤过日子的，要是裴彤心里偏向了大太太，她说什么都听不进去，她的日子必定艰难。

裴彤那边还忙着，她不敢耽搁，和裴彤说了几句话，就各自散去。顾曦往自己屋里去，不免要经过郁棠住的地方。她支了耳朵听。

此时天色已经暗了下来，郁棠住的地方已点起了灯笼，灯火辉煌的，仿佛连天空都照亮了几分，非常打眼。而院子里隐约传来的笑声，又嚣张地告诉那些来参加昭明寺讲经会的人，这里是多么热闹，院子里的主人是多么受欢迎。

顾曦胸口就像压了块大石头似的难受。

荷香道："我们要不要进去打个招呼？"

"给郁棠抬轿子吗?"顾曦冷冷地瞥了大红色的如意门一眼,道,"她配吗?"

荷香吓了一大跳,差点去捂了顾曦的嘴,还好顾曦也就只是说了这么一句,就昂首挺胸,快步离开了。

郁棠当然不知道外面发生了什么事,她正听青沅向裴二太太和杨三太太说着史婆子的事:"……就那么一扎,刘婆子就不疼了。我觉得她还是有几分真本事的,不然胡总管也不敢介绍到家里来。至于能不能强身健体,美容瘦身,那就得试试了。"

二太太和杨三太太连连点头。二太太甚至道:"先不说那些,我这几天累得慌,明天再把她叫过来,帮我松松筋骨也好。从前倒是听说过宫里有这样的医婆,没想到我们临安也有。"

杨三太太道:"太后娘娘就喜欢按摩。据说宫里养了七八个会按摩的医婆,轮流当值,每天都要按一会儿。"

"那敢情好!"二太太高兴地道,"我们都试试。郁太太也一起。这样的机会太难得了。"

"我,我也一起?!"陈氏从来没有想到让陌生的外人给自己按摩,想想就觉得别扭,道,"还是不了吧?我在旁边看看好了。"

"哎哟,我们一起有个伴儿,你怕什么!"二太太笑道,问青沅,"明天那医婆还进来给郁小姐艾灸吗?定了什么时辰?我们找她按摩,来得及吗?"

郁棠忙道:"来得及!她说这艾灸也不能时间太长,最多三刻钟。您别看她在我这里待了一下午,实际上多半的时候都在和我说闲话。"

二太太一听说闲话就有点不愿意了。

郁棠忙解释道:"倒没有说别人家的事,就拿自己说事了,还挺逗乐的。"

"可不是!"陈氏笑道,"还没有说家里的公婆妯娌什么的,说的全是她自己的事。"

这是个有分寸的!

杨三太太也来了劲,问郁棠艾灸的感觉如何,想着自己要不要也跟着体验一番。

众人正高高兴兴地说着,裴宴过来了。

杨三太太疑惑地拿出自己的怀表看了看,道:"三老爷这么晚了来干什么?"

郁棠下意识地不敢答话。

陈氏同样很茫然,道:"也许是过来看看阿棠怎样了,三老爷上午也来看过阿棠。毕竟是在昭明寺晕倒的。"裴家又资助了讲经会,于情于理都应该多多关心郁棠的身体。

众人释怀,杨三太太笑着起身,道:"时候也不早了,我们就先回去了。明天早上再来看你。"她最后一句,是对郁棠说的。

郁棠要起身送杨三太太和徐小姐,两人不让:"你这病刚好,还是好好在屋里养着吧,别为了这样的小事再累着自己了。"

她见推托不了，加上知道杨三太太是装病，在屋里肯定不好玩，遂邀请道："那我们明天要不要一起用早膳？昭明寺的素心大包很好吃，我让厨房多给我们送几个来。"

徐小姐也觉得不错，笑着摇了摇杨三太太的衣袖。

杨三太太觉得出来走走也好，道："那我们明天就早点过来。"

陈氏高兴地应了，送了徐小姐和杨三太太出门。

二太太也觉得天色不早了，裴宴来的时候打了声招呼，就带着裴家的几位小姐告辞了。

郁棠见裴宴面色不佳，请他在厅堂的圆桌前坐下之后，亲自给他沏了茶，道："是昭明寺师父制的茶，大家都觉得不错。您可喝得习惯？要不要让青沅姑娘去拿些您惯用的茶叶过来？"

"不用！"裴宴看着郁棠红润的脸庞，双眸生辉，神采奕奕的，觉得心情很好，笑道，"我没那么讲究！"

还不讲究？！郁棠眼角的余光飞快地扫过裴宴的脚。他穿了双看似普通的黑色双梁鞋，两条脊却镶着金银丝线，略有光线，就闪耀生辉……还有鞋边上绣了同色云纹……她是女子都没有这么讲究！也不知道他所谓的"讲究"是怎样一副模样！

郁棠在心里腹诽，面上却丝毫不显。转身亲自去端了个小小的九宫格攒盒给裴宴做茶点，恭声道："三老爷过来可是有什么要紧的事？"

郁棠的话让裴宴有些狼狈。是啊！这么晚了，他来这里做什么？就算是再惦记着她的病情，他既不是大夫能给她看病，也不是她的亲人能给她安慰……他如果想知道她好不好，完全可以让身边的人过来问，何况服侍他的青沅、阿茗还在她这边，他想知道什么就能知道什么……裴宴突然对自己的这个决定有点后悔了。

不过，这后悔转瞬即逝。在他所受的教育里，不管是什么事，做之前要慎重，做了之后不管是有怎样的结局，都不要后悔。有后悔的这个时间，还不如想想怎么善后，怎么让事情朝着他希望的方向前行。因而裴宴也就只是轻轻地咳了一声，就把这点感觉抛到了脑后，道："你今早在静室跟我说的话，我考虑了良久，还是觉得有些匪夷所思，就想着还是来找你说说这件事。"

话音刚落，裴宴就又后悔了。他本意是来探望她的病情的，为什么不直说，要找这样的借口？要知道，谎言就像雪球，要想让人不识破，就得一个谎言接着一个谎言地说。裴宴的骄傲不允许自己成为这样一个人。他没等郁棠说话，又忙补充道："倒不是怀疑你的话不对，我就是觉得奇怪，想知道你梦里还发生了些什么……"

话还没有说完，他就紧紧地闭上了嘴。如果不是怕失礼，他很想闭上眼睛，揉揉太阳穴。他刚才还在心里告诫自己不要再说谎了，结果不仅没有停止，还越

153

说越像是那么一回事了，用自己的行为证实了谎言就像个雪球这个理论。

郁棠见他表情冷峻，神态严肃，倒没有多想——任谁遇到这样的事都会觉得不安，裴宴能心平气和地和她说这件事，能够仔细地想这件事，她已经觉得裴宴为人宽厚，心胸豁达，觉得从前对裴宴的看法都带着自己的立场，小家子气得很。她忙道："我醒了之后也记得不多了。您想知道什么，趁着我还有点印象，我使劲想想。"

她这不是推托之词。一来因为她的预知，现实和梦中已经发生了很大的变化。二来是她梦中格局很小，知道的事情也有限，怕误导了裴宴。她只能挑些她很肯定的事告诉裴宴。

裴宴临时找来的借口，他一时哪里想到要问什么。他不由得皱了皱眉。

郁棠立刻正襟危坐，等着他提问。

裴宴看着嘴角微抽。从前在他面前什么都敢说，什么都敢做的人，一下子变得这么老实乖巧，别说，还真挺有意思的。裴宴眼底流露出些许的笑意，一扫刚才的沮丧，在心里思忖着若是他继续这个话题，会不会让郁棠觉得他是不相信她。可如果不继续这个话题，他又怎么解释这么晚了，他还往这里跑……

他正进退两难，陈氏提了个热水铜壶进来，给裴宴续茶，还感激地道："今天要不是您，我们家阿棠只怕是性命都保不住了，您的大恩大德我们家真是永世难忘。"

"郁太太不必客气。"裴宴答道，瞥了郁棠一眼，心里：原来郁小姐的闺名叫阿棠，只是不知道是糖果的"糖"呢，还是海棠的"棠"。若是糖果的"糖"，倒可以叫个"饴然"，既有甜蜜的意思，也有逍遥的意思；若是海棠的"棠"呢，牡曰棠，牡丹为花中之王，小字可取"雅君"。不过，不管是饴然还是雅君，都不符合小姑娘的性子，或者取"香玉"？野棠开尽飘香玉……有点俗……

他胡思乱想着，就特别想问问郁棠她的闺名到底是哪个字。但看陈氏的样子，未必会告诉他。他突然间就觉得陈氏在这里有点碍眼。

裴宴略一沉默，没等陈氏问他来干什么，他倒先声夺人，对陈氏道："我有些要紧的事想问郁小姐，您能不能帮我们把屋里服侍的打发了。"这就是让她们回避的意思。

如果是其他男子，陈氏肯定会觉得不妥。可说这话的是裴宴，临安最显赫的家族裴氏的掌权人，他若是有什么其他的心思，根本不用拐弯抹角的。陈氏自然不会怀疑，陈氏甚至想，不会是裴家那边出了什么事，裴宴背着其他的人来问郁棠的话。

不管是怎样的理由，陈氏都觉得自己不好拒绝。她微笑着应诺，带了屋里服侍的都退了下去，还帮他们关了扇门。

郁棠也觉得她"做梦"的事最好别让陈氏知道。她也没有觉得这样有什么不好。

她打起十二分精神，目光炯炯地望着裴宴，仿佛回到了小时候，被父亲抽查背书般紧张。

裴宴莫名有些不自在。他喝了口茶，找了句话问郁棠："你有没有梦到我们家后来怎么样了？"

郁棠想到了外面的人都传裴宴踩了自己嫡亲的侄儿做了宗主的事。裴家内部肯定也不是铁板一块。如果她能帮着裴宴提前拉拢一些人，裴宴肯定会少吃些苦，走得会更顺当。

她道："我记得再过三年，大少爷和一个叫裴禅的人一起中了进士，大少爷好像名次要高一点，那个叫裴禅的名次要低一点。所以大少爷名声显扬，裴禅一般。但大家都说裴禅是'能吏'……"

朝廷这么多官员，能被称为"能吏"，那就不是一般的能干了。裴家添丁都是非常热闹的。可在郁棠的印象里，直到裴禅考中了进士，名声才传出来。她这么说，是想裴宴能在裴禅还没有显赫的时候结个善缘。

这就和她说出知道裴家准备在江西买田庄一样，裴禅的名字从郁棠嘴里说出来的时候，吓了裴宴一大跳。这让他不得不直面现实，想自欺欺人地说郁棠不过是做了个梦都做不到。这可真是伤脑筋。裴宴有些无奈地摸了摸鼻子。

郁棠感受到了裴宴的情绪，她只好低声道："我说的都是真的！"

裴宴当然是相信的，但他现在也没有办法证实她说的肯定会发生。他就不应该提这个话题。裴宴坐下来不到一刻钟的工夫，第三次觉得后悔了。这样下去可不行。他在郁小姐面前完全是一副胡说八道的样子。

裴宴深深地吸了一口气，站了起来，走到窗棂前推开了窗子。天色已经完全暗了下来，屋檐下的大红灯笼照在青石地砖上，泗染出淡淡的红色。裴宴迎着吹在脸上已带上了几分暖意的夜风，吐了口气，好像这样，就能把心里那些不靠谱的心思都吐出去似的。他很快重新整理了思路，转身靠在了窗棂旁，对郁棠道："是我强求了。做梦原本就是断断续续的，让你告诉我裴家会发生什么，的确是太为难你了。"

不为难！郁棠很想这么回答裴宴，但她也的确不敢多说些什么。她只好朝着裴宴笑了笑。

裴宴趁着这个机会转移了话题，让一切都回到了正轨上："你身体怎么样了？青沅在这边还好吗？在屋里做什么打发时间呢？"

郁棠不明白裴宴为什么不问她做梦的事了，但这样也让她心里松快了不少。她笑着顺了裴宴的话回道："我觉得没什么不好的了。托您的福，青沅姑娘和阿茗都很细心，比我们家双桃可好太多了。至于在屋里，大家都来探望我，人来人往的，热闹得很，眨眼就到了晚上，哪里就需要打发时间了呢！"

裴宴觉得这样也不好，道："今天是第一天，肯定有很多人过来探病，等过

155

了这新鲜劲就好了。"话虽如此,他脑海里却跳出个寂寞的小人儿来。

他忍不住又道:"虽说身体要紧,可就这样让你在屋里躺着也难受。这样好了,我明天让青沅陪着你去法堂听听无能大师讲经,你要是没兴趣,也可以到寺庙外去走走。我听说在寺外摆摊子的商贩快四百家了,应有尽有,什么东西都有卖的,买了回去当个念想也好。"

郁棠觉得自己要是去了,徐小姐肯定也会跟着去的,而且以徐小姐的性格,她们想不动声色都不大可能。要不,和徐小姐约法三章?

裴宴这边见郁棠没有立刻答应,就猜测郁棠是不是怕又撞见了彭十一,没等她回答就道:"彭十一那里,你放心,我已经吩咐下去了,只对彭十一限制了进出的范围。他是个聪明人,这两天就应该走了。无能大师那里呢,经讲得一般,不过声音洪亮,情绪充沛,还会讲笑话,大部分人都觉得他讲得不错,去看看也好。"

郁棠觉得自己应该去向裴老安人道个谢,明天去法堂听听讲经也好,遂答应了。

裴宴见她听话,心情大好,继续安排她的事:"下午无能会和寺里的师父辩经,吵吵嚷嚷的,没什么好听的。你就在屋里歇着,看看闲书,画几张画,或者是叫了医婆进来给你艾灸、按摩都行。胡兴那边,我会跟他说的。你要是有什么事,也可以指使他去做。"

裴府的三总管,她就算事再急,也不好指使他啊!郁棠能感受到裴宴对她的关心,她还是顺从地应"是"。

裴宴心里就觉得更妥帖了,觉得还得安排点什么事给郁棠做才好。他脑子飞快地转着。叫银楼的师傅过来打首饰……不太合适。买几个小丫鬟陪她荡秋千……那些小丫鬟没办法立刻就学会规矩。让侄女过来陪她,几个侄女好像都沉迷于无能大师的那些佛家故事里,只怕未必愿意。这讲经会还有好几天,给郁小姐找点什么事做才会不无聊呢?裴宴一时没有了主意。

裴宴是个非常果断的人,既然发现自己不行,那就去找行的人。

他回到屋里,立刻就叫了舒青过来。

王七保已经到了杭州城,裴宴还没有想好和王七保说些什么,虽然说决定晾王七保几天,但大面上却做得很漂亮,由裴家在杭州城商铺的总管事佟二掌柜负责,请了浙江提学御史邓学松出面,帮着招待王七保。

舒青过来的时候,以为裴宴是和他商量去拜访王七保的事。所以当他听到裴宴问他内宅的小姑娘们平时都喜欢怎么打发时间的时候,他还以为王七保在杭州城收了个女子,兴致勃勃地告诉裴宴:"不外是听古斗草的。可以请两个说书的女先生,也可以请了唱评弹的,或是找几个擅长玩双陆的。"

裴宴想了想,道:"在昭明寺里,这些都不太好吧?"

主要是他觉得裴老安人在这里,请了两个说书或是唱评弹的过来,不孝敬老安人肯定不妥当。孝敬老安人,郁棠就得在旁边陪着,看人眼色、不自由不说,恐怕还得忍着自己的喜好，那还不如待在屋里看看书，画几幅画自在。

舒青有点傻眼，感觉自己和裴宴说的不是一回事。

他道："您这是给谁请人打发时间呢？"

裴宴道："郁小姐！"说完，猛然意识到他这么一说，让郁棠显得有些不知进退似的，索性解释道，"郁小姐不是晕倒了吗？也不好让她再去法堂那边听讲经了，但把她就这样扔在东禅院，像坐监似的，也挺难受的，我寻思着得给她找点事做才是。"

舒青嘴角微抽，不知道说什么好。这眼前一大摊子事，裴宴居然还有余力担心人家郁小姐怎样？有这样的功夫，怎么不好好想想见到王七保之后说些什么？

王七保可不是魏三福那傻货，人家是从潜邸的时候就开始服侍当今皇上，后来宫中有变，也是他背着皇上从内宫避到东苑的。皇上受了惊吓，谁都不相信，却把虎符交给了王七保……那可是经过大风大浪的，等闲人在他眼里根本不够看。

舒青忍不住道："是郁小姐向您抱怨什么了吗？"

"怎么可能？！"裴宴立刻反驳，道，"她那个人，有事都会说没事，怎么可能到我面前抱怨这些。只是我……"

只是他什么？裴宴说着，猝然停了下来。他到底是为什么放心不下郁小姐？因为她可怜吗？她不过是受了惊吓，比她可怜的人太多了，他怎么就没有可怜别人？因为她和他走得近？彭十一既然能吓着郁小姐，其他女眷肯定也受了影响。要说走得近，他给老安人问安的时候经常遇到的几个侄女可都比郁小姐走得近。是因为……好看吗？郁小姐的确是非常漂亮的小姑娘。像朵花似的。人都爱美。那他特别地关心她，也是理所当然的吧！

裴宴觉得肯定是这个原因。漂亮的人就占便宜。

像他，从小时候求学一直到入朝为官，因为相貌好就占了不少的便宜。不说别的，当初他恩师都不准备收弟子了，看到他，他又拍了几句马屁，他恩师不就立刻改变了主意，考了他的功课之后，就收了他为关门弟子。因为这个，他的二师兄江华好几次不知道是真是假地说他运气好，别人是祖师爷赏饭吃，他是父母赏饭吃。

裴宴顿时理直气壮起来。他道："不管怎么说，郁小姐是客，我们就得招待好了。我不想因为这些小事让裴家被人非议。"

舒青不由得在心里腹诽。今年的收成又不怎么好，大家都愁着秋天的收成，谁的眼睛会盯着这些小事啊！不过，裴宴这个人他还是有所了解的，特别好面子。你不能驳了他的面子，不然他嘴上不说，也会记在心里的。这种无伤大雅的小事，最好就别和他争辩了。

舒青笑着应是，说起了王七保的事："您是讲经会之后就去杭州拜访王七保，还是等这边的事告一段落了再过去？"

裴宴也把刚才的小困惑丢到了脑后，他道："我准备明天先过去一趟。然后看看王七保怎么说。趁着几大家主事的都在这里，商量出个章程来。而且魏三福要过来，明天下午应该就会到达苕溪码头了。我现在不想见这个人，正好避一避。"然后对舒青道："我带裴满和裴柒、赵振去杭州，你留在这里帮着我二兄主持大局。我想，魏三福这次过来主要还是探探路，应该不会主动生事，你们稳着他就行。何况还有顾朝阳，我看他这次估计是铁了心要去六部任职，这才会想着法子下江南的。这里面最不想出事的就是顾朝阳了。如果有必要，就和顾朝阳联手。他应该会欣然应允的。"

接着舒青就和他说起魏三福这个人的生平来。

裴宴左耳朵进，右耳朵出，心里又想起了郁棠。

他觉得请个女先生过来打发一下时间也不是不可以的，就看这事怎么办了。还有裴老安人那里，他等会儿去给裴老安人请安，得帮着郁小姐说几句话才行。不然郁小姐这样一天不出门地躺着，只怕几位老安人会觉得这点点小病就倒下了，也太娇惯了。他可不希望得了自己帮助的郁小姐落个不好的名声。

裴宴在心里打着腹稿，想着到了老安人那里哪些话能说，哪些话不能说，哪些话要开门见山地说，哪些话得转弯抹角地说……

郁棠那边，陈氏正督促女儿喝药。

见郁棠放下了碗，陈氏忙接过去递给了双桃，从手中的小匣子里拿出一颗窝丝糖塞到了女儿的嘴里，并笑眯眯地用帕子给女儿擦了嘴，这才道："三老爷过来都跟你说了些什么？"

郁棠早打好腹稿了，闻言不慌不忙地道："白天的时候，我实际上不是中暑，是受了惊吓。"

陈氏吓了一大跳，但因为女儿现在已经没有什么事，吓是吓着了，却没有太担心，而是催着她道："这是怎么一回事呢？你怎么连我也瞒着呢？"

郁棠嘿嘿地笑，把彭十一拉出来背锅："太吓人了，我就是被他吓着了。"

"你这胆小的！"陈氏听了哭笑不得，刮了刮郁棠的鼻子。

郁棠皱着鼻子陪母亲嬉闹了一会儿，道："老安人一把脉就知道了。三老爷怕我心里有疙瘩，特意来看看我。"

"三老爷有心了！"陈氏感慨地道，说起了郁文，"我都没敢去见他。你既然好得差不多了，我明天去见你父亲，把这件事告诉他。免得他从别人嘴里听说了着急。"

郁棠笑着直点头。翌日，她和陈氏一大早没用早膳先去了裴老安人那里谢恩。

不知道是不是这几天寺里都很热闹，裴老安人很高兴，她比平时见着的时候更加神采奕奕。

见郁棠过来，她也没有藏着掖着，笑道："身体好些了没有？我听遐光说了，很多地方都对彭十一一个人禁足了。我猜他最迟今天就能明白，明天一早就会告辞了。你要觉得身体没什么事呢，就还按原定的那样去法堂听讲经好了。要是还没有完全恢复过来，就在屋里歇几天。反正讲经会还有好几天，你肯定能听到。"

郁棠谢了老安人的好意，决定还是等彭十一走了之后她再出去活动，遂和陈氏起身告辞，在裴二太太她们来之前回到了自己住的厢房。

徐小姐一个人过来用早膳，还道："裴大太太一大清早就跑到我们那边来拜访三太太，三太太留了她早膳。我就来你这里蹭饭了。"

郁棠自然是欢迎。

徐小姐一个人吃了两个素心大包，还嚷着要带一份回去："给我身边的丫鬟婆子也尝尝。"或许是这包子做得不多，若是要加，得早早地去厨房再拿。裴大太太又在杨三太太屋里，她肯定不好表现得太"粗俗"。

郁棠抿了嘴笑，让双桃去厨房里再讨一份，还自我调侃道："若是有人传我饭量大如牛，就全是你的过错。"

徐小姐不以为意，嘿嘿地笑，转头和陈氏说话："阿棠这里有我陪着，昭明寺难得请了外面的高僧过来讲经，您去法堂听讲经好了。还可以陪陪几位老安人。"

裴家的几位老安人都挺喜欢漂亮又简单的陈氏的。

陈氏倒不是想去凑那个热闹，但裴老安人待她们有恩，若是能去陪陪裴老安人，也算是代郁棠谢谢裴老安人了，也是不错的。何况郁家还不知道郁棠晕倒的事，郁文是男子，不好过来看她们母女，她还得和郁文说一声才是。

郁棠也觉得把母亲拘在这里没什么事做，也挺寂寞，和徐小姐一起怂恿着她去法堂听讲经。青沅也在旁边说会照顾好郁棠的。陈氏见这里事事妥帖，处处得当，也就没有坚持，用过早膳，叮嘱了郁棠半晌，带着陈婆子先去了法堂。

徐小姐立刻像跳出了如来佛手掌心的猴儿，恨不得在屋里打着滚，还道："这下子可以想干什么就干什么了！"引得郁棠和青沅直笑。青沅还打趣徐小姐："谁还能管着您不成？"

徐小姐莞尔，和青沅东扯西拉地说着话，阿茗跑了进来。他对青沅道："三老爷叫你过去。"

众人面面相觑。这一大早的，裴宴把青沅叫去有什么要紧事？

阿茗道："我听振哥说，三老爷等会儿要去杭州，多半是有事叮嘱姐姐。"

青沅不敢怠慢，跟着阿茗去见裴宴。

徐小姐叹气："也不知道淮安那边什么时候才有信过来。"

郁棠安慰她："曲氏兄弟做事很牢靠的，你放心，他们一定会尽快赶回来的。"

徐小姐无奈地点了点头，问郁棠今天打算做什么。

郁棠笑道："裴二太太说，让我下午招了史婆子过来给我做个按摩，看看她手艺如何。若是真像她说的那样好，等昭明寺的事完了，就招她进府。我上午准备抄几页经书。"

然后请了寺里的大师父们帮着给裴宴做场祈福会。他对她恩重如山,她却屡屡误会他。从此以后,她要对他更有信心才是。

徐小姐有些意外,想了想,道:"也好!我也在这里抄几页经书好了,免得碰到裴家大太太,她又要拉着我说这说那的,我答也不是,不答也不是。"

郁棠诧异。

徐小姐就小声告诉她:"殷家二叔的女儿,马上就要及笄了。裴家的二少爷裴绯,今年十四岁。"

郁棠不由挑了挑眉,也压低了声音,道:"这就是想联姻了!"

"要不然裴大太太大清早的怎么会去拜访杨三太太?"徐小姐不以为意地道,"从前在京城,裴大太太就认识杨三太太,不过她那时候得丈夫宠爱,又生了两个儿子,春风得意,不怎么瞧得上杨三太太。没有什么事,她又怎么会登杨三太太的门?"

郁棠看徐小姐的态度,道:"你们都不愿意?"

徐小姐道:"当然不愿意。若真的联姻,裴彤倒可以考虑。裴绯,读书不行,能力不行,一个寡母又是这样的性格、眼光和见识,殷家肯定是看不上眼的。"

郁棠不了解裴绯,不好评论。她索性把这件事抛到了脑后,让青萍帮着拿了笔墨纸砚进来,问徐小姐要不要一起抄经书。

徐小姐欣然应允。

两人正在磨墨,青沅回来了。她手里还提了一篮子大樱桃,道:"三老爷叮嘱我,让我陪您去法堂瞧瞧。"

郁棠目瞪口呆。昨天还让她在厢房里待着,怎么过了一夜就全变了?

青沅解释道:"三老爷怕您无聊,想起讲经台后面有个后堂,您可以坐在后堂听无能大师讲经,也不用和别人挤在一起。"

郁棠仔细想想,讲经台后面还真有个小小的后堂。不过,那里是给讲经的高僧临时休憩的地方。

青沅笑道:"三老爷一大早就派人去把地方收拾出来了。就让我陪着您过去看看吧!若是您觉得不喜欢或是不方便,我们再回厢房这边休息就是了。"她称郁棠为"小姐",把姓去了,"你"也变成了"您"。郁棠心中一动,觉得这件事与裴宴礼待她有很大的关系。

只是她还没有来得及细想,原本为了躲裴大太太只好勉强陪着郁棠抄经书的徐小姐就雀跃地怂恿她道:"你这身体,的确不适合和那些人挤在一起。不过,讲经台后面的后堂肯定很清静。裴遐光也是一片好心,我们别辜负了他的善意。我们今早就过去看看好了。要是觉得不好,再回来就是。"

郁棠也就在梦中参加过一次大型的讲经会。那还是李端中了进士,林氏高兴,端午节请了杭州灵隐寺的大师父过来讲经,她跟着李家的人去凑了个热闹。当时大家都恭贺林氏,谁还记得她是谁?

她又渴又热,好不容易挤出人群,在香樟树下乘凉,一时间不知道林氏和顾曦是什么时候离开的法堂。等她慌慌张张地到处找了一通,好不容易在悟道松附近找到了正陪着大师父说话的林氏和顾曦,却被林氏劈头盖脸地呵斥了一番,指责她没见过世面,看见热闹就跟着跑……让她颜面尽失,从此她再也没有参加任何的香会、讲经会。

再想到她现在的待遇,禁不住在心里感慨半天,也有些好奇福建来的无能大师讲经是什么样子的。

郁棠犹豫了片刻就拿定了主意,对青沅道:"那我们就去看看好了。"

青沅听了笑道:"我这就去给两位小姐拿帷帽——三老爷说了,法堂的人多,您辈分又低,去了不免要和这个那个的打招呼,累人得很,那还不如就在厢房里歇着呢!让我们不要露面,悄悄地去,悄悄地回,免得惊动了法堂里的长辈们。"

还真是这个理儿!徐小姐听了非常高兴,觉得裴宴做事真是体贴又周到,滴水不漏,不由得赞道:"裴遐光讨厌的时候真让人讨厌,用心的时候还真是让人喜欢。难怪张大人独独喜欢他这个关门弟子,可见什么事都不是无缘无故的。"

是吗?郁棠莫名有点脸红,心里涌动着隐隐说不出来的欢喜,耳朵也红红的。

徐小姐却只顾着关心自己的帷帽好不好看,没有过多地注意郁棠,还在那里道:"我觉得我们应该提前点回来,免得散场的时候和她们碰到了。那你下午还叫不叫史婆子过来给你艾灸和按摩了?我觉得史婆子还是应该叫过来的,不然裴二太太问起来,你也不好交代。至于说抄经书,我们晚上抽空抄几页好了。菩萨又不会讲究我们抄得多还是抄得少,主要还是看我们诚心不诚心。"说来说去,就是不想抄经书。

郁棠抿了嘴笑,觉得心里像揣了个小鸟似的,也很快活,说话的声音也跟着欢快起来:"行啊!我们下午艾灸或是按摩,晚上再抄经书好了。至于你那边,若是觉得有必要就抄呗,觉得没必要,也不一定要抄啊!我听我姆妈说,每个菩萨都有自己的道场,昭明寺是释迦牟尼的道场,普陀山却是观世音菩萨的道场。这法事也不能随便乱做的。"

徐小姐眼睛珠子转了转,道:"那我就给殷明远抄几页经书好了。他身体不好,我们马上就要成亲了,他好歹得多活几年才是。"话虽如此,但她脑海里浮现出殷明远消瘦苍白的面孔,还是神色黯然,心情不好。

郁棠忙安慰她:"弯弯扁担牢。殷公子病了这么多年都没事,还越来越好,肯定是得了菩萨的庇护,你放心好了。"

徐小姐突然觉得去法堂玩也不是那么吸引她了。她决定晚上无论如何都要抽空给殷明远抄几页经书,到时候和郁棠一起拿去请昭明寺的大师父们献给菩萨。

徐小姐和郁棠一个戴了湖绿色的帷帽,一个戴了湖蓝色的帷帽,由青沅陪着,出了门。她们这才发现门外除了阿茗,还站了五六个陌生的小厮。青沅道:"是三老爷那边的人。三老爷说,怕你们被人冲撞了,小厮的力气比婆子大。"

这就是保护她的意思了。郁棠脸都红了,低声道:"多谢三老爷了。你见到三老爷,帮我道个谢。"

青沅笑着应"是",心里却想着裴宴把她叫去的情景。

屋子里到处是忙忙碌碌的人。小厮们忙着收拾行李,护卫们在抬箱笼,舒先生正低声和赵振说着什么,裴柒则在帮裴宴整理书案。裴宴站在金色的晨曦中,沉声对她道:"我走的这几天,你好好陪着郁小姐,别让她多想。我已经跟阿满说过了,让他把吴娘子叫过来。到时候吴娘子负责陪着郁小姐,你就负责给她打点日常的事务。别让彭家的人接近郁小姐,若是彭家的人敢乱来,你只管出面,出了事也不怕,一切都等我回来了再说。"

青沅还记得自己听到这话时跳动的眼皮。三老爷这是要护着郁小姐了。她朝郁棠望去,只看见郁棠窈窕的身影。如果郁小姐进了府⋯⋯怕也是能够挑战三老爷正室的人。到时候她站哪一边呢?青沅觉得有点头痛。她只得安慰自己,这不是她能左右的事,只能船到桥头再做打算了。当务之急是做好三老爷吩咐的事,保证三老爷不在的这几天平平安安,不要出什么事。

郁棠和徐小姐悄无声息地进了讲经台后面的后堂。

那后堂只一丈半长,一丈宽,放了张罗汉床,两把椅子。或许是裴宴交代过,罗汉床上的短几早摆上了瓜果糕点,插了鲜花,还铺了崭新的坐垫。

徐小姐就更满意了。她低声和郁棠道:"我们就坐在罗汉床上听讲经好了。"

讲经台和后堂用一块雕花木板隔开,无能大师的声音听得非常清楚。

郁棠点头,看见罗汉床左右各有个小小的隔扇,知道那是从讲经台进出后堂的地方,就凑到扇缝那儿往外看了看,一眼就看见坐在法堂正中的裴宴。

她觉得脸上火辣辣的,忙站直了身子,想着,也不知道他什么时候启程去杭州,自己有没有机会去送送他。

徐小姐哪里知道郁棠的心思,见郁棠在那边窥视,也跟了过去,小声道:"给我也看看。"

郁棠忙避嫌般地跳到了一旁。

徐小姐一面轻声说话,一面凑到隔扇缝前:"你看见什么了?还别说,裴遐光长得可真是对得起他的名声,俊得像个雕出来的人。穿得也得体,月白色的素面松江细布,戴着枚青竹枝的簪子,看着干净又清爽,正合在这样的场合⋯⋯"

郁棠只觉得她的脸更热了。

裴宴只在法堂坐了半个时辰,就借口有事离开了法堂。

彭大老爷等人都知道他要启程赶往杭州城,吴老爷等乡绅却不知道。见裴宴离开，还和卫老爷低声道："裴三老爷也真够忙的，昨天一大早就不见了踪影，今天也只是来坐了一会儿，也不知道在忙什么。"

卫老爷的注意力没有放在裴宴身上，他抻着脖子在找郁文。

郁文是随他们一起过来的，昨天大家还歇在一块儿，只是刚才有人来找郁文，郁文随着那人出去之后就一直没有折回来。此时已经过了快一刻钟了，他还没有看见郁文。

卫老爷又等了两刻钟的工夫，郁文的座位还空着，他就有些急了，悄声和吴老爷交代了一句，就弓着腰从法堂里挤了出来。

郁文正和陈氏站在法堂外不远处一棵合抱粗的黄杨树下说着话。他松了一口气，正寻思着要不要上前去打个招呼，郁文的目光突然就扫了过来，看见了他。

郁文微愣，低头和陈氏说了几句话，就快步走了过来："你怎么出来了？可是有什么事？"

"没事，没事。"卫老爷摆手，笑道，"我出来找你的。你没什么事就好。"

郁文闻言沉默了片刻，道："拙荆来找我，说昨天法堂里人太多，太闷，我们家姑娘晕倒了。"

卫老爷吓了一大跳，连声问郁棠的身体现在怎样了。

郁文这才露出一丝笑来，道："三老爷和裴老安人及时帮着请了大夫，药还没有用，人就好了。拙荆说，是我们家姑娘身体不太好，回去之后得好好补补。"

"应该，应该！"卫老爷说着，也跟着松了口气。

郁文笑道："说起来还得谢谢卫太太和吴太太，我们家姑娘病了之后，两位太太还亲自去探望了一番。大恩不言谢，等讲经会完了，大家去我那里粗茶淡饭聚一聚。"

卫老爷客气了几句，郁文返回去又跟陈氏说了几句话，送走了陈氏，这才和卫老爷一起回了法堂。

大家聚精会神地听着无能大师讲经，郁文却想着江潮。也不知道江老爷的船什么时候能回来，到时候他也该给女儿买点人参燕窝什么的，补补身子骨。还有丫鬟仆妇，也要买几个，免得有个什么事都没人照应，还要裴府的人帮衬。

陈氏把郁棠的情况跟郁文说了，郁文好好地安慰了她一通。她也有了主心骨，回去的时候脸色好看多了，坐在裴老安人身边，不仅有心思听无能大师讲了些什么，还能在几位老安人闲聊的时候接上一两句话。

顾曦看着在旁边冷笑。这个郁家，还真把自己当裴家的通家之好在走动了，也不瞧瞧自己是个什么出身，有没有这个资格？

想到这些，她眼角的余光扫了扫武小姐。

昨天晚上，顾昶怕她吃不习惯昭明寺的斋菜，特意让人送了些点心过来。正巧武小姐在她那里做客。可能是送东西的人回去之后禀了顾昶，顾昶不顾夜深人静，特意前来探望她，还告诫她不要和武小姐走得太近。她不太高兴，说起武家的打算。

顾曦现在还能清清楚楚地记得顾昶听说这件事之后眼中泛起的讥讽之色："你别听这些乱七八糟的。裴家怎么可能跟武家联姻？江家能娶武家的姑娘，那是因为江家没什么底蕴。武家心里也有数，派个姑娘过来，还到处宣扬这件事，不过是想取个巧——如果裴遐光能瞧中武家小姐，那最好不过了。如果裴遐光无意和武家结亲，肯定不好意思把话说得那么直白，武家就可以趁着这个机会到处吃喝，狐假虎威，在生意上讨个好。"还告诉她："你要跟着徐小姐学学。听到什么，看到什么都不动声色，先在心里盘算好了，再决定怎么做，免得被别人利用。"

武小姐这个样子，行事做派带着三分鲁莽，像个傻大姐似的，能利用她？顾曦有些不相信。她等会儿中午时分还准备去拜访拜访徐小姐。

顾曦收敛了心思，一心一意地听无能大师讲着经书上的故事。

郁棠和徐小姐听了一会儿就觉得没什么意思了。徐小姐是听多了，觉得无能的水平就这个样子。郁棠是觉得她不太赞同无能大师的话，什么你种什么样的因就会结什么样的果之类的。

她梦中比如今不知道善良多少，却靠着自己只报了一半的仇。

要是事事都靠老天爷，梦中的她就得忍气吞声死在李家的后院里了。

说不定菩萨让她有那个梦，就是因为她脾气太犟，不听话，菩萨觉得她太烦人了，才把她打发了的。可见爱哭的孩子有糖吃才是真正的道理。

郁棠想着自己一个字都还没有给裴宴抄的经书，小声和徐小姐商量："要不，我们先回去吧！免得等会大伙儿散场的时候看见我们，要打招呼不说，还得解释我们为什么在这里。"

反正裴宴也已经走了，她看到她姆妈和阿爹一起出了法堂，讲经会对她就没有那么大的吸引力了。

郁棠的提议正合徐小姐的心意。两个人听了半个时辰就悄悄地回了郁棠住的厢房。

郁棠觉得整个人都松懈下来了，准备按着原定的计划抄经书，还问徐小姐："你要一起吗？"

"当然！"徐小姐道，继续和郁棠磨墨。

郁棠莞尔。两个人在厢房里忙起来。

青沉留了青萍和青莲在这里服侍，自己准备去找胡兴，让他这几天多送些新鲜的果子过来。昨天她拿过来的樱桃，郁小姐就很喜欢吃。

她原以为是因为郁小姐喜欢吃樱桃，结果发现昨天晚上徐小姐送了些海棠果过来，郁小姐也很喜欢。她细细地观察，发现郁小姐倒是什么水果都喜欢吃，但要新鲜，否则就只是尝尝就放下了。这件事她得告诉胡兴才行。胡兴是个人精，自然知道该怎么做。

只是青沅刚走出院子，就看见个小丫鬟模样的人在院边的竹林旁边小声哭泣。青沅不由皱了皱眉。东家面前，最忌惮哭哭啼啼的，就是自己的娘老子死了，也只能躲在自己屋里没人的时候哭。昭明寺人多口杂的，什么事都可能发生。但不能是他们裴府的丫鬟丢人现眼。

她沉了脸，对跟着她的小厮道："去看看是谁在那里哭。"

小厮快步走了过去，不一会儿，领了那丫鬟过来，道："说是大太太屋里的白芷，奉命去厨房拿素心包子，结果包子早被人抢光。她怕交不了差，害怕大太太责罚，躲在这里哭呢！"

青沅眼底闪过一丝冷意，问那小丫鬟："是刚进府的吗？"

白芷犹豫着点了点头。

青沅吩咐小厮："去，请了大太太屋里的管事嬷嬷过来，让她把人领回去，好好地学学规矩。什么都不知道，居然就敢放出来走动，也不知道是心太大，还是觉得裴府的面子不是面子，随便踩了撕了都无所谓。"

小厮吓得瑟瑟发抖，匆匆应了声"是"，就一溜烟地往大太太住的静室跑去。

那白芷却被吓得呆住，半晌也没有回过神来。

青沅神色冷淡地看了白芷一眼，留了个小厮在那里看着白芷，自己扬长而去。

白芷这才打个寒战回了神，拉着那小厮的衣袖就两眼泪汪汪地道："小哥，求您教我，我哪里惹了姑娘不高兴了。"

那小厮到底年纪小，见白芷一双杏眼，楚楚可怜，不由低声道："大太太住的静室，跟这里一东一西的，你怎么跑到这里来哭？你知不知道这里是谁住的院子？都住了些什么人？不过几个包子，也值得你这么大惊小怪的。大太太要是真的要得急，让厨房再给做一笼好了。这么小的事，你居然就束手无策，也难怪青沅姑娘不喜欢了。青沅姑娘可是三老爷身边最得力的大丫鬟，三老爷吩咐事情，可是只管结果不看过程的。青沅姑娘刚刚到三老爷身边当差的时候，不知道遇到过多少事呢！就是我们，也跟着不知道受了多少教训。"

但反过头来想想，也学到了不少的东西。这也是三老爷身边服侍的人不管遇到什么事都不会随意哭泣的缘故。

白芷惊住了。这和她预料的不一样，也和大太太的乳娘杨婆子说的不一样。那她会不会被裴府发卖了？

想到这里，她咬了咬唇，觉得自己应该不会被卖了。

不管怎么说，她也是大太太的人，不看僧面看佛面，裴府不会这样对待大太太的。

可这些人也太欺负人了，大太太昨天就派了她到厨房里说了一声，让她今天从厨房里多带些素心大包，厨房里的人狗眼看人低，说什么被郁小姐全都要了去。

她想着家里的人还等着她的包子显摆呢，忍不住就在杨婆子面前哭了起来。

杨婆子气得不得了，出了主意让她在这里等着青沅出来就哭几声。还说，如果青沅给她出头，自然会带她去厨房让灶上的人重新给她做一笼包子。若是青沅不愿意给她出头，就让她自己乖乖听话回来。可现在青沅要让杨婆子来领她，她这桩差事是做对了呢，还是做错了呢？白芷心里七上八下的，手足无措。

青沅并不关心大太太的反应。

大老爷一房和三老爷表面上相安无事，实则已势同水火，而且这个水火还是大太太一厢情愿认为的。她作为三老爷屋里的人，就算是奉承大太太，大太太不仅不会领情，还会以为是三老爷亏欠大老爷的，是在讨好他们。她又何必把三老爷的脸面送给大太太搓磨呢？

青沅和胡兴商量着新鲜果子的事："正是万物复苏的季节，樱桃下了市，野菱角应该上市了吧？不管怎样，您想办法送些过来。三老爷回来了，我也好有个交代。"

"这是自然。"胡兴吓了一大跳的同时，心里隐隐有些自豪。他向来对郁家礼遇，可见这步棋是走对了。

"您就放心好了。"他向青沅保证，"除了几位老安人那里，就是郁小姐这里，谁都可以没有，却不会缺了郁小姐的。"

青沅却想了想，道："那也不必如此。郁小姐是晚辈，太厚待了，引起别人的注意也不好。"

胡兴笑道："我办事您还有什么不放心的！保证没人注意到，没人说三道四的。"

青沅满意地点了点头。胡兴是府里的三位总管之一，若是这点眼力和能力都没有，这总管的位置也该换人坐了。

她提了半篮子苹果回了郁棠那里，切了一碟新鲜的水果端了进去。

郁棠学的是柳公权，徐小姐学的是卫夫人。郁棠的字笔锋更锐利一些，徐小姐则柔和很多，但徐小姐明显比郁棠写得好。

青沅不动声色，把笔架挪到了她们中间，笑道："吃了水果再抄吧！不然等会儿这果子要黑了。"

徐小姐原本就是打发时间，现在有了其他的事，立刻就丢了笔，拉郁棠去吃苹果，还道："昨天那樱桃好吃！今天没有吗？我让阿福给你几块碎银子，派个小厮去买些回来。"

青沅一面亲自给两人端了茶，一面笑道："临安这边的樱桃都不大，偏酸。昨天那樱桃是从山东那边快马加鞭送过来的，个大，偏甜。我们没想到两位小姐都喜欢吃山东那边的樱桃。我这就吩咐下去，不过今天怕是来不了，要等上一两天。要不然派人先去买些本地的樱桃来？若是两位小姐觉得太酸了，可以加了冰糖或是蜂蜜做成果子酱冲水喝，也很好喝的。"

徐小姐不由高看青沅一眼，笑道："你这法子我们家也常用。你是什么时候进府的？跟着三老爷去过京城？"京城那边的气候干燥，风沙又多，水果不宜存放，通常都会做成果子酱吃。

青沅笑道："我家是世仆，五岁就进府了，先前是在老安人屋里服侍的，八岁的时候开始服侍三老爷。三老爷去京城的时候，我也跟着一道去了。"

也就是说，她最先进府，是在老安人屋里学的规矩，是真正的心腹世仆。徐小姐暗暗颔首。

郁棠也觉察到了青沅的与众不同，但她觉得自己不过是裴府的一个过客，青沅礼遇她，她也敬重青沅就好，其他的，都不必打探，知道多了也不是件好事。

三个人说说笑笑的，很快就到了午膳时分。

住在隔壁的杨三太太看着老神在在地坐在她对面喝茶的大太太，心里很是腻味。话已经说得很明白了，殷家人丁单薄，不管是儿子还是女儿都看得重，怎么也不可能把女儿嫁给裴绯做媳妇。裴家这位大太太是真不明白，还是揣着明白装糊涂？杨三太太已经不想和她说话了，更不想留了她午膳来硌硬自己。

她端了茶，笑道："我这边还要喝药，就不留您了。我们得了闲，再好好说说话。"

大太太非常失望。她以为杨三太太闭门谢客，一个人肯定很无聊，应该很欢迎她这个京中故旧上门的，没想到杨三太太还是和从前一样讨厌，说话句句带刺，两人硬是坐不到一张桌子上去。可次子的婚事，她是无论如何也要争取的，不能让裴家做主。只是可惜了她娘家没有和次子年纪相当的姑娘，不然她又何必舍近求远？

大太太也不是那没脸没皮的人，能坚持到现在都是一腔慈母心在支持着，如今被杨三太太这么赤裸裸地一拒绝，再也坚持不下去了。

她冷着脸起身告辞。杨三太太亲自送她出门。

出门却看见自己屋里的一个婆子拿了个青花大瓷盘在门口和人说话。看见杨三太太和裴大太太，两人立刻垂手恭立退到了一旁。

她们走过去也就算完了，偏偏大太太要表现一下自己的宽容大度，笑着问了句："你们这是在做什么呢？"

杨三太太屋里的婆子忙道："郁小姐那边送了一盘子素心大包过来，我正在给人道谢呢。"

大太太见那面生的婆子手里还提了个点心匣子，也没有放在心上，和杨三太太寒暄了几句，就回了自己住的静室。

谁知道进门刚刚坐下，就听见小丫鬟说杨婆子今天受了委屈。大太太眉头紧锁，叫了杨婆子过来问话。

杨婆子一副百忍成金的模样，温声道："也不是什么大事。您昨天不是说要赏白芷几个素心大包让她拿出去给她亲戚尝尝吗？今天她去拿包子，谁知道郁小姐那边觉得好吃，也多拿了一大盘子，就没她的份儿了。我就想去厨房让人多做一份。厨房那边从来没有遇到过这样的事，不知道如何是好。我想着也犯不着为了这样的事为难别人灶上的，我们以后还要吃别人做的饭菜呢，就跟他们交代了一声，让他们明天帮我们留一份，也算是把今天的事补全了。"

大太太就想到刚才看到的场景。她不由得冷笑，道："原来是要巴结杨三太太。也不知道这样巴结能讨了什么好去。"但她在裴府没有办法给别人任何好处，她心里却是更清楚了，就越发觉得日子艰难，一刻也过不下去了。

临安好歹是大太太的婆家，可杨婆子在这里可谓是人生地不熟，她儿子还留在杨家当差，多待一天就多难受一天，巴不得能早点回京城去。

她道："大公子什么时候去杭州城？"

临安裴氏一家独大，就算她把儿子叫过来帮裴彤和裴绯，她儿子也得有用武之地才行。但杭州就不同了。江南四大姓都有宗族在那里定居，裴家总不能一言堂，什么事都管着吧？

大太太笑道："不急。亲家舅爷过来了，特意把阿彤叫了过去，考了阿彤功课。他们家肯定很满意。就算我们不急着阿彤的举业，他们家也会着急的。"

要不然，她怎么会选了顾曦做儿媳妇，还是长子长媳！想当初，他们顾家连李端那样的都能瞧得上，更何况是她儿子。

"不过，阿彤毕竟年纪小，人情来往上不怎么上心。"大太太沉吟道，"你去备些礼品，让阿彤有事没事的时候多去亲家舅爷那边走动走动。我们家这位亲家舅爷，可不是个普通的读书人。大老爷在世的时候就曾经不止一次地夸奖过他，还说我们家是没有姑娘家，不然肯定要想办法嫁给他的。"说到这里，她想到当时丈夫和她说话时的情景，不禁笑了笑。

杨婆子无比唏嘘。如果大老爷还活着，大太太哪儿用操这些心？可大老爷的病也来得太突然了，说去就去，连句话都没来得及交代……她低下头，悄悄擦了擦眼角。

大太太这个时候正视起郁棠来。她问杨婆子："那位郁小姐什么来头？我要是没有记错，顾小姐还特意在我面前提过她。"

杨婆子因为素心大包的事早就打听过郁棠了，知道她出身寒微，所以才敢在大太太面前告这个状。闻言忙将她知道的都告诉了大太太："……因父亲是个秀才，和佟大掌柜有私交，三老爷见过几次，让她来府里陪伴老安人……和几位小姐也玩得到一块儿去，还弄了个什么香方，给了苦庵寺做佛香……这次讲经会，他们家也跟着出了回风头……"

在大太太看来，郁棠就是个打秋风的。她不屑地道："不用管她。这种人我见得多了，玩些小伎俩，就以为自己能把别人都玩弄于股掌之间了，到时候连自己怎么死的都不知道。当务之急是想办法让阿彤得了顾朝阳的青睐，其他的事，以后再说。"

在裴府住着她们也是长夜漫漫,无事的时候多,什么时候没事了,再去收拾那些不长眼的人也不迟。

杨婆子垂目应"是",大太太开始和她商量送什么礼物给顾朝阳好。

中午,顾曦和武小姐一起用了午膳,绕道从郁棠门前经过。

大红的如意门双扉紧闭,粉色的紫藤从墙上垂下来,风轻轻吹过,发出窸窸窣窣的声音,静谧中透着几分甜美,美得像幅画。

顾曦站了一会儿,这才去了徐小姐那里。谁知道徐小姐不在家,在郁棠那里。她不好多留,更不想见郁棠,索性回了自己屋里。

下午,她到法堂的时候二太太正在和裴老安人说话。她笑盈盈地上前问安。

裴老安人心情很好的样子,笑着让小丫鬟抓了把瓜子给她,继续听二太太说话:"我也跟着试了试,手艺是真心不错。郁小姐说,晚上去给您请安的时候,想把史婆子也带过去。我倒觉得不错。"

"那就带过来。"裴老安人笑呵呵的,和身边的几位老安人道,"若是真不错,时常招她到府上也不错。"几位老安人也都笑着点头。

几位老安人说得热闹,顾曦花了好一会儿时间才弄明白发生了什么事。

原来郁棠晕倒之后,裴家给请了个擅长艾灸的医婆给郁棠艾灸,结果这个医婆不仅会艾灸,还会按摩,就把按摩的手艺推荐给了郁棠,被二太太知道后,又推荐给了几位老安人。

顾曦不由皱眉。等到宋家的两位小姐来后,她状似无意地和宋家两位小姐说起这件事来,还笑着道:"我从前只针灸过,还没有按摩过。听裴二太太说得那么有意思,我都想去试试了。你们要和我一起吗?"

宋六小姐果然如她所料的那样一听就跳了起来,道:"寒门小户出身的就是没有规矩。那些医婆走乡串户的,最最喜欢东家长西家短,搬弄是非的。这样的人谁家不是避之唯恐不及。只有她,还向二太太推荐,还要引荐到几位老安人面前。要是出了事,她担待得起吗?不行,我得去跟几位老安人说说。不能让她胡来,乱了裴家的家风。"

宋七小姐一把拽住了宋六小姐,看着顾曦却对宋六小姐道:"几位老安人吃过的盐比我们走过的路还多,那医婆是怎样的人,要不要叫到府里来,自有主张。你一个没有出阁的小姑娘,懂什么?何况这是人裴家的事。裴家的家风如何,岂是我们宋家可以置喙的?我看,你还是少安毋躁,看看几位老安人怎么办事的再说好了。"

宋六小姐听不进去,宋七小姐发了狠心,不管不顾地把她拉到了宋四太太面前,将她交给了宋四太太。

宋四太太知道了前因后果,气得直发抖。吩咐身边的婆子把她看管起来,禁了足。

顾曦没有想到宋四太太这样果断,她愣了一会儿,和武小姐低声说起这件事,感慨道:"也不知道是裴府的谁帮着郁小姐请的医婆?她和裴家的人,可真是结了缘。就这样,大家还一心护着她呢!"

　　武小姐明知道顾曦这是想借她的手去查是谁在照顾郁棠,还是忍不住去查了。这件事裴家并没有隐瞒,一查一个准。武小姐的牙都要咬碎了,觉得她如果想嫁给裴宴,郁棠就是个隐患。不说别的,她们俩都是那种相貌美艳之人,只不过她不笑也带着几分冷傲,郁棠是一笑起来特别妩媚,一个像牡丹,一个像芍药。

　　她决定把这件事告诉武大老爷,让武大老爷给她拿个主意。

　　顾曦知道了医婆是裴宴给郁棠请的,心里拔凉拔凉的。等知道她中午去拜访徐小姐不成,就是因为徐小姐去了郁棠那里,试了试那医婆的按摩手艺,还向杨三太太推荐之事,她心里就更不痛快了。

　　为什么郁棠总是要和她作对?她们俩就不能和平共处?

　　顾曦仔细地回忆了自己自从认识郁棠后的所作所为,觉得自己没有半点对不起郁棠的地方,反倒是郁棠,总是在不经意间坏了她的好事。当然,以她的人生阅历来看,她从来不相信有人会"不经意"地坏她的好事。一时间,她甚至生出一种和郁棠势不两立的仇恨来。

　　她一整个下午都要在法堂安静地听无能大师讲经,心里却想着怎么让郁棠在裴家人面前狠狠地丢个脸才行。至少要让裴家的人知道,郁棠也不是什么好东西!

　　郁棠下午却过得很高兴。徐小姐被史婆子拖住了,安静了两个时辰,自己居然把给裴宴抄的经书抄完了。

　　望着整齐的簪花小楷,她非常满意,连带着对徐小姐也前所未有地耐心起来,问她:"你明天想做什么?我明天去见了住持大师之后就没有什么事了!"

　　她不知道裴宴出去几天,她想在裴宴回来之前把法事做完了。这样,只要裴宴不特意问起,就不会知道她做了些什么了。

　　徐小姐有点心虚。裴宴不过是顺手照顾了下生病的郁棠,郁棠都很感激地给裴宴抄了经书,求菩萨保佑裴宴福禄寿喜。她出京前殷明远悄悄地给了她五千两银票,她都没心没肺地拿了就走。想一想,殷家虽然有钱,可管得也严。五千两银票,是殷明远五年的零花钱了。她暗暗擦了擦汗,道:"明天上午我和你一块去找住持师父,我今天晚上无论如何也要把给殷明远抄的经书抄好了。"

　　郁棠并不相信,抿了嘴笑。

　　两人又在一起用了晚膳,一起去给裴老安人问安。

　　裴老安人拉着两人说起史婆子按摩的事暂且不提。接下来的几天,郁棠和徐小姐形影不离地,一块儿去找了住持大师,一块儿做了场小法事。就是郁文找了个机会来探望郁棠,徐小姐都没有回避,按着通家之好的礼仪给郁文行了大礼,把郁文喜得私底下直和陈氏道:"看见没有,这才是大家闺秀的模样儿。你让阿棠多跟徐小姐学学。"并叮嘱陈氏:"人敬我一尺,我敬人一丈。徐小姐那里,你可得把她当亲侄女看待。有什么好吃好玩的，有阿棠的一份就给她送一份去。人家虽然不稀罕，可我们要尽到我们的心意。"

陈氏听了哭笑不得，把郁文推出了门："你以为是你脸大啊？人家徐小姐还不是看在阿棠的份儿上！"

郁文嘿嘿嘿地笑着走了。

顾曦倒是想找找郁棠的麻烦，可惜郁棠并不参加法堂那边的活动，弄得顾曦就算想了好几个主意却一直都没有机会实施。

这样过了个四五天，曲氏兄弟回来了，让阿苕带着，送了封信过来。

郁棠不好盯着人瞧，找了个借口回了自己的厢房。

徐小姐拿着信匆匆去了杨三太太那里。杨三太太看着信，神色越来越冷峻。

坐在对面的徐小姐正眼巴巴地望着杨三太太，见状忙问信上都写了些什么。

杨三太太道："你殷二哥让我们别胡乱猜测，既然到了裴家，就大大方方地和裴家的女眷来往就是了。至于我们担心的事，他都知道了。殷家和裴家也算是世交，有些事已经不能分彼此了，是一荣俱荣，一损俱损的格局。"说完，她叹了口气，"你殷二哥说，他过几天会想办法去趟杭州城，让我们也去杭州城和他碰面，他有书信让我们带回京城。"

徐小姐不解，道："我们家什么时候就和裴家成了一荣俱荣，一损俱损的关系了？我怎么从来没有听家里的长辈说过？"

那是因为你那个时候还没有决定是否嫁到殷家来。只是这话杨三太太不好说，只能安抚她道："我从前也不知道啊！裴家和殷家从前过年的时候都没送过年节礼的。"

这话她倒没有骗徐小姐。裴家和殷家到底是怎样的交情，她也不是很清楚。估计这是宗主之间的事。殷家这一代的宗主是徐小姐口中的殷二哥殷浩。

徐小姐的注意力被转移了，她很好奇裴家和殷家的关系，对见殷浩充满了期待。见到郁棠的时候，她不由怂恿着郁棠和她一块儿去杭州城："到时候殷二哥也会悄悄地过去，你就不想知道裴遐光在捣什么鬼吗？"

郁棠觉得这是裴家的隐私，她应该主动规避才是。

徐小姐则开始耍无赖，拉着她的衣袖不放："去呗！去呗！杭州城多好玩啊！我还没有去过呢！说不定我这一辈子就只能有这一次机会去杭州城，你以后也只能去京城的时候才能见到我。我们玩得这么好，没有点值得回忆和留恋的事岂不是遗憾？"

郁棠有点心动，但她不想再麻烦裴家的人，而且这件事她还得和陈氏、郁文商量。

"让我仔细想想。"郁棠拖延道，"若是能去，我肯定和你们一起去。"还可以让她姆妈也跟着去玩一趟。

欲速则不达。徐小姐没有揪着她立刻就做决定，和她说起曲氏兄弟来："你推荐的这两个人还挺靠谱的。不过，你了解他们吗？"

郁棠不知道发生了什么事。

徐小姐告诉她："他们俩想随着我去京城，还问殷家要不要人，两人愿意卖身为仆。"

郁棠非常惊讶。

梦中，曲氏兄弟桀骜不驯，很多比他们厉害的帮派人物都没能收服他们。不过，今非昔比，不管是殷家还是徐家，都是当朝赫赫有名的豪门世家，比裴氏还有名。能投靠这样的家族做世仆，肯定比自己单打独斗要好得多。

她道："具体的，我也不是太清楚。如果你有这个心，恐怕得自己去仔细查查他们的底细。"环境变了，人也会跟着变的，她现在不敢担保任何的事，哪怕是梦中非常熟悉和了解的人和事。

徐小姐道："我们家倒不需要。不过，殷家的人不多。我问问殷二哥再说。"

殷二哥治下有个漕运总督衙门，有个两淮盐运使衙门的淮安知府，那就不是个普通人。有他帮着拿主意，肯定更有保障。

郁棠连连点头。

要去杭州城的裴宴，望着从京城飞鸽传书过来的纸条，神色晦涩不明。

彭屿老老实实地待在都察院没什么动静，倒是因为他的一张纸条，张家去查彭屿的时候却无意间发现了孙皋的小动作。

他们一直以为高邮的案子只是为了掩饰三皇子案子的，没想到，孙皋却是真的准备利用高邮的案子制造一场官场地震，把当朝首辅沈大人给拉下马。

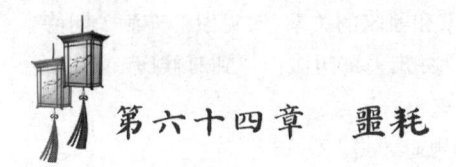

第六十四章 噩耗

和裴宴一起去杭州城的还有周子衿。

周子衿和张家的关系非常不错。

他的父亲曾经和张英是同科和同僚，后来张英因为废立皇后之事得罪了皇上，是周子衿的父亲帮他多方奔走，才没有被贬到琼州去钓鱼。张英被人诬告没办法自证清白的时候，也是周子衿的父亲出面帮他背了锅，还因此被贬为民，永不录用。可以说，张英有今天，有周子衿父亲的一半功劳。

好在周子衿的父亲胸襟豁达，周家又是几代巨富，他无心仕途，被贬官之后不仅没有颓废，反而觉得从此以后海阔天空，任他遨游，逍遥自在得很，用了二十年时间走遍了大江南北，虽然比张英大三岁，却像年轻人的身体，如今正指使着几个孙子写游侠传，准备著书立说，做名留青史的鸿儒。

这也是周子衿和裴宴的关系非常密切的缘故之一。他们原本就属于同一方势力。裴宴若是有什么事也不会特意瞒着周子衿。特别是周子衿三教九流无所不交，和那王七保也是好友，杭州之行他要跟着来，裴宴肯定不会拒绝。

周子衿看了纸条上的内容，也不由叹气，道："他要干什么？人家沈大人每天战战兢兢地和稀泥，就是想平平安安地致仕。我看他就是柿子拣软的捏，别到时候阴沟里翻船就好。"

裴宴挑了挑眉。当初沈大人能上位，是因为黎训和江华争得太厉害了，惹怒了皇上，皇上干脆让资历最深却能力最弱的沈大人做了首辅，也算是一种制衡了。

周子衿道："能做首辅的人，谁没有两把刷子？就算是把别人都熬死了升的职，那也是一桩本事啊！别的不说，肯定虚怀若谷，不然怎么能受得了那些闲气？要知道，能受气，还不生气，可不是人人都能做得到的。"

这点裴宴同意。他想了想，道："那这件事，我们该怎么办好？"裴宴不是没有主意，只是这件事涉及张家，张英是什么态度他们都不知道，他怎么好帮张家做决定？

周子衿叹道："怎么也要给沈大人去报个信。说起来，沈大人这个人挺不错的。我从前在翰林院的时候，也曾受过他老人家的庇护。再就高邮的事，原本就是为了掩饰三皇子案，孙皋要是这个时候把这件事给捅了出来，他准备怎么收场？他就不怕惹怒了皇上？或者，他还有什么后手？"

裴宴也百思不得其解，但他有个颇为让人意想不到的主意。他笑道："要不，我们请了顾朝阳过来？他们师门的事，还是让他们师门自己人解决的好。"

顾朝阳也是运气不好，偏偏摊上了孙皋这样一个师座。他一直以来都想和孙皋保持距离，可惜都没能成功。说不定这一次顾朝阳真能借着高邮的案子抽身。

周子衿知道裴宴在暗示什么，他咧了嘴笑，朝着裴宴眨了眨眼睛，颇有些唯恐天下不乱地道："我觉得这个主意好！我们还可以趁着这个机会把锅丢到顾朝阳身上。让别人以为孙皋他们自己窝里斗。"说到这里，他想到了裴宴那"神仙"般的操作，忙道："你给我说实话，你怎么就想到彭屿会盯着师兄的位置？我想来想去，也想不通。要说彭屿盯着别人的位置，我相信。可师兄，是张家的嫡子嫡孙，张世伯如今还龙马精神的，他就不怕张家的人反击？何况前些日子彭屿还曾登门拜访张世伯，想为自己的长子求娶张家的姑娘……"

如果没有郁棠的那个"梦"，裴宴觉得自己做梦都想不到。可这种事他怎么好向周子衿说明。他不怕自己被人非议，却不想郁棠被人另眼相看。裴宴含含糊糊地道："我就是觉得彭家的举动有点奇怪，防患于未然而已。也算是阴差阳错，发现了孙皋的举动。"

周子衿没有多想。有时候，有些人的直觉比什么推测、预见都要厉害。裴宴又是个老谋深算之人，他的直觉肯定比其他人都强。

周子衿是个"人来疯"，没事都要弄出点事来，难得裴宴算计人，他顿时激动起来，自告奋勇地拍胸道："我这就给顾朝阳写封信，把他弄来杭州。"

有周子衿帮忙，事情就更稳妥了。

裴宴点头，说起王七保的事来："我看他是为了二皇子而来的。钱倒是小事，主要是想看看江南各大世家是什么意思。我觉得还是应该像恩师说的那样，保持中立。管他谁做皇帝，只要不损害我们的利益就行了。"随后他冲着周子衿若有所指地笑了笑："孙皋这个时候跳出来是件好事。顾朝阳不是说他手里有些证据吗？不管是真是假，我觉得我们应该把这件事推到孙皋的身上去。他这几年蹦跶得挺让人烦心的。"

周子衿笑眯眯地道："你和我想到一块儿去了。等会儿你去见王七保的时候，我就不跟着去了，你趁机好好地和他谈谈心，看他到底要干什么，我们直接承诺帮他干好了，也免得把他赶到广州去。陶清不是在临安吗？我给顾朝阳写信，你给陶清写信，我负责孙皋，你负责王七保，快点把这件事给了结了。今年张世伯六十五岁寿诞，我爹准备和我一起进京，我还得伺候老爷子进京呢！别弄得我们全陷在这件事里了。"

张英的寿诞在十二月。裴宴和周子衿又商量了一些细节，各自回屋忙去了。谁知道一夜醒来就变了天。江西那边八百里加急送信过来，说张绍去九江巡查春耕的时候，不幸落水溺亡。

裴宴披衣靠坐在床头，半晌都没有回过神来。怎么会这样？张绍是张英的长子，是张家的继承人。人肯定会有一死，但裴宴从来没有想过张绍会这样去世。

"张大人真是落水溺亡？"裴宴睁大了眼睛，把信又从头到尾仔细地看了一遍，问拿信进来的裴柒。

裴柒知道事关重大，神色绷得紧紧的，道："我仔细问过了，真的是意外。原本没准备走九江那段路的，是张大人临时决定过去的，同时落水的还有张大人的师爷。九江知府都吓傻了，和幕僚商量了一夜，都不知道怎么跟张老大人交代，先给您和江大人写了信……"

裴宴是关门弟子，像小儿子，最受宠。江华是张英目前仕途走得最好的弟子，像长子。九江知府在没有办法的情况下，当然是希望这两个人能出面帮他担担子。

裴宴又把那封信读了一遍，脑子里"嗡"的一声才炸开。郁小姐之前说的有关江西巡抚的话，现在全都有可能对上了。若是平时，彭屿肯定不敢挖张家的墙脚。可现在，张绍突然去世，江西巡抚的位置空了出来，大家肯定是群起而攻之，想方设法地要得到这个位置。

如果没有郁小姐的示警，恩师老年丧子，他们这些做师兄或是师弟的，肯定忙着去安慰活着的，忙着给张绍送葬，忙着安排张绍的身后事，哪里有精力去管谁接手了江西巡抚？而且在张家人与他眼中，江西巡抚固然重要，可还没有重要到非要安排自己人的地步。

仕途诡谲，铁打的衙门流水的官员，谁坐什么位置，也有运气在里面。但照着郁小姐说的，因为彭屿做了江西巡抚，李家和李家的姻亲林家都在江西买了田庄，跟着裴家做起了粮食生意。这等同于裴家开山，他们跟着收粮。如果两家关系好也就罢了，在李家一直都想取裴家而代之的情况下，裴家还带着他们家发财，裴宴自认自己没有这么好的脾气和胸襟。他突然有点理解郁棠为何盯着李家不放手的心情了。

裴宴趿着鞋在内室来回地走着。不能让事态继续这样发展下去。难怪郁棠的梦里李端能重振家业，彭家成为了福建第一大世家。彭屿做了江西巡抚，就有资格角逐六部侍郎，就有可能拜相入阁。江南的资源只有这么多，彭家占得多了，他们就会占得少。还有市舶司。彭家就有可能影响到最终撤销哪个市舶司。若是保留了泉州的那个市舶司，他们现在做的事就全都付之东流了。

裴宴叫了小厮服侍自己穿衣服，把手中的信交给了裴柒："给周状元看。让他到我这边来用早膳。"

裴柒一溜烟地跑了。

裴宴抬头，看见房间蓝绿色大梁上用金粉勾勒的文珠兰和地涌金莲。他走到梁下。难道真的是菩萨保佑？！他们家请了高僧到昭明寺讲经，然后郁小姐就做了那个梦。菩萨这是在借郁小姐之口暗示他未来的事吗？也就是说，二皇子才是真命天子。他仔细地回忆着郁棠告诉他的那些话。

裴宴突然感觉到心慌气短。按郁小姐的说法，彭十一要杀她！念头一闪而过，他胸口像压着块大石头。

"阿柒，阿柒！"裴宴大声叫着裴柒的名字。

赵振快步走了进来，道："阿柒去了周状元那里。您有什么吩咐，我能办吗？"

赵振和裴柒都是跟着赵振父亲学的武艺，单凭武艺，赵振当然胜过裴柒，可这不是仅凭武力就能解决的事啊！

彭十一和郁小姐若不是因为讲经会，永远都不可能认识。而彭十一也只有在讲经会期间才有可能接触到郁小姐。那，郁小姐这个时候岂不是最危险的时候？而他嘴里说着相信郁小姐，实际上心里却是不以为然的，否则根本不会不把郁小姐的话放在心上。所以，现在郁小姐因为他，此时正受身于危险之中！

裴宴一想到了郁棠现在的处境，马上就觉得心里发慌，手心里直冒汗。不行！他得想办法把彭十一和郁小姐隔得远远的才行。且彭家有权有势，行事又不是很讲究的人家,若真的有心算计郁小姐,郁小姐哪里有自保的能力……最好的办法,还是得把人放在自己眼皮子底下才行。

裴宴又开始在屋里来回地踱步,并对赵振道:"你去把裴柒叫回来,就说我有要紧的事让他马上去办。"

赵振摸了摸头。裴宴是个非常果敢的人,说出去的话那可是有一句算一句的,从来不曾像现在这样地反复。三老爷这是怎么了?他不解,但还是恭顺地去找裴柒。

周子衿看到裴柒送过来的信吓了一身的冷汗,顾不得换件衣服,紧紧地捏着那封信,趿着鞋就往裴宴那里赶。

两拨人在半路上相遇,周子衿没等赵振说话就已强势地吩咐他:"你立刻去给我准备车马,我要到京城去!"

张家出了这样的大事,肯定乱成了一锅粥,他得帮着去搭把手,如果有必要,他去江西迎了张绍的棺椁回京。张绍的长子今年才七岁,还是个懵懵懂懂什么也不懂的孩子呢!念头在周子衿的脑海里闪过,他的眼角就湿润了。

等他见到裴宴的时候,立刻直言不讳地道:"遐光,这到底是怎么一回事?你打听彭屿,是不是早就有所察觉,只是没有证据,不好说什么?还有张老大人那里,你要和我一起去趟京城吗?"

裴宴离开京城的时候就曾暗暗发誓,此生都不再踏入京城一步。他垂了眼睑。

周子衿明白过来。他苦笑道:"让你回去的确是为难你。不过张老大人最喜欢你,你给张老大人写封信吧,我进京的时候带过去。"

裴宴徐徐地点了点头,吩咐赵振去跟舒青说一声,让他代替自己跟着周子衿一起进京去慰问张老大人,留在那里搭把手,等到张绍的五七过了再回来。

赵振应声而去,还没有走出房门,又被裴宴叫了回来,他犹豫了半晌,道:"你也跟着舒青一起去京城好了,帮我探探李端的消息。"

李家的官司还没有结束,他和弟弟李竣还留在京中为李意打点。裴宴心中很是不安。郁棠在梦中是因为彭十一和李端发生了争执,这才起心杀人的,那李端肯定也在场。他需要确定李端现在在哪里才行!

裴宴吩咐裴柒:"你回趟昭明寺,看看彭十一在干什么,然后想办法把郁小姐带到杭州城来。"

这样一来,裴宴身边就没有人了。

舒青等人俱是愕然。

周子衿则面色微愠地厉声道:"这都什么时候了,你居然还有心思请了郁小姐过来。"这话就说得有点严重了。轻则影响郁小姐的声誉,重则会让人觉得他和郁小姐之间有什么暧昧的关系。

裴宴的脸色很不好看,道:"周兄,麻烦你说话注意一点。我是那种不知道轻重的人吗?我不仅觉得彭屿那边不妥当,而且还觉得郁小姐会有危险。我没办法向你解释为何如此，但彭屿那边的事很快就能验证了，我现在很担心郁小姐。"

周子衿没有怀疑裴宴。如果裴宴早知道张绍会出事，他肯定会想尽一切办法救张绍的。他平时大大咧咧的，但该认错的时候也不含糊。

裴宴觉得自己现在一边是郁棠，一边是张府，两边都让他心焦，他平生第一次生出力不从心之感来。"周兄要带些什么进京吗？我这就让人去准备。"他只想早点解决了张府的事，再一心一意地去解决郁小姐的危机。

周子衿摇头，道："缺什么去了京城再添置好了。你这边备好了马车，我就准备启程了。"

裴宴颔首，让赵振走时去佟二掌柜那里拿一万两银票给周子衿，道："京城那边还不知道是怎样一番光景，多带点银子总归是没有错。"

周子衿相信裴宴，他恨上了彭家，觉得彭家这是欺负张家没人，在落井下石。他冷哼道："遐光，一事不烦二主。我先从你这儿拿五万两银子。江西巡抚这个位置，绝不能给了彭家。"

这正合裴宴之意。

他让赵振去拿银票，低声和周子衿道："为着张师兄，我在江西买了个田庄。张师兄的意思，是到时候拿粮食去换盐引。我在那边丢了二十万两银子，不想被别人捡了便宜。"

周子衿正常起来的时候比谁都能干，要不然他也没这资本到处嘴炮了。他眯了眯眼睛，根本不相信张绍是失足落水，阴恻恻地道："你放心，江西巡抚不管谁来坐，也轮不到彭家的人或是孙皋的人。"

周子衿办事，裴宴还是放心的。他道："顾朝阳那边，就看我的了。"

周子衿"嗯"了一声，拿了银票，和赵振走了。

裴柒那边，听了裴宴的吩咐，急急去了昭明寺。顾朝阳等人正在接待魏三福，裴柒就先去了郁棠那里。

郁棠看了信很是诧异，半晌都没有说话。裴柒因为要去给顾朝阳送信，朝着青沅直使眼色，青沅没有办法，大着胆子上前，笑着问郁棠"三老爷都说了些什么？有没有什么事要我去做的？"郁棠这才"啊"了一声收了信，心不在焉地道："也没什么。三老爷让我去杭州城，这边讲经会还没有结束，我还得跟我姆妈说一声……"眉宇间，带着几分愁。

裴宴说担心她的安危，让她到杭州城去。她相信裴宴不会无的放矢，可她怎么跟父亲和姆妈说？正愁着，她突然想到了徐小姐。或许，和徐小姐一道去？

她问裴柒："三老爷说了让我什么时候去吗？"

裴柒忙道："让您越快越好。"

郁棠又问："三老爷可曾有其他的吩咐？"

裴柒道："让我去看看彭十一爷这些日子都在做些什么，若是彭十一爷还在临安，就打发他回去。"

裴宴这是证实了她的"梦"吗？所以担心她的安危，要她去他身边待着吗？郁棠抿了抿嘴。只有她知道梦中发生了什么，她并不担心自己的安危，想要避开李端的方法太多了。她更关心的是彭家做了什么手脚，让裴宴觉得她此时的处境很危险。她好不容易活到现在，很珍惜自己的机会。

郁棠想了想，决定去找徐小姐，问她什么时候去杭州城："我也好些日子没去了，想和你们一起去。"

徐小姐喜出望外，道："你能去杭州城了？那你想不想早点过去？这边的讲经会又没有什么看头，宋家的那位六小姐还天天在眼前晃悠，让人一想就觉得烦心。我这就去跟三太太说去，我们早点去杭州城。"

郁棠答应了，求徐小姐道："若是我姆妈问起，你就说是你邀我去的。"

徐小姐做这种事轻车熟路，她笑盈盈地朝郁棠点头，拍着胸道："看我的。"

郁棠这才去禀了父母。郁文觉得这没什么，陈氏却觉得有些不凑巧。

这次吴家和卫家受了郁家的恩惠，对郁家更加热情了。陈氏就想趁着这个机会给女儿找门合适的婚事，她还想等着郁棠好了带她到处走走。这要是去了杭州，不知道什么时候再有这样的机会了。但最终陈氏还是没有别得过郁文。郁文大手一挥，给了郁棠五十两银子。

陈氏哭笑不得。

那边徐小姐和杨三太太吵着要和郁棠一起去杭州城逛逛："这边的东西都没有什么好买的，裴家大太太天天和你谈心，我看着都烦了。正好裴遐光也在杭州，殷二哥到了杭州，肯定是要去见裴遐光。裴遐光这个家伙走到哪儿都不让自己吃亏，我们可以跟殷二哥去蹭他家的饭。"

杨三太太觉得她说的很有道理，决定和郁棠一起下山。

郁棠去向裴老安人辞行。裴老安人奇道："没说让你去有什么事吗？"

郁棠估计是裴宴觉得昭明寺人多口杂，怕她出了什么意外，想把人放到自己的眼皮子底下才能安心。

她耳朵发烧，觉得不好向裴老安人解释，只好道："只说是急事，不知道是什么急事。"

"那你快去！"裴老安人估摸着这个时候裴宴应该已经去拜访过王七保了，说不定叫了郁棠过去真的有什么事也不一定。

杨三太太烦裴大太太，听了徐小姐的话，决定提前离开临安。徐小姐和杨三太太也跟着来向裴老安人辞行。

裴老安人很想留杨三太太在临安玩几天，杨三太太却借口去杭州城还有事要办，这次就不在临安多留了。便催着郁棠快去，让二太太亲送了她和徐小姐、杨三太太坐车。

不过半个时辰，法堂的东殿的女眷就都知道了郁棠陪徐小姐她们去了杭州城。

武小姐松了一口气，悄声对顾曦道："她这样吃着碗里看着锅里的，就不怕得罪了裴家的人，回头徐小姐又回了京城，两头不着实？"

顾曦看了武小姐一眼，没有吭声，心里却把武小姐骂了个狗血淋头。裴宴也在杭州城，谁知道郁棠是陪徐小姐和杨三太太去的，还是去"偶遇"裴宴的？但不管是前者还是后者，都让她心里非常不舒服。这个郁棠，上蹿下跳，也挺厉害的。她这是想嫁到裴家来吧？不过，也有点不知道天高地厚。妻和妾那可是有着天壤之别的。只盼着到时候她别哭就是了。

顾曦心里腹诽着，郁棠和徐小姐、杨三太太由裴柒护送着，已经回到了临安城。

郁棠想着约了徐小姐和杨三太太到家里去住一晚，明天早上再坐船去杭州城。

陪她们下山的胡兴忙笑眯眯地上前给郁棠行了个礼，道："小姐不必如此麻烦。船已经准备好了，就停在苕溪码头。这个时候上船，睡一夜，明天清早就到杭州城了，一点也不耽搁。"

这才是豪门大户正确的出行模式。郁棠脸微红。

徐小姐给她解围，笑道："知道你是想请我们去家里做客，只是我怕殷二哥已经在杭州城等着我们了。这次就算了，等我们下次来临安，一定要叨扰你几天，你到时候别烦我们就是了。"

郁棠连声说着"不敢"，过家门而不入，随着裴府的骡车到了码头，裴家的小厮们一拥而上，帮着她们搬卸箱笼，郁棠则由青沅搀着进了船舱。

裴家派出的是一艘有七个船舱的船，在临安算得上是数一数二的大船了，但郁棠去过杭州城，在那边看到过比这更大的船，也就没有东张西望，直接去了安排给她的船舱。

青萍和青莲给郁棠打了水进来，双桃伸手去接，却被青萍避开，笑道："双桃姐姐也下去歇了吧，这里我和青莲先服侍着，晚上双桃姐姐再陪着小姐好了。"

七个船舱都是套间，有一个大房间，一个小房间，一个储物间。小房间是郁棠的房间，大房间则是会客间，守值的丫鬟住在小房间的床榻上或是会客间的罗汉床上，平时则在二层的船舱里休憩。

双桃觉得自己这些日子都没做什么事，笑道："要不我来服侍小姐，你们谁先去歇了？"

青萍就笑道："双桃姐姐是小姐身边的人，小姐第一次在船上过夜，身边有个相熟的更好。"

双桃汗颜。郁家没有这么多讲究，郁棠也没有享受过这样的照顾。但她觉得青萍说的有道理，没有客气，对青萍和青莲道了声"那就辛苦你们了"，就下去歇了。

青萍和青莲服侍郁棠更了衣，青沅就进来禀道："晚上做了八宝鸭、清蒸鱼、瑶柱汤，炒了两个时蔬，一个甜品，晚上的宵夜是小馄饨，小姐看看还有没有什么添减的？是各自在屋里用膳还是和徐小姐、杨三太太一起。"

大家赶路都有些累了，郁棠笑道："我准备在自己房里用晚膳，你看徐小姐和杨三太太的意思，再做安排好了。"

她发现青沅非常擅长处理人际关系，她只要告诉青沅自己要做什么，青沅都能把细节做好。就像这次，她说想在自己屋里用晚膳，青沅就会客气又不失礼地把她的意思传递给徐小姐和杨三太太，让她们觉得大家各自在各自的房间里用膳才是最好的。这样的才能就是一些当家主母也未必有青沅厉害。可见厉害的人才都去了像裴府这样的大家大族。当然，培养出这样一个大丫鬟，也是很花心血的。

青沅笑着应声而去。

郁棠晚上没有再用宵夜，躺在摇摇晃晃的船舱里，第二天一早就到了杭州城。

来接她们的是佟二掌柜。郁棠立刻上前和佟二掌柜打招呼。

佟二掌柜看到她也很亲切，笑着夸她"长大了"，越来越像郁文了。

郁棠道了谢。

佟二掌柜去给徐小姐和杨三太太问了好，带着他们往梅家桥去。

郁棠悄声问青沅："为何要住在梅家桥？"裴家在杭州也有自己的宅子，梅家桥的宅子是裴宴的私宅。

青沅也不知道，道："等我见到裴柒问问他。不过，梅家桥那边的宅子景致很好，种了很多梅树。钱老太爷在的时候，常在那里招待京城来的大官，还被京城那边的人评为江南十大宅院。后来钱老太爷驾鹤仙去，梅家桥那边的宅子也空了出来，好多年都没有招待过客人了。小姐这次能去，正好可以去瞧瞧，也算是不虚此行了！"

郁棠连连点头。

青沅就告诉她："三老爷在梅家桥这边的宅子以花木扶疏出名；清波门那边的宅子，则以湖光夜景出名；凤凰山那边的别院，山色翠叠最好看了。不像裴家在杭州城的老宅，就在小河御街，出行虽然方便，但没有什么特色。"

郁棠有些奇怪。裴宴不是不喜欢花草的吗？难道因为她们是女眷，所以才会把她们安排在梅家桥住？可到了梅家桥，她还没有来得及仔细打量那座占了半条街的宅子，就看见了裴宴。

他站在宅子的大门口，穿了件月白色杭绸竹叶暗纹的直裰，缀了天青碧色的荷包，眉目英挺，身姿笔直，静静地站在那里，美好得如一幅画。他这是……在这里等她吗……郁棠心中发热，感觉脸上也火辣辣的。

裴柒忙朝裴宴跑了过去，在他耳边低语了几句。

裴宴就走了过来，朝着刚下马车的杨三太太行了个礼，道："没想到这么巧。我正要去见王公公，只能等我从王公公那里回来，再给您洗尘了。"说完，这才看了郁棠一眼。

郁棠尴尬得都想钻到地缝里去了，想着还好自己在梦境中经历较多，不然自家肯定会把持不住表露出真实的想法来。

她低下了头。杨三太太带着徐小姐给裴宴行了个福礼。郁棠也跟着行了个礼。

杨三太太这才笑盈盈地道:"我原说就在杭州城里找家客栈歇下,老安人不答应,却之不恭,打扰您了!"

"您客气了。"裴宴和杨三太太、徐小姐、郁棠寒暄了几句"安心住下"之类的话,说和王七保约的时候快到了,坐上马车走了。

徐小姐立刻活泼了不少,挽了郁棠的胳膊,道:"我们住一块儿好了。这宅子一看就很大,若是住得太远了,连个说话的人都没有。"

到了陌生的地方,当然是有做伴的更好。她笑着应了。

佟二掌柜带着她们去了待客的跨院。

郁棠准备和徐小姐住一块儿,谁知道佟二掌柜却说这边早给郁棠安排好住处了。虽说就在徐小姐住的院子的隔壁,但却是个五阔正房的院子,她觉得有些空旷。

青沅却觉得正好,还指了东、西两边三间的厢房道:"这边做了书房,那边给双桃姐姐和当值的住着,您有些东西还得放在后面的倒座呢,我瞧着还有点小。"

郁棠哭笑不得,道:"我们只是临时住几天。"

青沅道:"那也不能委屈了自己啊!"

郁棠无语。她并没有觉得委屈。不过,既然大家都已经安排好了,她再去换地方,青沅她们还得给她重新收拾院子,更麻烦。郁棠也就随遇而安地住了下来。

中午,她和徐小姐、杨三太太一起用的午膳。午膳过后,杨三太太去午休了,徐小姐精力旺盛地拉着郁棠要逛逛宅子。郁棠也想看看,就由青萍和青莲陪着,沿着宅子里的游廊慢慢地走着。

徐小姐仰头看了看游廊顶上画的宝莲灯等图画,笑着对郁棠道:"我们北边的宅子,都修这样的游廊,画这样蓝绿色的图画,没想到在这边的宅子也能遇到。这游廊肯定是仿着北边的宅子建的。"

青萍听了就笑着道:"徐小姐真厉害。这宅子里的游廊全是后来加上去的。听说是有年杭州下大雨,下了两个月都没有停,钱老太爷觉得不方便,就加盖了这些游廊。沿着这些游廊,能把宅子逛个七七八八的呢!"

徐小姐笑盈盈地颔首,问青萍知不知道梅林怎么走。可见她也听说过这幢宅子。

青萍就陪着她们去看梅林。

梅林有十来亩,因过了梅花盛开的季节,梅树都光秃秃的,就没那么好看了。可旁边的小桥流水,暖亭竹林,看着也挺赏心悦目的。

徐小姐道:"还是游廊两旁的景致好看,花开得一墙一墙的,树长得一片一片的,阔朗疏旷不说,还很大气,不像普通的园林,很精致,到处是太湖石,雅是雅,看多了却觉得有点逼仄。"

郁棠莞尔。

两个人逛了半个时辰的宅子，这游廊却好像望不到头似的，不知道蜿蜒到了哪里。就是徐小姐，都有点迷路，问青萍："你还记得回去的路吧？"

青萍笑道："不记得也不要紧，喊个当值的丫鬟就行了。"

可她们一路走来，都没有遇到几个丫鬟。

徐小姐就撇着嘴对郁棠道："我说宅子大了不好吧？像我们家，出门就能见到家中的兄弟姐妹，热热闹闹的，多好。"

那也是因为裴家的人丁不旺吧！如果裴宴有七八个兄弟的，还愁宅子太空吗？郁棠胡思乱想着，找了个路过的丫鬟带路，回了她们住的院子。

郁棠和徐小姐在院子门口分的手，走进院子就看见青沉沉如水地站在正房的屋檐下，正和一个小厮模样的男童说着什么。

她想了想，走了过去，听到青沉在问那童子："这么说来，周状元昨天早上就赶去了京城？"

那童子看上去和阿茗差不多大小，模样儿却清瘦，闻言恭敬地应了声"是"，道："不仅周状元去了京城，就是舒先生和赵大哥，也一并去了京城，就是柒哥，据说过两天也要赶去京城；三老爷身边都没什么人可用了，所以才把佟二掌柜叫过来了。若是顾大人住进来，谁去那边伺候好？佟二掌柜说，还请青沉姐姐拿个主意。"

青沉皱了皱眉，猛地转头看见了郁棠，忙换了个笑脸，恭敬地给郁棠行了个礼，道："小姐回来了！府里的风景还能入您的眼吗？我今天有点忙，等闲下来，我再带小姐四处走走，有很多地方都很有趣的。"

郁棠笑着点了点头。

那童子恭敬地给她行礼，自称"阿茶"，是裴宴的书童之一。

郁棠听这阿茶的名字就猜到了。她问青沉："有什么我能帮忙的吗？"

青沉笑道："小姐就不用操心这些了，我不行，还有佟二掌柜呢。若是佟二掌柜也不行，还有三老爷呢，您就好好在这边玩几天，然后随着我们一起回临安好了。"

郁棠不好自作多情，以为这个"我们"也包括裴宴。她道："周状元因为什么事去了京城？怎么舒先生他们也跟着去了。"

青沉道："这个得问三老爷，我也不知道。"

郁棠笑了笑，转身回了屋。

到了下午，她听说顾朝阳也住了进来。也就是说，她们走后，顾朝阳也紧跟着来了杭州城。

她对顾朝阳的感觉有点复杂，既不喜欢他是顾曦的哥哥，又有点羡慕他对顾曦的好。

郁棠问青萍："知道顾大人来杭州城做什么吗？"

青萍笑道："要不要我帮小姐打听打听？"

郁棠还真想知道。她隐隐感觉有什么事发生了，而很多人都还不知道。

郁棠赏了青萍几块碎银子，对她道："给你打发人的。"这就是让她无论如何都要问清楚的意思。

青萍不好拒绝，先去找了青沅："姐姐，您看这件事怎么办好？"

青沅叹气，道："若是舒先生在就好了。"舒先生在，她们有拿不定主意的事问了舒先生，三老爷通常都会认账。现在却不知该如何是好。

青沅道："你先拿着。三老爷晚上就回来了，说不定不用你问，三老爷就主动告诉了郁小姐。你拿这银子买些郁小姐喜欢的点心水果送给她好了。"也只能如此。

青萍好不容易拖到黄昏，裴宴回来了。

他回来之后，先去了书房，和裴柒说了好一会儿话，裴柒就离开了杭州城。随后佟二掌柜从铺子里调了好几个孔武有力的伙计过来，裴宴把人都丢给了从临安城赶过来的四管事，没有用晚膳，就去了郁棠那里。

徐小姐和杨三太太不知道在做什么，徐小姐回去之后就没有再出来。郁棠不好意思去打扰，原本想先看几本闲书，然后再看看徐小姐在干什么，过去拜访一番，商量接下来的行程。谁知道她歪在大迎枕上，不知什么时候就睡着了。等她醒过来，已经是夕阳西下了。

她很少睡得这样沉。特别是有预知能力之后，心里藏着很多事，有时候半夜突然醒过来，就睡不着了。知道梦中杀她的人是彭十一之后，她就更睡不着了。闭上眼睛，总是不自觉地会想梦中发生的那些事，一个细节一个细节，一个画面一个画面地琢磨，希望能从中琢磨出些什么对现实中，主要是对裴宴，对裴家有用的东西来。

因而当她看见照进窗棂的霞光时，吓了一大跳，连声喊着双桃。

进来的是青萍，她笑着问郁棠："双桃姐姐晚上当值。要我现在就去叫她过来吗？"

"不用了！"郁棠见青天白日的，身边服侍的还是裴家的人，自己还在现实中，整个人都松懈下来，笑着道，"徐小姐来找过我吗？"

"没有！"青萍答着，正要服侍郁棠更衣，裴宴来了。

众人俱是一惊，郁棠甚至失声道："三老爷来做什么？他什么时候回的府？"

青萍答不上来。

裴宴已经在厅堂坐下。

郁棠不好继续待在内室，匆匆地梳妆打扮了一番，就去了厅堂。

裴宴的神色有些不太好看，见了郁棠也没等她行礼，就指了旁边的太师椅，道："坐下来说话吧！"

郁棠屈膝应"是"，坐了下来，青萍和青莲给他们上了茶点。

裴宴就道:"你这段时间就先跟在我身边,彭十一自我来了杭州城之后,他也下了山。我现在还不知道他去了哪里。等我找到了彭十一,再送你回郁家好了。"

郁棠先是蒙了一会儿,然后才明白裴宴是说她有危险,在危险没有解除之前,裴宴让她待在他的身边。也就是说,裴宴相信她的"梦"是真的啦!肯定是她告诉裴宴的事有些被证实了。可是什么事被证实了呢?

郁棠想不出来,但她觉得,这件事肯定与周状元和舒先生他们去京城有关系。可让她这段时间一直跟在他身边,她怎么跟家里人交代呢?

她小心翼翼地道:"那我什么时候能回去?"

裴宴见她很快就知道了自己的意图,非常满意,道:"我会尽快找到彭十一的。"话说到这里,他想到了彭屿的事,想到这件事与小姑娘也是息息相关的,有些事应该瞒着她,有些事瞒着她却会让她放松警惕,生出意外。

他道:"现在还不知道。我恩师的长子张绍张大人,就是在江西做巡抚的张大人,突然失足溺亡。现在还不知道这件事与彭家有没有关系,但周状元已经赶去了京城。李端那边还不知道有什么动静,我怕彭家为了利益,使出什么下三滥的手段来。还是小心点好。"

郁小姐是女孩子,一点点闪失,可能就是万劫不复。裴宴念头闪过就不愿意再深想下去。

郁棠心里的小人儿忍不住跳了跳。裴宴相信了她的话。裴家就可以走得更轻松些了吧!彭家也就别想那么容易就成为了福建第一家。

郁棠眼底闪过一丝笑意,起身向裴宴道谢,又问起张家的情形:"您不赶去京城吗?张家会不会对您心生罅隙?锦上添花容易,雪中送炭难。"

裴宴嘴角抽了抽。这小姑娘,还提点起他来了。他吃过的盐比她吃过的米还多,这不是瞎操心吗?

裴宴不以为然,嘴却先随心动,赶在她还没有反应过来的时候已道:"恩师知道我的事,何况我还拿了五万两银票让周状元带去京城。"

这就好!郁棠连连点头。

裴宴则心生郁闷。他有必要告诉她这些事吗?应该有必要吧!

郁小姐可是个活泼爱动的,她要是心生疑窦,肯定会想尽办法也要弄明白的,与其让她不知道险恶地到处乱窜,还不如将事情全都告诉她,让她知道什么事可为,什么事不可为,老老实实地待在府里,别给他惹麻烦。

他应该告诉小姑娘的。

裴宴在心里道,更加坚定了和郁棠坦诚的决心。

他索性道:"我把顾朝阳也叫来杭州城了,原本是想他忙他的,我忙我的。可他坚持要住进来。我觉得让他住进来也好,早点把江南的事解决了,也好腾出手来一心去解决京城的事。张师兄是长子,他突然去世,又正值壮年,大家措手不及,有很多事就要重新布局,不管是张家还是那些官员,都要乱一阵子。那边的事比这边的事更重要。"

裴宴说到这里,看了郁棠一眼。郁棠睁着一双能倒映出他身影的大眼睛专注地望着他,表情显得有点傻乎乎的,让他有些不敢确定她是否听懂了自己在说什么。

他不由问了一句:"你听懂我在说什么了吗?"

"听懂了。"郁棠忙道,"你是说京城大乱,彭家会趁着这个机会做手脚,把彭家的那个七爷弄去当江西巡抚,这样你们家在江西买的田庄就得归彭家的人管着了。你就拿了五万两银子给周状元,让他去打点,把彭家的事给搅和了。是这样的吗?"

最后一句,她问得有点忐忑,好像怕自己说错了似的。

裴宴有点小惊喜。他没想到郁棠真的知道他在做什么。这小姑娘,的确很聪明。他觉得他应该鼓励一下小姑娘。

"不错!"裴宴道,"脑子转得挺快的。"

郁棠暗暗长嘘口气。简直像读书的时候被先生检查功课,好歹是通过了。心弦绷得有点紧,人就有点累。

她问裴宴:"您用过晚膳了吗?时候不早了,您要不要在这边用晚膳?"

在她看来,顾昶来了,裴宴肯定要给他接风洗尘,肯定不会在她这里用晚膳,何况男女有别,两人该说的都说了,裴宴闻弦知意,肯定会识趣地离开吧。

万万没有想到的是,裴宴居然想了想,"嗯"了一声,越俎代庖地吩咐青沅:"时候不早了,摆饭吧!我等会儿还要去见顾朝阳。魏三福去了临安,我寻思着他还得再晚两天才能过来,也不知道他是怎么打发的魏三福。"

但愿他二哥能接得住魏三福的招。

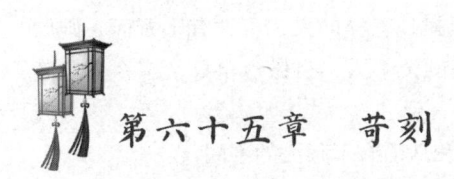

第六十五章　苛刻

裴宴的话音一落,大家都被惊得呆住了。特别是青沅。她从小服侍裴宴,裴宴日常生活中有多挑剔,没有谁比她更清楚了。别说是吃饭了,就是喝茶,等闲人家他也不会端杯的。

三老爷要留在这里用晚膳,她得赶紧把菜品确定下来,还有餐具器皿、帕子茶茗这些,也都要换上三老爷惯用的。这边刚收拾完,郁小姐没有带太多的东西,大部分还是房里原来的陈设和器具。她原本想去找府上的管事拿个册子，问问郁小姐都喜欢怎样的陈设，她也好去管事那里领点东西来装饰郁小姐住的房间。但现在人手不足，很多事都需要她亲力亲为，她一个下午只来得及把郁棠的一些喜好交代下去，领了郁棠屋里的茶叶点心等，还没来得及和郁棠商量布置房间的事，三老爷肯定很不满意。

她要不要赶着先把厅堂布置了？青沅一时间拿不定主意，有点不知道先做什么，再做什么了。

还好郁棠很快回过神来。裴宴居然要留在她这里用晚膳。她还从来没有单独和裴宴一起用过晚膳呢！他难道是还有什么要紧的事跟她说？郁棠偷偷地看了裴宴一眼。

裴宴金刀大马地坐在那里，一副等着吃饭的样子，显然对自己刚才丢下的惊雷没有半点的察觉。

郁棠不由悄悄地叹了口气。她真的不能再自作多情了。裴宴对她，如同亲近一点的乡亲，堂堂正正的，反倒是她，生出许多的涟漪，还因此误会过裴宴。

郁棠脸色有点红，忙把心里那些乱七八糟的想法都压在心底，深深地吸了口气，如对待自家兄长般敬重而又不失亲昵地道："您说顾大人也要在这里落脚，您不用给他洗尘吗？"

至于为什么对待裴宴像兄长而不是父亲，她下意识地没有多想。

裴宴闻言皱了皱眉，不悦地道："我怕和他一起吃不下饭，准备吃了饭再去见他。"

顾昶住的是他裴宴的私宅，他什么时候回来，什么时候出去，他想让顾昶知道顾昶才会知道，他不想顾昶知道，顾昶就永远不会知道。顾昶居然要住到他的宅第来，也不知道是自大呢，还是自信？

裴宴毫不掩饰对顾昶的不屑，道："他这个人，太过钻营，不是件好事。"

郁棠惊讶地睁大了眼睛。她当然知道顾昶是怎样的人，可人有千万面，她欣赏的是顾昶对顾曦的一面。可裴宴，是典型的读书人，自傲也自尊，怎么会突然在顾昶的背后说起顾昶来？

可郁棠又隐约感觉到这时候的裴宴对她和从前有了很大的不同。

如果说从前裴宴的行事做派都规规矩矩地遵守着士子的规范，如同戴了一张面具，让人轻易看不出他的喜怒。那这个时候的裴宴，就像摘了面具，露出自己真实的五官，也就让人能轻易知道他的喜怒哀乐。

守着君子之方的裴宴固然让人信赖，可这样有自己的脾气，甚至是缺点的裴宴，却让郁棠感觉更亲近，更真实，更喜欢，更安全，更踏实。就像她……好像这样就能看见他的内心似的。

郁棠忍不住面红耳赤，心跳如擂鼓，附和着他道："那您就在我这里用了晚

· 186 ·

膳再去见那顾大人。"

裴宴"嗯"了一声，对郁棠全然信任地站在他这边，支持着他的做法非常满意，然后更直白地道："我还要在杭州城待个十天半月的，我看徐小姐不是个安分的主。她要是约你去逛街，你若是推托不了，一定要记得跟四管事说一声，他会安排护卫陪着你们的。若是遇到什么需要买的东西又一时手头不便，就直接让铺子里的人把东西送到这边宅第来，四管事会付账的。"

郁棠忙道："来的时候我阿爹给了我银子的。"

裴宴就瞥了她一眼，道："我在京城的时候，听说有一次徐小姐上街买东西，徐家的管事临时在银楼兑了一百两金子给她付账。你既然和她一道，难道准备她买东西时你在旁边看着不成？"他想想就觉得不舒服。

郁棠听了心里发颤，道："一、一百两金子？那徐小姐都买了些什么？"

"谁知道她买了些什么？"裴宴不以为意地道，"她每月花费不菲，就是殷明远有时候也愁家里没有余粮。"

郁棠目瞪口呆，道："那，那徐小姐为什么不少买点？"

"大概殷明远不好意思让她少买点吧！"裴宴道，"徐小姐是他老婆，他要是连老婆都养不起，娶人家做什么？"

郁棠还是第一次听到这样的话。

她想到自己喜滋滋地藏在梳妆盒里的那五十两银票，老老实实地道："那，我还是待在屋里好了，也免得再遇到彭十一。"

裴宴怒其不争，不悦地道："你怕什么，我又没有要你还银子。徐家再有钱，也没有我们裴家有钱，徐小姐买得起的，你也买得起。"

这又不一样！她毕竟不是裴家的人，凭什么要裴家给她付银子？郁棠知道裴宴不喜欢别人顶撞他，觉得没有必要因为这些还没有发生的事惹了裴宴不高兴，表面上笑着应了，心里却打定主意，就算她和徐小姐去逛街，她也不会买自己买不起的东西。各人的环境有好有坏，她并不觉得自己比别人差。

裴宴面色微霁，寻思着要不要给点己银子给郁棠。青沅领着几个小厮、丫鬟和婆子满头大汗地赶了过来，屈膝给裴宴行了礼，问他们把晚膳摆在哪里。

"就在厅堂好了。"裴宴道，"这边亮堂些。"

青沅领了人摆膳。

郁棠见热菜里有一小碟子酒糟鱼，一小碟子红烧肉，想着裴宴还在孝期，青沅作为裴宴屋里的大丫鬟，绝不可能出现这样的错误。她知道这多半是给她准备的，不禁抬头看了裴宴一眼。

裴宴不解地道："怎么了？"

"没事，没事。"郁棠忙道，安安静静地和裴宴用着晚膳，却没有吃那酒糟鱼和红烧肉。

青沅领着丫鬟婆子收拾好了桌子，给他们上了茶。

郁棠以为他会去见顾昶，谁知道他居然把屋里服侍的都打发了下去，和她说起她的那个"梦"来："我把你的话想了又想，彭十一说的那个女子到底是什么身份？怎么李端那样护着她？彭十一怎么又拿了那女子做投名状？难道是李端以后的妾室？可我听那话里的意思，这女子和顾昶还有些关系，难道李端去了京城，为了他父亲的事奔走，纳了谁家的庶女不成？那李端又娶了谁为妻呢？"

他摸着下巴想着。郁棠却被惊了一身的汗。她就知道裴宴很聪明，还好她早说了这是个梦，梦醒后记错了，或者是记得不清楚了是常有的事，不然她还真不知道怎么给裴宴一个交代。

郁棠勉强道："我也不清楚，我能记得的，就是这些了。"然后她转移了话题，问起裴宴为何选了这宅子落脚："您不是不喜欢花吗？"

"还好！"裴宴好像不怎么喜欢这个话题似的，道，"我是因为还在孝期，觉得家里开了一堆的花，不太好，倒不是不喜欢花。选这里落脚，是因为王七保喜欢，我准备过几天在这里请他吃个饭。"当然，这得顾昶下定决心要扳倒他的那个恩师之后。

郁棠道："这里的蔷薇开得很好，还有紫藤，我还和徐小姐约了明天一起去蔷薇花墙那边喝茶呢！"

"我不知道你说的那个蔷薇花墙在哪里。不过，家里有个曲水流觞，你们倒可以带了丫鬟过去玩玩。"裴宴道，"你要是觉得不好玩，明天让佟二掌柜的给你们请个说书的女先生来家里。"

郁棠觉得这个比较有趣。

裴宴能看出来，小丫头比较喜欢热闹。他想了想，索性给她拿了主意："那就明天找个说书的女先生进府。你明天问问徐小姐和杨三太太都喜欢听些什么戏，过两天再请几个伶人进府来唱堂会好了。"

"不用，不用。"郁棠想到裴宴还没有出孝，笑道，"我听徐小姐说，殷知府马上就要过来了，我也想趁着这几天做几个五毒香囊，端午节的时候好送人。"她还问裴宴："您喜欢什么样的香味？我到时候也给您做几个！"

不管什么样的香味裴宴都不喜欢，但他也不想驳了郁棠的好意，他决定若是郁棠真的送了香囊给他，就挂在他书房外的湘妃竹上，好歹可以除除蚊虫。

郁棠就问起端午节的事来："我们临安今年还赛龙舟吗？之前听我阿爹说，端午节过后，江老爷的船就应该回来了，也不知道这次的生意如何，这次千万得赚钱才好！不然我阿爹肯定觉得对不起吴老爷。"

裴宴觉得郁文的做法不妥，道："吴老爷是和你们家合伙做生意，又不是借钱给你们家！做生意就会有亏有赚，他若是连这都想不通，两家趁早不要来往好了。"非常冷酷的样子。

郁棠就想起了自己剽窃梦中裴宴种的那些沙棘果。她耳朵火辣辣的，低声道："您觉得我们家的那些沙棘果还有救吗？"

裴宴想了一会儿，道："要不做成蜜饯卖？！"语气不是怎么肯定的样子。

郁棠睁大了眼睛。不是吧？梦中，裴府买了她们家的山林，然后改种沙棘果，加工成蜜饯，赚到了钱，不是因为他觉得种沙棘果做蜜饯能赚钱吗？怎么现实他却不敢肯定了呢？梦中和现实有什么不同吗？

郁棠眨了眨眼睛，忍不住试探道："可我算了算，用沙棘果做蜜饯，很难收回成本。若这山林是您的，您会怎么做？"

之前郁棠为山林的事找过裴宴好几次，裴宴也派了胡兴去帮她看过，但胡兴也说了，那山林种什么都不成。郁家做主引进了西北那边的沙棘。他知道后颇有些不以为然，觉得让小丫头和她堂兄折腾几次就知道厉害了，也就没有继续过问。如今小丫头再问起来，还让他假设是自己的地，他猜测是不是这山林如今亏得厉害，现在又是交给了她的大堂兄在打点，郁远如今没办法给长辈交代了，她得想个办法帮帮她大堂兄。遂道："若这山林是我的，我就随便种点什么好了，让别人看着红红火火的就行。反正家里的铺子才是主要进项，还在江潮那里入了股，犯不着为了个杂树林子劳心劳力的。何况你们家还买下了李端家三十亩的永业田。在别人看来，已经是欣欣向荣的了。"

难道梦中所谓的沙棘蜜饯只是看着生意好，表面热闹不成？那裴家主动买了她们家的地……郁棠的心怦怦乱跳着，原来隐藏在心底的那些猜测又忍不住冒了出来。她屏住了呼吸，轻声道："若是我们家要卖那山林，您会买吗？"

"不会！"裴宴想也没想地道，"我明明知道什么东西都种不出来，买了干什么？"

郁棠气得胸口疼，高声道："若是我们家遇到了事，要卖了那山林救急呢？"

"那肯定是要买的。"裴宴见她瞪着自己，黑白分明的眸子像蒙着一层水雾，显然是气狠了，心里有些不自在，下意识地道，"你这是什么假设？江潮不是还没有回来吗？你们家怎么着也有上万两银子傍身，不至于败落得这样快啊！郁老爷不会是钱财外露，被盯上骗去了赌坊吧？这可就麻烦了……"

这个人！每次都能让她因为各种理由生气。郁棠闭了闭眼睛，厉声道："我阿爹才不是这样的人呢！就是你去赌坊，我阿爹也不会去赌坊的。我不过是打个比方罢了。你怎么连什么是开玩笑，什么是正经话都分辨不出来呢！"

裴宴听着就有些不高兴了，道："就算我去赌坊，那也是我出千赢别人的钱，谁还能赢了我的钱去！再说了，你们家好好的，你为何打这个比喻！我也帮了你们家不少了吧！你们家要是真的出事，我还能眼睁睁地看着你们家把祖上传下来的山林卖了不成！你这话原本就说得不应该，你居然还发脾气。你这是跟谁学的？肯定是徐小姐！她是京城有名的母老虎，照我看，你以后还是离她远点的好。"

郁棠气得脸色发青，不想理睬裴宴。

两人你不说话，我也不说话的，屋里的气氛顿时变得非常僵硬。阿茶在外面隔着帘子道："三老爷，服侍顾大人那边的小厮过来禀说，顾大人问您回府了没有，他有要紧事要见您。还说，不管您今天晚上什么时候回来，务必让我们帮他通传一声，他今晚必须见您一面。"

裴宴沉着脸，看也没有看郁棠一眼，站起来道了声"我走了"，就大步撩帘出了厅堂。

郁棠望着晃动了两下的帘子，心生后悔。她明明知道裴宴梦中也帮了她不少，为何还非要有个答案呢？梦中和现实原本就有了很多的不同，怎么会有一样的结果呢？她到底是要干什么？郁棠耷拉着肩膀坐在那里，半晌都难受得不想动弹。

青沉进来悄声道："小姐，您要不要歇息？或者是我叫了青萍进来，陪着您下两盘五子棋。"实际上裴宴身边的丫鬟不仅会双陆还会下围棋，只是郁棠不精通，她们陪她的时候，就改下五子棋了。

郁棠想到微愠而去的裴宴，沮丧地点了点头。

青沉服侍着她卸妆。

她很想把刚才和裴宴不欢而散的事告诉青沉，让青沉给她拿个主意，可又觉得这件事很丢脸，不想让别人知道。犹犹豫豫的，她直到歇下，也没有拿定主意。

因而第二天一早醒来，她对青沉道："我记得我们从临安来的时候，带了下饭的蘑菇酱的，也不知道三老爷喜不喜欢，你拿一瓶过去给三老爷尝尝鲜。"

这蘑菇酱是裴满怕她们在路上要吃干粮，给她们调味用的，算得上是裴家特有的酱品之一。这酱，少了谁的也不可能少了裴宴的。郁小姐这不是搬了石头砸自己的脚吗？

青沉目露不解。

郁棠不好意思地解释："我昨天晚上得罪了三老爷，又不知道怎样向他赔礼道歉，这就当是个借口好了。"

青沉抿了嘴笑，觉得郁棠挺有意思的，竟然想出个这样的办法来，像个耍赖的小孩子。

她道："您放心，我这就送一瓶蘑菇酱过去。"

郁棠红着脸颔首。

裴宴和顾昶一起用的早膳。

他们俩昨天说了大半夜的话，快到丑时才各自散去，卯时又聚在了一起。

顾昶显得精神有些萎靡，他声音嘶哑地道："我把孙大人收集的证据交出去，总得有个理由吧？"不然他背弃师门，今后还怎么在世人面前立足！

裴宴细细地嚼了口中的馒头，等咽下后，这才慢吞吞地道："那你觉得怎样比较好？"

这也是昨天顾昶一夜都没有睡的缘由。

裴宴有点瞧不起顾昶的犹豫不决，但更多的是想把朝局搅浑浊了，为周子衿赢得时间，把彭屿钉在都察院不能动弹。

他只好道："不是还有魏三福吗？水能载舟亦能覆舟。你留着魏三福准备过年不成？"

顾昶的额头顿时冒出细汗来。他认真地望着裴宴。裴宴仿若无事之人，继续吃着他的金银馒头。

顾昶突然一笑，道："难怪你离开京城，你二师兄松了一口气。你胆子的确够大的，你要是不为人杰，便为鬼雄。"

裴宴没有吭声。

顾昶看着他气定神闲的模样，想着别人说起如今江南的才俊就会提起他和裴宴，顿时心中生起一股豪气，对裴宴道："我们什么时候去见王七保？我把临行前孙大人交给我的一些证据交给王七保，让他带回京城好了。"

总算他还有点胆气！裴宴淡然地看了顾昶一眼，道："那我们就等会儿一道去拜见王七保好了！"

顾昶刚要应诺，就看见裴宴身边那个叫阿茶的小童捧着个白瓷小碗走了进来，低声道："青沅姐姐让我端进来的，说是小姐让她送过来的，怕您早上没有下饭的菜。"

这家里短了谁的也短不了他的啊！

裴宴看了眼碗中黑乎乎不知道是什么东西的酱菜，嘴角翘了翘。虽说送过来的不是什么好东西，但胜在态度不错。他指了指桌子，道："放下来好了！"

阿茶放下酱菜，低头退了下去。

顾昶道："谁送来的？是你表妹还是堂妹？"

裴宴觉得这是他家里的事，与顾昶无关，压根就没有回答他，而是道："我已经饱了，你还要添碗粥吗？要是你也吃完了，我回屋换件衣服就走吧！"

顾昶一直盼着能和孙皋划清界限，如今好不容易等到了这个机会，他哪里还有心思乱猜是谁给裴宴送的酱，只想快点见到王七保，快点把这件事办妥了。闻言早膳也不吃了，站起来道："那我们一刻钟之后轿厅见吧！我换件衣服就和你一道出门。"

裴宴颔首，和顾昶各自忙各自的去了。

那边郁棠急声问青沅："三老爷收了酱吗？"

青沅笑道："收了！"

郁棠叹气，道："我再也不想和你们家三老爷置气了，每次都是我低头，这又是何必！"

青沅笑着安慰她："三老爷好歹还接受您的道歉，好多人想向他道歉都找不

191

到机会呢！"

"说得好像这还是件好事似的。"郁棠皱着鼻子,"我算是吃到苦头了,再也不干这种事了。"

可梦中她们郁家那片山林在裴宴的手里到底是赚到钱了还是没有赚到钱呢?她是继续种沙棘果呢,还是像裴宴说的那样,亏本赚吆喝,只是卖个热闹呢?这可真是伤脑筋啊!郁棠觉得自己有点傻。

徐小姐跑了过来,问她今天准备做什么,想邀她一起继续逛园子:"我回去跟杨三太太说了,她说我们最多也就逛了一半,说他们家还有一处银杏园,种的全是银杏树,而且每株都有碗口大小,秋天的时候尤其漂亮。殷明远的祖父曾经在自己写的杂记里写到过,可惜殷明远不能来。"说到这里,她两眼猛地亮了起来,"阿棠,你说,我拽着殷明远秋天的时候再来一趟杭州城怎么样?"

"今年秋天吗?"郁棠道,"你们九月份就要成亲了,你们有空吗?"

徐小姐想了想,道:"那我们可以明年或是后年来。"

郁棠不太相信徐小姐能有这个空闲。

徐小姐却叹道:"我还是应该对裴遐光客气一点的,以后也好再来拜访裴遐光。"

郁棠在心里腹诽,裴宴喜怒无常,就算这时对他客气了,谁知道什么时候又得罪了,还不如什么时候想来再什么时候对他客气一番更好。

郁棠和徐小姐决定去逛银杏园。

银杏园在宅子西北,离她们住的院子有点远,若是沿着抄手游廊过去,得绕一大圈,走一两个时辰;若是沿着府里的青石甬道过去,只要三刻钟。

青沅劝她们走青石甬道:"路边开满了山茶花、白玉兰、仙客来,这个时节,姹紫嫣红的,若是有风吹过,花枝摇曳,像一片海,特别漂亮。你们一定要看看才好。"

两人当即决定听从青沅的劝告,走青石甬道去银杏园。

青沅立刻吩咐下去,自有青萍和青莲带着小丫鬟捧了茶水、小杌、坐垫、凉扇等物。浩浩荡荡地跟了一大群人,青沅这才长嘘了一口气。

三老爷平时不怎么住这里,就只留了打扫清洁的仆妇。这次三老爷过来的时候,又只带了舒先生几个人,还好四管事赶了过来,从其他宅子调了一部分仆妇,要不然小姐身边连个奉茶的都没有,他们这些随身服侍的可就丢大脸了。

郁棠却觉得有些兴师动众,不过,她见徐小姐一副见怪不怪的样子,想着这可能是常态,也就随遇而安,不去为难那些丫鬟为了迎合她而改变习惯了。

路上,徐小姐说起杭州城的名胜来:"雷峰塔肯定是要去看看的,还有涌金门,听说那里船只如梭,坐在楼外楼的雅间,除了可以看见涌金门还能看见钱塘门,而他们家的醋鱼更是一绝,来了杭州城的人都要尝一尝……"

这就是想出去玩的意思。只要不是陪着去逛街买衣饰,郁棠觉得徐小姐去哪里她都能同行。

只是没等她们走到银杏园,就有杨三太太身边的小厮喘着气追了过来,道:"殷二爷到杭州城了,三太太让您赶紧回去。"

徐小姐又惊又喜,对那小厮道了句"知道了",然后歉意地望着郁棠,道:"今天是我不对,约了你出来又没能陪你……"

"你快去吧!等你忙完了我们再约!"郁棠笑着道,"你们过来不就是为了等殷知府吗?别让他等急了!"

话虽如此,但徐小姐自从接到殷浩的信,让她们不要胡思乱想之后,就没那么担心徐家和殷家的处境了,她闻言不由道:"我是想见他啊,可他要是能晚几天到,我觉得那就更好了。"

徐小姐时时处处不忘记玩。

郁棠莞尔。

她送走了徐小姐,也没了闲逛的兴致,和青萍几个回了自己的住处。

青沅正在指使几个婆子清洗院墙的墙角,见郁棠这么快就折了回来,忙迎上前来,虚扶了郁棠,道:"您没有去银杏园吗?"

郁棠把事情的经过告诉了青沅,青沅笑道:"要不我下午陪您过去走走吧!"

"还是等有机会再说吧!"郁棠更想知道殷浩的到来会不会给裴家带来什么变故,她想了想,问青沅,"你见过淮安知府殷浩吗?"

"见过!"青沅笑着服侍郁棠在厅堂的圆桌旁坐下,道,"殷二爷曾经是三老爷在六部时的上峰,和三老爷私交甚笃。后来三老爷回乡守制,殷二爷在淮安做了知府。三老爷每次去淮安,都是住在殷二爷家里的。殷二爷每次来杭州,也是住在三老爷的私宅。"

通常的官吏是不能轻易离开治地的。殷浩这样来拜访裴宴,没有什么关系吗?郁棠心里有事,草草地用了午膳,坐在窗前做香囊。

马上就要端午节了,她从前不怎么和人来往,如今不仅和马秀娘亲如姐妹,大堂兄也娶了个称心如意的大嫂,她还交了一群如裴五小姐这样的朋友,今年的端午节恐怕得多做几个香囊送人了。郁棠让自己不要胡思乱想,心无旁骛地很快就做好了三四个香囊。

青沅来禀她:"三老爷和顾大人回来了,和殷二爷一起,在书房里说话。晚膳十之八九要给殷二爷接风的,您看您这边什么时候摆饭好?"

郁棠从来没有想过裴宴今天晚上还会继续在这边用晚膳,她笑道:"就和之前一样就好。"

青沅应了,但很快又折了回来,道:"隔壁杨三太太身边的婆子来见小姐,说是杨三太太想请了您过去用晚膳,您看您……"

昨天杨三太太和徐小姐一个下午没有出门,今天殷浩过来之后杨三太太却邀请自己去用晚膳,郁棠觉得杨三太太肯定是找她有什么事,她也想打听殷浩的来意,

· 193 ·

就顺势答应了。

青沅服侍她重新换了件衣服，去了杨三太太那里。

她们住的院子和郁棠住的一样大小，院子中间太石湖竖立，石榴花含苞，茶梅花怒放，一派春意盎然的景象。

双桃垂着眼睑，觉得还是她们住的地方更好一点——她们住的屋子后面还有个小溪，从郁棠的内室推窗，不仅可以看见远处的凤凰山，还可以看见一片花香四溢的梨花林。不过，每处的院子风景不一样，也许她们住的地方正好应了春景。双桃在心里思忖着，不声不响地服侍着郁棠用了晚膳。

杨三太太拿了杨家自家炒的"雪水云绿"招待郁棠。

郁棠也沉着气，等杨三太太开口说话。

喝过三茶杯，叙过两茬话，杨三太太见郁棠始终随着自己说话，极其沉稳的样子，不由暗暗点头，对郁棠的评价又高了几分，她这才道："我听说张老大人家的大老爷去了，这件事可是真的？"

郁棠在心里琢磨着。张绍的死最多也就只能多瞒这两天，而以殷浩和裴宴的关系，殷浩就算来的时候不知道，吃过接风宴肯定也就知道了。她们又是住在裴府，她就算是这个时候告诉杨三太太，也于大局没有什么影响。

"我也听说了！"郁棠道，还趁机打听起殷浩的来意来，"殷大人是为了这件事过来的吗？"

杨三太太看着郁棠那张花容月貌的脸，心里有点可惜。这小姑娘少有的聪明，只是生在了寻常人家，再多的聪明也没有发挥的余地。她心中一软，道："那倒不是，他是为了盐引的事过来的。张巡抚的事，我们也是刚刚才听说的。"

裴宴说过，他在江西买田庄就是为了用粮食换盐引，而两淮盐运使和漕运总督府都在淮安。看来殷家和裴家的关系，比她想象中的还要深厚。要不然殷浩一个京官，又何苦外放到淮安来做知府。郁棠笑道："周大人已经赶过去了，张府那边想必能搭把手。"她这是在告诉杨三太太，京城的事裴家和周家都插手了，殷家是个什么态度，也要尽早拿定主意才是。

杨三太太眼中闪过一丝光亮，突然笑道："郁小姐，你们家一定要招婿吗？"

郁棠听着心里一紧。杨三太太这是要给自己做媒吗？别人做媒她好推托，以杨三太太的见识和眼光，她要是给自己做媒，她父母肯定会满意的。

她莫名就是不想嫁人，至少现在不想嫁人。

"我姆妈和我阿爹是这么打算的。"郁棠低下头，好像很羞涩的样子，眼角的余光却一直盯着杨三太太，"您可能不知道，我们家不仅仅因为我是独女，还因为我大伯父也只有我大堂兄一个。我们家，人丁太单薄了。"

杨三太太觉得陈氏还是很疼爱女儿的，何况世事无绝对。

她笑了笑，没有继续说这个话题，而是颇有些开诚布公地对郁棠道："我们可能再在裴家住五六天就要启程回京城去了。张家出了这样的大事，我们早点回去也好。我这两天还有些亲戚故交要走动，阿萱毕竟是徐家没有出阁的小姑娘，这几天就烦请郁小姐给阿萱做个伴，陪她在杭州城里转一转，也免得她无聊，到处乱跑，惹出什么事来。"

徐小姐听了不依道："我是那么不懂事的人吗？"

杨三太太和郁棠看着她没有说话，眼神却都充满了"你就是这样的人"的意思，让徐小姐好一阵子不服。

郁棠在杨三太太那里坐到了戌时才告辞。

春天的夜越来越晚，半露的月亮都能把夜晚照亮。

郁棠慢慢地走在香气暗浮的春风中，思忖着要不要去见见裴宴，把杨三太太找她聊天的事告诉他。梦中，她在李府的时候，林觉最喜欢挂在嘴上的就是"事无巨细"，说只有什么事都知道了，才能尽在掌握之中。杨三太太找她聊天，也算比较重要的事之一吧？

郁棠想着，不知不觉地就朝着裴宴住的地方走去。

双桃想着郁棠应该是迷路了，忙拉了拉她的衣裳，笑着提醒她："小姐这边走。那边是去前院的路。"

郁棠听了，一时间犹豫起来。就算是要去，也应该明天早上去。如果是怕耽搁了裴宴的事，完全可以让青沉帮着递信。她为何要自己去告诉裴宴？

郁棠伫立在青石甬道上，如被浓雾笼罩，好像太阳一出来就能看清楚周围的景物，又好像被隔着千山万水，总也不知道自己在哪里。

"郁，郁小姐！"有男子温和而又不失文雅的声音迟疑地道。

郁棠抬头循声望去，看见了顾昶英俊的脸庞。

"顾大人！"她惊讶地睁大了眼睛，不敢相信地指了指自己，道，"您是在叫我吗？"

要知道，她梦中还是顾曦的妯娌，都没有和顾昶面对面地说过话。她如今，居然和顾昶说上了话。郁棠感觉非常奇妙。

月光下的郁棠，皮肤白得发光，眼睛亮得如同夜空中的星子，嘴唇如开在晚风中的花朵，比平常还要漂亮三分。顾昶那颗已经决定放弃的心突然间又开始不安分地跳动。他眼角眉梢不由自主地流露出些许的笑意，声音生怕惊飞了小鸟般轻柔："郁小姐，没想到会在这里遇到您。您这是，陪着徐小姐她们过来的吗？"

除了这个，他想不出郁棠还有什么理由能出现在这里。

郁棠笑眯眯地点头，颇有些他乡遇故旧的喜悦，完全忘记了梦醒后的她和顾昶并没有正式见过面。

"顾大人是昨天到的吧？"她温声道，"这么晚了，您这是刚回来，还是在院子里散步？"

"算是散步吧！"顾昶含糊地道，问郁棠，"您准备什么时候回去？"不知道他们是否能同行。

郁棠笑道："那得看徐小姐有什么安排。我准备送走徐小姐再回临安。"

"理应如此！"顾昶和郁棠寒暄着，明明知道自己这样上前打招呼已经是唐突了，可脚却像被粘住了似的，想走都走不了。

郁棠长得太漂亮了。不要说五官身高了，就是说话时嘴角浅浅的笑都让他觉得非常甜蜜。

他和裴宴已经去见过王七保了，也把出京时孙皋交给他的所谓的"证据"给了王七保，等候他的，除了孙皋的辱骂，还有天下人的鄙视。为了解围，他昨天晚上一夜没睡，已经决定娶孙皋的女儿为妻。

可他现在却又见到了郁棠，就在他刚刚做了决定的时候。她如同一朵盛放的夏花般颜色分明地出现在了他的眼前。

或许，他也可以娶了这个姑娘。虽然她出身寒微，可这不正好可以说明他不是那追求荣华富贵的人吗？他之所以和孙皋反目，是因为不赞同孙皋的做法，而与人品无关吗？想到这里，顾昶的心突然就冷了几分。

但郁小姐的出身，也太寒微了。怕就怕得不到江南世家的认同。他已经斩断了仕途上的其他助力，如果后宅还不能安静平顺，给他增加助力……他觉得这样的日子过起来有点累！顾昶的神色间不免就流露出几分迟疑。

郁棠是个极会看眼色的人，顾昶的突然熟络让她有些意外，顾昶的突然冷淡却在她的意料之中，毕竟她和顾昶没有什么交情，不过是两人都歇在裴宴的私宅，偶然间碰到了而已。

她主动向顾昶告辞："天色不早了，顾大人日理万机，我就不打扰您了。"

郁棠的脸庞，比月光还要皎洁，神情比月色还要静谧。

顾昶心中生出一丝眷恋，但更多的，却是惊喜过后重新恢复的理智。

"没想到会在这里遇到郁小姐，是我失礼了。"他彬彬有礼地朝着郁棠行了个揖礼，两人各自离开。

顾昶走了几步，不禁回头。郁棠的个子不高，腿却长，穿着齐腰襦裙，显得腰肢纤细，走路时轻盈如鹿。顾昶一时看得眼睛都有些发直。

跟在他身边的高升看着忍不住提醒顾昶："大公子，您明天还要去邓大人家吗？"

顾昶居然有片刻的犹豫。

高升所说的邓大人，是浙江提学御史邓学松。

邓学松和他算得上是忘年之交，又是一直和府学、县学、书院的夫子、学子们打交道，在孙皋的事事发之前，他需要得到邓学松的"理解"和"支持"。

说到读书，郁小姐的那个堂兄，好像连府试都没过。顾昶轻轻地叹了口气，语气模糊地道:"我知道了。先回去。"至于说郁小姐那边,他想再仔细琢磨琢磨。

郁棠这边,正往自己住的地方去。双桃见周围没人了,低声道:"小姐,顾大人是什么人啊?难道是顾小姐的兄长不成?"

郁棠驻足。

双桃猝不及防,差点撞到了郁棠的身上。

郁棠蹙眉。是啊,她有梦中的经历,认识顾昶很自然,可顾昶怎么会认识她呢?还主动和她打招呼?难道……顾昶也有什么奇遇不成?

郁棠心里五味俱陈,不自觉地绞着手里的帕子。

路边的树影绰绰,风吹过树梢,树影左右晃动,朝她的影子扑过来,仿佛要把她的身影吞噬了似的。

双桃通身发凉。就听见从黑漆漆看不清楚的树影中突然传出一个低沉阴郁的声音:"是啊!郁小姐,你怎么和顾大人认识?"

双桃吓得心都要跳出来了。

"是谁!"她战战兢兢地道,紧紧地拽住了郁棠的手,准备一个不好就拽着小姐逃跑。

郁棠则脸色发白,目不转睛地盯着声音传出来的地方,还强作镇定地把双桃护在了身后。

一个身影慢慢地从树影中走了出来。皎洁的月光照在他高挺的鼻梁上,让他原来倨傲的五官一半在明,一半在暗,竟然流露出几分咄咄逼人的锋利来。

"怎么?郁小姐连我也认不出来了?"裴宴抬了抬下颌,表情显得有些不屑。

郁棠和双桃却都长长地嘘了口气。郁棠更是不顾礼仪地抱怨起来:"三老爷,人吓人会吓死人的。您都不知道,我刚才吓得腿全软了。您怎么会在这里?您难道不是和顾大人一起回来的?您刚才看见我和顾大人说话了,怎么也不吭一声?也免得只有我和顾大人一个人说话,挺不好意思的。"

"哦!"裴宴闻言眼睛闪了闪,亮得如星光,却答非所问地道,"你觉得不太好吗?"

"也还好啦!"郁棠道,"人家规规矩矩地和我打招呼,我也不能畏畏缩缩地不说话。但多一个人,总归是比只有我一个人的好。还好大家只是打了个招呼,不然我肯定不会搭理他的。"

裴宴没有说话,点了点头。可莫名地,郁棠感觉到他的心情好像好了一些。她不解地看了裴宴一眼。

裴宴旧话重提:"你什么时候和顾朝阳认识的?"

郁棠正为这件事心虚害怕,听着就垂了眼帘,颇有些回避地道:"我也不知道!也许他在什么地方见过我,我不记得了。"

她在说谎!裴宴看着,心里像刮起了海啸,连着深深吸了几口气,才把都已经到了舌尖的诘问咽了下去，随即却生出几分心灰意冷的沮丧。人家既然不愿意告诉他，他就当不知道好了。

裴宴拂袖，决定以后再也不管郁棠的事了，可脚都抬起来了，却鬼使神差般地冷声道："那是！这与我也不相干，是我僭越了。"那语气，隐隐含着不容错识的轻蔑与嘲讽。

裴宴当然不是个好相与的，郁棠不止一次听到他讽刺别人，可讽刺她、轻瞧她，却还是第一次。郁棠惊呆了。

裴宴也惊呆了。他为人虽然刻薄，却不是对谁都刻薄，不问青红皂白地刻薄。可像这样，对方压根就没有错，他却没能控制住脾气地讽刺别人，他长这么大还是第一次。

两人你看看我，我看看你，都不知道说什么好。空气像被凝结住了似的。

双桃害怕地握紧了郁棠的手，让郁棠回过神来。

裴宴……她在心里苦笑。他不过是对她特别宽和，她倒生出得寸进尺的心思来，觉得自己与别人不一样，裴宴不会苛待她。实际上，她就是个普通人。裴宴从前待她宽厚，也不过是她没有遇到他尖刻的时候罢了。她也生出几分意兴阑珊来。

郁棠退回了她和裴宴应该有的距离，恭敬地朝着裴宴行礼，低声道着："时候不早了，明天一早我还要陪徐小姐出门，就先告辞了。"说完，也不想看裴宴是什么表情了，拉着双桃就逃一般地离开了。

"郁……"裴宴望着郁棠远去的身影，明明知道自己此时最应该做的是给郁棠赔不是。可话都到了嘴边，他却像被掐住了喉咙似的，无论如何也说不出口，就这样眼睁睁地看着郁棠从他的眼前跑走了。

他顿时觉得自己全身上下都不对劲了，走也不是，站也不是，说话也不是，沉默也不是，追过去肯定是不妥的，不追上去解释一句就更难受了。

裴宴想问问身边的人，左右瞧了瞧，只有个什么都不懂的阿茶。

他的脸色一下子就阴了下来，厉声道："还站在这里做什么？回去了！"

阿茶根本不知道发生了什么事，见裴宴生气，忙应了一声，小跑着在前面带路，压根不敢说话。

裴宴辗转反侧，一夜都没睡着。直到早上，他一个人坐在宽敞的厅堂里用着早膳，小厮进来禀说殷浩过来了，他还在想这件事。

昨天他的行事的确太急切了一些。

郁棠什么时候认识顾昶的，就算郁棠不愿意告诉他，他如果使点手段，怎么样都能知道，他为什么要采取那么蛮横又粗糙的手段，非要逼着郁棠告诉他呢？

这全都怪顾昶，昨天他把顾昶带去见王七保，大家都知道是怎么一回事了，偏偏顾昶还装模作样地在那里和他及王七保讨价还价，结果顾昶得了好，他却欠了王七保一个人情……否则他见顾昶和郁棠一副相谈甚欢的样子也不至于脑子一

· 198 ·

热，做出了不应该做的事。

对！就是这样！看来他阿爹的担心是有道理的，他还是要在养气功夫上多花点精力才是。裴宴这样想着，觉得心情好了一点点。可郁棠那里，该怎么办呢？

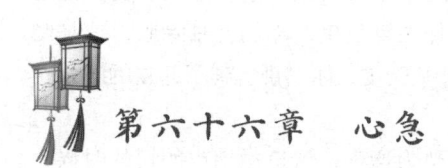

第六十六章　心急

裴宴长这么大还没有给人赔过不是。难道他要像那些来给他赔不是的人那样，带着管事小厮的，提了贵重的礼品上门吗？裴宴想想就打了个寒战。这也太没有样子了。得想个其他办法才行！

他轻声长叹，肩膀却挨了重重的一击。裴宴回首，看见了殷浩笑眯眯的脸。

"你这是在想什么呢？"他坐到了裴宴身边的太师椅上，毫不见外地吩咐桌边服侍的阿茶："给我来杯碧螺春。"这才重新望着裴宴道："顾朝阳那边搞定了，那二十万两银子也没什么问题了。张绍的事虽然让人措手不及，但周子衿赶了过去，以他的浑劲儿，谁也别想讨了好去，你还有什么不放心的？或许是江西的那个田庄？有我在淮安盯着，绝不会出事的，你就等着明年数银子好了。"

裴宴不以为然地挑了挑眉，道："这都是有头有脑的事，我有什么好担心的。"他担心的是郁小姐那边该怎么办！

裴宴寻思着要不要请教请教殷浩，就听见殷浩道："我姑姑这两天怎么样？有没有私底下和你抱怨我？不就是养了个外室吗？那也是看在别人给我生了个孩子的分上。我早想好了，两处隔得远远的，孩子保证不抱进门。等他长大了，单独给他立个户好了。我也不知道我姑姑她们是怎么想的。从前总急着要添丁，现在添了丁，又嫌弃别人的出身。这天下哪有十全十美的事。我总不能为了孩子休了家里的那个再娶个进门吧！现在这样岂不是两全其美？"

他听着这诛心的话，一句也不想说了，反而开口嘲讽道："那你也得确认一下到底是不是你的孩子。别给别人养了孩子就好！"

殷浩一下子跳了起来，道："你胡说八道些什么呢？是不是我的孩子我难道会不知道？"

裴宴冷哼了一声，懒得和他多说，问殷浩："你什么时候回去？张家那边出了这么大的事，只怕没办法善了。我的意思，你还是想办法和沈大人谈谈心，争取能早日回京城去。"

殷浩见裴宴和他说起正事来，也表情渐肃，道："我想见过了陶清再走。"

裴宴立刻明白了殷浩的意思，他讶然道："你是想推举陶安去江西？"

殷浩点头，低声和裴宴分析："凭我的资历，当然也可以去争一争，可到底差点火候。还不如趁机举荐陶安。盐引的事，太重要了。你们家和陶家都有海运生意撑着，没什么要紧的。我们殷家这两年的日子可不太好过。怎么着也要把这桩生意稳下来了，我才能离开江南。再就是你二哥那里，你们九月除服，你是蹲在临安走不了了，可若是我们在京城里再多扯几天皮，你二哥也到了起复的时候。我觉得这才是一盘好棋。"

如果陶安能去江西做巡抚，陶家在朝廷势力增强，议论撤销市舶司的时候，他们就更有话语权了。

裴宴道："这件事我听几位哥哥的。"

殷浩压根不相信，啧啧道："我看是我说中了你的心思吧，不然你能这么老实就答应下来？不过，这件事宜早不宜迟，陶清说了什么时候到吗？"

"他应该会连夜赶过来。"裴宴道，"倒是杨三太太，我听说她派了人去投了几张名帖，不知道有没有我能帮得上忙的。"

殷浩也没准备瞒他，直言道："武家和江家联姻后，武家气焰嚣张，加上还有个宋家在旁边虎视眈眈，虽说不至于让我觉得为难，可有时候也让人心烦。有些事，姑姑帮我走一趟，我这边也可以少些麻烦。何况明远九月份要成亲了，有些人家还是要亲自去说一声的好。你就别掺和了。"

徐家是当朝数一数二的豪门大户，殷家和徐家联姻，也可以起到敲山震虎的作用。

裴宴和殷浩都心知肚明，不再围绕这件事说话，殷浩就说起另一桩事来："彭家你有什么打算？他们家这两年上蹿下跳的，我是觉得得给他们一个教训才是。"

教训什么的都是借口，殷家和裴家、陶家达成了攻守同盟，若是能把泉州那边的市舶司撤了，他们的生意才能日进斗金啊！这才是他们不想让彭屿更进一步的重要原因。可若是撤了泉州那边的市舶司，宁波这边的未必就能保得住。郁家才刚刚和江潮合伙……亏损倒不至于，可也别想赚更多的钱了。

裴宴道："撤销泉州的市舶司用的是什么借口？宁波这边能保住吗？"

殷浩猜测裴家在宁波也有船队，迟疑道："就是宋家那边不好办。"

裴宴冷酷地道："那就把宋家踢出去，让别人取而代之。"

这个念头一起，他突然觉得眼前一亮。是啊！他怎么没有想到！把宋家踢出去，让江潮取而代之，这样，郁家有了立家之本，郁棠也就不会再和他生气了。

"就这样决定了。"裴宴简直有些迫不及待，跃跃欲试地道，"这件事交给我好了，你们负责盯着京城那边的动静，周状元那边，也由我出面。帮陶家拿下江西巡抚这个职位。"

"不过，怎么答谢张家，就得陶家拿出个章程来了。"裴宴沉吟道，"再就是江西那边的局势，颇有些复杂，当初张绍兄都没能摆平，陶安就更不行了。你们得想个办法才行。"

殷浩倒吸了口冷气，道："宋家都干了些什么？看把你给得罪的！你就不怕他们家大老爷跑到你们家老安人面前去哭诉？说起来，他们家大老爷也是快六十的人了，我就怕到时候你顶不住，结果我们做了恶人！"

宋家和裴家的关系，他们都知道的。

裴宴冷笑了几声，道："这你就别管了。你就管好你自己到时候别拖后腿就行了。"

"你放心！"殷浩拍着胸道，"你能大义灭亲，我就能鞠躬尽瘁！"

裴宴就道："那二哥你用过早膳了没有？我让人给你端碗粥来！我们一股脑地都跑到杭州城来了，宋家的人也不是傻瓜，为了避免打草惊蛇，我这就去安排一下，就不陪二哥你用早膳了。"说完，也不管殷浩在他身后叫唤，直接就往郁棠住的地方去。

他一面走还一面问阿茶："知道郁小姐用了早膳没有？我有点急事要找她！"

阿茶闻言立刻一溜烟地跑了，提前去给裴宴打听消息去了。

等裴宴走到郁棠院子门口的时候，阿茶已经打听清楚了，陪着裴宴往里走的时候嘴里也没有闲着："郁小姐正在用早膳，徐小姐也在这边。听徐小姐身边的丫鬟说，今天原本是准备出去逛逛的，但张家有丧事，徐小姐说她没有什么心情，准备今天和郁小姐一起抄几页佛经，然后送去灵隐寺烧了。过两天再和郁小姐出去逛逛，买点礼品就准备回京城了。"

裴宴驻足。他倒忘了徐小姐和张家的女眷应该很熟悉，也难怪她没有心情闲逛。

裴宴道："若是两位小姐准备去灵隐寺，你提前跟我说一声，我也陪着走一趟。灵隐寺那边的住持师父和我们家也有来往，今年还没有去捐过香油钱。"

阿茶应是，满脑袋不解。三老爷素来横行，就是老太爷在的时候，那也是想去哪里就去哪里，何曾跟他们解释过。三老爷这是怎么了？不会是因为守了几年孝，吃素吃得连性情都平和了？

阿茶不敢多猜，跟着裴宴进了正厅。

郁棠昨天晚上也没有睡好，翻来覆去，天色泛白才睡着，却又很快被徐小姐吵醒，看上去精神有点萎靡。

见裴宴过来，她大吃一惊。昨天两人毕竟是不欢而散。她忙请裴宴在太师椅上坐下，吩咐丫鬟奉茶。

徐小姐向来看不惯裴宴，看到他就想嘲讽几句，可一想到她准备约了殷明远重游裴宴的宅子，好歹忍着没说，但又不愿意和裴宴虚与委蛇，和裴宴打了个招呼之后，索性向郁棠告辞："我就先回去了。准备好了笔墨纸砚再过来。"

郁棠不太想见裴宴，但徐小姐在这里，她又不好驳了裴宴的面子，只送了徐小姐出门，到了门口悄声叮嘱她："你早点过来！"一副不太想和裴宴多待的样子。

徐小姐推己及人，觉得郁棠估计也不怎么喜欢裴宴，连声道："你放心，最多半炷香的工夫，他要是还不走，我就来赶人。"

郁棠感激地朝着徐小姐点了点头，送走了徐小姐，这才回了厅堂。

裴宴觉得自己已经想办法解决了两人之间的矛盾，颇为理直气壮，见郁棠折了回来，开门见山地就道："江潮这个人，你觉得怎么样？"

郁棠完全不猜不到裴宴要做什么，而且她对江潮也不是十分了解，想了想，说了自己知道的："他做生意应该是挺厉害的，也很维护自己的家人。其他的，我就不知道了。"

裴宴道："做生意厉害，说明这个人有能力。维护家人，说明这个人重情。勉强也能用用了。"

郁棠莫名其妙。

裴宴道："这件事你就别管了。我准备帮江潮一把，正好你们家不是和他在做生意吗？也可以跟着吃点红利。"

郁棠闻言在心里冷笑了几声。什么叫不用管了？既然让她别管，那就别告诉她啊！一面让她别管，一面又事无巨细地告诉她，这是什么意思？怕是裴宴又开始心口不一了吧！

如果没有之前裴宴的讽刺，郁棠想着裴家对她的好，想着裴宴对她的帮衬，也就睁一只眼闭一只眼地过去了。可自她被裴宴讽刺之后，她觉得自己平时就是太惯着裴宴了，裴宴这才会肆无忌惮，想说什么就说什么，想做什么就做什么！

我让着你，你说的句句字字自然都金贵。我要是把你放下了，我管你去干吗！郁棠打定主意不管裴宴了，说话自然是如同对待贵客，敬重又热情，至于会不会去办，那就是另一回事了："那我就替我家里人谢谢您了。难怪别人都说三老爷宅心仁厚，跟着您有汤喝！"

裴宴听着这语气怎么那么谄媚！郁棠平时不是这样的人啊！

裴宴不由仔细地打量郁棠。或者是因为此时是在屋里用早膳，她穿了件半新不旧的茜红色八宝纹的杭绸褙子，乌黑亮泽的头发整整齐齐地在脑后绾了个髻？露出明艳的眉眼，像那辰时的朝阳，漂亮得夺人眼目。

裴宴皱了皱眉。

若是以前，郁棠肯定要追问他出了什么事，而此时，她只是静静地坐在那里，笑着推了推手边的茶盅，道："您喝茶！这是前两天杨三太太送的'雪水云绿'，我喝着觉得还成，就拿了这茶待客。说起来这名字取得也挺别致的。'雪水'，我刚开始听见的时候还以为是因为这茶产在高山雪峰的北方呢。没想到杨三太太说，是因为这茶产自雪水峰……"

她絮絮叨叨地，像在说家常，仔细一听，却是什么都没有说。

裴宴最讨厌这些家长里短的，有时候郁棠也会在他面前说这些，他并不讨厌。可不知道为什么，今天他听着就有些烦躁，总觉得郁棠话里有话，他又抓不住脉络似的，有些无力。

他干脆就打断了郁棠的话，道："江家的事，你可有什么说的？"

郁棠就是要怼裴宴。索性有样学样，正色道："我看您都安排好了，我出身市井闾巷的，也不懂什么大道理，您这样安排，肯定有自己的用意，我们听着照做就是了，能有什么说的。"说完，还露出一副恍然的样子，忙道："郁家受您恩惠多多，我回去了就跟我阿爹说，让我阿爹亲自上门给您道谢。"

我是想让你父亲来道谢的吗？裴宴气得不行，觉得这儿坐垫是硬的，茶是淡的，屋里还弥漫着刚才的饭菜味，他多坐一刻就多难受一刻。索性站了起来，道："既然你没有什么说的，那这件事就这样定下来了。等回了临安，我自会和你父亲去说。"

郁棠见他要走，也没有留他，笑盈盈地应"是"，送了他出门。

裴宴心里就更不舒服了。他觉得郁棠肯定没有领会到他是什么意思，要是知道他这是在给她们家送钱不说，还想着法子把她们家带进了苏浙大商贾才能进入的商圈，就不会这样冷淡了。

要知道，从前他就只是送了她几株要死不活的沙棘树，她都很是感激，说了一堆好听的话。看在这件事的分上，他再提点她几句好了。

裴宴想着，就在院子门口停下了脚步，道："徐小姐若是要出门买带回京城的土仪，你也记得买些合适的礼物让徐小姐带回家，有来有往，才是相处之道。"

郁棠还真没有想到。她微微一愣，觉得裴宴的好意她犯不着像被踩了尾巴的猫似的乍毛，恶意也犯不着忍气吞声地不反抗，平常心就好。

"我知道！"她笑着向裴宴道谢，"多谢您提醒。"

裴宴感觉到了郁棠的真诚，觉得她这个态度还不错，满意地点了点头，回了自己的住处。

郁棠则朝着裴宴的背影撇了撇嘴，带着笔墨纸砚去了徐小姐那里。

徐小姐正在书案前裁纸，见状道："你怎么过来了？"

免得裴宴想起什么又跑去了她那里。郁棠在心里道，却不好跟徐小姐说，笑道："你去我那里和我到你这里有什么区别？"又问："三太太已经出门了吗？"

徐小姐"嗯"了一声，让阿福给郁棠整理出抄佛经的地方，然后道："她一早就出门了，说中午和晚上都不回来用膳。你今天就留在我这里用膳吧！"

郁棠欣然答应，过去帮徐小姐裁纸。

徐小姐一面裁着纸，一面和郁棠说着闲话："张家现在肯定乱成了一团。我和张家二房的大小姐很好，她父亲和她叔父身体都不怎么好，家里就指望着她伯父仕途长远了，谁知居然出了这样的事。我想想都为他们家叹口气，没心思出去玩。"

郁棠觉得这是人之常情，道："那你要不要写封信去京城，先安慰安慰张大小姐？她家里出了这样的事，肯定正伤心着。"

徐小姐叹道："谁说不是！最要紧的是她的婚事——她九月份及笄，为着尊重长房的，怎么也要三年之内不议婚嫁。"

郁棠就问起张家的事来。

徐小姐告诉她张老大人生了三子一女，女儿是最小的，已经嫁人，张绍虽然是长子，但子嗣上却艰难，之前生养了好几个都没有养活，如今只留下来一个独子，今年才七岁。二房的长女就成了大小姐。但二房的子嗣也不旺，张大小姐只有一个弟弟，今年九岁。她三叔父倒有两个儿子，一个六岁，一个三岁。

她道："太夫人怕是心里最难受了。张家如今可谓是青黄不接。江大人又不讨张老大人的喜欢，也不知道以后谁家会和张家走得近些。怕就怕张家要和这样的人家联姻。"

也就是说，张家失去了继承人，为了保持张老大人曾经的人脉和资源有人继承，张老大人会在自己的子弟里选择一个继承人。而这个继承人为了照顾张家人，最好的办法就是两家联姻。

郁棠道："你是怕张大小姐所嫁非人吗？"

徐小姐怅然，道："我是怕最终张家没有办法，只好选了江家。要知道，江家的长媳是那个湖州武家的嫡长女。武家的女儿你也看见是什么德性了，若我有这样一个人做妯娌，我要活生生地被气死。"

郁棠只好劝慰她："你不是说张老大人不太喜欢江大人吗，更何况是做儿女亲家？说不定人家张老大人有自己的打算呢！"

徐小姐嘟了嘴，道："那还不如嫁到沈家去。好歹是世代诗书，沈大人为人又温和宽容，家里的女眷也都老实本分，只是沈家的几位公子读书都一般，也有点让人着急。"

郁棠仔细地想了想，想起沈家有位公子好像和李端是同年来着，好像是那个别号叫"静安居士"的来着。

她想着以张家和裴宴的关系，觉得她应该帮帮张家。但话都到了嘴边，她又想到张家若是和沈家联了姻，那张老大人手中的资源应该会向自己的孙女婿倾斜吧？

梦中的裴家能躲过这些灾难，若是与张家的大力支持有关呢，她这儿给乱出主意，万一让裴家遭受损失呢？两人不和是不和，却不能因为不和而伤了根本。郁棠思忖了半晌，决定还是先去问问裴宴再做决定。

她和徐小姐有一句没一句地聊着天，等把纸裁好了，就开始抄佛经。

徐小姐道："我帮张大小姐也抄一份，让菩萨保佑她一切顺利。"

郁棠笑道："看来您和张大小姐关系很好！"

徐小姐道："我们是一起长大的。小的时候我娘抱着我去庙里拜菩萨的时候，她娘也会抱了她去，她们大人去听讲经，我们俩就会在院子里一起玩。可惜殷家没什么人，不然我还想着我们俩能不能做妯娌呢！"

有人做伴，时间就过得很快，一天眨眼间就过去了。

郁棠和徐小姐的佛经都抄得差不多了，两人就约了明天再抄一天佛经，后天去灵隐寺。

这个消息很快就传到了裴宴的耳朵里。

裴宴和殷浩商量："明天我们就去拜访王七保。后天大家歇息一天，我要去灵隐寺。"

殷浩奇道："这个时候，你去灵隐寺做什么？明天去拜访王七保，陶清还没有来，难道就我和你去吗？去了说什么？有什么意义？"

裴宴道："本来就是为陶家奔走，陶清来了固然好。他不在，有些话我们说起来更方便。"

殷浩觉得裴宴完全是强词夺理，他困惑地望着裴宴。

裴宴没有理会殷浩，回到屋里问阿茶："今天郁小姐没有出去吗？"

不是说好了不出去的吗？阿茶不明所以。

裴宴想，自己把他丢在这边的宅子不用果然是有原因的。

他又道："郁小姐没有送信回临安吗？"

他给了郁家那么大一块饼，郁棠应该很高兴地赶着给她父亲送信，让她父亲来和他详谈才是。

阿茶仔细地回忆片刻，摇头道："没有！今天郁小姐待在徐小姐那里，一天都没有出门。双桃姐姐也都在旁边服侍，没有指使我们跑腿。"

郁棠在捣什么鬼？是不相信他说的，还是准备回了临安再做打算？裴宴心里很不高兴，他觉得自己应该去问问郁棠是什么意思，又本能地觉得这个时候去问这件事可能不太好，而且他隐隐觉得自己好像有件很重要的事没有做，但是什么事，他一时又想不起来了。

他在屋里来回踱着步子，有小厮进来禀，说顾朝阳求见。

裴宴眉头锁成了个"川"字。这个顾朝阳，早不来晚不来，每次他有事的时候就跑来了。

裴宴沉着脸坐在太师椅上，厉声说了句"请他进来"。

顾朝阳大步走了进来。

他刚从外面回来，还穿着去见客的衣饰。宝蓝色五福团花的直裰，靛蓝色的腰带，藤黄色绣绿竹的荷包，明丽的色彩映衬得他肤如美玉，风度翩然。

裴宴下意识地又皱了皱眉。

顾朝阳和邓学松相谈甚欢，达到了今天见面的目的，心情很好，想着裴宴这边乱七八糟的一堆事，肯定焦头烂额的，自然不会和裴宴计较些什么。

他笑着坐在了裴宴对面，待丫鬟上了茶点，他这才道："你那边可还顺利？"

当初他们约定，孙皋那边由王七保负责，江南这边却由裴宴负责。虽然他不知道裴宴这边的进度如何，但殷浩还没有走，说明事情还没有定论，裴宴这边的事就还没有完。

裴宴看着他飒爽的眉眼，突然想起他刚才忘了什么了！

他忘记了让人去查郁棠是什么时候，又是怎么和顾昶认识的了……

裴宴顿时觉得顾朝阳像个开屏的孔雀似的，还不分场合，胡乱开屏，生怕别人不知道他此时是多么踌躇满志似的。

"我这边有什么不顺利的。"他慢慢地道，肌肉却紧紧地绷了起来，如搭在弦上的箭，随时准备射人似的，而越是这个时候，他就会越表现得风轻云淡，甚至是宽怀豁达——他不想和对手浪费感情，"之前大家都商量好了，按各自的分工行事就行了，就算是不顺利，那也只是暂时的。"

是啊！这件事发展到了这个份上，大家只有竭尽全力地推着往前走了，难道还能后悔、退出不成？！

顾朝阳没有吭声。

裴宴道："你找我什么事？"

他知道顾朝阳去干什么了，也知道顾朝阳为什么要这么做。瞧顾朝阳的样子，应该是很顺遂，现在来找他，不会是想和邓学松更进一步，约了他和殷浩作陪，请邓学松吃饭吧？

裴宴不太想去。他不想让人知道他也在这件事上出了力的。虽说世上没有不透风的墙，可明晃晃地认了和让别人乱猜还是有很大的区别的。

谁知道顾昶笑道："我昨天看见郁秀才家的郁小姐了，听说她们家和你们家挺熟悉的，你能不能找个熟悉郁小姐的婆子，我有些事想打听打听。"

裴宴的汗毛立刻竖了起来，如同被侵犯了领地的狮子，眼神都变得锐利冷峻起来："你打听郁小姐做什么？我们两家是通家之好，你有什么事也可以问我。"

顾昶明显地感觉到了裴宴的排斥，但他以为裴宴是误会他打听内宅之事，并没有放在心上，又因为裴宴的态度，让他觉得这件事的确不太适合问裴宴，想了想，道："要是你也不太清楚那就算了。等有机会，我去问问裴老安人也是一样的。"

顾昶什么意思？一会儿急不可待，一会儿又慢条斯理的，他到底要干什么？裴宴看顾昶的目光中依旧带着几分警惕。

顾昶失笑，觉得自己的确太急切了些。他转移了话题，和裴宴叙了叙旧，就起身告辞了。

裴宴望着他离去的背影，心中隐隐生出不好的感觉来。可谁能令他不安呢？郁棠的面孔猝然浮现在他的脑海里。裴宴吓了一大跳。会，会是郁棠吗？

裴宴这才感觉到刚才和顾昶说话的时候他人一直都紧绷着。他想起父亲曾经对他的评价。说他比起他的两个兄长,有着野兽般的直觉。他从前还曾因此觉得不高兴。可后来很多事实却证明,他的确有这样的直觉。

裴宴很是不安。他在屋里团团转着。

殷浩来见他,见到他的这副样子愕然道:"你这是怎么了?我刚听说顾朝阳来见过你了,是他那边出了什么事吗?"

"没有!"裴宴不想让殷浩知道他在想什么,他甚至不愿意让人注意到郁棠,他问殷浩,"你来找我什么事?"

殷浩道:"陶清到了,他在清风客栈落脚,约了我们晚上去清风客栈见面。"

清风客栈是陶家在杭州城开的客栈,可见陶清没准备让别人知道他来了杭州。

裴宴不悦道:"我们两人联袂去那里更打眼吧,他要是真的不想让人知道,就去灵隐寺落脚。我们明天见过王七保后去灵隐寺烧香,还可以借了住持师父的静室。"

殷浩笑道:"论这些魑魅魍魉我们谁也比不上你。我一直挺好奇的,你说你,也是世家子弟,读圣贤书长大的,可做起这些事来,你就天生比我们脑子灵活……"

裴宴板着脸打断了殷浩的话,道:"到底是今天晚上去见还是明天灵隐寺见,你赶紧拿个主意。我年幼,听兄长们的!"

"啧啧啧!"殷浩不信,道,"我听你的。我们明天灵隐寺见。"

正好,可以怂恿着郁棠她们提前去灵隐寺。还是得问清楚她怎么认识顾昶的。裴宴拔腿就准备去见郁棠,走到门口,突然停住了脚步。不行,他不能就这样去!

上次他没能忍住脾气,问了她这件事,结果把她给得罪了。自己好不容易想了个法子给她赔了不是,若是又因为这件事惹了她不高兴,他一时也想不出其他赔不是的法子了。为了保险,他还是再忍一忍,等明天到了灵隐寺再说。

裴宴折了回来。不过,郁棠为什么不派了人去给她父亲送信呢?她不是那样的人啊!裴宴又开始纠结这件事。他想了又想,怎么也想不明白。他觉得他得请教请教谁才好。

周子衿最喜欢多管闲事,他遇到的事也多,是最好的人选。可惜他去了京城。顾朝阳,那肯定是不行的!裴宴轻哼了一声。这院子里就只剩殷浩了。但殷浩连自己屋里的那些事都搞不定,就算拿了主意,估计也是个馊主意。

要不……陶清!他为人敦厚宽和,待自己如同阿弟,最最重要的是,他为人正直,待人真诚,就算是自己闹了笑话,也不会说出去,更不会嘲笑自己了。

裴宴这么一想,心里就像长了草似的,片刻也没办法静下来。

他先是派了人把青沅叫了过来,让她想办法说服郁棠明天去灵隐寺进香,然后换了身衣裳,轻车简从,悄悄地去了清风客栈。

陶清已经歇下,听说裴宴来了,吓出了一身的冷汗,披了件衣裳趿着鞋子就跑了出来，亲自把裴宴迎到厅堂坐下，屏退了左右服侍的人，一面亲自去给裴宴沏茶，一面问他："可是有什么变故？"

裴宴坐了下来，看着昏黄灯光下陶清清瘦的面孔，这才惊觉自己荒唐，摸着鼻子，半天不知道说什么好。

陶清见他神色间流露出些许的窘然，心里"咯噔"一声，想着以陶安的资历角逐江西巡抚的确是有点勉强，除了需要张家帮着周旋，估计还得请黎家、沈家和江华帮忙，而出主意捧了陶安上位的是殷浩和裴宴，看裴宴这样子，难道是计划还没有开始就出了什么岔子？

但他素来沉稳，又经历过大风大浪，知道有些事情是要看机缘的，虽说有些失望，却并没有太多的执念。何况这也是裴宴给他们陶家的人情，他就更不能让裴宴为难了。

他给裴宴倒了茶之后，还顺手端了盒点心出来摆在桌子上，道："这是广州那边过来的点心，我专门让人给清风客栈准备的。来这里住过的客人很多都冲着这点心成了回头客，你尝尝，看看合不合胃口。"

裴宴就想到了郁棠家好像总是做了点心送给别人，她们家肯定很喜欢做点心，他道："那您给我带点回去，我……给身边的人尝尝。"

陶清就怕他和自己客气，闻言欣然吩咐贴身的小厮去包点心，并道："你和阿安向来私交甚好，你又比阿安小好几岁，我把你当家中的小兄弟似的。你有什么话，直接说就是了——兄弟间，不用那么客气，也不用有那么多的顾忌！"

裴宴望着陶清沉静的眸子，嘴里发干，一时间竟然不知道说什么好。

陶清也不催他，只是在适当的时候给他续茶。

裴宴连喝了三杯茶，觉得自己就算是这样拖延下去也只会熬时间，干脆眼一闭，把郁棠的事告诉了陶清。不过，他到底还有点警觉心，没有把他准备把宋家踢出去的事告诉陶清，只是说介绍了一笔大生意给郁家。

陶清张大了嘴巴，半晌都不知道说什么好。他小心翼翼地问裴宴："老安人知道郁小姐吗？"

"知道啊！"裴宴不解地道，把郁棠如何得裴家人喜欢的事告诉了陶清。

陶清松了口气。望着一脸懵懂无知的裴宴，他决定装聋作哑。因为这件事就算是需要挑明，也不应该由他挑明。何况郁小姐出身寒微，裴宴是否愿意不顾世俗的眼光娶郁小姐，也是件让人无法预料的事。

他笑道："我听你说的，郁小姐不像是消了气的样子。会不会郁小姐根本没有把这两件事联系起来？"

裴宴如遭雷击。半晌才磕磕巴巴地道："不，不会吧？"

陶清就和他细细地分析："你说你无意间冲撞了郁小姐，你和郁小姐不欢而散。按道理，郁小姐若是原谅你了，肯定会对你心无芥蒂，你照顾她家的生意，她无论如何也应该向你道声谢，我说的没错吧？"

"没错！"裴宴眼巴巴地望着陶清。

陶清继续道："郁小姐若是没有原谅你，她肯定是对你敬而远之，你说什么、做什么，她肯定都当没有看见似的……"

郁棠现在对他就像视而不见！裴宴惊愕。

陶清知道他这是想清楚了，索性又道："我们再回过头来说说你。你做事向来磊落豪爽，以直报怨，以德报德，怎么在郁小姐这件事上却如此糊涂呢？好好的一件事，你偏偏什么也不说，就这样一股脑儿地甩到郁小姐的面前。郁小姐又不是你庶吉士馆的同僚，也不是你朝堂上的同僚，她不熟悉你的做派，又怎么会知道你真实的意图是什么呢？"

裴宴听了腾的一下就站了起来，朝着陶清拱了拱手，道："大兄，我先回去了。明天下午我们灵隐寺见。"说着，拔腿就要跑。

陶清一把抓住了裴宴，道："你既然把我当阿兄，一家人不说两家话。你老实告诉我，阿安的事是不是有了变故？你是知道我的，知足常乐，你不必怕我心里不好受。"

"没有，没有。"裴宴这个时候只想快点赶回去。

他让青沆怂恿着郁棠明天去灵隐寺，若是郁棠还在和他置气，他让她往东，她偏要往西怎么办？事不宜迟。他得赶紧把和郁棠的误会解开才行。不然他岂不是白白地抬举了江潮？裴宴脑子转得飞快，语气急促地道："阿兄，我们叫你来，也是想问问你们家愿意拿出多少银两来打点。若是你们觉得不值得，有不值得的办法。若是你们觉得值得，有值得的办法。我和殷二哥都不好当你们的家罢了。"

陶清听着陶安的事还有希望，心里顿时生出十分的期待来，他魄力十足地道："我们陶家肯定是全力配合你们。要知道，能用银子解决的事，那都不是什么难事。怕就怕使了银子也没用处。"

裴宴听懂了。陶家这是要拿出一切力量来帮陶安争取这个江西巡抚了。

陶清还怕裴宴遇难而退，决定把裴宴也绑在自家的马车上，道："你们没有把阿安当外人，我也就不和你们见外。江南的事，也算我一份。那二十万两银子，大不了我们陶家全出了。"

财大气粗。裴宴笑道："阿兄放心，我心里有数了。你且安心歇着吧，我先走了。"说完，帮陶清关了门，消失在茫茫夜色中。

等陶清追出来的时候，裴宴早就没影儿了。陶清摇了摇头，站在初夏的晚风中，沉默了好一会儿才进屋歇了。

裴宴回到府里已经过了亥时，他很想马上就去见见郁棠，却只能望着夜色兴叹。

第二天一大早，殷浩就过来兴师问罪："陶家大兄让我们昨天晚上和他碰面，是你说不能太打眼，约了今天灵隐寺见。那你为何昨天晚上一个人跑去见陶家大兄？你给我老实交代，你昨天和陶家大兄都说了些什么？为什么要把我撇到一边？你到底打的什么主意？合作贵在诚意，你这样，一点诚意都没有。"

裴宴刚派了人去打听郁棠的行踪，那边还没有消息过来，心里正着急，却被殷浩拉着唠叨。他心中不悦，说起话来也就有些急躁："你怎么那么多话？陶家肯定是愿意我们帮着陶安争个三品大员的，问题是今天我们怎么说服王七保也帮着出面。"

殷浩是相信裴宴人品的，他觉得昨天晚上裴宴去找陶清，肯定是临时有什么要紧的事，来不及叫他，或者是不需要叫他。可他难得捉到裴宴的把柄，忍不住就想逗一逗裴宴，就不依不饶地追问裴宴为什么要独自去见陶清。

裴宴惦记着郁棠会不会如他所愿去灵隐寺，哪有心情和殷浩纠缠，恨不得把殷浩的嘴堵上才好。

两人针锋相对地打着嘴仗，青沅过来了。裴宴丢下殷浩站在外面院子里和青沅说话。

青沅笑道："奴婢看了天气，明天可能会下雨。徐小姐和郁小姐就决定今天去灵隐寺了。"

裴宴松了口气，寻思着下午得找个机会和郁棠说上话才行，不然这样误会下去，最后两个人说不定会老死不相往来。

至于郁棠，她坐在镜台前，一面拿着头花在鬓角比画，一面和坐在旁边罗汉床上的徐小姐道："你怎么知道明天会下雨？"

徐小姐支着肘挑拣着床几上攒盒里的糖食，心不在焉地道："我身边的婆子会看天气啊！她昨天也提醒过我，说怕下雨来着。我想下雨就下雨，大不了雨游灵隐寺好了。可青沅说怕天气变冷，觉得还是今天去好。何况等会儿裴遐光也会去。我听殷明远说，灵隐寺的住持出家前是个秀才，文采很好，尤其擅长画画，我们借着裴遐光的由头，请住持帮着做法事是小，说不定还能向住持师父讨几幅画。我们殷明远可喜欢绘画了。"

郁棠算是看出来了，徐小姐就是冲着能借裴宴的名声去的。活该！他那种人，就得让人算计几次才解恨。若是从前，郁棠肯定爱惜裴宴的羽毛，可如今，她决定和徐小姐一起，借借裴宴的光。她想到第二次见面时，裴宴见她借裴家的势力行事时气极的样子。就得让他再尝一次。

郁棠甚至有些幸灾乐祸，道："那好！我们今天好好逛逛灵隐寺。我听说永福寺就在灵隐寺的旁边，我们要不要也去永福寺看看！"

"好啊！"徐小姐兴致勃勃地说道，两人商量好了去灵隐寺的行程，就带着青沅、阿福等人坐着轿子去了灵隐寺。

灵隐寺这边早得了消息，四管事手下的一个小管事赶在她们来之前已经通知了灵隐寺的知客和尚，收拾好了歇息的厢房，正在山脚下等着她们。

两人到了寺门前下了轿，这边知客和尚迎上前来，带着她们走侧门进了寺庙。

在大雄宝殿敬了香，捐了不菲的香油钱后，郁棠和徐小姐在知客和尚的陪同下去了住持师父的静室。

住持师父亲自安排了她们的法事，住持法事的则是住持师父推荐的一位高僧，并谦虚地道："我年事已高，精力不济，下午还有客人前来拜访，怠慢两位施主了！"

郁棠和徐小姐望着须发全白却对她们恭谦礼待的住持师父，忙恭敬地还礼，连称"不敢"。徐小姐甚至纠结着要不要向住持师父讨几幅画了。

郁棠此时是唯恐裴宴那里不乱，给徐小姐出主意道："那就请了裴三老爷帮忙。青沅不是说他和住持师父很熟吗？这点小事都做不到吗？"

徐小姐听得精神一振。

两人在灵隐寺用过斋席，叮嘱身边服侍的小沙弥，裴宴要是来了就立刻告诉她们，两人则没心没肺地在厢房里睡了个好觉。

下午醒过来的时候，据说裴宴和殷浩已经到灵隐寺了，没有要住持师父陪同，不知道在哪里闲逛。

郁棠就和徐小姐商量着得找到裴宴才行。

青沅自告奋勇地去找人。

郁棠和徐小姐等了一炷香的工夫都没有等到裴宴，青沅也一去不返。

两人等得有点心焦，结伴去院子里赏花。谁知道刚走出厢房，就遇到了顾昶。

"郁小姐，没想到又遇到您了！"他满脸惊喜。

郁棠也很是意外，笑盈盈地朝着顾昶福了福，道："没想到您也来了灵隐寺，真是凑巧！"

"是啊！是啊！"顾昶笑着，觉得阳光下的郁棠一双美目黑白分明，清澈得像一泓秋水，比起月光下如玉般的模样另有一番漂亮。

他的笑容在不自觉的时候更盛了几分，道："郁小姐来灵隐寺做什么？我是杭州人，从小就来灵隐寺上香，考中了进士的那年，还特意来还过愿。郁小姐有什么需要，可以来找我。"

"多谢了！"郁棠客客气气地道，两人寒暄了几句。

被冷落在旁的徐小姐左看看，右看看，眼底闪过一丝冷意，看着顾昶还在那里没话找话，她重重地咳了两声。

顾昶这才惊觉自己失礼，笑着和徐小姐打了声招呼。

徐小姐似笑非笑地应了一声，拉着郁棠就走了。

顾昶觉得他好像和郁棠真的挺有缘分的，站在那里看着她们的背影犹豫着要不要找个机会再"偶遇"郁棠，徐小姐却拉着郁棠耳语："顾朝阳多半会娶他恩师孙大人的女儿，我们少理他。"

"我知道啊！"郁棠只是欣赏顾昶能维护顾曦，因而高看他一眼，她闻言笑道，

"从前我就听人说过。"

徐小姐没有怀疑，觉得有些事郁棠既然知道就行，她说深了，就是怀疑郁棠的人品了，遂转移了话题，道："我们也不能就这样硬生生地等着裴遐光啊！要不，我们先去游永福寺，等从永福寺回来了再去见裴遐光？"

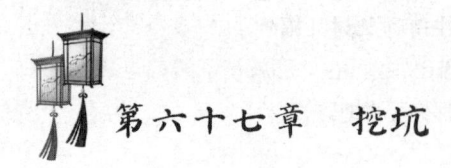

第六十七章 挖坑

郁棠觉得都可以。

只是让她没有想到的是，两个人刚刚决定去逛永福寺，迎面就碰到了裴宴和殷浩。

殷浩在外放淮安之前，在翰林院里待了六年，常去探望殷明远不说，还常去徐府蹭饭。徐小姐几乎是他看着长大的，加之徐小姐活泼可爱，他很喜欢，待徐小姐不像弟媳更像妹妹。

徐小姐也很亲近殷浩。看见殷浩，她立刻欢天喜地迎了上去。

"二哥！"她娇嗔道，"你们跑哪里去了？让我们好一阵等！"

殷浩笑着朝徐小姐点头，目光却不由自主地落在了郁棠的身上。

郁棠穿了件水绿色的净面褙子，却嘴唇红润，青丝乌黑，皮肤雪白，亭亭玉立地站在那里，比春日里的花朵还要娇艳。

他不禁道："这位是？"

徐小姐忙向他引荐："郁小姐。我去临安城后交的好朋友，这次尽地主之谊，陪我来杭州城游玩的。"

之前殷浩听杨三太太说起过，只是没有想到人这么漂亮，而且目光清亮，看着也沉稳。这要是能做他们殷家的媳妇就好了。他一面和郁棠打着招呼，一面在心里琢磨，殷家有没有合适的子弟。

那边裴宴却早已等得不耐烦了，他问郁棠："你们这是要去哪里？"

他们已经见过陶清了，知道王七保会支持陶安争取江西巡抚的职位后，陶清已经下山，去准备给王七保的礼品去了。

郁棠见有外人在，继续给着裴宴面子，道："我们准备去永福寺逛逛。"

永福寺比较小，风格和灵隐寺截然不同。

裴宴就约殷浩："我们也去那里逛逛好了。"

殷浩诧异地睁大眼睛。他们两个大男人，怎么好和两个小姑娘一起去逛寺庙。

裴宴自觉失言，忙道："我们去那边说说话！"

殷浩不疑有他，笑着对徐小姐道："你给我们打打掩护，让我们远远地跟着你们。"

这个可以。徐小姐爽快地答应了，裴宴开始绞尽脑汁地想着怎么把殷浩支走。

可他们刚刚到灵隐寺的侧门那里，居然遇见了顾昶。

"郁小姐！"他又惊又喜，道，"我们可真是有缘！"

郁棠非常意外，笑着朝顾昶点了点头，算是打了招呼。倒是殷浩，道："朝阳你来灵隐寺怎么也不约我？我还以为你出去办事了，拉了遐光过来。他这个人，干什么都板着张脸，最最无趣不过了。早知道你过来，我就不约他了！"

语气里是满满的抱怨。熟悉的，知道他这是在和裴宴开玩笑。不知道的，还以为他这是在嫌弃裴宴。

顾昶当然不会当真。他呵呵地笑。

原本也不应该当真的裴宴却看了郁棠一眼，见郁棠一副安然无澜的样子，想到陶清的话，心里顿时拔凉拔凉的，脸都黑了。

殷浩想也没有想地拉住顾昶就道："你这是要去哪里？我们准备去永福寺逛逛，你要不要一起？"

顾昶看了郁棠一眼，笑道："好啊！我正好没什么事，还想着是在灵隐寺用了斋席再回去还是这就下山。既然你们准备去逛永福寺，那大家不如就留在灵隐寺用了晚膳再回去吧？我来做东！"

只是他看郁棠的时候，眼角的余光无意间扫过裴宴。他发现裴宴的脸色很难看。

顾昶心中微愣，想着裴宴不会是把殷浩的玩笑话当真了吧？如果是这样，那他的心胸就很狭窄了，且是个开不得玩笑的人。那裴彤会不会因为一些小事得罪了裴宴而不自知呢？看来这件事他得放在心上，好好地问问裴彤了。

顾昶在前面带路，向殷浩介绍永福寺："……慧理禅师创建的。和灵鹫寺、灵隐寺一样。原来叫资严寺，后改名为永福寺……"

殷浩心不在焉地听着，脑子转得飞快，想裴宴到底要和自己说什么，他得想个什么办法才能把顾昶晾一边去？

裴宴落在了他们的身后，渐渐靠近了徐小姐和郁棠。他突然觉得这样也不错。顾昶虽然令人讨厌，但他的出现拖住了殷浩，也算做了件好事了。

他想了想，干脆慢下脚步，和徐小姐、郁棠并肩而行。

"徐小姐什么时候回京城？"裴宴没话找话地道，"我听青沅说徐小姐准备过两天上街去买些土仪带回去。正好我想给明远和张府带点东西去，想请徐小姐帮个忙。"

徐小姐还惦记着灵隐寺住持师父的画，对裴宴自然也就比平时要热情。

她笑道:"多谢三老爷了。到时候您让管事的交给我家随行的婆子就是了。"

裴宴道了谢,想着办法和郁棠搭话:"郁小姐送走徐小姐也要回临安城了吧,到时候我们一起回去吧?这几天浙江布政使要来上任了,我们一起回去,也能有个照应。"

郁棠还没有回答,徐小姐已讶然道:"浙江换布政使了?"

裴宴笑着点头,道:"上个月下的旨,这几天应该就要到了。"

徐小姐道:"换了谁?秦大人去做什么了?"

裴宴的目光在郁棠身上停留了片刻,道:"原云南布政使李光调到浙江任布政使,秦大人调入京城,任礼部侍郎。"

徐小姐有一个兄长任礼部主簿。她心里有点乱。不知道杨三太太这次拜访故交,有没有拜访秦大人。如果没有去,不知道这个时候再去还来不来得及。

她思忖了几息工夫,涎着脸问裴宴:"秦大人的调令已经到了杭州城吗?"

裴宴道:"应该到了。不过,以秦大人的性子,李大人还没有来之前,他应该不会声张。"

徐小姐就有点急了,她悄声对郁棠道:"要不你先去永福寺,我有点急事,要交代阿福一声。"

郁棠虽然不知道秦大人调离浙江与徐小姐有什么关系,但看徐小姐的样子,她怀疑裴宴是故意告诉徐小姐这个消息的,隐隐感觉到裴宴这是要支开徐小姐似的。

她一时心跳如鼓。她是顺势而为听听裴宴会跟她说些什么呢,还是继续不理睬他,陪着徐小姐去办事呢?

郁棠没能犹豫半息工夫,裴宴已道:"那我陪郁小姐在这里等你吧!你快去快回。"

灵隐寺离永福寺不过一射之地,他们又走的是侧门,树木繁茂,石径清幽,没有什么香客,留郁棠一个人在这里的确不太好。

徐小姐应了声"好",对郁棠说了声"我马上回来"就急匆匆地带着阿福去了旁边的大树下说话。

裴宴的目光如有实质般落在郁棠的身上。

郁棠装作不知道,四处张望,一副打量周遭景色的样子。

裴宴轻轻地咳了一声。郁棠才意识地望了过去。

只见裴宴神色紧绷地将捏成拳头的手挡在了嘴前,又咳了一声。

郁棠道:"你是受了凉还是嗓子不舒服?要不要请大夫看看?要是我没有记错的话,灵隐寺内就有医僧。只是不知道医术如何,要不我让青莲陪着你回去看看吧?"

裴宴的脸一下子黑如锅底。半晌,他才沉着脸道:"你可还在为我问你怎么认识顾昶的事生气?"

顾朝阳变成了顾昶。郁棠很是意外，本能地就否认："没有。"

裴宴道："你说谎！要不然我说抬举江潮的时候，你怎么一点也不高兴？"

郁棠被问得咽住。

裴宴眼底闪过一丝得意，觉得陶清果然是兄长，很是靠谱，遂道："我也没有别的意思，我是觉得非常奇怪，那顾昶怎么会三番两次地碰到你？顾家在杭州城又不是没有宅子，他如今是御史，回顾家也算是衣锦还乡了，他不仅藏着掖着，还住到我这里来。我是怕他对你有什么不好的心思……"

不管是梦中还是现实，郁棠最恨别人对自己有"不好的心思"了。她已经从梦中的泥沼里爬了出来，裴宴凭什么这样说她？

她气得暴跳，道："三老爷此言差矣。我只是个穷秀才家的女儿，出身寒微，长在闾巷，有什么值得别人记挂的……"

郁棠的话还没有说完，裴宴就意识到自己又说错了话，而且……这次比上次还要严重。

他忙补救道："你说你，好好的一个小姑娘家，行事恣意就不说了，怎么脾气还这么泼辣？顾曦的婚约是你拆散的吧？李端家是因为你倒霉的吧？顾昶是什么出身？他若是有心，会查不到？"

郁棠惊愕地张大了嘴巴。

裴宴看了心中大定，嘴里却毫不留情地又道："你就不能长个心眼？我这边急得不得了，你却在那里和顾昶说说笑笑的！你给我说说，你是怎么认识顾昶的？我也好给你分析分析。"

郁棠这才发现，自己还真没有什么机会认识顾昶。这个谎该怎么圆？郁棠额头上冒出汗来。

偏偏裴宴还在那里催："你仔细想想，你第一次见他是在什么时候？他都跟你说了些什么话？他当时是什么表情？"

他问得急了，郁棠只好心一横，道："我真的不记得了！自从我做了那个梦之后，有时候我压根分不清楚哪些是做梦梦到的，哪些是我真实经历过的！"

裴宴吃惊地望着郁棠，心中生起股不好的念头。难道顾昶接近郁棠，真的是有什么目的不成？

裴宴想再仔细问问郁棠，徐小姐已经交代完了，正朝着这边过来。

他不好再多说，只能神色肃然地叮嘱郁棠："你不要再和顾昶说话了。这件事我会查清楚的。"

郁棠也有些惊慌。如果不是裴宴提醒，她也没有意识到在昭明寺之前，顾昶是没有见过她的。难道顾昶有和她一样的梦境？若不是这样，那……顾昶的确有问题！

郁棠连连点头，保证道："我知道了。我不会再单独和他说话了。"

裴宴非常满意地"嗯"了一声，觉得小丫头就像只顽皮的小猫，淘气了一番，终于又恢复了从前的乖巧懂事。

"那我先和殷二哥去说事了。"他叮嘱郁棠，"你和徐小姐一道，千万别落单了。徐小姐身边那个矮矮胖胖的婆子，会拳脚功夫，你和她在一起，总能有人帮你挡一挡。"

郁棠随意地应了两声，注意力全被裴宴那句"会拳脚功夫"给吸引了，目光不由自主地往徐小姐身边那个平时她都没有什么印象的婆子身上瞅。

裴宴看着就在心里寻思着是不是也给郁棠找个这样的婆子。

虽说她们只是比寻常的人多几把力气，会一点功夫，但关键的时候却能拖延时间，最最重要的是，一般人想不到郁棠身边会有个这样的人。

他越想越觉得得尽快放个这样的人在郁棠身边。他快步走到殷浩身边，见顾昶还在那里说着永福寺的轶闻，不禁在心里冷哼了一声，觉得难怪顾曦没脸没皮的，原来这就是顾家二房的家风。这个顾昶，也是个表里不一的家伙，看着玉树临风，实则一肚子坏水。盯着郁小姐看，多半是想打郁小姐的主意……

裴宴想到这里，心中一惊。

像他，像顾昶，包括殷浩，甚至猝亡的张绍，成亲都比较晚。主要是他们的婚姻必须考虑很多因素，甚至还会有很多的算计。像顾昶，从前不想娶孙皋的女儿，又怕别人说闲话，只好把婚事一拖再拖，想拖到孙家的女儿等不得了；这次他出卖了孙皋，情况发现了变化，那最好的解决办法就是在东窗事发之前娶了孙皋的女儿。这样，他和孙家的恩怨就变成了彼此的政治主张不同，与私德无关。孙家不仅不能责怪他，还要以这样的女婿为荣。至于孙家人心里怎么想的，那就是孙家自己的事了。

但他却勾搭小丫头！裴宴脑海里闪过一个念头，但他不敢肯定。

他一向瞧不起为了利益而联姻，因而也比较糊涂，比不得陶清，门清！裴宴想见陶清。可陶清这个时候正忙着准备礼品去见王七保。就算他去见陶清，陶清估计也没有空见他。怎么办呢？裴宴皱着眉头。

殷浩也有点烦。

永福寺是个怎样的寺庙，杭州方志写得不知道有多清楚，顾昶有必要一直跟他说这些胡编乱造的什么民间传说吗？看样子约顾昶逛永福寺是个非常错误的决定。只是不知道等会儿能不能把灵隐寺的斋席也给推了。

他就朝身后看了一眼。看见裴宴苦着张脸，好像也挺心烦的样子。

他顿时高兴起来，拉了裴宴说话："你这是怎么了？牙疼？要不要找个大夫看看！我听说永福寺和灵隐寺一脉相承，既然灵隐寺有医僧，那永福寺也应该有医僧，等会儿要不要我陪你一道。"

裴宴听了脸就更臭了，也不和殷浩说话，慢慢地跟在殷浩和顾昶的身后。他发现顾昶飞快地朝他身后睃了一眼。裴宴觉得自己的汗毛都竖了起来。

他身后有什么？徐小姐和郁小姐！徐小姐是徐家的掌上明珠，顾昶就算瞎了眼也不可能窥视徐小姐。那他就是在看郁小姐了！裴宴顿时觉得顾昶这个人猥琐又恶心。

他不动声色地走到了殷浩和顾昶的中间，和殷浩道："二哥，今年淮安的春耕怎么样？听说你们那边的清河出了点事，是真的吗？"

殷浩闻言无奈地苦笑，道："怎么哪里都有你？我一直压着没让人知道，你是怎么知道的？"

裴宴微微地笑，却停下了脚步。

殷浩想听他是怎么回答的，自然也跟着停下了脚步，而顾昶有自己的私心，想趁机和郁棠说话，当然是装作不知道的样子，继续往前走。这样，等徐小姐和郁棠越过了裴宴和殷浩的时候，他就能回头和郁棠她们搭上话了。

裴宴望着顾昶的背影，目光都冷了几分。他忍不住低声道："二哥，要是顾朝阳这个时候娶了一位普通乡间秀才的女儿为妻，对他的仕途会有什么样的影响？"

殷浩这才发现原来裴宴是想摆脱顾昶和他说话，他也就误以为刚才的问题很重要，遂暂时放下继续追问清河之事，认真地想了想，悄声道："若是他能在孙皋之事东窗事发之前做到三品要员，孙家又没有什么惊才绝艳的弟子的话，谁又会得罪顾朝阳去追究孙皋的事？"

也就是说，也不是完全行不通的。裴宴的表情变得极其冷冽。

殷浩吓了一大跳，忙道："怎么了？你发现了什么吗？或者是顾朝阳反悔了？"

"没有！"裴宴说着，望着殷浩的目光变得有些深邃起来。

他沉默了一会儿，再次低声道："你觉得，顾朝阳符合你们殷家招女婿的条件吗？"

殷浩愕然，直觉地反驳道："我们家没有和他适龄的女儿，而且他未必愿意冒这么大的风险。"

殷家是当朝比较出名的世家之一，势力也不容小觑。做殷家的女婿，好处是显而易见的，但对于此时的顾昶来说，却并不是最好的选择。一旦孙皋倒台，顾昶如果是殷家的女婿，他的选择就比较耐人寻味了，肯定会对顾昶的名声有所影响。

裴宴眯着眼睛笑了笑，只是那笑意在殷浩看来有些阴森而已。

"顾朝阳想做三品大员，没有世家的支持，恐怕也没那么容易吧？"他不急不慢地道，像打量猎物的老虎在想着从哪里下嘴，"他爹因为他那个继母，可得罪了不少的人。顾家肯定不会把所有的资源都用在他的身上，何况顾家这几年也败得厉害。所谓的江南四大姓，不过是人多占了个数量优势！"

这倒是。像这次陶安想做江西巡抚，不仅需要几家联手力荐，陶家还要拿出大量的财物酬谢众人。以顾昶自己的能力,是绝对拿不出来的。殷浩猛然有点动心。顾昶这个人哪里都好,不管是从相貌、能力、谋略还是胆量都是一等一的。如果有了殷家的全力相助,花个十年走到三品大员完全是可以期待的。就看顾朝阳接不接这个招了!

殷浩这个时候反而有点不放心裴宴了。

他道:"你是什么意思?不会是有什么坑等着我吧?"

裴宴却收起了爪子,要多真诚有多真诚,道:"二哥,我能坑你,但我不能坑殷家。"

坑他,是两个人之间的事;坑了殷家,那就是死敌了。

殷浩摸着下巴,笑道:"我这不是觉得你这样子不像是在做好事,反而像是在看笑话似的吗?"

"不会吧?"裴宴望着殷浩,觉得自己还是没有修炼到家,居然被殷浩感觉到了些许的恶意。看来他还是太轻忽别人了。他忙补救般地道,"我这不也是怕顾朝阳反悔吗?他这个人,到底还是世家子弟,孙皋伪造证据、诋毁别人固然不对,可他到底还是顾朝阳的恩师。顾昶除了自己,身后还有个顾家。真的被人揭出来,他以后的日子也不好过。什么三品大员,毕竟只是个设想。万一达不到目标呢?换成是我,我恐怕不会这样轻易地就答应。"

殷浩不屑地"哼"了一声,道:"那是!你这小子,不知道像谁,只扫自己门前雪,不管别人瓦上霜。若是你遇到这样的事,管你恩师陷害的是谁,只要不是你身边的人,你别说是反对了,不帮着递刀子就是好的了。"

裴宴假意生气地道:"殷二哥也太埋汰我了。我是这样的人吗?"

两人你来我往地开了几句玩笑,殷浩却开始认真地试想着让顾昶做殷家女婿的事了。他和裴宴说话就开始有些心不在焉。

裴宴嘴角几不可见地翘了翘,觉得这件事十之八九能成。

等再看到顾昶和郁棠说话,他心里平静如海,觉得自己真是胸襟宽广,宽宏大度啊,不仅不烦躁,而且还能和殷浩调侃,让殷浩出十两银子,他就告诉殷浩清河的事是谁告诉他的,把殷浩气得胡子直翘。

顾昶好不容易和郁棠说上了话,颇有些心机地提到了郁文,说起了郁文是哪一年的秀才,当年考了什么题目,他读书的时候老师曾经拿这个题目让他们做过时文,还问郁棠她父亲是否准备继续科举,若是还要下场,最好是到杭州来找个名师指点一二:"这样比较容易一点。"

郁棠越听越觉得顾昶是有用意地接近她。要不然他怎么会知道她阿爹那么多的事?就是裴宴,都没他知道的多。郁棠紧紧地抱着徐小姐的胳膊,笑容僵硬地听顾昶说着。

顾昶以为她是害羞。

徐小姐则觉得顾昶完全是媚眼抛给了瞎子看。

她在没人注意的时候翻了个白眼,可想到自家的傻哥哥在自家的嫂子面前也曾经这样不知所谓,心生同情,在顾昶再次问起郁棠家里有几亩田,郁棠一副不想回答的样子时,她叹息着道:"顾大人,郁小姐平时不管家中庶务的,你问郁小姐家里有几亩田还不如问郁小姐平时都喜欢做什么。"

顾昶顿时觉得很是尴尬。觉得他的那点小心思好像被徐小姐看透了似的。他不自在地咳了几声。

郁棠却突然明白了他为何总找自己说话。

她目瞪口呆,好半天都没有回过神来,还是徐小姐拽了她的衣袖,笑道:"殷二哥和裴遐光在说话,顾大人问我们要不要先去永福寺逛逛。"

郁棠心情复杂。她做梦也没有想到,顾昶会对她生出情愫来。

要知道,梦中他可是娶了他恩师的女儿,和夫人伉俪情深,对其他的女人全都目不斜视,她第一次见到他的时候,他可是连个眼神都没有给她的。没想到今生一切都重新来过,顾昶也走了一条和梦中完全不同的路。这其中到底发生了什么,让事情有了如此的偏差?她望着顾昶,一时不知道说什么好。

顾昶却误会她是在害羞,窘然地笑了笑,道:"若是郁小姐累了,我们就在这里等他们也是一样。说起来,我还不知道郁小姐怎么会和裴府的关系这样密切,是因为你们两家是通家之好吗?"

郁棠看着神色前所未有地温和的顾昶,觉得顾昶的爱慕让她如鲠在喉——他忘记了另一个女子,却对她殷勤有加,她实在是没有办法接受!

"不用了。"她不想和顾昶继续相处下去,委婉地拒绝道,"顾大人和裴三老爷、殷大人都是读书人,想必有很多的话要说,就不用陪着我们了。我们这边有婆子、丫鬟,还有小厮、护卫,很安全。你大可不必如此客气!"说完,也不管顾昶是什么反应,对着徐小姐莞尔道:"我们别打扰他们说话了,先去永福寺里逛逛吧!我可不想成为殷大人和裴三老爷的负担。"

徐小姐非常惊讶,但她强忍着没有表现出来,和郁棠一唱一和,笑道:"你说的也有道理,是我疏忽了。顾大人,那我们就不耽搁你了,我们先走了。"

顾昶皱了皱眉,想说什么,徐小姐已反客为主,拉着郁棠快步往永福寺去。

郁棠和徐小姐的丫鬟、婆子一大群人呼啦啦地跟在她们身后,走了。

顾昶的眉头皱得更深了。郁小姐这是……瞧不上他吗?顾昶觉得这样的可能性不大。不管怎么说,他也算是个金龟婿,以郁棠的出身,如果不是机缘巧合,她都不可能接触到他这样的人,她怎么会瞧不上他?或者是,郁棠有更好的选择?

顾昶有些震惊地望向裴宴。好像这样一来,很多事情就都能说得通了。顾昶心里顿时像吞了个苍蝇似的,非常难受。他想拂袖而去,又心存几分疑惑。以裴宴的出身,是不可能娶郁小姐的。难道郁小姐也以为他是想纳她为妾?

顾昶生平第一次想把这件事就这样甩在脑后，当作从来没有发生过一样，心里却又不愿意就这样放手，错过了一次机会。他决定请徐小姐帮着递句话。如果郁棠宁愿给裴宴做妾也要嫁进裴府，那就当他错识了一个人好了！顾昶想着，心情平静下来，开始思考怎么让徐小姐帮他带这句话。

徐小姐则在看不见顾昶之后立刻兴奋地拉着郁棠耳语："怎么了？你觉得顾朝阳很啰唆吗？还是你不好意思跟外人多接触？顾朝阳这个人还是挺不错的，殷明远对他评价很高，说他是年轻一代官吏中少有的能干之人。殷明远还没有像这样评价过别人。就是裴宴，也不过当了殷明远一句'还可以'的评语。"

他若是能因为了解郁棠而去郁家求亲，也是桩不错的姻缘。可他若只是见色起意，那就别怪她给他穿小鞋了。徐小姐在心里暗暗琢磨着。

郁棠忙道："不是因为这个。我觉得自己的婚姻，还是让父母做主的好。再说了，你不是告诉我，说他会娶他恩师的女儿吗？我想，他既然之前准备娶别人，你们都知道了，那也是个承诺，不管是发生了什么事，他这样若无其事地和我说话，总觉得这样的人太凉薄了。我不太喜欢。"

顾昶和孙皋的罅隙徐小姐是知道的，她因为不喜欢孙家的人，所以很同情顾昶，觉得若是顾昶能下决心摆脱孙家也未尝不是件好事，加之顾昶少有的低声下气，她这才会不知不觉之中纵容了顾昶。郁棠的一番话似当头棒喝，让她头脑清醒过来。她又惊又怕。若郁棠是个耳根子软的，或是个没有主见的，听她的怂恿，做出什么错事来，她如何自处？

徐小姐不由抓住了郁棠的胳膊，真诚地道："阿棠，你真是我的诤友。要不是有你，我就犯下大错了！"

郁棠不解。

徐小姐没脸和她细说，含含糊糊地道："你说得对！他这样，的确有点凉薄。这件事是我的错，我以后要三思而后行，我要是有什么做错的地方，你一定要纠正我，让我再也不要犯这样的错误了。"

郁棠见徐小姐脸色发白，额头都冒出汗来，觉得她把这件事看得太严重了，不由笑道："看你说的，我知道你是关心我。我只是不喜欢有人对我居高临下，好像他看上了我，我就得不胜荣幸，欢天喜地接受似的。我就不能找个我喜欢的？"

她问过自己好多次。家里人为她的婚事操碎了心，有很多来提亲的人作为赘婿来说已经非常好了，她却越来越烦躁，越来越郁闷。难道成亲，两个人过日子，举案齐眉、相敬如宾就可以了吗？就不能像她阿爹和姆妈一样，两个人在一起的时候总有说不完的话，做什么事都高高兴兴的，不管生的是儿子还是女儿，都一样恩恩爱爱地过日子？她想要的是像父母那样的姻缘。只是她隐隐觉得自己的这种想法可能会让很多人不喜欢，也就一直都藏在心底没有说出来过。

这次徐小姐一副犯了大错的模样，让她心中一软，把心底的话说了出来。

徐小姐却听得眼神都亮了起来："阿棠！难怪我和你相隔千里，却能一见之下就成为好朋友。原来我们有一样的想法。我之前不想嫁给殷明远，就是大家都觉得殷明远能看中我，好像我走了大运似的。后来决定嫁给殷明远，也是因为殷明远对我好，我喜欢他，而不是因为两家的婚约或是其他的。我曾经跟我娘说过，结果被我娘狠狠地教训了一顿，我就再也不敢说了。我还以为这世上只有我一个人是这么想的。原来还有人和我一样啊！"

她兴高采烈地要抱郁棠，眉宇间流露出来的亲近，比往日又多了几分认同的亲昵。

"我们一定要做一辈子的好朋友。"她道，"就算是以后我在京城，你在临安，我们也要经常通信。让我知道，我并不是一个人。"

徐小姐说着，眼泪都落了下来。

郁棠也很感慨。她拍了拍徐小姐的肩膀，笑道："我们还是赶紧在永福寺里逛一圈吧，不然等会儿殷大人他们过来了，我们又逛不成了！"

"是的！"徐小姐破涕为笑，道，"他们这些人真是没意思，到哪里都想着那堆破事。我们当初就不应该和他们一起来逛永福寺。要不，我们逛完了就早点回去？自己点桌斋席好了，到时候让裴遐光付账——我们不仅不和他们一道用晚膳，还得赶在他们之前回去，让他们自己玩去！"

郁棠觉得这个主意很好。等裴宴发现的时候，郁棠和徐小姐已经回了府，洗去了一身的疲惫，舒舒服服地躺在床上看画本了。

裴宴气得咬牙切齿，决定好好地收拾收拾郁棠，不过，在收拾郁棠之前，他得帮郁棠找个会武艺的婆子或是丫鬟。这样，就算是他吓唬郁棠，郁棠也不至于真的被吓着。

他跑去找殷浩。结果殷浩去见杨三太太了。他就百无聊赖地坐在那里等着殷浩。

殷浩正在和杨三太太说顾昶的事："……虽说是遐光提议的，我也觉得不错。但这种事姑姑们向来比我们这些男子想得更多，想得更远，到底合不合适，还得姑姑你们拿个章程。"

这个"你们"不仅仅指的是杨三太太，还有老一辈的姑奶奶张夫人等。

杨三太太却是心中一动。

若是殷家能和裴家联姻当然是最好不过了，可殷家姑奶奶这几年名声在外，世家大族未必就愿意让自己辛苦教导十几年的子弟给殷家做女婿。所以殷家这几年说的几门亲事都不太好。

顾昶没有助力。如果能说动顾昶和殷家联姻，殷家等于又添一翼。这门亲事能说。

杨三太太深知"时机不待人"，她当即拍板："若是能笼络住他，这门亲事自然很好。特别是明远二叔家的女儿，已经及笄，却一直没人上门说亲，他二叔为这件事头发都急白了好几根。"

殷明远二叔家的这个女儿因为没有兄弟，从小就当成男孩子养，殷家周围的人家都有所耳闻，这也是他二叔家女儿不太好说亲事的重要原因之一。

殷浩呵呵地笑，道："我觉得挺好。"

杨三太太也笑。

殷浩道："我明天就去约了顾朝阳喝茶。"

杨三太太道："若是你觉得没有把握，就把裴遐光带上，他这个人，只要需要，能把死的说成活的，把活的说成死的。最适合当说客了。"

殷浩"哼"了一声，道："他这个人，有什么是不适合的？"

杨三太太想了想，笑了起来。

殷浩起身告辞。

殷浩回到住处，小厮告诉他："裴三老爷等了您好一会儿，见您还没有回来，就走了。"

"他走了多久了？"殷浩愕然，道，"他没有留下什么话吗？"

小厮摇头，道："裴三老爷走了不到一刻钟。听说您不在，他就坐在那里连着喝了几杯茶，一句话都没有说。"

殷浩怕裴宴有什么要紧的事，连衣服都没换，立刻去了裴宴的住处。

谁知道裴宴屋里的小厮告诉他裴宴不在，问那小厮裴宴去了哪儿，那小厮也不知道。

殷浩只好叫来了四管事，让他帮着去找裴宴。

四管事问了好几个人，才发现裴宴去了陶清那里。殷家和裴家虽然是几代人的交情，但没有裴宴的交代，他也不应该把裴宴的行踪告诉殷浩。

四管事虽然已经知道裴宴的行踪了，但还是继续在"找人"。

殷浩等得心急如焚。

裴宴这边，却正好把陶清堵在门口。

陶清看到他，一脸的惊喜，拉着他就道："你来得正好。东西我已经全都准备好了。上好的翡翠玉雕，没有一点瑕疵的羊脂玉腰带，还有些字画和古玩，都是我让人从别人家先拿的，我算了一下，怎么着也得值这个数。"他伸出一个巴掌。

裴宴一面和陶清往屋里去，一面冷笑道："阿兄，这些东西若是送给我还成，送给王七保……我就跟您说句实话吧，他出身寒微，除了金子，什么也不喜欢。"

"啊！"陶清望着自家小厮挑着的担子，停下了脚步，忙道，"遐光，我给你写个欠条，你先借我一千两黄金。随后我让人还到你们家在广州的银楼去，你看如何？"

裴宴若是不想帮他，也就不会提点他了。他草草地点了点头，抬步就和陶清往书房去："阿兄，我有件事想问问你。"

陶清脚步微顿，又很快疾行两步，和裴宴并肩而行，道："你说！"心里却在想，不会又是那位郁小姐的事吧？真是想什么来什么！

裴宴道："阿兄，我知道您走南闯北的，说不定什么时候就遇到了什么事，所以家里是专门养了护院的。我要是没有记错，您当家之前，家里的事是您的一位姑奶奶做主的。她虽然没有四处行商，却管着你们家里的铺子和田庄，肯定也得出门，随身的护卫不可能是男子。您看能不能送两个会拳脚功夫的女子给我，若是婆子就更好了，我连她那一房的人都一起买过来。"

陶清挑了挑眉，故意道："你们裴家在临安向来是积善修福，外人一进临安就不可能逃过你们家的眼睛，你要会武艺的女子做什么？还只要两个。我要是没有记错，你们家的女眷也挺多的，你只要两个人，安排得过来吗？"

裴宴这才惊觉自己失策了。他只好硬着头皮道："我这不是怕要多了，您不给吗？"

陶清道："我姑奶奶当了三十年的家，身边的人一茬又一茬的，怎么着也有二三十个。就是徐小姐身边的那个婆子，也是当初徐老太爷要过去的。你帮了我们家这么大的忙，不要说两个会拳脚功夫的女子了，就是十个八个，我也肯定得想办法给你找出来啊！"

这本应该是句亲热的话，可陶清说话的语气落在裴宴的耳朵里，怎么听怎么觉得陶清话里带着几分不悦；而且陶清有急智，裴宴想在他手里讨了便宜，那是得打起全副的精神来应对才行的。他脑子转得飞快，道："阿兄，您这么说就是不给人呗！这不就是指责我挟恩图报吗？您可不能这样坑我！"

陶清道："我说你挟恩图报，你就不向我要人了吗？"

裴宴一愣。可算明白陶清这是在和他开玩笑了。也就是说，陶清已经看出了他的意图。

他耳朵顿时火辣辣的，面上却不显，干脆没脸没皮地直言道："阿兄，您就说给不给吧？我等着急用呢！若是您这里借不到人，我准备请殷二哥帮忙。"说到这里，他还故作无奈地叹了口气："您是知道的，殷二哥这个人什么都好，就是喝了酒就有点管不住自己的嘴，什么事都喜欢跟殷二嫂说。我寻思着，还是找阿兄更靠谱。"

裴宴少年得意，没受过什么挫折。陶清觉得玩笑开到这里就行了，再说下去，裴宴估计要毛了。若是因此得罪了裴宴，那就更不应该了。

他笑道："你放心，我这就让人挑两户人家送过来。家里几乎人人都会几手，你要婆子有婆子，要女子有女子，甚至是童子都有。总之，保证别人想不到。"

裴宴还真有点馋陶清家里的这种人。他大手一挥，豪爽地道："阿兄，您不和我见外，我也不和您见外。那一千两黄金，就当是我买那两户人家的钱好了，您也别还了。"

陶清目瞪口呆，随后哈哈大笑，道："一掷千金！那我就收下了！"

他这些日子送了不少东西出去，离得近的几个铺子的现银都被他抽调得差不多了，离得远的铺子又是远水救不了近火，先拿着裴宴的这笔金子周转些日子也好。

裴宴得偿所愿，顿觉松了口气，觉得一千两黄金买了陶家的一项传承，还是划得来的。而且这样一来，家里的内院就可以多几个别人意想不到的人手了。

他伏案就写了一张字据给陶清，让陶清派人去找管事提金子不说，还给陶清出主意："你不如铸成什么金牛、金碗之类的送给王公公。"

陶清已经打听到王七保属牛了。他意会，笑道："我知道该怎么做了！"

金牛、金碗算什么，他给王七保送棵金子做的梧桐树去。

陶清想着那一千两黄金，对裴宴道："你走的时候，把我院子里那个扫地的婆子也带走，先用几天。等你回临安的时候，再给我还回来。"

裴宴没有想到这小小的一个客栈里，居然也有这样的人才，他涎着脸道："阿兄，您什么时候这么小气了？人既然送我了，哪还有再要回去的道理。要不，您就让我直接带回临安吧！"

陶清忍俊不禁，道："不是我不想把人给你，而是这婆子曾经服侍过我姑奶奶。我姑奶奶去世的时候，说了让她在杭州荣养的。是她自己闲着无事，主动在客栈里帮忙。我也不好勉强她。"

裴宴心思转得飞快，道："那是不是若是她自己愿意留下来，您也不管！"

陶清伸手就要打人。

裴宴抬脚就往外跑。

陶清哭笑不得，在他背后嚷道："你别乱来。我是说的真心话。人家愿不愿意去还是两说呢！"

裴宴才不管这些。既然可以荣养都宁愿待在陶家的产业里帮忙，那就是还没有忘了主恩，怎么可能指使不动？

裴宴想着这婆子得护着郁棠的周全，这主动做事和敷衍做事完全是两种情况，他不如礼贤下士，亲自去请这位婆子。

陶清说的那婆子从未成过亲，被赐了姓陶，人称陶婆。虽然已年过六旬，却腰板挺直，眼不花，耳不聋，满头白发却面色红润，气色极好。

知道陶清带裴宴来的用意，陶婆没有半点的犹豫，立刻答应了去裴宴那里帮着扫几天院子。

陶清到底有些心虚，轻声地跟那陶婆道："这次陶家遇到事了，您就当是在帮我。"

陶婆恭敬地给陶清行礼，笑道："我的命是姑奶奶救的，她生前就想护着你们，你们能用得上我，那是我的荣幸，哪里就当得东家这声帮忙。我这就收拾了包袱跟着裴老爷过去。"

裴宴见这样子也不敢托大，对陶婆客气地说了一声"多谢"。

陶婆笑着连称"不敢"，去收拾衣物去了。

陶清没好气地道："我这个做阿兄的对得起你吧？"

好话裴宴也会说，笑道："要不怎么大家都跟着陶大人喊您'阿兄'呢！"

能被弟弟的朋友认可，对陶清来说也是件很舒心的事。两人说了几句闲话，又对去见王七保的事设想了很多种可能，陶清这才亲自送裴宴和陶婆出了门。

等回到裴家，裴宴就被殷浩堵在了门口。他看着裴宴身后的陶婆，半晌说不出话来。

裴宴懒得理他，对殷浩说了声"你不管有什么事，都等我回来了再说"，随后像得了个好玩的玩具般，兴致勃勃地去了郁棠那里。

郁棠已经歇下了。

青沅奉命去叫了郁棠。

郁棠揉着惺忪的眼睛，睡意蒙眬地道："裴三老爷带了个婆子过来，让我起来去见他？！"

青沅苦笑，道："三老爷是这么说的。"

郁棠呆在那里，直到青沅服侍她喝了几口茶，这才清醒过来。这个裴宴，又要做什么？郁棠烦得不得了，忍着脾气重新梳妆打扮，去厅堂见了裴宴。

裴宴正皱着眉头，在那里来来回回地踱着步。不熟悉他的人，会觉得他好像很烦躁似的。可在从小就服侍他的青沅眼里，裴宴分明是非常兴奋。

青沅不禁看了郁棠一眼。

郁棠好不容易控制住自己没有打哈欠，行事做派间不免带着些许的慵懒，像朵美艳的花，半开半掩地绽放在昏黄的灯光下。

裴宴的眼睛有些发直，直到郁棠问他这么晚过来，是不是有什么要紧的事，他这才心中一颤，回过神来。